Sur l'auteur

Leonie Swann est née en 1975, près de Munich, en Allemagne. Elle est devenue journaliste free lance après des études de marketing, de philosophie et de littérature anglaise. Son intérêt particulier pour « la conscience animale dans la fiction moderne » et ses voyages en Irlande lui ont inspiré ce premier roman, *Qui a tué Glenn ?*.

LEONIE SWANN

QUI A TUÉ GLENN ?

Traduit de l'allemand
par Frédéric Weinmann

10
18

NIL ÉDITIONS

Titre original :
Glennkill
Édition originale : Goldmann Verlag, Munich

ISBN 978-2-264-07447-8
Dépôt légal : avril 2020

À M.,
sans qui tout cela ne serait jamais sorti.

The trail wound here and there as the sheep had willed in the making of it.

Stephen Crane, *Tales of Adventure*

(La piste serpentait de-ci de-là selon la volonté du mouton qui l'avait tracée.)

DRAMATIS OVES

par ordre d'apparition

MAUDE a du flair et n'en est pas peu fière.

SIR RITCHFIELD est le chef du troupeau. Il n'est plus tout jeune, a l'ouïe qui baisse et la mémoire qui flanche, mais toujours de bons yeux.

MISS MAPLE est la brebis la plus intelligente du troupeau, voire de tout Glennkill et peut-être même du monde entier. Curieuse, têtue, elle a parfois le sens des responsabilités.

HEIDI est une jeune brebis pleine de vitalité, qui ne réfléchit pas toujours avant de parler.

CLOUD est la brebis la plus laineuse du troupeau.

MOPPLE LA BALEINE a une mémoire d'enfer. Une fois qu'il a enregistré quelque chose, il s'en souvient à jamais. C'est un énorme mérinos aux cornes en tire-bouchon qui a pour ainsi dire toujours faim.

OTHELLO est un bélier noir des Hébrides à quatre cornes, au passé mystérieux.

ZORA est une brebis à tête noire et à l'esprit profond, la seule femelle à cornes dans le troupeau de George.

RAMSÈS est un jeune bélier aux cornes encore assez courtes.

LANE est la brebis la plus rapide du troupeau. Elle a l'esprit pratique.

SARA est une brebis.

UN AGNEAU PAS ENCORE BAPTISÉ a vu quelque chose.

MELMOTH est le jumeau de Ritchfield. C'est un bélier légendaire porté disparu.

CORDELIA aime les mots bizarres.

MAISIE est une jeune brebis naïve.

L'AGNEAU D'HIVER est un terrible fauteur de troubles.

WILLOW est la brebis presque la plus silencieuse du troupeau, et personne ne s'en plaint.

LE BÉLIER DE GABRIEL est un mouton très bizarre.

FOSCO se trouve intelligent, et cela à juste titre.

1

Othello ose approcher

— Pourtant, hier encore, il était en parfaite santé, remarqua Maude en remuant nerveusement les oreilles.

— Cela ne veut rien dire, répliqua Sir Ritchfield, le doyen du troupeau. Il n'est pas mort de maladie. Les bêches ne sont pas des virus !

Le berger était allongé près de la grange, non loin du chemin, dans l'herbe verdoyante d'une prairie irlandaise, et il ne bougeait pas. Posée sur son pull-over en laine d'Écosse, une corneille solitaire examinait ses entrailles d'un œil expert. Un petit lapin tout content se tenait à côté. Les moutons s'étaient réunis un peu plus loin, près de la falaise.

Ce matin-là, en découvrant leur berger si étonnamment froid et inerte, ils avaient gardé leur calme, ce dont ils étaient très fiers. Bien sûr, sous le coup de l'émotion, il y avait eu quelques cris irréfléchis, du genre : « Qui va nous apporter le foin maintenant ? » ou « Un loup ! C'est un loup ! ». Mais Miss Maple avait aussitôt calmé les esprits. Elle avait expliqué que, de toute façon, seuls les imbéciles mangeaient de la paille en plein été dans le pâturage le plus vert et le plus gras d'Irlande et que même les loups les plus raffinés ne tuaient pas leurs victimes en leur plantant

une bêche dans le corps. Or c'était, à n'en pas douter, un outil de ce genre qui saillait des entrailles du berger, encore baignées de rosée.

Miss Maple était la brebis la plus intelligente de tout Glennkill. Certains affirmaient même : du monde entier. Cependant, personne ne pouvait le démontrer. Certes, on organisait tous les ans le *Smartest-Sheep-of-Glennkill-Contest*, le concours du mouton le plus malin de Glennkill, mais Miss Maple refusait, précisément en raison de son extraordinaire intelligence, de participer à ce genre de compétition. En effet, après avoir reçu une couronne de trèfle (qu'il avait le droit de manger tout à la fin), le vainqueur faisait en effet plusieurs jours durant la tournée des pubs environnants. Chaque fois, il devait répéter le numéro qui lui avait – bien à tort – valu son titre, les yeux larmoyants à cause de la fumée de cigarette, tandis que les clients l'abreuvaient de Guinness jusqu'à tant qu'il s'effondre. En outre, son berger le tenait dès lors pour responsable de toutes les bêtises commises dans la prairie car c'est toujours le plus malin qu'on soupçonne en premier.

George Glenn, lui, ne tiendrait plus jamais un mouton pour responsable de quoi que ce soit. Il gisait non loin du chemin, empalé, et ses bêtes se demandaient ce qu'elles devaient faire. Elles se tenaient au bord de la falaise, entre le ciel bleu comme la mer et la mer bleue comme le ciel – parce que là, au moins, on n'était pas gêné par l'odeur de sang –, et elles éprouvaient un sentiment de responsabilité.

— Ce n'était pas un très bon berger, remarqua la petite Heidi qui n'avait toujours pas pardonné à George de lui avoir coupé son imposante queue d'agneau à la fin de l'hiver.

— C'est vrai ! confirma Cloud, la brebis la plus

laineuse et la plus belle qu'on puisse imaginer. Il n'estimait pas notre travail à sa juste valeur : « Les moutons écossais font cela mieux que vous… les moutons écossais donnent plus de laine… etc. » Il commandait même ses pull-overs à l'étranger – une honte ! Aucun autre berger n'aurait humilié son troupeau à ce point.

Heidi, Cloud et Mopple la Baleine entamèrent une longue discussion, ce dernier soulignant qu'au bout du compte la valeur d'un berger se mesurait à la quantité et à la qualité de la nourriture qu'il donnait, et qu'à cet égard, il n'y avait rien, mais alors vraiment rien à redire au sujet de George Glenn. Pour finir, on conclut que le berger idéal ne couperait jamais la queue des agneaux, n'emploierait pas de chien, donnerait à manger en abondance – avant tout du pain et du sucre, mais aussi des choses saines comme de l'herbe, des aliments concentrés et des betteraves (qu'est-ce qu'ils étaient raisonnables !) – et porterait les produits de son troupeau – par exemple une longue robe en laine tissée, ce qui serait très beau et le ferait ressembler à un mouton. Bien sûr, les bêtes de George se rendaient compte qu'un être aussi parfait, ça n'existait pas. Mais l'idée était belle.

On poussa quelques soupirs, puis on commença à se séparer, très satisfait d'avoir résolu les questions en suspens. Alors, Miss Maple, qui n'avait pas pris part à la discussion, demanda :

— Vous ne voulez donc pas savoir de quoi il est mort ?

Sir Ritchfield la regarda, tout étonné.

— Il est mort d'une bêche ! Toi non plus, tu n'y aurais pas survécu si on t'avait transpercé le corps avec un gros machin en fer. Ce n'est pas étonnant qu'il soit mort.

En disant cela, il fut pris d'un léger frisson.

— Et d'où venait-elle, cette bêche ?

— Quelqu'un la lui a plantée dans le ventre !

Pour Sir Ritchfield, l'affaire était réglée, mais Othello, le seul mouton noir du troupeau, s'intéressa tout à coup au problème :

— Ce ne peut être qu'un être humain… ou alors un très grand singe.

Othello avait passé sa jeunesse au zoo de Dublin et ne ratait pas une occasion de faire allusion à cette époque mouvementée de sa vie.

— Un être humain…, approuva Miss Maple en hochant la tête d'un air satisfait (le nombre de suspects se réduisait à vue d'œil). Je pense que nous devrions chercher de qui il s'agit. Nous lui devons bien cela, à ce bon vieux George. Quand un chien sauvage enlevait un agneau, il essayait toujours de trouver le coupable. En plus, il nous appartenait. C'était *notre* berger. Personne n'avait le droit de lui planter une bêche dans le ventre ! C'est bestial ! C'est un crime !

À ces mots, les moutons prirent peur. De plus, le vent avait tourné et poussait l'odeur de sang frais vers la mer, en traînées fines mais nettement perceptibles.

— Et quand on aura trouvé le planteur de bêche, demanda Heidi avec nervosité, qu'est-ce qu'on fera ?

— Justice ! bêla Othello.

— Justice ! bêlèrent les autres en chœur.

Adjugé : les moutons de George Glenn allaient élucider le crime de leur seul et unique berger.

Pour commencer, Miss Maple partit examiner le cadavre. Certes, ce n'était pas pour le plaisir. Sous le soleil estival d'Irlande, George s'était mis à répandre une odeur à faire frissonner n'importe quel mouton.

Dans un premier temps, elle resta à une certaine distance. La corneille poussa un croassement réprobateur et s'éloigna à grands coups d'ailes noires. Alors, Miss Maple se risqua à approcher, considéra la bêche et renifla les vêtements et le visage. Enfin – ses congénères, qui se tenaient prudemment à l'écart, les uns serrés contre les autres, retenaient leur souffle –, elle introduisit son museau dans la plaie et remua les viscères. Du moins, c'est ce qu'on aurait dit – de loin. Elle revint près des autres, le nez maculé de sang.

— Alors ? l'interrogea Mopple, les nerfs à vif.

Il faut dire qu'il avait souvent les nerfs à vif.

— Il est mort, répondit Miss Maple.

Pour le moment, elle ne semblait pas disposée à en dire plus. Elle tourna le regard vers le chemin.

— Nous devons nous tenir prêts. Tôt ou tard, des gens vont venir. Il faut observer ce qu'ils font et écouter ce qu'ils disent. Il vaudrait mieux que nous ne restions pas tous les uns sur les autres, ça fait louche. Nous devrions nous comporter de façon naturelle.

— Mais nous nous comportons de façon parfaitement naturelle ! s'insurgea Maude. George est mort, assassiné. Tu ne veux tout de même pas qu'on broute à côté de lui, là où l'herbe est encore souillée de sang ?

— Si ! Exactement ! intervint le noir Othello d'un air résolu.

En voyant le visage horrifié des autres, il pinça les naseaux.

— Ne craignez rien, je m'en occupe ! J'ai passé ma jeunesse à côté de l'enclos des fauves, je ne vais pas mourir pour un peu de sang.

Maude pensa qu'Othello était un bélier d'un rare courage. Elle décida de brouter plus souvent à ses côtés

– bien entendu, quand George aurait disparu et qu'une petite pluie d'été aurait lavé l'herbe.

Miss Maple répartit les postes. Elle plaça Sir Ritchfield, qui avait encore de bons yeux en dépit de son grand âge, en haut de la colline. De là, on pouvait voir au-dessus des haies jusqu'à la route macadamée. Mopple la Baleine avait une mauvaise vue, mais une excellente mémoire : elle le chargea donc de rester à côté de Ritchfield pour enregistrer tout ce que le vieux décrivait. Heidi et Cloud scruteraient le sentier qui traversait la prairie – la première depuis la barrière qui menait au village, la seconde de l'endroit où le chemin disparaissait dans un pli du terrain.

Zora, une brebis à tête noire qui n'avait pas le vertige, se rendit sur un étroit promontoire en haut de la falaise pour y observer la plage. Elle affirmait qu'un de ses ancêtres était un mouton sauvage des montagnes. En voyant l'insouciance avec laquelle elle dansait au-dessus de l'abîme, on était tenté de la croire.

Othello se cacha à l'ombre du dolmen, non loin de l'endroit où la bêche clouait George au sol. Si nécessaire, il pourrait s'approcher en broutant comme si de rien n'était. Miss Maple se tenait à l'écart de la phase d'observation. Elle demeura près de l'abreuvoir à se nettoyer le museau.

Le reste du troupeau se comportait avec naturel.

Un peu plus tard, Tom O'Malley, qui n'était déjà plus tout à fait clair, emprunta le chemin menant de Golagh à Glennkill, histoire de rendre aussi une petite visite au pub du village voisin. L'air frais, le bleu, le vert… cela lui faisait du bien. Des mouettes poursuivaient leurs proies en criant, si rapides qu'elles lui donnaient le vertige. Les moutons de George broutaient en paix devant ce paysage splendide. Pittoresque. Pareil à un prospectus. Une des bêtes, qui s'était aventurée très loin, trônait comme un petit lion blanc au bord du vide. Comment avait-elle fait pour aller se percher là-haut ?

— Eh ! mignonne, dit Tom, ne va pas te casser la figure. Ce serait dommage qu'un beau mouton comme toi tombe du haut de la falaise.

L'animal le regarda d'un air méprisant, et tout à coup Tom se sentit con. Soûl et con. Mais ça allait changer. À partir d'aujourd'hui, il allait faire quelque chose de sa vie ! Dans le tourisme. L'avenir de Glennkill, c'était le tourisme. Il allait en parler aux autres sans attendre – au pub. Cependant, avant, il voulait voir d'un peu plus près ce magnifique bélier noir. À quatre cornes. Vraiment peu commun ! Les moutons de George sont de toute façon des créatures à part, se dit-il. Par malheur, le mâle ne se laissa pas approcher. Il évita sa main sans peine, d'un simple mouvement.

Alors, Tom vit la bêche.

Une bonne bêche. Il aurait bien eu besoin d'un outil dans ce genre. Or elle avait l'air de n'appartenir à personne. Désormais, décida-t-il, il la considérerait donc comme la sienne. Il allait la planquer sous le dolmen et viendrait la rechercher quand il ferait noir. L'idée de s'approcher du dolmen la nuit ne lui plaisait guère parce qu'on racontait de drôles d'histoires à ce sujet. Mais bon, Tom était moderne, et la bêche excellente. Au moment où il posait la main sur le manche, son pied cogna contre quelque chose de mou.

Cet après-midi-là, au Mad Boar, on écouta Tom O'Malley avec attention pour la première fois depuis bien longtemps.

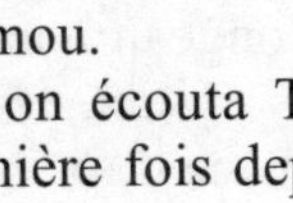

Bientôt, Heidi vit une petite bande d'êtres humains remonter au pas de charge le chemin qui venait du village. Elle bêla un coup bref, puis un long, puis à nouveau un bref, et Othello sortit bon gré mal gré de derrière son dolmen.

Un homme maigre comme un clou, que les moutons ne connaissaient pas, venait en tête. Ils l'observèrent attentivement : le chef d'un troupeau est toujours quelqu'un d'important. Il était suivi par le boucher. Les bêtes retinrent leur souffle. C'était un être effroyable. Rien que son odeur suffisait à leur flanquer la frousse : il sentait la mort atroce, les cris, les douleurs et le sang. Même les chiens avaient peur de lui.

Autant les moutons détestaient le boucher, autant ils aimaient Gabriel, un petit homme à la barbe hirsute et au chapeau mou qui lui collait au train, ou plutôt qui bondissait sur le chemin pour ne pas se faire larguer par la montagne de viande. Ils savaient pourquoi ils haïssaient le boucher, mais pas pourquoi ils aimaient Gabriel. C'était un être tout simplement irrésistible. Ses chiens exécutaient des numéros fantastiques et remportaient tous les ans le grand concours des chiens de berger de Gorey. Les gens éprouvaient le plus grand respect pour lui. On disait qu'il savait parler aux animaux, même si ce n'était pas vrai. Du moins les moutons ne comprenaient-ils rien à ce qu'il marmonnait en gaélique. Pourtant, ils se sentaient touchés, flattés, séduits. C'est pourquoi ils trottinaient avec confiance près de lui chaque fois qu'il passait sur le chemin qui longeait leur prairie.

À présent, les hommes approchaient du cadavre. L'espace d'un instant, les moutons les plus courageux en oublièrent de prendre l'air naturel et tendirent le cou avec curiosité. À un pas d'agneau de George, le maigre chef du troupeau humain s'arrêta, cloué sur place. Sa longue silhouette ondula un moment comme une branche dans le vent tandis que ses yeux étaient rivés sur le point où la bêche jaillissait des entrailles de George.

Gabriel et le boucher s'immobilisèrent eux aussi à quelques pas du corps. Celui-ci regarda longuement par terre, celui-là enleva les mains de ses poches. Leur présence sembla donner du courage au maigre qui détacha enfin les yeux de George et ôta sa casquette d'un geste hésitant. Le boucher dit quelque chose et serra les poings de ses mains charnues.

Avec beaucoup de témérité, Othello passa près d'eux en broutant.

À ce moment-là, les animaux virent arriver, hors d'haleine et le souffle court, le visage écarlate et les cheveux fous, Lilly la rousse. Aussitôt, un nuage de parfum de synthèse qui rappelait le lilas se répandit sur la pâture. En voyant George, elle poussa un petit cri perçant. Les moutons la regardaient sans s'émouvoir. Parfois, à la nuit tombante, elle venait dans les prés et poussait pour un oui ou pour un non ce même petit cri perçant : quand elle avait marché dans un tas de crottin, quand sa jupe était restée accrochée à une haie, quand George avait dit quelque chose qui ne lui plaisait pas. Dès qu'elle disparaissait dans la roulotte avec le berger, la paix revenait pour un moment. Le troupeau s'y était habitué. Ses cris bizarres ne leur faisaient plus peur.

Mais alors, le vent transporta soudain au-dessus de la pâture un long gémissement. Les nerfs de Mopple et Cloud lâchèrent : ils détalèrent sur la colline où, morts de honte, ils s'efforcèrent de reprendre un air naturel. C'était Lilly qui émettait ces sons effroyables,

à genoux devant le cadavre, sans se soucier de l'herbe encore trempée par la pluie nocturne. Tels des insectes sur une vitre, ses mains couraient sur le pull-over en laine d'Écosse de George et agrippaient le col de sa veste.

Tout à coup, le boucher s'avança vers elle et la releva brutalement en la tirant par le bras. Les moutons retenaient leur souffle. Le boucher s'était déplacé aussi vite qu'un chat. Maintenant, il disait quelque chose. Lilly le regardait comme s'il l'avait arrachée à un profond sommeil. Elle avait les larmes aux yeux. Ses lèvres bougeaient, mais plus aucun son ne parcourait la prairie. Le boucher lui répondit quelques mots, puis la saisit par la manche et l'entraîna à l'écart. Dès qu'ils furent suffisamment éloignés, le maigre se mit à parler à Gabriel.

Du regard, Othello chercha de l'aide autour de lui. S'il restait près d'eux, il raterait la conversation entre le boucher et Lilly et vice versa. La plupart des moutons se rendirent compte du problème, mais aucun d'eux n'avait envie de s'approcher du cadavre ni du boucher, qui sentaient tous deux la mort. Ils préféraient se concentrer sur leur mission, à savoir prendre un air naturel.

De ce fait, Miss Maple s'éloigna de l'abreuvoir en trottinant et prit en charge la surveillance du boucher. Elle avait encore une drôle de tache rouge sur le nez, mais comme elle s'était roulée dans la boue, elle avait maintenant juste l'air d'une brebis très sale.

— … dégueulasse, disait le boucher à cet instant. En tout cas, ce n'est pas la peine de faire ton cirque. Crois-moi, tu as bien d'autres soucis, poulette !

Il lui avait pris le menton entre ses doigts boudinés

et lui releva la tête pour l'obliger à le regarder droit dans les yeux. Lilly sourit pour l'apaiser.

— Pourquoi devrait-on me soupçonner ? demanda-t-elle en essayant de se libérer. George et moi nous sommes toujours bien entendus !

Le boucher lui tenait toujours le menton entre les doigts.

— Vous vous entendiez bien. Justement ! Rien que cela, ça suffit. Qui d'autre s'entendait avec George ? Attends de voir le testament, et tu me diras si vous vous entendiez vraiment si bien que ça. Tu ne roules pas sur l'or, pas vrai ? La cosmétique, ça ne rapporte pas des fortunes, et dans notre bled, on ne va pas très loin en faisant le tapin. Viens vivre avec Ham : t'auras plus de soucis à te faire pour toute cette saloperie.

Gabriel cria quelque chose. Ham le boucher se retourna d'un geste brusque et revint vers les autres d'un pas lourd, laissant Lilly en plan. Elle cessa de sourire, serra le châle autour de ses épaules et frissonna. On aurait dit qu'elle allait pleurer. Miss Maple pouvait la comprendre. Une caresse du boucher, ce devait être comme si la mort vous chatouillait les oreilles.

Alors, les quatre humains discutèrent, mais les moutons étaient trop loin pour comprendre quoi que ce soit. Ensuite, il y eut un long silence gêné. Enfin, Gabriel se retourna et repartit tranquillement vers le village, talonné par le maigre. Lilly sembla réfléchir un instant, puis elle s'élança à leur poursuite.

Ham, lui, ne faisait pas attention aux autres. Il s'était approché de George. Une de ses mains charnues s'éleva lentement comme une grosse mouche bleue au-dessus du cadavre. Ensuite, il traça deux lignes dans les airs : une longue qui allait de la tête au ventre, puis une courte, d'une épaule à l'autre, de sorte que les deux lignes se croisaient. Il fallut que Gabriel l'appelle une nouvelle fois pour que le boucher se mette à son tour à trottiner en direction du village.

Plus tard, trois policiers arrivèrent et firent des photos. Ils étaient accompagnés d'une journaliste parfumée qui en fit également, beaucoup plus que la police, d'ailleurs. Elle alla même au bord de la falaise pour prendre Zora sur son piton rocheux, puis photographia Ritchfield et Mopple qui broutaient devant le dolmen. Les moutons avaient certes l'habitude que des globe-trotters de passage leur accordent quelque attention, mais tant d'intérêt manifesté par la presse les mit très vite mal à l'aise. Mopple craqua en premier : il courut se réfugier sur la colline en bêlant à tue-tête. La panique gagna les autres : ils le suivirent, y compris Miss Maple et Othello. Quelques instants plus tard, ils étaient tous rassemblés sur l'éminence, pas très fiers.

Les policiers ne se souciaient pas d'eux. Ils retirèrent la bêche plantée dans le ventre de George, emballèrent l'homme et l'outil dans de grands sacs en plastique, examinèrent le sol et montèrent dans une auto blanche qui disparut à l'horizon. Peu après, il se mit à pleuvoir. Bientôt, on eût dit qu'il ne s'était jamais rien passé.

Les moutons décidèrent qu'il était temps de se retirer dans leur bergerie – tous ensemble, car les lieux leur semblaient désormais sombres et inquiétants. Seule Miss Maple resta quelques instants de plus à l'extérieur pour laisser la pluie rincer la boue sur sa laine et le sang sur son museau. Au moment où elle rentra, le troupeau compact assaillait de questions Othello, qui se laissait le temps de répondre. Heidi bêla d'excitation :

— Comment as-tu osé t'approcher autant du boucher ? Je serais morte de peur à ta place. J'ai failli m'évanouir rien que de le voir monter le sentier !

Miss Maple leva les yeux au ciel. Il fallait reconnaître que le bélier avait bien du mérite de ne pas succomber à l'admiration sans borne des femelles. Impassible, il se tourna vers elle :

— C'est le boucher qui a parlé en premier. Il a dit : « Quels fumiers ! »

Les moutons se regardaient avec étonnement. Ils n'avaient encore jamais vu de fumier sur leur prairie. Tant mieux, d'ailleurs ! Les paroles du boucher n'avaient aucun sens. Mais Othello était formel.

— Il écumait de rage. Et de peur. Mais surtout de rage. Le maigre aussi avait peur. Contrairement à Gabriel.

Othello sembla méditer un instant sur l'intrépidité du personnage. Puis il poursuivit :

— À vrai dire, Lilly n'a rien dit de sensé. Juste « George... », « Ah ! George... », « Pourquoi maintenant ? » et « Pourquoi me fais-tu cela ? ». Elle lui a parlé. Peut-être qu'elle n'avait pas compris qu'il était mort ? Ensuite, le boucher l'a prise par le bras. « Personne ne le touche », a-t-il dit. Lilly a continué de marmonner, plus à l'intention des autres que du boucher : « S'il vous plaît, je voudrais rester un moment seule avec lui. » Mais ils n'ont pas répondu. Seul le boucher parlait : « Si quelqu'un a le droit d'être avec lui, c'est Kate », a-t-il déclaré. Sur un ton très hostile. Puis il l'a entraînée à l'écart.

Les moutons firent un signe d'approbation. Ils pouvaient confirmer puisqu'ils l'avaient vu également – de loin. Leurs soupçons se tournèrent aussitôt vers le boucher, qu'ils croyaient tous capable de transpercer un

être vivant avec une bêche. Mais Miss Maple remua la tête d'un geste impatient, et Othello reprit :

— Dès que le boucher a été assez éloigné, le maigre a commencé à parler à Gabriel. Il dégageait une odeur bizarre, une odeur de whisky ou de Guinness, mais pas comme s'il en avait bu. Cela venait plutôt de son corps et de ses vêtements. Surtout de ses mains.

— C'est lui ! bêla Ramsès, un très jeune bélier qui ne manquait pas d'imagination. Il s'est lavé les mains avec du whisky parce qu'il ne supportait plus l'odeur du sang !

— Peut-être…, dit Miss Maple d'une voix hésitante.

Mais Maude, qui avait le meilleur flair de tout le troupeau, fit non de la tête :

— Les hommes ne sentent pas le sang comme nous. Ils n'ont pas un odorat très développé.

— Nous ne savons d'ailleurs pas si l'assassin avait du sang sur les mains, remarqua Miss Maple. En vérité, nous ne savons presque rien.

Elle jeta un regard interrogateur vers Othello.

— Le maigre a dit tout bas à Gabriel : « Il avait encore des tonnes de choses à faire, George, il avait des projets fous plein la tête. Mais c'est fichu, tout ça, maintenant, non ? » Il parlait très vite, si vite que je n'ai pas réussi à tout retenir. Il évoquait sans cesse les projets de George. Je crois qu'il voulait apprendre quelque chose, mais Gabriel se taisait.

Othello inclina la tête d'un air songeur.

— Je dirais que le maigre l'agaçait. C'est pour ça qu'il a rappelé le boucher. Dès que celui-ci est arrivé, l'autre s'est tu. Après, ils ont parlé tous en même temps. Lilly a dit : « On devrait prévenir sa femme. » Gabriel : « On devrait aller chercher la police. » Le boucher : « En attendant, je vais rester près de lui. » Alors, le maigre a décrété aussi sec : « Personne ne reste près de lui. » Les hommes ont regardé le boucher d'un air menaçant, comme des béliers avant un duel. Le boucher est devenu tout rouge. Puis il a hoché la tête.

Plus tard, Miss Maple fit la collecte des questions. Chacun devait dire ce qu'il ne comprenait pas ou ce qui l'intriguait. Elle se tenait au milieu du troupeau, à côté de Mopple la Baleine. Quand elle trouvait une question digne d'intérêt, elle faisait un signe de la tête et le gros bélier se chargeait de la mémoriser. Car lorsque Mopple avait enregistré quelque chose, c'était pour toujours.

— Pourquoi nous ont-ils photographiés ? demanda Maude.

— Pourquoi pleuvait-il ? demanda Cloud.

— Pourquoi George est-il sorti de nuit ? demanda Heidi.

Miss Maple adressa un signe de tête à Mopple. Toute fière, Heidi jeta un coup d'œil vers Othello.

— Pourquoi le boucher est-il venu ? demanda Maude.

— Qu'est-ce qu'il lui veut, à Lilly ? demanda Othello.

Miss Maple remua la tête.

— C'est quoi, un testament ? demanda Lane.

Nouveau mouvement de tête.

— Vont-ils ramener George ? demanda Heidi.

— Quand pourra-t-on à nouveau brouter à l'endroit où il a été tué ? demanda Cloud.

— Est-ce qu'ils vont répandre du fumier sur notre pré ? demanda Maude.

— Pourquoi d'un coup de bêche ? On aurait pu le pousser du haut de la falaise ? demanda Zora.

Mouvement de tête.

— Et qu'en est-il du loup ? demanda Sara. Représente-t-il un danger pour les agneaux – ou pour nous ?

Miss Maple hésita un instant, mais ne bougea pas la tête.

— Pourquoi personne ne tue-t-il le boucher ? demanda Cloud.

Plusieurs moutons poussèrent un bêlement approbatif, mais Miss Maple ne bougea pas.

— Depuis quand gisait-il dans le pré ? demanda Mopple la Baleine.

Miss Maple lui adressa un mouvement de tête, auquel il répondit par une mine réjouie.

Un agneau sortit du groupe. Il n'avait même pas de nom. Car les moutons ne sont baptisés qu'après leur premier hiver.

— L'esprit de George va-t-il revenir ? demanda-t-il timidement.

Cloud se pencha vers lui pour le rassurer et le laissa se frotter contre son épaisse couche de laine.

— Non, mon petit. L'esprit de George ne va pas revenir. Les hommes n'ont pas d'âme. Pas d'âme, pas d'esprit, rien. C'est aussi simple que cela.

— Comment peux-tu dire une chose pareille ! s'insurgea Mopple. Nous ne savons absolument pas si les hommes ont une âme ou non. Il y a peu de chances, d'accord, mais cela reste possible.

— Même un agneau sait bien que l'âme se loge dans l'odorat. Or les êtres humains sentent très mal.

Maude, dont l'odorat était excellent, avait plus d'une fois réfléchi sur le rapport entre l'âme et le nez.

— Donc, l'esprit de George sera tout petit, se moqua Othello en se tournant vers l'agneau sans nom. Aucune raison d'en avoir peur !

— Mais je l'ai déjà vu ! bêla l'agneau. Il était affreux, très grand, beaucoup plus grand que moi – et pourtant, mon odorat est bon ! Il était grand et hirsute, et il dansait. Je pensais que c'était un esprit de loup, mais maintenant que je sais que George est mort, j'imagine que c'était son esprit. J'avais tellement peur que, ce matin, j'ai cru qu'il s'agissait d'un cauchemar.

Miss Maple lui jeta un regard perçant :

— Comment peux-tu être sûr que George était *déjà* mort ?

— Parce que je l'ai vu.

— Tu as vu le cadavre de George et tu ne nous l'as pas dit ?

— Non, ce n'est pas tout à fait ça.

L'agneau renifla.

— J'ai vu la bêche, rien que la bêche. Mais George devait bien être en dessous, non ?

Il avait l'air de réfléchir.

— Ou alors, crois-tu qu'il s'est empalé dessus après coup ?

On n'apprendrait rien d'autre du petit : il était sorti de la bergerie pendant la nuit sans savoir pourquoi ; dans la lueur de la lune, il avait vu la bêche et l'esprit de loup hirsute qu'il n'arrivait pas à décrire avec plus de précision ; épouvanté, il était rentré en courant et s'était rendormi tout de suite.

À présent, le silence régnait. Les moutons se serraient plus fort les uns contre les autres. L'agneau avait enfoui sa tête dans la laine de Cloud, les autres fixaient le sol d'un air embarrassé. Miss Maple poussa un soupir.

— Nouvelles questions pour Mopple : qui est l'esprit de loup ? Et où est Tess ?

Les moutons se regardèrent. Au fait, Tess ! C'est vrai, ça ! Ils l'avaient oubliée ! Où était-elle, la vieille chienne de George, sa plus fidèle compagne, sa seule amie, le berger le plus doux qui les ait jamais gardés ?

Lorsque les autres furent endormis, Miss Maple ajouta en secret une question à la liste. Elle avait dit à Ramsès qu'elle ne savait pas si l'assassin avait du sang sur les mains. En vérité, elle ne savait même pas s'il avait des mains tout court. Elle avait trouvé le visage de George paisible, il sentait un peu la Guinness et le thé, et ses vêtements la fumée. Il tenait quelques fleurs entre les doigts. Cela lui avait semblé bizarre parce que les fleurs n'avaient jamais beaucoup intéressé George. Lui, c'était plutôt les légumes.

Mais ce n'était pas tout : elle avait aperçu autre chose qui l'avait incitée à soulever du bout de son museau le pull en laine d'Écosse couvert de sang. Sur le ventre blême de George, un peu au-dessus du coup de bêche, elle avait remarqué l'empreinte d'un sabot de mouton – juste une empreinte et rien de plus.

2

Heidi a un soupçon

Le lendemain, les moutons découvrirent un nouveau monde, un monde sans berger et sans chien. Ils hésitèrent longtemps avant de se décider à sortir. Ils finirent quand même par s'aventurer à l'air libre sous la conduite de Mopple la Baleine, qui avait faim. C'était une matinée splendide. Pendant la nuit, des fées avaient dansé sur l'herbe et semé derrière elles des milliers de perles. On aurait dit que la mer, bleue, claire et plate, s'était pomponnée, et seuls quelques petits moutons-nuages se montraient dans le ciel. D'après la légende, ces nuages étaient des bêtes qui avaient un jour dépassé la falaise, des élus qui continuaient de brouter dans le ciel pour l'éternité et qu'on ne tondait jamais. En tout état de cause, c'était bon signe.

Soudain, l'euphorie s'empara du troupeau. La veille, ils étaient restés si longtemps immobiles qu'ils en avaient eu mal aux tendons. Aujourd'hui, ils gambadaient dans la prairie comme des agneaux au printemps : ils galopaient vers l'abîme, s'arrêtaient de justesse au bord du précipice et revenaient à toute allure vers la bergerie. Ils furent bientôt tous hors d'haleine.

Alors, Mopple la Baleine songea au potager. Derrière

la bergerie, il y avait la roulotte – un véhicule bringuebalant dans lequel George Glenn avait parcouru le pays avec un précédent troupeau, mais où il ne faisait plus que ranger des affaires et passait la nuit de temps en temps. Derrière la roulotte, il avait planté un potager – des laitues, des petits pois, des radis noirs, du cresson, des tomates, de la chicorée, des renoncules et un peu de ciboulette – qu'il avait entouré d'une clôture.

Le carré de légumes se trouvait certes dans la prairie, mais il était interdit aux moutons – une interdiction d'autant plus insupportable que la clôture en soi n'était pas un problème. C'était l'interdiction, et la clôture, et la vigilance de George qui les avaient jusqu'alors empêchés de moissonner ce paradis terrestre à la façon des moutons. Or George avait disparu, et avec lui l'interdiction. De son museau habile, Lane souleva la targette. Maude se jeta sur les renoncules, Cloud sur les petits pois et Heidi sur les tomates. Quelques minutes plus tard, il ne restait plus rien des plates-bandes cultivées avec tant de soin.

Peu à peu, le silence se fit. Les moutons relevèrent la tête et furent saisis de honte. L'un après l'autre, ils retournèrent dans la pâture. Othello, le seul à n'avoir pas pris part au saccage, attendait à la porte. Il fit un signe à Miss Maple, qui le suivit jusqu'à la roulotte, là où, en temps normal, George posait la bêche avec laquelle il retournait le potager. Ce matin-là, on ne voyait qu'une paroi badigeonnée en blanc où quelques mouches prenaient le soleil. Othello jeta à Miss Maple un coup d'œil interrogateur.

Elle se retourna, songeuse.

Les bêtes passèrent le reste de l'après-midi à ruminer leur regret. Mopple avait mangé tant de limaces avec la salade qu'il se sentait mal. Un agneau s'était enfoncé une écharde dans le sabot et boitait. Tous pensaient à George.

— Il n'aurait pas été content du tout, dit Ritchfield.

— Il aurait pu soigner le sabot, dit Cloud.

— Il nous lisait des histoires, dit Cordelia.

C'était vrai. George passait beaucoup de temps dans le pâturage. Il se pointait au petit matin, alors que les animaux dormaient encore du sommeil du mouton, blottis les uns contre les autres. Tess, encore mal réveillée elle-même, était chargée de les disperser. Cela faisait beaucoup rire George. « Allez, fainéants ! criait-il. Au boulot ! » Ils se vexaient donc tous les matins. Tandis que le berger disparaissait derrière la roulotte avec sa chienne pour travailler dans le potager ou réparer quelque objet, ils se mettaient à paître.

L'après-midi, leur mauvaise humeur s'était dissipée. Alors, ils se rassemblaient devant les marches de la roulotte et George leur faisait la lecture. Une fois, ce fut un conte de fées, qui leur apprit comment la rosée se dépose sur l'herbe ; une autre, un livre sur les maladies ovines, qui leur fit peur ; et même, un jour, un roman policier, auquel ils ne comprirent rien. George n'avait d'ailleurs sans doute rien compris lui-même puisqu'il avait jeté l'ouvrage en plein milieu. Du coup, ils n'avaient jamais su qui était l'assassin.

La plupart du temps cependant, George Glenn lisait des romans d'amour – de petits volumes minces en papier gris dans lesquels les femmes s'appelaient Pamela et avaient les cheveux roux « comme le coucher du soleil sur le Pacifique Sud ». Il ne lisait pas cela par romantisme ou par mauvais goût (quoique ce dernier point fût indubitable : il suffisait de penser à son bouquin sur les maladies ovines), mais pour pouvoir se défouler. Quand il lisait que les rousses Pamela

faisaient la conquête de je ne sais quels pirates, docteurs ou barons trop confiants, il se mettait dans une colère bleue et insultait toutes les rousses du monde – à commencer par sa propre femme.

Surpris, les moutons l'écoutaient livrer des détails sur sa vie privée. Elle avait été la plus belle du village, sa Pamela à lui. Au début, il avait eu du mal à y croire. Mais à peine avaient-ils été mariés que Pam (de son vrai nom Kate) s'était mise à faire de succulentes tartes aux pommes et à grossir. George, lui, était resté mince, était même devenu de plus en plus mince. Il rêvait de faire le tour de l'Europe avec un troupeau, et la tarte aux pommes ne remplaçait pas ce rêve. À ce moment du récit, les moutons baissaient la tête d'un air désolé. Ils auraient tant aimé voir l'Europe, qu'ils imaginaient comme une grande prairie couverte de pommiers.

— Nous n'irons jamais sur le continent, soupira Zora.

— Nous n'irons plus jamais sur aucune autre *pâture*, rectifia Heidi.

— Aujourd'hui, c'était le jour de nos médicaments, observa Lane.

Elle était la seule à regretter que George ne fût pas là pour les forcer à avaler leur portion hebdomadaire de comprimés de calcium. Elle en aimait le goût. Les autres eurent un frisson rien que d'y penser.

— Il ne faut pas l'oublier, dit Mopple, ému. Et nous n'aurions pas dû manger le potager. Il faudrait réparer notre faute.

Zora avait le regard rivé sur la mer.

— Pourquoi pas… ? laissa-t-elle tomber incidemment.

Mopple commença à ruminer sa dernière feuille de salade avec nervosité. Quand Zora laissait tomber quelque chose incidemment, il était toujours comme frappé par la foudre.

— Comment veux-tu réparer cela ? demanda Cloud.

Ils décidèrent de renoncer à un bout de leur pâture en l'honneur de George. Pas le potager, pour lequel on ne pouvait de toute façon plus rien, mais un endroit au pied de la colline, qui regorgeait d'herbes savoureuses. Plus aucun mouton n'y brouterait à l'avenir. Ils le baptisèrent « George's Place ». Aussitôt, ils se sentirent soulagés.

Miss Maple observait de loin son troupeau qui inaugurait le lieu commémoratif. Elle aussi pensait au berger, aux histoires qu'il leur lisait et à ses absences de plus en plus fréquentes. Depuis quelque temps, George ne séjournait plus si souvent dans le pré. Le matin, il passait en coup de vent dans son auto puante. Tess bondissait du siège passager et les effarouchait. Le soir, ils revenaient compter les moutons. Le reste de la journée, on ne les voyait pas. Au début, George avait essayé d'apprendre à Tess à surveiller seule le troupeau, mais cela n'avait pas marché. La chienne était persuadée qu'elle devait surtout prendre soin de George. Elle ne s'occupait des moutons que pour lui faire plaisir.

Miss Maple réfléchit à la disparition de Tess. S'était-elle enfuie ? Si c'était le cas, ce qui avait tué George devait être vraiment affreux. La chienne était fidèle comme une brebis et, au besoin, savait se montrer courageuse. Elle aurait fait n'importe quoi pour son maître. Or lui était mort et elle, partie.

À force de contempler George's Place, les moutons commençaient à éprouver une irrépressible envie d'en goûter les herbes. Soudain, Mopple se détacha du groupe à une vitesse inaccoutumée. Le gros bélier

galopait en direction de Miss Maple quand Sir Ritchfield lui barra le chemin. La brebis la plus intelligente de Glennkill n'aurait pu dire d'où le chef du troupeau surgissait ainsi tout à coup. Ritchfield adressa un regard menaçant à Mopple qui repartit non vers George's Place, mais vers la falaise. Là, il baissa les yeux vers la plage d'un air songeur.

Ritchfield s'approcha de Miss Maple :

— Il faut leur apprendre un peu le respect, aux jeunes. Sinon, ils finissent comme Melmoth.

Miss Maple ne répondit rien. On ne pouvait imaginer mouton plus différent de Melmoth que Mopple.

Peu à peu, l'enthousiasme que suscitait George's Place retomba. Les bêtes retournèrent à leurs activités habituelles, à savoir le broutage. Miss Maple les observait toujours. Elle se réjouissait qu'ils se soient calmés. Quand ils seraient repus, leur curiosité reviendrait et ils reprendraient l'enquête, certes à la manière des moutons – c'est-à-dire en l'interrompant sous le coup de la faim ou de la panique, mais sans jamais abandonner. Elle les connaissait tous : elle avait vu grandir les plus jeunes, elle avait elle-même grandi avec les plus vieux. Elle n'était encore qu'un agneau quand les escapades de Ritchfield et Melmoth tenaient le troupeau en haleine. Ritchfield n'avait plus parlé de son jumeau depuis si longtemps que Miss Maple s'était demandé plus d'une fois s'il l'avait oublié. À présent, elle était rassurée.

L'air était d'une pureté absolue. Un vent frais venait de la mer et la prairie sentait bon. Pourtant, tout à coup, une odeur de mort se répandit, une odeur de mort récente et de mort passée, presque oubliée. Miss Maple se mit à paître.

L'après-midi, le troupeau reçut à nouveau de la visite humaine. Un monsieur tout de noir vêtu, avec un petit col blanc, arriva du village en compagnie d'une femme forte. Elle aussi portait des vêtements noirs, mais ses cheveux d'un roux flamboyant, ses yeux bleus et ses joues roses donnaient aux moutons l'impression qu'elle avait une tenue de toutes les couleurs. Elle sentait bon la pomme, si bon que, cette fois, il y eut cinq volontaires pour épier ce qu'ils disaient : Miss Maple, Othello, Heidi, une jeune brebis répondant au nom de Maisie et Mopple la Baleine.

Les êtres humains s'arrêtèrent devant le dolmen.

— C'était là ? demanda la femme.

L'homme hocha la tête. La femme bariolée fixait le sol. La pluie avait rebouché le trou de bêche et, de ce fait, elle ne regardait pas au bon endroit.

— C'est tellement affreux, dit-elle d'une petite voix. Qui a pu faire une chose pareille ? Qui ?

Les moutons tendaient l'oreille. Peut-être que l'homme en noir allait donner la réponse ? Mais non, il garda le silence.

— Je ne l'ai pas toujours eu facile, avec lui, continua-t-elle.

— Personne ne l'a jamais eu facile, avec George, remarqua-t-il. C'était une âme perdue, une brebis égarée, mais dans son infinie bonté, le Seigneur l'a rappelé à lui.

Les moutons se regardèrent avec étonnement. Troublée, Cloud bêla.

— J'aurais bien aimé en savoir plus sur lui. Il était si bizarre, ces derniers temps. Je pensais que c'était l'âge. Il s'en allait en voiture, recevait du courrier que je n'avais pas le droit d'ouvrir, et puis (elle tendit un peu le cou pour lui dire quelque chose dans le creux de l'oreille, mais les moutons avaient l'ouïe fine), j'ai découvert qu'il lisait des romans en secret, des romans d'amour, vous voyez ce que je veux dire…

Elle rougit. Cela lui allait bien. L'homme la fixait avec intérêt.

— Vraiment ?

Ils se dirigèrent à pas lents vers la roulotte. Les moutons devinrent nerveux. Bientôt, les humains verraient ce qu'ils avaient fait du potager.

Le regard de la femme glissa sur la roulotte, les plates-bandes dévastées et les pieds de tomate effeuillés.

— C'est beau ici, soupira-t-elle.

Les bêtes n'en croyaient pas leurs oreilles.

— Peut-être que j'aurais dû venir le voir de temps en temps. J'aurais pu lui apporter une tarte. Mais il ne voulait pas. Il ne m'a jamais laissée venir. De toute façon, c'est trop tard, maintenant.

Elle avait les larmes aux yeux.

— Je ne me suis jamais intéressée à ses histoires de bétail. George m'apportait la laine, et moi, je m'en occupais. De la laine si douce…

Elle sanglotait.

— Qu'est-ce que tu vas faire du troupeau, Kate ? s'enquit l'homme en noir. C'est un beau terrain, et il faut bien que quelqu'un s'occupe des moutons.

Kate regarda autour d'elle.

— On ne dirait pas qu'ils ont besoin de quelqu'un. Ils ont l'air très contents.

L'homme répondit avec acrimonie :

— Un troupeau a besoin d'un berger. Si tu veux éviter les problèmes, tu n'as qu'à les vendre à Ham.

Les moutons furent glacés d'effroi. La femme, elle, haussa les épaules.

— Ham n'est pas vraiment un berger. On ne peut pas dire qu'il s'en *occuperait*.

— Il y a différentes façons de veiller sur quelqu'un, répliqua l'homme. Avec amour ou avec sévérité, en paroles ou en actes. Voilà ce que nous a appris le Seigneur. Ce qui compte, c'est l'ordre.

Son grand nez pointait vers elle avec réprobation.

— Si tu ne veux pas parler à Ham, je peux le faire à ta place, ajouta-t-il.

Elle secoua la tête, les moutons poussèrent un soupir de soulagement.

— Non, cette histoire avec Ham est oubliée depuis longtemps. Mais je ne sais même pas ce qui m'appartient. George a déposé un testament chez un notaire en ville. Ce doit vraiment être un drôle de testament parce qu'il a cherché longtemps avant de trouver le bon notaire. On verra bien à qui tout cela revient. Moi, je n'en veux pas. J'espère seulement qu'il ne lui a pas légué à *elle*.

Soudain, la prairie sembla ne plus lui plaire du tout.

— On y va ?

— Courage, mon enfant, dit l'homme en noir tout en hochant la tête. Le Seigneur est mon berger, rien ne saurait me manquer.

Ils s'éloignèrent à pas lents et passèrent au beau milieu de George's Place, dont ils piétinèrent quelques jeunes pousses.

Othello grinça des dents.

— Je suis bien content que ce seigneur-là ne soit pas mon berger !

Les autres approuvèrent.

— Moi, je m'en vais avant qu'ils ne nous vendent au boucher ! bêla Mopple.

Ils furent surpris. Mopple n'était pas franchement un brave, mais, cette fois, il avait raison.

— Et moi, je vais sauter de la falaise !

Tous savaient que Zora espérait en secret entrer dans le troupeau des élus.

— Non, décréta Miss Maple avec douceur, vous restez ici. Au moins, maintenant, on sait ce que c'est, un testament : c'est le moyen de savoir à qui reviennent les affaires et les moutons de George.

— Oui ! Même qu'il se trouve chez un austère en ville, ajouta Heidi. Et il va prouver que George ne nous aurait jamais vendus au boucher !

Ils étaient vraiment soulagés.

— Espérons qu'ils le trouveront bientôt ! soupira Lane.

— Pourquoi a-t-il dit que George était une brebis ? demanda Heidi.

— En plus, remarqua Mopple, la femme est trop vieille pour être son enfant.

— Il mentait, répondit Othello. Il n'aimait pas du tout George. Mais moi, c'est ce grand bonhomme que je n'aime pas. Ni les autres dont il a parlé.

— C'est lui ! s'exclama tout à coup Heidi. Il a reçu George chez lui. Tout s'est passé là. Ils se sont battus, d'abord en paroles, puis en actes. Comme il n'avait pas d'épée, il a pris la bêche. L'homme en noir a quasi avoué !

Mopple lui donna raison.

— Sans doute se sont-ils disputés à propos de l'ordre. George n'était pas quelqu'un d'ordonné, mis à part dans le potager.

Il jeta un coup d'œil honteux en direction de George's Place.

— Pour commencer, ajouta-t-il, il faut chercher qui est cet homme.

Miss Maple le regarda d'un air sceptique.

Cloud, qui s'était tue jusque-là, dit alors :

— Ce monsieur est un agneau.

Les autres la fixèrent, stupéfaits. Cloud semblait elle-même surprise.

— Mais non, c'est un berger ! la contredit Heidi. Même si c'est un très mauvais berger, bien pire que George.

Cloud fixait la touffe d'herbe devant elle, mais le troupeau voyait bien qu'elle pensait à tout autre chose.

— L'homme en noir… je le connais. Il est déjà venu dans notre pâture, il y a très longtemps. Je n'étais encore qu'un agneau. George me tenait dans ses bras, il venait de me tailler les sabots. Ça sentait… la terre et le soleil… comme après une pluie d'été. Une odeur si agréable et pourtant… âcre. J'ai tout de suite flairé que George n'aimait pas cet homme. Il était venu l'inviter, mais sa voix était froide. Il voulait « bénir la bête ». Je ne savais pas ce que cela voulait dire, « bénir », même si le mot me faisait penser à bêler. En revanche, je savais que j'étais une bête vu que George m'avait traitée de « sale bête » peu de temps auparavant, quand je ne tenais pas en place. « Si tu penses à Ham, a répondu George à l'homme en noir, tu le bénis déjà tous les dimanches. » L'autre s'est mis en colère. Je ne sais plus ce qu'il a dit, mais il parlait beaucoup du Seigneur qui reconnaîtrait ses agneaux.

Les moutons bêlèrent d'indignation. Cet homme leur devenait de plus en plus antipathique.

Cloud fixait toujours la touffe d'herbe d'un air songeur. Il fallut que Zora lui effleure le flanc du museau

pour qu'elle se remette à parler, d'une voix basse et hésitante :

— Au bout d'un moment, George aussi s'est mis en colère. Il m'a déposée dans les bras de l'homme en noir et a dit : « Vas-y, bénis-la ! » L'autre sentait mauvais, cela me faisait peur. Il ne savait pas comment me tenir, mais m'a quand même emmenée. Il avait la plus grande maison du village – grande, pointue et froide comme lui. Il m'a enfermée dans son jardin. Toute seule. Il y avait un pommier, mais protégé par un grillage, et les fruits pourrissaient bêtement par terre.

À nouveau, quelques moutons bêlèrent, scandalisés. Cloud fut prise d'un frisson.

— Tout à coup, une foule de gens est arrivée. Ils amenaient des chiens, des moutons que je ne connaissais pas et un cochon. Moi aussi, j'ai dû entrer. Cela faisait un boucan d'enfer, mais l'homme en noir s'est mis à parler d'une voix incroyablement forte. Chacun pouvait l'entendre : « Bienvenue dans la maison de Dieu ! » a-t-il dit. Puis il a raconté plein d'autres choses.

Elle fit une pause, toujours aussi songeuse.

— Donc, il s'appelle Dieu…, déduisit Ritchfield.

Othello fit une étrange grimace :

— Dieu ?

— Peut-être, répondit timidement Cloud. Peu à peu, j'ai compris qu'ils vénéraient un agneau. Je trouvais l'idée belle. Tous ces êtres humains adoraient un agneau, mais un agneau particulier. Ils l'appelaient « Seigneur ». Puis il y eut de la musique, comme à la radio… sauf qu'ils jouaient faux. J'ai regardé autour de moi et eu affreusement peur. Sur le mur, il y avait un homme nu, et bien qu'il soit couvert de plaies, il ne sentait pas le sang.

Elle préféra ne pas poursuivre son récit.

— Et il avait une bêche dans le ventre, pas vrai ? conclut triomphalement Ritchfield.

— Ce Dieu me semble vraiment louche, déclara Mopple. J'ai l'impression qu'il a plusieurs crimes sur la conscience. Son histoire d'agneau, ce n'est sans doute qu'un prétexte. Tu as dit toi-même qu'il ne sait pas s'y prendre avec les moutons.

— Il est très puissant, ajouta Cloud qui s'était ressaisie. Tout le monde s'agenouillait devant lui. Et il a dit qu'il savait tout.

— Je me souviens, dit Maude en mâchant une touffe d'herbe, l'air pensif. Cloud avait disparu depuis le matin. Sa mère la cherchait partout comme… comme… une mère, justement.

— Pourquoi ne nous as-tu jamais parlé de cela ? demanda Zora.

— Je n'avais pas compris ce que cela voulait dire, se justifia Cloud à voix basse.

On aurait dit qu'elle était perdue dans ses rêves et, gênée, elle commença à se frotter le museau contre une patte avant. Les autres continuaient de réfléchir à Dieu.

— Il ne sait pas tout, bêla Othello. Par exemple, il ignorait que George lit des romans sur Pamela.

— Lisait ! le corrigea Sir Ritchfield.

— L'assassin revient toujours sur les lieux de son crime, dit Mopple la Baleine. Or il *est* revenu !

Il jeta autour de lui un regard rempli de fierté. C'était la seule chose d'utile qu'ils avaient apprise dans le roman policier de George. Mopple avait bien sûr retenu la leçon.

— Qu'est-ce que tu en penses ? demanda-t-il à Miss Maple.

— Je pense que Dieu est louche. Il n'aimait pas

George, et George ne l'aimait pas. Il s'intéresse à ce qui va nous arriver, à la prairie et à nous. Et quand ils se tenaient tous deux devant le dolmen, il a regardé précisément à l'endroit où on a retrouvé George.

Impressionnés, les autres se taisaient. Elle continua :

— Bon, peut-être que c'est un hasard puisqu'il ne levait jamais les yeux. Mais il y a trop de questions sans réponse : qu'est-ce que cette histoire avec Ham, oubliée depuis longtemps ? Qui est celle qui ne doit rien hériter ? Quelles relations existait-il entre Lilly, Ham et George ?

— Ah ! Les hommes ne sont pas faciles à comprendre, conclut Maude.

Les moutons baissèrent la tête. Ils broutèrent un petit peu, puis réfléchirent un petit peu.

Mopple pensait qu'il n'avait même pas toujours compris George, alors que leur berger était simple – pour un homme. Il s'intéressait à son potager, leur lisait des romans sur Pamela et n'aimait pas les tartes aux pommes. Sauf que ces derniers temps, lui aussi s'était livré à une étrange activité : il sortait parfois sa cible.

Quand George traversait la prairie dans ses bottes en caoutchouc, la cible multicolore dans les mains, Mopple courait se mettre à l'abri. Le seul lieu sûr selon lui, d'où l'on ne pouvait pas voir la cible, se trouvait à côté du potager. C'est là que George l'avait un jour découvert en sortant de sa roulotte, son pistolet étincelant à la main. Il avait pointé vers lui cet engin affreux et hurlé : « Vous êtes pris en flagrant délit ! En flagrant délit ! Mains en l'air ! » À chaque cri, Mopple faisait un zigzag de plus dans la pâture, et George riait. Puis il avait descendu les marches. Un peu plus tard, la cible avait commencé à trembler, et le bélier avait tremblé avec elle.

À l'origine, ce bruit était insoutenable, mais depuis que George avait acheté un silencieux, on n'entendait plus qu'un léger craquement, comme quand un mouton mord dans une pomme. Hormis l'angoisse qui s'emparait chaque fois de la Baleine, ce craquement était le seul résultat perceptible de l'entraînement de George. Absurde : Mopple aurait été ravi de le lui procurer avec de vraies pommes. Mais George ne pouvait pas se passer de sa cible.

Miss Maple, elle, pensait aux mains de Lilly qui avaient parcouru le pull-over de George comme des insectes en quête de nourriture.

Zora réfléchissait au vertige des humains : dès qu'ils approchaient de la falaise, ils blêmissaient, et leurs pas naturellement mal assurés devenaient plus maladroits encore. Au bord de l'abîme, un mouton était mille fois supérieur à un homme. Même George était impuissant quand elle se réfugiait sur son piton rocheux. Il se tenait à une distance prudente, et comme il savait qu'il ne servait à rien de la flatter, il la grondait. Puis il se mettait à la bombarder, d'abord de touffes d'herbe sale, ensuite de crottin séché.

Parfois, en guise de réponse, le vent faisait remonter des profondeurs un juron délicat qui s'étirait en longueur. George retrouvait aussitôt sa bonne humeur. Il se mettait à quatre pattes et rampait jusqu'au bord de la falaise. Il voyait alors des touristes ou des villageois surpris de recevoir des projectiles sur la tête. Zora aussi les voyait. Alors, ils échangeaient un regard, le berger qui ricanait à plat ventre et la brebis qui trônait sur son promontoire, telle une chèvre des montagnes. Dans ces moments-là, ils s'entendaient bien. Zora pensait que

les humains y gagneraient beaucoup à marcher enfin à quatre pattes.

Ramsès pensait à l'histoire du tigre en fuite qu'Othello racontait parfois au troupeau incrédule.

Heidi pensait au chemin qui menait à l'autre pâturage – au bruissement des insectes, au vrombissement des autos qui laissaient derrière elles une traînée de puanteur, à la surface scintillante du lac. Au printemps, l'air sentait encore la terre humide ; en été, des nuées de moineaux planaient comme des feuilles au-dessus des champs de céréales ; en automne, quand le vent secouait les arbres, des glands s'abattaient sur les moutons ; en hiver, le givre traçait d'étranges dessins sur le macadam. Chaque fois, c'était magnifique – sauf quand ils arrivaient à l'endroit où les hommes verts les guettaient. Les hommes verts avaient des casquettes, des fusils et un air louche. Quand le troupeau arrivait à leur niveau, même George devenait nerveux. Pourtant, il leur parlait avec courtoisie tout en veillant à ce que leurs chiens n'approchent pas trop de ses bêtes. Sans lui, ils n'auraient jamais réussi à passer à côté des hommes verts. Heidi se demanda si elle reverrait jamais l'autre pâturage.

Cordelia pensait au talent qu'ont les humains pour inventer des mots, enchaîner des mots inventés, écrire des enchaînements de mots inventés. Magique ! Même ce mot, « magique », elle le connaissait parce que George leur en avait donné le sens. Pendant la lecture, quand il rencontrait un terme qu'il croyait trop compliqué pour eux, il le leur expliquait.

Parfois, ce mot était à la portée de n'importe quel mouton – comme « prophylaxie » ou « antibiotique ». Prophylaxie, c'était avant la maladie ; antibiotique, pendant. Mais l'un et l'autre avaient un goût amer.

George semblait ne pas bien s'y connaître en ce domaine, car il se perdait dans des histoires confuses où de toutes petites bêtes avaient le premier rôle et il finissait par capituler en râlant. Parfois, en revanche, il était très satisfait de ses explications alors que le troupeau n'y comprenait rien. Dans ces cas-là, ses auditeurs s'efforçaient de ne pas lui faire sentir qu'ils n'avaient aucune idée de ce qu'il avait voulu dire, ce qui marchait en général très bien. Et parfois, il leur apprenait vraiment quelque chose de neuf. Cordelia aimait ses explications. Elle aimait découvrir des mots qui renvoyaient à des réalités qu'elle n'avait encore jamais vues ou même qu'on ne pouvait pas voir du tout. Ces mots-là, elle les retenait avec une grande précision.

« La magie, avait dit George, est quelque chose de non naturel, quelque chose qui, en fait, n'existe pas. Si je claque des doigts et qu'Othello devient blanc, c'est de la magie. Si je vais chercher un pot de peinture et que je le barbouille, ce n'est pas de la magie. » Il avait ri, et pendant un moment, on aurait cru que l'envie le chatouillait de claquer des doigts ou d'aller chercher un pot de peinture. Puis il avait poursuivi : « Derrière tout ce qui paraît magique, il y a en fait un truc. La magie, ça n'existe pas. »

Cordelia broutait avec délices. « Magie », c'était son mot préféré, un mot qui désignait ce qui n'existe pas. Puis elle pensa à la mort de George. On aurait dit de la magie. Dans leur pâture, quelqu'un avait transpercé le corps de leur berger avec une bêche. George avait dû crier affreusement mais dans la bergerie pourtant toute proche, aucun d'eux n'avait rien entendu. Et un agneau avait vu un esprit qui dansait sans bruit. Cordelia secoua la tête.

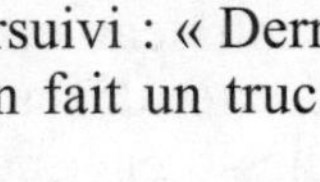

— Il y a un truc…, murmura-t-elle.

Othello pensait au clown cruel.

Lane pensait aux drôles d'êtres humains qui rendaient de temps en temps visite à George. Ils venaient toujours la nuit. Lane avait le sommeil léger, et c'est pourquoi elle entendait les crissements des pneus quand les voitures quittaient la route goudronnée pour s'engager sur le chemin. Parfois, elle se dissimulait derrière le dolmen et regardait. C'était beau à voir, un spectacle rien que pour elle. Les phares traçaient des lignes brillantes dans le noir ou se perdaient dans le brouillard et formaient un nuage blanc luminescent. Les moteurs ronronnaient tandis que les voitures gravissaient le chemin. Elles puaient beaucoup moins que celle de George, qu'il avait lui-même baptisée l'Antéchrist. Ensuite, les phares s'éteignaient et une ou deux ombres vêtues de longs manteaux noirs s'approchaient de la roulotte. Elles avançaient avec prudence, en s'efforçant malgré l'obscurité d'éviter le crottin frais. Une main frappait à la porte. Une fois, puis deux, puis à nouveau une fois. La porte s'ouvrait, formant une tache rougeâtre dans la nuit. Les étrangers entraient aussitôt. Pendant un court instant, leurs silhouettes découpées dans l'embrasure ressemblaient à celles d'énormes corbeaux. Lane n'avait jamais vu leurs visages. Et pourtant, ces silhouettes lui paraissaient désormais presque familières…

Soudain, quelque chose de sombre remonta le chemin qui traversait la prairie. Un vent de panique se répandit parmi les moutons, qui galopèrent sur la colline, d'où ils ne quittèrent plus l'intrus des yeux. Dieu était de retour ! Il arpentait le pré comme un chien de chasse, son long nez pointé vers le sol.

Il fit tout d'abord le tour du dolmen, puis suivit le sentier qui menait à la falaise. Il faillit tomber dans le vide, mais au dernier moment, il releva le nez et aperçut la grande surface bleue devant lui. Sa longue silhouette noire s'immobilisa tout à coup. Un soupir parcourut le troupeau. Depuis qu'ils avaient mis le cap sur l'abîme, Dieu et son nez, on avait suivi leurs mouvements avec beaucoup d'intérêt.

L'homme en noir leur jeta un rapide coup d'œil. Othello baissa les cornes d'un air menaçant, mais le visiteur repartait déjà en direction du village. Au bout de trois ou quatre pas, il entendit quelque chose. Il s'arrêta, tendit l'oreille, se retourna brusquement et s'enfuit en sens inverse à travers la pâture, le visage livide, irrité.

Alors, les moutons perçurent à leur tour une sorte de bruissement, de vrombissement. Cela rappelait un peu les sons que produit un troupeau qui saccage un potager. Le bruit se rapprochait. À présent, on entendait aussi des aboiements et des voix humaines. Puis les bêtes virent ce qui avait mis Dieu en fuite. Un troupeau s'avançait sur la pâture, un troupeau comme ils n'en avaient jamais vu.

3

Miss Maple est mouillée

George n'aimait pas les hommes. Il était très rare qu'on lui rende visite. Parfois, quand un paysan ou une vieille en veine de papotage s'incrustait, il se fâchait. Il mettait une cassette dans son magnéto gris, volume à fond, et se réfugiait dans le potager pour se consacrer au travail le plus sale possible jusqu'au départ de l'intrus.

Les moutons n'avaient encore jamais vu de troupeau humain. Ils furent donc trop surpris pour céder de nouveau à la panique. Plus tard, Mopple affirmerait avoir vu sept personnes, mais il avait de mauvais yeux. Zora, elle, en compterait une vingtaine. Miss Maple quarante-cinq. Et Sir Ritchfield beaucoup plus, en tout cas beaucoup trop pour qu'il les dénombre, car sa mémoire était pitoyable, surtout quand il s'énervait : il oubliait sans cesse qui il avait déjà compté, comptait donc chacun deux, voire trois fois, et, en plus, il comptait aussi les chiens.

Mopple jetait un regard myope et quelque peu morose sur les gens qui arrivaient. Désormais la théorie selon laquelle l'assassin revient toujours sur les lieux de son crime n'était plus d'aucune utilité. Un monde fou était revenu. Alors, comment savoir ? Les moutons observaient avec curiosité la foule qui se déplaçait. Ce n'était pas le plus fort ni le plus malin qui marchait en tête, mais Tom O'Malley. Venaient ensuite les enfants, puis les femmes, et enfin les hommes, en retrait, les mains enfoncées dans leurs poches, l'air gêné. Fort loin derrière eux, quelques vieilles personnes se traînaient à grand-peine, d'un pas lent et vacillant.

Tom avait apporté une bêche, une vieille bêche triste et rouillée. Il l'enfonça dans la terre, à dix pas au moins de l'endroit où l'on avait retrouvé George. Les humains qui avaient jusqu'alors suivi leur chef, ainsi que tout bon troupeau, se reculèrent comme s'il les avait aspergés d'eau froide et formèrent un cercle à une distance respectueuse.

— Il était ici ! cria Tom. Pile à cet endroit. Le sang avait giclé jusque-là (il fit deux grands pas en direction du dolmen), et moi (à nouveau trois grands pas dans une autre direction), j'étais ici. J'ai tout de suite vu que c'était fini pour ce bon vieux George. Il y avait du sang partout. Son visage était déformé, affreux, et sa langue pendait, toute bleue.

Rien de tout cela n'était vrai. Quelque chose d'étrange frappa Miss Maple. La réalité aurait dû correspondre à cette description : beaucoup de sang, le visage ravagé par les abominables douleurs qu'avait causées la bêche. Or ils avaient trouvé George allongé dans l'herbe comme pour y faire un somme.

Le troupeau humain recula encore un peu et produisit un son étrange, entre effroi et ravissement. L'ivrogne continuait de hurler.

— Mais Tom n'a pas perdu son sang-froid ! Il a aussitôt couru au Mad Boar pour prévenir la police…

Une voix de crécelle l'interrompit :

— Ouais, quoi qu'il arrive, il trouve toujours le chemin du pub, notre Tom !

Les gens rirent. Tom baissa la tête. Il se remit à parler, mais cette fois d'une voix si basse que, de leur colline, les moutons ne comprenaient plus ce qu'il disait. Le peu d'ordre qui avait régné jusque-là dans le troupeau humain se défit totalement. Les enfants couraient dans tous les sens, les adultes se rassemblaient en petits groupes instables et babillaient sans interruption. Le vent transportait des bribes de phrases jusqu'à la colline.

— Roi des lutins ! Roi des lutins ! Roi des lutins ! chantonnaient les enfants.

— … a sûrement tout légué à l'Église ! dit un fermier au visage écarlate.

— Quand ils l'ont trouvé, Lilly a fait une crise de nerfs, piailla une jeune femme joufflue.

L'homme qui lui tenait la main sourit.

Un autre, petit, haussa les épaules.

— C'était un grand pécheur devant l'Éternel, qu'est-ce que vous voulez !

— Toi aussi, t'es un grand pécheur, Harry ! se moqua une vieille à qui il manquait une dent. Je dis juste : « Lonely Heart Inn. » Ta chère tante a de la chance d'avoir un neveu aussi attentionné que toi.

L'interpellé blêmit sans répondre.

— Il a amassé une fortune, remarqua un monsieur bedonnant. Des affaires pas claires, tout ça…

— George avait des dettes, objecta quelqu'un. Tout le monde le sait.

— … était un peu trop attiré par ses brebis, racontait un jeune à deux autres. Vous voyez ce que je veux dire.

Il fit un mouvement des deux mains. Ils éclatèrent de rire.

— Crime passionnel chez les moutons, t'as raison ! s'écria le plus mince des trois, si fort que quelques femmes se retournèrent.

À nouveau, ils émirent un rire désagréable.

— On a dû l'attaquer par surprise, commenta un individu qui sentait très fort la sueur. Or c'était sacrément dur de l'avoir par surprise.

— Une catastrophe pour le tourisme, dit encore un autre à la voix haut perchée. George avait vraiment le don de tout gâcher.

— … voulait tout vendre à Ham : les moutons, le terrain, tout ! prétendit une femme sans cou.

— C'était Satan, murmura à deux enfants blonds une mégère au visage de souris.

— Dieu ait pitié de lui ! pria une troisième d'une voix tremblante.

Les moutons la connaissaient. George l'appelait « la charitable Beth ». À intervalles réguliers, elle venait frapper à la porte de sa roulotte pour le convaincre de « travailler à son salut ». Ne sachant pas ce que cela voulait dire, les bêtes supposaient qu'il s'agissait de travailler dans un potager quelconque. Comme il en avait un lui-même, elles comprenaient qu'il refuse. Beth, manifestement, non. Chaque fois, elle lui refilait une pile de minces brochures pour inciter son âme pécheresse à s'amender. Impossible de dire ce qu'il adviendrait de l'âme de George (si tant est qu'il en eût une), mais du moins les brochures lui faisaient-elles plaisir, même s'il ne les lisait jamais à son troupeau. Ces soirs-là, il mangeait des pommes de terre cuites sur un petit feu à la flamme vacillante.

Soudain, les ennemis se jetèrent sur les moutons. Les ennemis héréditaires, devant lesquels on ne pouvait que fuir. Jusqu'à présent, ils s'étaient contentés de renifler de-ci de-là jusqu'à ce que leurs maîtres les rappellent. Alors, ils s'allongeaient sagement en guettant la première occasion de prendre à nouveau le large. Rien d'étonnant dans tout cela. Mais plus les hommes s'approchaient du dolmen en bavardant, plus les tours de reconnaissance des chiens s'élargissaient. Ils étaient livrés à eux-mêmes. Il y avait trois bergers et un chien-loup, qui formaient désormais une petite meute. Les yeux des bergers luisaient. Leur pelage noir et blanc flottait au-dessus de la prairie. Ils avançaient vers la colline, la tête rentrée dans les épaules.

Les moutons bêlèrent avec nervosité. D'un instant à l'autre, ils seraient chassés, en long et en large, ensemble ou en petits groupes, soumis aux manœuvres féroces des chiens de berger, auxquelles aucun mouton ne peut résister. Les bêtes n'avaient pas vraiment peur – elles avaient déjà vécu cela des milliers de fois –, mais elles éprouvaient un vieux malaise.

Soudain, elles remarquèrent comment le quatrième chien se déplaçait, et leur nervosité se mua tout à coup en terreur. En apparence, le chien-loup au pelage gris se comportait comme les autres : il rentrait la tête, attendait, approchait. Mais en fait, il y avait une différence. Il n'aboyait pas, n'hésitait pas. On aurait dit qu'il se contentait d'imiter les bergers. Il prenait part à leur jeu sans vraiment le jouer. Les moutons retenaient leur souffle : pour la première fois de leur vie, ils étaient attaqués pour de bon. Le chien s'élança.

Alors, ils furent pris d'une panique incontrôlable. Ils se séparèrent et coururent dans tous les sens, entraînant derrière eux les chiens de berger stupéfaits. Mopple fonça dans la foule humaine et renversa sur son passage Harry, le grand pécheur devant l'Éternel. Zora trouva refuge sur son piton rocheux et fut ainsi le seul mouton à pouvoir observer la scène.

La colline était vide. En bas, à proximité de George's Place, deux silhouettes sombres gisaient à terre : Othello et le chien-loup. Ils se redressèrent l'un et l'autre. Le bélier fut le plus rapide, il passa à l'attaque. Zora n'avait encore jamais vu un mouton attaquer. Othello aurait pu fuir. Il aurait *dû* fuir. Le chien, lui, hésitait. Il lui fallut un moment pour reconnaître sa proie dans ce boulet noir qui lui fonçait dessus. Alors, il s'élança à son tour, mais juste avant le choc, fut pris de doutes, freina et, au dernier instant, bondit sur le côté. Aussitôt, Othello changea de direction et repartit au galop en suivant un petit arc de cercle qui le ramena vers le chien.

Incrédule, Zora fixait le pied de la colline et dut constater que le mouton était plus rapide. Le chien aussi s'en rendit compte. Il s'allongea sur le sol en montrant les crocs pour attaquer le bélier par en dessous.

Zora ferma les yeux et pensa à autre chose. Elle avait toujours une pensée toute prête pour les coups durs. C'était la naissance de son premier agneau, le souvenir de ses propres souffrances et des problèmes qui avaient suivi. Il était brun comme la terre, même lorsqu'elle eut léché longtemps et avec soin le sang qui collait à son pelage. Il avait le corps brun et la face noire. Plus tard, le brun s'était transformé en un blanc laineux, mais à ce moment-là, elle ne pouvait pas le savoir. Elle s'était demandé pourquoi elle était la seule du pâturage à ne pas donner naissance à un agneau blanc. Alors, son petit brun comme la terre avait bêlé, bêlé d'une voix plus belle que celle de tous les autres agneaux. Il sentait bon, meilleur que toute l'herbe du monde. Et Zora sut alors qu'elle le défendrait contre la terre entière, brun ou pas. Le jour même, elle l'avait conduit au bord de la falaise et lui avait montré les mouettes et la mer.

Elle se détendit. Jusqu'à présent, elle avait allaité trois agneaux. C'étaient les moutons les plus courageux qu'elle ait jamais vus, ils avaient le pied le plus sûr qu'on puisse imaginer. Cette année, elle n'avait pas eu de petit, comme la plupart des brebis du troupeau. Soudain, elle comprit pourquoi elle n'arrivait plus à méditer sur son rocher depuis quelque temps, pourquoi elle avait moins de chances que jamais de devenir un mouton-nuage : les agneaux lui avaient manqué tout l'été. Seules deux jeunes brebis sans expérience avaient mis bas, tout excitées et maladroites, et, chaque fois, George avait râlé. Et puis, bien sûr, il y avait eu l'agneau d'hiver… Zora ouvrit grands les naseaux pour expirer son mépris. Elle tendit l'oreille. Elle aurait bien aimé entendre bêler quelques petits, mais hormis les cris des mouettes auxquels elle ne faisait plus attention depuis longtemps, il régnait un étrange silence. Au loin, les humains produisaient un bourdonnement, tel un essaim.

Alors, Zora entendit un autre bruit, un cri effrayant. Ses yeux s'ouvrirent malgré elle. Sans le vouloir, elle regarda à nouveau vers la colline : un corps sombre était allongé sur le sol. Ses pattes s'agitaient en l'air, comme si elles cherchaient encore à fuir. Zora frissonna. Le chien avait eu Othello… Il lui fallut un moment pour se rendre compte que c'était le contraire. Le chien-loup était à terre. Et pas de traces du bélier.

La bête hirsute s'efforçait en vain de se relever. Son maître, un des jeunes au rire désagréable, s'approcha. Il était livide et lui donna un coup de pied. Un paysan dut prendre le chien dans ses bras et le porter.

Les humains faisaient entendre un bourdonnement d'excitation. Aucun d'eux ne s'expliquait ce qui avait pu arriver à ce beau chien vigoureux. Quand elles aperçurent le ventre au pelage ensanglanté, quelques femmes poussèrent des cris. On entendit à nouveau circuler les noms de « Satan » et de « roi des lutins ». Les mères rappelaient leurs enfants, les hommes étaient pris de suée et secouaient la tête. Apparemment, un chien blessé produisait chez les humains la même panique qu'un chien en bonne santé chez les ovins.

Le troupeau de villageois repartit aussi vite qu'il était venu. Bientôt, il ne resta plus que la bêche.

Immobile sur son piton rocheux, Zora se demandait si elle n'avait pas rêvé. Si, certainement. L'herbe autour d'elle était douce comme le museau d'un mouton ; en plus, il y avait des espèces que personne en dehors d'elle ne pouvait cueillir. Elle les appelait « herbes de l'abîme » et les préférait à toutes celles qui se trouvaient sur la pâture. Quel bonheur aussi d'avoir ces blanches rieuses en dessous de soi ! Que c'était bon d'être seule ! Ici, personne ne pouvait la déranger.

Le troupeau s'était peu à peu calmé et avait recommencé à brouter. Othello paissait parmi les autres. Aucun d'eux ne semblait lui accorder d'attention particulière. Zora se dit qu'en fait ils ne savaient presque rien sur lui.

Parfois, George ramenait de nouveaux moutons. Le plus souvent, c'étaient des agneaux tout juste sevrés, et le troupeau les traitait comme s'ils avaient toujours fait partie du groupe. Aussi loin qu'elle se souvienne, Zora n'en connaissait que deux venus à l'âge adulte : Othello et Mopple la Baleine. Ce dernier avait débarqué dans la voiture bruyante de George deux hivers auparavant. Quand il ne transportait qu'un seul mouton, George le plaçait tout bonnement sur le siège arrière. C'est ainsi que les autres l'avaient vu arriver, jeune bélier mal dégrossi regardant par la vitre tout en ruminant une carte routière. Le berger l'avait fait descendre de l'auto et leur avait tenu un petit discours : certes, Mopple était une « race à viande », mais ils ne devaient pas avoir peur. Chez lui, on ne « tranchait la gorge » à personne. Il s'agissait juste d'introduire « un peu de sang frais » dans le troupeau. Au début, les moutons n'avaient pas compris et s'étaient méfiés de lui. Mais le jeune bélier était aimable et toujours un peu gêné. Quand Sir Ritchfield l'avait provoqué en duel, il s'était avéré une fois pour toutes qu'il ne représentait aucun danger.

En revanche, Ritchfield n'avait jamais défié Othello. Cela n'avait surpris personne. C'était plutôt l'inverse qui était étonnant. Quelque chose en Sir Ritchfield semblait imposer le respect à Othello, et plus l'ouïe et la mémoire du vieux baissaient, moins les autres comprenaient quoi.

Aucun mouton n'avait assisté à l'arrivée d'Othello. Un matin, il avait été là, tout simplement. Un bélier adulte avec quatre cornes dangereusement courbées. Quatre cornes ! Ils n'avaient encore jamais vu ça ! Les femelles étaient impressionnées, et les mâles un peu jaloux. Zora s'en souvenait parfaitement : ce n'était pas si vieux. George n'avait pas fait les présentations. Il chantait, sifflait et dansait. Ils ne l'avaient encore jamais vu dans cet état. Il avait chanté dans des langues étrangères qu'aucun d'eux ne comprenait et appliqué l'affreuse pommade qui pique sur la plaie fine et pourtant inquiétante qui barrait le front du nouveau. Les moutons avaient frissonné. Othello, lui, n'avait pas bronché. George avait tellement sautillé d'un pied sur l'autre qu'il avait dû enlever son pull-over en laine d'Écosse.

Zora revint au trot vers les autres. Elle voulait leur demander si Othello venait vraiment de vaincre un gros chien gris. Quoique cela parût invraisemblable, il avait dû se produire quelque chose de ce genre. Elle rencontra Maude qui broutait près de George's Place – et même si près qu'elle dut se retenir pour ne pas lui faire une remarque en passant.

Maude mâchait, plongée dans ses pensées.

— Maude, demanda Zora, tu as vu Othello se battre avec le chien ?

L'autre la fixa sans comprendre.

— Othello est un mouton, Zora.

Puis elle ajouta gentiment :

— L'herbe est excellente, ici.

Zora fit demi-tour. Elle allait demander à Miss Maple ou mieux, à Mopple. S'il y en avait un qui pouvait se souvenir de faits curieux, c'était assurément lui. En levant la tête pour le flairer, elle remarqua Othello qui broutait parmi les autres. Il avait l'air normal. Alors, Zora se baissa à son tour et commença elle aussi à paître. Un mouton fait bien d'oublier les

choses impossibles et troublantes avant de sentir le monde vaciller sous ses sabots.

En principe, les moutons ne sont pas bavards. Cela tient au fait qu'ils ont souvent la bouche pleine. Cela vient aussi de ce qu'ils n'ont parfois que de l'herbe dans la tête. Mais tous les moutons aiment les bonnes histoires. Ce qu'ils préfèrent, c'est écouter et s'étonner – entre autres parce qu'on peut écouter et ruminer en même temps. Depuis que George avait cessé de leur faire la lecture, il leur manquait quelque chose dans la vie. C'est pourquoi il arrivait même que l'un d'eux racontât une histoire. Ce l'un d'eux était souvent Mopple la Baleine, parfois Othello et plus rarement une brebis.

En général, les brebis parlaient de leur progéniture, ce qui n'intéressait qu'elles. Bien sûr, il existait des agneaux de légende, tel Ritchfield, mais les mères de ces agneaux-là avaient la sagesse de la boucler.

Quand Othello racontait une histoire, elle intéressait tout le monde, mais les autres moutons n'arrivaient pas vraiment à le comprendre. Il parlait de lions, de tigres et de girafes, de drôles d'animaux venus de pays brûlants. Souvent, cela finissait en dispute, car chacun avait sa propre idée sur les bêtes en question. Les girafes sentaient-elles le fruit pourri ? Avaient-elles des oreilles poilues ? Avaient-elles au moins un peu de laine ? La plupart du temps, Othello ne dépassait pas la simple description, et pourtant, celle-ci suffisait à donner une sensation de malaise dans la nuque. Othello ne parlait jamais des êtres humains.

Quand Mopple racontait, c'était tout l'inverse. Il leur répétait les histoires que George leur avait lues et qu'il avait retenues mot pour mot. Il les disait presque aussi bien que le berger quand il leur faisait la lecture devant la roulotte. Sauf qu'elles n'étaient pas aussi longues car, au bout d'un moment, Mopple attrapait de nouveau faim, et alors c'était fini. Plus l'histoire était belle – c'est-à-dire plus il y était question de prairies, de pâtures et de nourriture –, plus elle se terminait vite. Le vrai suspens, ce n'était plus de savoir *comment*, mais *quand* elle s'achèverait.

Ce jour-là, l'affaire était mal partie. Mopple racontait le conte de fées. Dans aucun autre récit, il n'y avait autant de prairies, autant d'herbe et autant de fruits. Mopple parlait d'un bal nocturne sur le pré des grenouilles, et ses yeux luisaient. Il raconta que, pendant les festivités, des lutins jaloux jetaient des pommes sur les fées, et ses yeux se mouillèrent. Il décrivit l'apparition du roi des lutins dans l'herbe haute : le roi des lutins a le pouvoir de réveiller les morts pour les lancer à la poursuite des vivants. À ce moment-là, quelque chose d'exceptionnel se produisit. Quelqu'un interrompit Mopple.

— Et si c'était le roi des lutins ? demanda timidement Cordelia.

Tous les moutons comprirent qu'elle faisait allusion au meurtre de George. Mopple en profita pour arracher vite fait une touffe d'herbe.

— Ou bien Satan ? ajouta Lane.

— N'importe quoi ! grogna Ramsès avec nervosité. Satan ne ferait jamais une chose pareille.

Quelques-uns bêlèrent en signe d'approbation. Aucun d'eux ne croyait Satan capable d'un tel acte. Ce n'était jamais qu'un vieil âne qui venait parfois brouter dans la prairie voisine et poussait de temps à autre un cri déchirant. Sa voix était abominable, sans aucun doute, mais pour le reste, il paraissait plutôt inoffensif.

— Je continue à croire que le coupable est Dieu, dit Mopple, la bouche pleine. C'est aussi l'avis de Beth.

Les moutons éprouvaient un certain respect envers Beth parce qu'elle s'était toujours donné beaucoup de mal pour l'âme de George, cause douteuse s'il en était.

— Pourquoi Dieu aurait-il fait une chose pareille ? demanda Maude.

— Les voies de Dieu sont impénétrables, expliqua Cloud.

Les autres la regardèrent avec étonnement. Elle avait conscience d'avoir dit quelque chose de bizarre.

— C'est lui-même qui l'a affirmé, se justifia-t-elle.

— Alors il ment !

Othello fulminait. Les yeux des brebis luisaient d'admiration. Seule Miss Maple ne se laissa pas impressionner.

— La nuit où George est mort, la marée était-elle haute ou basse ? interrogea-t-elle soudain.

Pendant une seconde, tous restèrent cois. Ils réfléchissaient.

— Marée haute ! bêlèrent en chœur Mopple et Zora au bout d'un moment.

— Pourquoi ? s'enquit Maude.

Miss Maple marchait de long en large, l'air concentré.

— Si on avait jeté le corps de George du haut de la falaise, personne n'aurait plus jamais entendu parler de lui. La mer l'aurait emporté, peut-être jusqu'en Europe, et l'affaire n'aurait jamais pu être élucidée. Mais là, tout le monde pouvait le trouver. Il était même impossible de ne pas tomber dessus. L'assassin voulait donc qu'on le découvre. Pourquoi ? Pourquoi vouloir que le crime ne passe pas inaperçu ?

Les moutons réfléchirent longtemps et avec beaucoup d'application.

— Pour faire plaisir à quelqu'un ? demanda timidement Mopple.

— Pour avertir quelqu'un ? suggéra Othello.

— Pour rappeler quelque chose à quelqu'un ? ajouta Sir Ritchfield.

— C'est ça ! s'exclama Miss Maple d'un ton satisfait. Maintenant, nous devons chercher à savoir *qui* se réjouit, *qui* est averti, *qui* se souvient et de *quoi*.

— Nous n'avons aucun moyen de le découvrir…, soupira Heidi.

— Peut-être que si, répondit Miss Maple.

Puis elle se mit à brouter sans rien ajouter. Pendant un moment, les autres gardèrent le silence en pensant avec une certaine appréhension à la grande mission qui les attendait.

Soudain, un agneau apeuré bêla, imité par Sara. Les regards convergèrent sur la brebis qui s'agitait dans tous les sens, comme pour se débarrasser d'un insecte gênant enfoui dans son pelage. L'agneau grimaçait en pleurnichant. Une créature minuscule et ébouriffée jaillit alors d'entre les jambes de sa mère et fila en zigzag.

C'était la demi-portion. Le voleur de lait. L'agneau d'hiver.

Il avait profité de ce moment de réflexion générale pour voler un peu de lait à Sara. Scandalisées, les brebis bêlèrent. Les moutons savent que les agneaux d'hiver sont mauvais signe pour le troupeau. Nés hors saison, au plus froid de l'année, ils sont pervers et méchants de nature. Ce sont des oiseaux de malheur qui, dans les périodes de disette, incitent les brigands à rôder autour des troupeaux transis. Ils sont avides,

sans scrupule et froids comme le jour où ils ont vu pour la première fois la lumière blafarde de ce monde.

Or jamais il n'y avait eu un mouton d'hiver pire que celui qui hantait leur troupeau depuis l'année précédente. Il était né dans la nuit la plus sombre. Sa mère était morte en mettant bas. Tous s'étaient attendus à ce qu'il meure lui aussi, mais il avait suivi, braillant et trébuchant, le troupeau désappointé qui le tenait à l'écart. Cela avait duré deux jours. Le troisième, alors qu'ils s'étaient imaginé le voir mourir enfin, George leur avait ôté tout espoir en lui donnant un biberon de lait. Quand ils avaient bêlé sur un ton de reproche, le berger avait grommelé une phrase où il était question de « courage » ; et contre tout bon sens, il avait élevé l'orphelin – un voleur éhonté, aussi mal bâti qu'une chèvre, bien trop petit pour un agneau de son âge, mais résistant et rusé. Depuis, ils faisaient autant que possible semblant de ne pas le voir.

C'est pourquoi, cette fois aussi, l'émoi resta modéré. Quand ils eurent constaté que l'intrus s'était retiré à la limite de leur prairie et se planquait sous l'arbre aux corneilles, ils firent comme s'il ne s'était rien passé. Le reste de la journée se déroula conformément à l'usage chez les ovins : ils mangèrent longuement (partout, sauf sur George's Place), ruminèrent à leur aise dans le crépuscule et se rendirent tous ensemble dans la bergerie après que Cloud eut annoncé que la nuit serait pluvieuse. Là, ils se blottirent les uns contre les autres, les agneaux au centre, les brebis autour et les béliers adultes à l'extérieur du cercle, puis s'endormirent aussitôt.

Miss Maple fit un rêve noir, si noir qu'on y voyait à peine l'herbe devant son museau. Le dolmen se dressait devant elle, plus grand et plus plat que dans la réalité. Trois ombres étaient montées dessus. C'étaient des hommes assurément, mais son odorat ne lui permettait guère d'en savoir plus. Elle sentait qu'ils la regardaient. Ils étaient capables de voir dans l'obscurité.

Soudain, Miss Maple sut ce qu'ils attendaient d'elle et pourquoi ils la fixaient. Le dolmen était plus bas que d'habitude, et sa surface plane attendait d'être arrosée… de sang de mouton. Quelqu'un venait vers elle, quelqu'un dont elle reconnut la silhouette : Ham le boucher.

Elle fit demi-tour et prit ses jambes à son cou. La bêche qu'elle tenait apparemment – elle ne savait trop comment – dans un de ses sabots avant tomba avec un bruit sourd. Derrière elle, elle entendait la voix de Dieu. « Le Seigneur est ton berger », murmurait-il. Miss Maple savait cependant qu'elle n'avait pas besoin d'un berger, mais d'un troupeau. Elle bêla, et dans l'obscurité des moutons lui répondirent. Elle avança d'un pas chancelant, trouva les autres et s'enfonça dans cette pelote de laine protectrice.

Pourtant, quelque chose la rendit méfiante. C'était son troupeau – cela ne faisait aucun doute –, mais l'odeur était fausse – sans qu'elle pût dire pourquoi. Elle entendit le boucher qui s'approchait et se figea. Autour d'elle, le troupeau se figea lui aussi. Alors, un souffle de vent passa et chassa l'obscurité comme une nappe de brouillard. Dans la pâle lumière, elle put voir que tous ses congénères étaient noirs. Elle était le seul mouton blanc. Le boucher marchait droit sur elle. Il tenait une tarte aux pommes dans les mains.

Soudain, l'obscurité se fit à nouveau. Miss Maple s'était réveillée. Soulagée, elle voulut se pelotonner

contre Cloud, sa voisine de nuit préférée, mais un détail clochait : l'odeur. Les moutons autour d'elle sentaient bien comme son troupeau, et néanmoins pas tout à fait. Elle pouvait en flairer quelques-uns : Mopple qui embaumait toujours un peu la salade, Zora qui dégageait un frais parfum de mer, Othello qui répandait une odeur résineuse de bélier. Seulement, on aurait dit que d'autres s'étaient mêlés à eux, des moutons aux marques olfactives contradictoires, des demi-moutons pour ainsi dire.

Lasse et troublée, Miss Maple épiait la nuit. Il faisait au moins aussi sombre dans la bergerie que dans son rêve. Elle ne savait que penser. Elle entendait la pluie au-dehors. Rien d'autre. Pourtant, tout à coup, elle fut certaine d'avoir perçu un mouvement près de la porte. Elle poussa Cloud sur le côté. Celle-ci bêla doucement dans son sommeil. Les autres l'imitèrent. Dans ce nuage de moutons qui bêlaient, Miss Maple perdit un instant ses repères. Elle s'immobilisa. Au bout de quelques instants, le troupeau se calma, et elle entendit de nouveau les gouttes tomber. Elle se fraya tant bien que mal un chemin jusqu'à l'entrée.

Dehors, la nuit était cousue de fils de pluie. Miss Maple s'enfonça dans la boue à mi-jambe. Sa laine gonflée d'eau fut bientôt deux fois plus lourde que d'habitude. Elle pensait à l'agneau sans nom qui avait vu un esprit et s'apprêtait en tremblant à prendre le chemin du dolmen quand elle entendit un bruit fort et sec, comme une chute de pierre. Cela provenait de la falaise. La brebis soupira. Ce n'était pas vraiment l'endroit idéal pour rencontrer un esprit de loup par une nuit noire et pluvieuse.

Au bord du précipice, il faisait moins sombre qu'elle ne l'avait craint. La mer réfléchissait un peu de lumière, on pouvait distinguer le tracé de la côte, de manière certes approximative, mais sans confusion possible. On pouvait aussi voir qu'il n'y avait personne. Si quelqu'un avait fait tomber des pierres dans le vide, il avait dû tomber avec. Miss Maple posa avec précaution ses sabots mouillés au bord du talus glissant et scruta l'espace en dessous d'elle. Bien entendu, elle ne vit rien, pas même le fond de l'abîme. Au moment de reculer, elle constata qu'elle était en mauvaise posture. L'herbe était humide et boueuse, le sol détrempé. On lui avait tendu un piège et elle, Miss Maple, la brebis la plus intelligente de Glennkill et peut-être du monde entier, s'était laissé avoir comme une débutante. Elle se dit que l'intelligence ne servait pas à grand-chose quand on faisait un cauchemar, et se résolut à attendre qu'une main ou un museau la pousse dans le vide avec douceur, mais fermeté.

Elle attendit longtemps et en vain. Quand elle dut admettre qu'il n'y avait personne dans son dos, elle se fâcha. D'un bond colérique, elle recula jusqu'à un bout de terrain plus stable et rentra à la bergerie. Sur le pas de la porte, elle s'arrêta et inspira une longue bouffée d'air. Ça sentait son troupeau et rien d'autre. Miss Maple poussa un soupir de soulagement et remarqua que ses jambes vacillaient. Elle se mit à la recherche de Cloud qui bêlait toujours à voix basse quelque part dans l'obscurité, perdue dans un rêve sans boucher et sans tarte aux pommes, où le premier rôle revenait plus probablement à un grand pré de trèfle vert.

Tout à coup, son sabot encore tremblant s'enfonça dans un liquide chaud, qui tombait goutte à goutte de

Sir Ritchfield. Le vieux bélier se tenait debout, immobile, les yeux clos comme s'il dormait profondément. Il était aussi mouillé qu'un mouton plongé longtemps dans l'eau. Miss Maple posa sa tête sur le dos laineux de Cloud et réfléchit.

4

Mopple fonce

Le lendemain, il n'y avait pas un souffle de vent et les mouettes se taisaient. Un épais brouillard gris rampait sur la pâture. On ne voyait pas à plus de deux longueurs de mouton. Ils restèrent longtemps dans la bergerie, installés bien au sec. Comme George et Tess ne venaient plus les mettre à la porte de grand matin, ils faisaient les difficiles.

— Le temps est humide, remarqua Maude.

— Il fait froid, dit Sara.

— C'est scandaleux, conclut Sir Ritchfield.

Adjugé ! Le vieux bélier détestait le brouillard, car alors, ses bons yeux ne lui servaient à rien, il se rendait compte que son ouïe baissait et se perdait très vite.

Mais l'hésitation générale avait encore une autre cause : ce jour-là, le brouillard leur paraissait étrange. Comme si des ombres bizarres se déplaçaient derrière son souffle blanc.

Ils passèrent donc toute la matinée au chaud. L'ennui, la mauvaise conscience et, pour finir, la faim se manifestèrent. Pourtant, se rappelant la colère qu'ils éprouvaient contre George et Tess par des jours comme celui-là, ils restèrent à l'intérieur. Un front de têtes blanches et songeuses fixait sans rien y voir les

traînées de brouillard tandis que Mopple s'efforçait de s'extraire par un trou dans le mur du fond.

Des éclats de planches pourries s'étaient pris dans sa laine et écorchaient sa tendre peau de mouton. Il gémissait. La moitié de son corps était déjà dans la brèche quand il se demanda si l'idée de s'échapper par cet orifice était vraiment bonne.

« Quand la tête passe, tout passe », répétait sans cesse George. Certes, il parlait des rats, qui parvenaient – on ne sait trop comment – à pénétrer dans la roulotte et ouvrir des boîtes de conserve toutes rouillées. Mopple n'avait encore jamais vu de rats de près. Tout à coup, il ne fut plus si sûr qu'ils ressemblent à de petits moutons. C'était pourtant ce que sa mère lui avait raconté à l'époque où il la tétait encore. Un jour qu'il était effrayé par des mouvements furtifs autour de lui, elle lui avait dit que les rats étaient de petits moutons à laine épaisse qui traversaient l'étable en vastes troupeaux pour apporter des rêves à leurs grands frères. Même un Mopple ne pouvait avoir peur de ce genre de bestioles. Adulte, il s'était parfois étonné que certains de ses congénères leur fassent la chasse, mais il s'était rassuré en pensant qu'ils avaient fait des cauchemars. Mopple, lui, n'avait jamais eu à se plaindre de ses rêves. Ils n'étaient pas très variés, mais ils étaient paisibles.

Soudain, pour la première fois de sa vie, il réfléchit à l'apparence extérieure des moutons en général et de Zora en particulier : un museau élégant, un visage noir comme du velours, des cornes aux courbes gracieuses (dans le troupeau de George, elle était la seule brebis à cornes, et celles-ci lui allaient à ravir), un large corps couvert de laine et quatre longues pattes droites aux pieds délicats. Mopple lui-même avait de petits pieds :

il le voyait à l'empreinte de ses sabots dans la boue. Chez le mouton, la tête était donc peut-être la plus belle partie du corps, mais certainement pas la plus large – même quand elle était, comme dans son propre cas, ornée de deux cornes en tire-bouchon.

Il se tortillait, mal à l'aise, mais fermement décidé à ne pas se laisser gagner par la panique – du moins pas tout de suite. Avait-il bien fait de s'enfuir de cette manière par un trou, en secret, dans le dos des autres ? Certes, il avait ses raisons, mais étaient-ce de bonnes raisons ? La première, c'était qu'il avait faim plus vite et plus souvent que les autres. Ça, ce n'était pas une mauvaise raison. Mopple tendit le cou, attrapa un brin d'herbe entre les dents et se calma un peu.

La deuxième était plus complexe. Elle avait à voir avec Sir Ritchfield, ou plutôt avec la mémoire de Mopple, ou encore avec Miss Maple – pour tout dire, avec les trois à la fois. Il s'agissait d'un indice. Le roman policier de George foisonnait d'indices, mais le berger avait jeté le livre avant la fin. Heureusement, il y avait Miss Maple ! Elle, elle saurait sûrement que faire d'un indice. Voilà pourquoi Ritchfield essayait d'empêcher Mopple de lui parler. Et pourquoi Mopple devait sortir par le trou. Pour voir Miss Maple en secret. Elle n'était pas dans la bergerie, donc elle devait être quelque part au-dehors. Non ?

Un peu plus tôt, tout lui paraissait simple. Mais à présent qu'un morceau de bois pointu lui rentrait dans les côtes, il avait terriblement peur de se blesser et de se vider comme Sir Ritchfield. Les moutons du troupeau s'accordaient en effet à penser que leur doyen devait avoir un trou par lequel ses souvenirs s'échappaient. Certes, ils n'osaient en parler que lorsque leur chef ne pouvait pas les entendre, mais désormais il était facile de s'arranger pour qu'il ne les entende pas.

Mopple essaya de se faire plus mince. La douleur diminua. Il respira, et aussitôt, la pointe lui piqua de nouveau le flanc. La panique était proche. Il la sentait dans sa nuque, où elle le guettait comme un rapace, et le fait qu'il ne puisse pas se retourner pour la surveiller aggravait encore la situation. Il allait se vider, peut-être plus que Sir Ritchfield. Il allait même oublier qu'il voulait sortir par le trou ! Il resterait coincé là à jamais et mourrait de faim. Mourir de faim, lui, Mopple la Baleine !

Il se fit si mince qu'il en eut des étoiles dans les yeux et, paniqué, frappa le sol avec ses pattes arrière.

Othello avait passé la moitié de la nuit au-dehors, dans la pâture, trempé jusqu'aux os, excité et fiévreux. Reviendrait-*il* ? Dès qu'il avait vu Sir Ritchfield, il l'avait à la fois craint et espéré. À présent, il avait la réponse. Le souvenir d'une odeur continuait de flotter dans ses narines, troublant, indiscutable. Des pensées tourbillonnaient entre ses cornes comme des nappes de brouillard : joie, agacement, colère, des milliers de questions et une gêne qui le chatouillait.

Othello avait appris à refouler les tourbillons dans sa tête. Il aspira la brume humide, le museau tourné vers la bergerie. Il sentit une nervosité moite et une odeur aigre qui traduisait le trouble. L'inquiétude s'était emparée du troupeau. À juste titre : même Othello trouvait le brouillard peu rassurant aujourd'hui.

Ritchfield ne laissait toujours pas sortir le troupeau. Tant mieux. Néanmoins, Othello se demandait pourquoi. Le doyen savait-il qui était venu dans la pâture la nuit précédente ? Essayait-il de le leur cacher ? Pourquoi ?

Le bélier noir réfléchit brièvement à la direction qu'il devait prendre. La plus invraisemblable, bien entendu ! Il trottina vers la falaise. La pluie nocturne et l'air nébuleux avaient effacé toute empreinte olfactive. Il inclina la tête et chercha quelque trace des yeux, à la manière d'un humain. Il en eut un peu honte.

À l'intérieur de son crâne, il entendait cette voix moqueuse qu'il connaissait bien : « Presque sourd et presque sans flair ! » Une voix jaillie du fond de sa mémoire, accompagnée d'un bruissement d'ailes de corneille. « Si tu veux savoir ce que savent les bipèdes, tu dois te demander ce qu'ils ignorent. La seule chose qui compte pour eux, est ce que leur œil perçoit. Ils n'en savent pas plus que nous, au contraire. Voilà pourquoi il est si difficile de les comprendre. Mais… » Othello secoua la tête pour chasser la voix. À n'en pas douter, les conseils étaient bons, voire inestimables, mais les propos souvent confus. Or il devait se concentrer.

À un endroit, le sol n'était pas seulement boueux, mais franchement piétiné. Miss Maple, sans doute. *Lui* ne laisserait pas un tel bazar sur son passage. Othello chercha un indice discret. Un peu plus loin, il vit un pin rabougri, le seul aux alentours. « Amis à feuilles persistantes, gardiens de secret, sages à racines. » Le pin attira Othello.

Il tourna autour de l'arbuste malingre jusqu'à ce que celui-ci semble ployer de honte sous ses regards. Rien d'anormal. Mis à part le trou, bien sûr, mais Othello n'accordait aucun crédit aux histoires qu'on racontait sur cette faille qui s'ouvrait près des racines et traversait la roche. Par ce trou, on entendait jour et nuit la mer qui gargouillait, gloussait et lançait son rire moqueur depuis les profondeurs. On rapportait que, les nuits de pleine lune, des êtres marins aux doigts visqueux en sortaient pour rôder autour de la bergerie. Othello savait bien que les traces luisantes qu'on y trouvait au matin provenaient de limaces nocturnes. Au fond, les autres aussi le savaient, mais ils aimaient trop les histoires. Parfois, trois ou quatre jeunes moutons particulièrement téméraires se rassemblaient autour du pin pour écouter la mer et frissonner avec jubilation.

À son tour, Othello regarda dans le trou, et même, pour la première fois de sa vie, avec un certain intérêt. La pente était raide, assurément, mais pas trop pour un être humain qui savait se servir de ses mains et pas trop non plus pour un mouton très courageux. Il hésita. « Ce qui ne nous plaît pas à la première mâchée ne nous plaît pas non plus à la dixième, se moquait la voix. L'attente nourrit l'angoisse », ajouta-t-elle avec une légère impatience, comme le bélier ne bougeait toujours pas. Pourtant, Othello fit la sourde oreille. Il fixait, pour ainsi dire fasciné, quelque chose de sombre et de brillant près de ses pieds. Une plume luisante, noire et silencieuse comme la nuit. Othello s'ébroua. Il tourna une dernière fois la tête en direction de la bergerie, puis s'engouffra dans le trou.

Tout à coup, Mopple se retrouva à l'air libre, haletant, tremblant. Une douleur aiguë déchirait ses flancs blessés. Pour se calmer, il prononça les mots les plus difficiles qu'il ait jamais appris : « Opération Polyphème ». Des mots que George disait parfois et qu'aucun mouton n'avait jamais compris. Mopple était l'un des seuls à pouvoir retenir même des phrases qu'il ne comprenait pas. Aussitôt, il se sentit plus courageux et même plus décidé.

Il tourna la tête pour regarder, non sans fierté, l'orifice étroit par lequel lui, Mopple la Baleine, avait réussi à sortir. Mais la paroi en bois s'était déjà évanouie dans le brouillard, un brouillard particulièrement dense, si épais et si compact que le bélier fut tenté de mordre dedans. Il se maîtrisa et, à la place, cueillit quelques brins d'herbe.

Pour Mopple, le brouillard ne représentait pas un grand problème. On voyait moins bien, c'est vrai, mais il avait de toute façon une mauvaise vue. Il regrettait surtout de ne pas pouvoir flairer correctement parce que des perles d'eau fraîche et herbeuse s'étaient déposées sur son naseau. Mais en général, il se sentait en sécurité dans le brouillard car il imaginait qu'il marchait dans la laine éthérée d'un mouton géant, ce qui était une belle pensée. Il se mit à brouter avec insouciance ; aussitôt, il sut que la première raison pour laquelle il était sorti de la bergerie était bonne. Mopple raffolait de l'herbe mouillée par le brouillard, aussi pure que l'eau car lavée de toutes les odeurs qui en troublaient le goût. Il pourrait toujours chercher Miss Maple plus tard. Peut-être même que le bruit des brins arrachés l'attirerait. Il trottina de-ci de-là jusqu'au moment où il eut le sentiment de n'avoir plus tout à fait aussi faim.

Soudain, son naseau buta contre un objet dur et froid. Effrayé, il fit un bond en arrière, des quatre pattes en même temps. Par malchance, de là où il était, il ne pouvait plus voir ce qui l'avait effrayé. Il hésita. Au bout d'un moment, la curiosité l'emporta. Il fit un pas en avant et observa le sol.

Il aperçut la bêche autour de laquelle Tom O'Malley avait rassemblé le troupeau humain. Comme il ne l'avait pas enfoncée assez profondément, elle s'était inclinée, puis avait fini par tomber. Mopple la fixa d'un air mauvais. La place des outils était dans la remise et non dans la prairie. Cela dit, elle ne sentait pas comme les autres outils, c'est-à-dire la sueur des mains, l'énervement et toutes sortes de choses qui piquaient. Cette bêche ne répandait qu'un doux souvenir d'odeur humaine. Elle avait surtout le parfum lisse et propre d'un galet humide.

À y flairer de plus près, le souvenir se faisait néanmoins plus précis, gagnait en contour et en acuité. On identifiait un mélange d'eau savonneuse, de vapeur de whisky et de détergent au vinaigre. Ça sentait la barbe courte et sale, ainsi que les pieds pas lavés. Mopple comprit soudain que l'odeur qu'il reniflait n'était plus celle de la bêche, mais celle d'un homme en chair et en os qui se déplaçait dans le brouillard non loin de lui. Il leva la tête et vit une silhouette ou plus exactement une forme blanche qui marchait de côté, comme un crabe. Une vision d'horreur. Mopple pensa à l'esprit de loup, à la bêche et au dolmen, à la profanation du potager et aux pieds de George, pas toujours très propres. Il s'affola et partit en trombe dans le brouillard.

Ce n'est pas malin de courir droit devant soi quand on ne voit rien. Il le savait, mais savait aussi qu'il était incapable de s'arrêter. Ses pattes, qui se contentaient d'ordinaire de le porter avec nonchalance vers les tapis de plantes sauvages et d'herbes odorantes, prenaient tout à coup des initiatives. Tout le brouillard du monde semblait s'être concentré dans sa tête, et son vœu le plus cher était de la perdre complètement sa tête, de n'être plus que des jambes qui fuyaient : fuyaient George, l'esprit de loup, Miss Maple, les chiens méchants, Sir Ritchfield, ses souvenirs et surtout la mort. Or l'une de ses hanches lui faisait mal tant ses pieds frappaient le sol avec une énergie inaccoutumée. Cela l'aida à chasser le brouillard qu'il avait dans la tête. Il tenta de se rattacher à une idée, mais songea malheureusement aussitôt à la chose la plus désagréable qui fût : ce qui allait se passer l'instant d'après. Il ne pourrait pas continuer éternellement à courir de la sorte. Tôt ou tard, il rencontrerait un obstacle : la falaise, la bergerie, les haies ou la roulotte. Non, pas la roulotte ! supplia-t-il en son for intérieur. Ce qui lui faisait le plus peur, c'était l'idée de rencontrer, au bord du potager – les lieux de son crime –, un esprit de George furieux, agitant un trognon de salade complètement dévorée.

Il buta alors contre quelque chose de grand, de mou, de chaud. L'obstacle recula et culbuta en poussant un grognement. Il dégageait une odeur pénétrante. Avant même d'en savoir plus, Mopple sentit ses jambes fléchir. Il s'assit sur son derrière, hébété par la violence du choc, et écarquilla les yeux. Le grognement se transforma en jurons, puis en paroles que le bélier n'avait encore jamais entendues, mais qu'il comprit pourtant aussitôt.

Alors, le boucher surgit du brouillard : d'abord ses énormes paluches rouges, puis son gros ventre et enfin ses affreux petits yeux brillants qui examinèrent Mopple sans hâte, voire avec une sorte de joie. Puis sans crier gare, il se rua sur le mouton – sans l'attraper, sans le frapper, sans lui donner de coup de pied. Il se jeta simplement de tout son long sur le gros bélier, comme pour l'écraser sous son poids.

Quand il eut enfin recouvré ses esprits, Mopple constata qu'il avait réussi à esquiver le coup. Et même plusieurs fois. Le boucher était noir de boue,

ses coudes, son ventre, et la moitié de son visage. Quelques brins d'herbe verte lui collaient sur la joue gauche comme des poils de barbe, et du fait de sa myopie, l'animal avait la sensation d'avoir devant lui un gros chat tigré plein de méchanceté. Les parties de son visage qui n'étaient pas encore sales, surtout le front et le tour des yeux, étaient rouges comme une langue de mouton enflammée. Son cou aussi était rouge et bizarrement gros, gonflé. Mopple tremblait de tous ses membres. Il était à bout, trop épuisé pour échapper une nouvelle fois à l'agresseur.

Il régnait un silence de mort. Le boucher comprit que la bête n'en pouvait plus. Il serra l'un de ses énormes poings et le fit claquer dans la paume de l'autre main. Puis celle-ci se referma. On aurait dit que ses bras allaient se transformer en un boulet de chair crue. Les nœuds de ses doigts blanchirent, et Mopple perçut un bruit très léger et très inquiétant, un lointain craquement, comme si un os se cassait lentement quelque part tout au fond d'un corps.

Désemparé, le bélier gardait les yeux rivés sur le boucher en mâchonnant d'un mouvement mécanique un brin d'herbe sans plus de goût, cueilli en des temps reculés et heureux. Mopple ne savait plus pourquoi il l'avait brouté. D'ailleurs, à quoi bon brouter en ce bas monde tant qu'il y aurait des bouchers ? L'homme recula d'un pas, manifestement prêt à accomplir un acte cruel et définitif. Puis tout à coup, il disparut, comme englouti par les entrailles de la terre.

Immobile, l'animal continuait de mâcher. Il mâcha jusqu'à ce qu'il ne lui reste plus la moindre fibre végétale dans la bouche. Il ne pensait à rien, sinon qu'il devait continuer de mâcher. Tant qu'il mâcherait, il ne se passerait rien. Mopple se trouvait un peu stupide de mâcher de la sorte, la gueule vide, mais il n'osait pas arracher un nouveau brin d'herbe.

Quelques traînées de brouillard passèrent devant lui, et, enfin, une portion d'air transparent. Une fenêtre par laquelle il pouvait voir. Et alors, il aperçut… le vide. Le monde s'arrêtait au bout de ses sabots. Mopple se tenait au bord de l'abîme. Jamais il n'aurait osé s'en approcher ainsi de son plein gré. En tout cas, il n'avait plus à s'interroger sur le sort du boucher. Il fut pris de frissons et fit prudemment un pas en arrière. Puis un autre. Puis Mopple la Baleine se retourna et s'engouffra de nouveau dans le brouillard.

Jusqu'à présent, il avait toujours aimé la brume. Un jour, alors qu'il n'était encore qu'un agneau, le berger lui avait interdit de téter sa mère. Ce moment avait été terrible pour lui. L'homme jugeait qu'il grossissait trop vite et avait dès lors tété la brebis à sa place, avec un appareil. Le berger aussi était gros, mais un mouton ne pouvait rien lui interdire. À partir de ce moment, Mopple avait reçu une boisson à base de lait et d'eau. Il aimait regarder les deux liquides se mélanger et attendait même avant de commencer à boire. Le lait formait des fils blancs qui s'épaississaient jusqu'à se changer en une substance douce et compacte. Ce cocon fibreux ressemblait à un brouillard prometteur de satiété et de bien-être. Mais désormais, le bélier savait que le brouillard n'était pas la toison d'un mouton géant ou alors cette toison devait être envahie par une effroyable vermine, par des bouchers dont les mains en chair crue transformaient tout ce qu'elles touchaient en chair également crue.

Peu à peu, Mopple commença en outre à s'étonner de l'atroce hurlement qui semblait monter d'on ne sait quelles profondeurs et pesait sur la pâture à la manière

d'un corps massif. C'était un hurlement qu'il percevait jusque dans la pointe de ses cornes arrondies, un cri colérique et désespéré comme il n'en avait encore jamais entendu. Il lui faisait mal dans les dents et dans les sabots, mais le bélier ne chercha pas à fuir. Il savait désormais qu'il n'est pas si facile de s'échapper, même pour rejoindre les autres moutons, qui n'étaient qu'une forme différente de brouillard et pouvaient se dissiper aussi vite que le vrai. Une fois, déjà, il les avait vus s'évanouir, ses frères de lait, ses compagnons de tétée, ses amis d'enfance. Le berger était revenu seul, gras et froid, comme s'il ne s'était rien passé.

Mopple baissa les yeux et vit que l'herbe était toujours aussi verte. C'était elle qui l'avait sauvé. Peut-être devait-on s'en remettre à l'herbe ? Sans détourner le regard, il commença à bouger. Il posa prudemment un sabot devant l'autre et suivit l'herbe sans savoir où elle le mènerait.

Othello enrageait. Le trou n'avait présenté aucune difficulté : la descente était presque facile une fois qu'on avait osé s'y engager. C'était tout lui, ça. « Les problèmes ne se trouvent pas dans tes pieds, dans tes yeux ou dans ta gueule, mais dans ta tête », murmurait la voix. Il passa en revue ce qu'il avait dans la tête aussi soigneusement que le peut un mouton occupé à ruminer. Rien ne lui venait à l'esprit. Il avait longé la mer pendant un bon moment sans découvrir la moindre trace. Le sable s'enfonçait sous ses pieds, moelleux et néanmoins perfide.

En plus, il y avait maintenant ce hurlement fort et usant même s'il n'était pas assez proche pour l'inquiéter vraiment. Qu'est-ce qui pouvait bien brailler de la sorte ? Cette question l'intéressait. En d'autres circonstances, il aurait fait demi-tour. Mais les résultats éventuels de ses propres recherches l'intéressaient plus que tout. Il devait approcher du village. Il savait qu'il était temps de quitter la plage.

Le bélier leva les yeux. La falaise n'était plus si haute, elle se résumait ici à une pente douce et sablonneuse. Là où le vent n'avait pas formé de petites dunes, des plantes courtes, rugueuses poussaient dans le sable. Elles ne valaient pas grand-chose du point de vue alimentaire, mais offraient un bon appui pour les pieds. Othello entama la montée. Arrivé au sommet, il vit une étendue d'herbe rêche où un étroit sentier humain dessinait d'absurdes virages. La végétation monotone, qui s'étalait à perte de vue, ne lui apprit rien. « Quand on ne sait pas ce qu'on doit faire, ironisa la voix, soit on renonce, soit on abandonne. Cela revient au même. » Têtu, Othello s'arrêta. Une foule de chemins possibles s'offraient à un mouton, mais un seul n'en avait jamais attiré aucun. Enfin – presque aucun. Othello, lui, emprunta le sentier humain qui menait au village.

Celui-ci serpentait tout d'abord de manière hésitante, puis butait contre un mur de pierres grossières qu'il suivait alors, aussi droit qu'une patte de mouton. Le mur était haut. Même en se dressant sur ses sabots arrière, Othello ne pouvait pas voir de l'autre côté. Dommage, car il devait s'y passer de drôles de choses. Il entendait l'étrange murmure d'une multitude de voix et cet effet de sourdine ne provenait pas que du brouillard. Le bélier était tout excité et se forçait en même temps à rester calme. Il était suffisamment rare que les hommes soient discrets pour que cela veuille dire quelque chose.

Othello atteignit une petite porte en fer forgé. Il

appuya sur la poignée avec la patte avant, le battant s'ouvrit avec un effroyable couinement. Le bélier noir se faufila à l'intérieur, aussi silencieux que son ombre, et repoussa délicatement la porte avec la tête. Ce n'était pas la première fois qu'il se félicitait des connaissances acquises au cours de ces abominables années passées au cirque.

Il crut d'abord avoir atterri dans un énorme potager. D'une part en raison de l'ordre qui y régnait – allées rectilignes, plates-bandes au carré –, d'autre part en raison de l'odeur de terre fraîche et de végétation cultivée. Nul doute qu'on y avait planté quelque chose, bien que rien d'appétissant. Sur les chemins, des silhouettes humaines se déplaçaient à petits pas. Elles semblaient venir de toutes les directions et se dirigeaient en chuchotant vers un point qui les attirait de façon magique.

Othello se cacha derrière une pierre. Il se sentait inquiet, mais pas à cause de la foule en émoi. C'était l'odeur. Maintenant, il était sûr de ne pas être dans un potager. Mais peut-être même dans l'inverse d'un potager. En même temps que le brouillard, une odeur très ancienne survolait les sentiers, les plates-bandes et les innombrables pierres. Othello pensa à Sam, un homme si bête qu'au zoo même les chèvres se moquaient de lui. Pourtant, l'administration l'avait nommé responsable des fosses situées dans un *no man's land* derrière la maison des éléphants. Dès son plus jeune âge, Othello avait compris pourquoi ceux-ci avaient les paupières rouges et tombantes. Tous les animaux savaient ce qu'il en était. Quand Sam revenait de la fosse, les chèvres le laissaient en paix et les charognards plissaient les yeux. Quand Sam revenait de la fosse, ça sentait la vieille mort.

C'était le premier enterrement auquel Othello assistait. Mais le bélier se comporta de manière exemplaire. Il était tout en noir et se tenait droit, la mine grave, entre les pierres tombales. De temps en temps, il broutait une pensée. Il écoutait avec une attention religieuse la musique et les voix. Dès qu'il vit la boîte approcher, à l'odeur il sut tout de suite qui se trouvait à l'intérieur. Il flaira également Dieu avant même que celui-ci ne surgisse du brouillard en se balançant d'un air solennel et se mettre à parler de lui. Lorsque la grosse Kate commença à pleurer, les autres l'entourèrent comme de grands corbeaux noirs. Apparemment, personne ne pensait à George dans sa boîte. Personne en dehors d'Othello.

Le bélier, lui, se souvenait du jour où il l'avait vu pour la première fois. Il l'avait aperçu à travers un épais nuage de fumée, mais, à cette époque, Othello était habitué à la fumée de cigarette. Du sang lui coulait dans les yeux. Il était si épuisé que ses pattes tremblaient. Le chien à côté de lui était mort, mais cela n'avait pas grande importance parce qu'il en viendrait forcément un autre. Othello s'efforçait de rester debout, les yeux ouverts. Il avait du mal – beaucoup de mal. Il avait cligné les paupières pour en chasser le sang et n'avait pu les rouvrir. Elles étaient collées.

Pendant quelques instants, il avait baigné dans une obscurité céleste, puis la voix s'était fait entendre, à vrai dire bien tard : « La mort arrive quand on a les yeux fermés. » Othello n'avait rien contre l'idée de mourir. Pourtant, il avait bravement ouvert les paupières et vu sous son nez les yeux verts de George qui le regardait avec un tel intérêt que le bélier avait pu se raccrocher à son regard jusqu'à ce que ses pattes

cessent de trembler. Alors, il s'était retourné vers la porte par laquelle les chiens entraient et avait baissé les cornes.

Peu après, il s'était retrouvé dans la vieille auto du berger, à salir la banquette arrière de son sang. George était au volant, mais la voiture à l'arrêt. La nuit se collait aux vitres avec curiosité. Le vieux berger s'était tourné vers lui et ce n'était plus de l'intérêt qui avait brillé dans ses yeux, mais du triomphe. « Nous partons en Europe ! » avait-il annoncé. Sur ce point, George s'était trompé. Ils n'étaient pas allés sur le continent. Justice ! pensa Othello, justice !

5

Cloud rue dans les brancards

Les moutons avaient passé une journée abominable. Jamais ils ne s'étaient encore sentis aussi délaissés. D'abord, il y avait eu le brouillard, puis le sentiment inquiétant que quelque chose d'étranger s'y déplaçait, l'écho de gargouillis lointains et une vague impression d'odeurs hostiles. Sous un prétexte quelconque, l'agneau d'hiver attira deux jeunes de son âge dans un coin sombre de la bergerie et les effraya tellement qu'ils s'enfuirent en courant, foncèrent dans le mur et se blessèrent, l'un à la tête, l'autre à la patte avant.

Ritchfield ne voyait rien, n'entendait rien et ne voulait rien savoir. Mais quand le premier hurlement retentit, il dut bien admettre que la situation n'était pas tout à fait normale. Il eut l'air presque soulagé, sans doute parce que lui aussi percevait enfin quelque chose.

Les hurlements, c'était trop : les moutons s'éparpillèrent dans le brouillard, les oreilles frémissantes, trop inquiets pour brouter. Enfin, le silence revint, mais plus effrayant encore que le bruit. Ils se réfugièrent en haut de la colline, blottis les uns contre les autres. En ruant de nervosité, Maude blessa Ramsès au museau. L'ambiance était mauvaise. Ils attendaient que le vent chasse le brouillard et, avec lui, le silence.

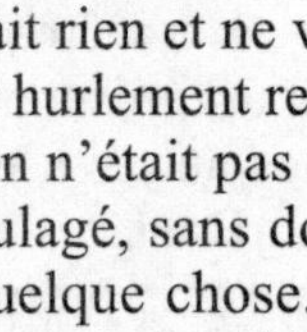

Aucun d'eux n'aurait pu dire ce qui s'était passé : les cris des mouettes leur manquaient.

Le vent se leva enfin, vers midi, les mouettes se mirent à crier et Zora trottina aussitôt vers la falaise. Là, elle bêla. Bientôt, tous se retrouvèrent au bord du vide, aussi près qu'ils le pouvaient, et regardèrent en bas. Le boucher était allongé sur une petite bande de sable, au milieu des rochers. Couché sur le dos, il donnait l'impression d'être étonnamment plat et large. Ritchfield prétendit qu'il apercevait un filet de sang aux commissures de ses lèvres, mais son comportement du matin ne prédisposait pas ses compagnons à l'écouter : ils n'en crurent pas un mot. Le boucher avait les yeux fermés et ne bougeait pas. Les moutons jouissaient du spectacle. Mais tout à coup, son œil gauche s'ouvrit et leur bonne humeur s'évanouit. La prunelle terne du boucher les fixa, chacun à leur tour, et leurs genoux tremblèrent bien qu'ils fussent hors de portée. L'œil cherchait quelque chose, ne le trouva pas et se referma. Par précaution, les moutons s'éloignèrent de la falaise.

— Il va être emporté par la marée, lança Maude avec optimisme.

Les autres n'en étaient pas si sûrs.

— Dans ces cas-là, il y a toujours un jeune homme pour venir promener son chien sur la plage, soupira Cordelia.

Quelques-uns approuvèrent de la tête. Ils tenaient cela des romans sur Pamela.

— Le chien trouve le blessé, ajouta Cloud qui avait toujours écouté George avec attention. Le jeune homme est fasciné et emmène l'inconnu avec lui.

Puis elle conclut :

— Au moins, on en sera débarrassé.

Seulement, les autres se doutaient que le cas présent était différent. « La mer ne rend rien », avait l'habitude de dire George quand il sortait des caisses de sa roulotte et les jetait du haut de la falaise, la nuit, à marée haute. Et puis les jeunes gens finissaient par se lasser des personnes trouvées sur la plage, même quand elles étaient jolies et sentaient bon. Alors, un boucher aux doigts comme des saucisses…

— Mopple la Baleine n'a qu'à nous raconter l'histoire de Pamela et du pêcheur, suggéra Lane.

Les autres approuvèrent d'un bêlement. Ils aimaient l'histoire du pêcheur parce qu'un énorme tas de foin y jouait le rôle principal. Mopple la racontait si bien qu'à la fin, ils rêvaient tous en silence de ce qu'ils feraient, eux, dans le tas de foin.

Mais Mopple n'était pas là ! Pour commencer, ils le cherchèrent dans le potager, puis sur George's Place – qui était toujours intacte. Ils furent un peu gênés d'avoir cru Mopple capable d'une chose pareille. Ils se turent sans plus savoir que faire. Alors, Zora partit vers la falaise, la queue remuant d'inquiétude, voir si elle n'apercevait pas aussi sur la plage une grosse pelote de laine blanche. Par bonheur, Mopple n'était pas en bas. Pour la peine, Zora put constater que leurs suppositions étaient justes : ce n'était pas un, mais trois jeunes hommes qui déposaient le boucher inerte sur une civière. Zora secoua la tête devant tant de stupidité. Elle bêla pour appeler les autres, mais personne n'osa la rejoindre. Ils se souvenaient de l'œil du boucher et tremblaient de peur.

Peu à peu, ils prirent conscience que Mopple n'était vraiment pas là. Ils n'y comprenaient rien.

— Peut-être qu'il est mort ? murmura Lane.

À nouveau, Zora remua énergiquement la tête.

— Ce n'est pas parce qu'on est mort qu'on doit nécessairement disparaître : George n'était plus en vie et, pourtant, il était bien là.

Dans un sens, ils étaient contents que les choses se présentent cette fois sous un autre jour.

— Il est devenu un mouton-nuage, bêla Ramsès tout excité. Mopple a réussi !

Ils levèrent la tête, mais le ciel était gris et uniforme comme une flaque d'eau sale.

— Il ne peut pas avoir disparu, objecta Cordelia. Ce serait comme si le monde avait un trou. Ce serait de la magie.

Heidi se grattait une oreille avec la patte arrière.

— Peut-être qu'il est tout simplement parti, suggéra Maude.

— On ne peut pas tout simplement partir ! objecta Ramsès. Aucun mouton ne le peut.

Ils se turent un long moment. Ils pensaient tous à la même chose.

— Melmoth est bien parti, finit par faire remarquer Cloud.

Heidi perdit l'équilibre et tomba sur le côté. Les autres préférèrent ne pas regarder.

Ils connaissaient l'histoire de Melmoth bien qu'aucun d'eux n'aimât la raconter ni l'écouter. On ne la racontait d'ailleurs pas en public. C'était une histoire que les brebis confiaient aux agneaux à voix basse pour qu'elle leur serve de leçon. C'était une histoire sans le moindre tas de foin, une histoire affreuse qui faisait peur.

— Melmoth est mort ! grommela soudain Sir Ritchfield.

Les moutons tressaillirent. Ils n'avaient pas parlé

fort et personne ne s'était attendu à ce que précisément Ritchfield entende la dernière phrase.

— Melmoth est mort, répéta-t-il. George est parti à sa recherche avec les chiens du boucher. Quand il est revenu, il sentait la mort. Je l'attendais. Au bout de la cinquième nuit, j'étais le seul à être encore près de la roulotte. Je l'attendais. J'ai senti la mort. Un mouton ne doit pas quitter son troupeau.

Personne n'osa répondre. Ils baissèrent la tête l'un après l'autre et commencèrent à brouter d'un geste mécanique.

C'était sans conteste un mauvais jour pour eux.

Ils auraient bien demandé à Miss Maple si elle savait où se trouvait Mopple, mais Miss Maple n'était pas là non plus. Ils auraient bien demandé à Othello s'il y avait un endroit où aller en dehors de la prairie, puisqu'il connaissait le monde et le zoo, mais Othello n'était pas là non plus.

Ils étaient plus que troublés. Ils se demandèrent si un brigand avait pu rôder autour du troupeau pour s'en prendre aux plus gros, aux plus forts et aux plus intelligents. Quelqu'un qui n'avait pas d'odeur. L'esprit de loup, par exemple, ou le roi des lutins, ou le Seigneur – qui qu'il fût. Cette pensée n'était pas agréable.

Sir Ritchfield décida de compter ses moutons. C'était un travail de longue haleine, car le vieux ne savait compter que jusqu'à dix, et encore, pas toujours. Ils devaient donc se rassembler en petits groupes. Des disputes éclatèrent parce que certains prétendaient n'avoir pas encore été enregistrés alors que Ritchfield affirmait le contraire. Tous avaient peur d'être oubliés et, par conséquent, de ne plus exister. Quelques-uns changeaient même de place en cours d'opération pour compter double : mieux valait être prudent. Ritchfield

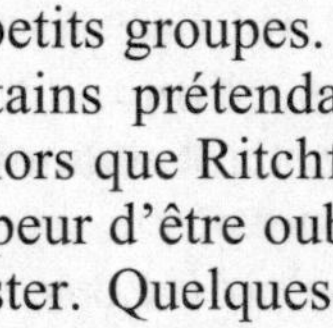

bêlait et soupirait. Enfin, il en vint à la conclusion qu'ils étaient trente-quatre dans la prairie. Alors, ils se regardèrent d'un air déconcerté. Ils prirent conscience de leur ignorance : ils ne savaient pas combien ils auraient dû être. Ce nombre obtenu avec peine ne leur servait à rien.

Ils étaient très déçus. Ils avaient espéré se sentir plus en sécurité après le recensement. George semblait toujours satisfait une fois qu'il les avait dénombrés. Tantôt, il les félicitait : « C'est bien, continuez. » Tantôt, il disait juste : « Ah ah… » Dans ces cas-là, il allait au bord de la falaise bombarder Zora de crottin ou au potager libérer un agneau trop curieux qui avait le cou coincé dans une maille du grillage et qui tirait la langue. Lorsqu'il avait compté, George savait toujours ce qu'il fallait faire. Eux, non.

Frustré, Ramsès donna un coup de boule à Maude, qui bêla d'indignation. Heidi bêla à son tour. Zora la mordit au derrière. Bizarrement, cela la fit taire, mais alors, ce furent Lane, Cordelia et deux jeunes brebis qui se mirent à vociférer. Ritchfield grattait l'herbe. Lane poussa Maisie, la brebis la plus naïve du troupeau, qui en tomba presque à la renverse de surprise et pinça Cloud à l'oreille. Celle-ci rua et donna un coup de pied sur la patte avant de Maude. À présent, tous étaient fâchés et bêlaient. Puis, comme à un signal secret, ils se turent, sauf Ritchfield qui distribuait en braillant des petits coups à gauche et à droite pour rétablir l'ordre.

Pendant ce temps, Othello avait descendu le sentier. Il les examina avec un étonnement mêlé de tendresse, passa près d'eux et continua en direction de la falaise. Les moutons se regardaient. Cloud léchait l'oreille de Maude, Ramsès mordillait la croupe de Cordelia. Le bélier noir regarda sur la plage la grande empreinte en forme de boucher que la mer n'avait pas encore effacée. Il pencha la tête sur le côté. Un instant auparavant, les autres avaient des dizaines de questions à lui poser ; soudain, plus personne n'avait envie de le déranger. Il leur suffisait de constater que des moutons disparus pouvaient revenir. Ils recommencèrent à paître, et même, pour la première fois de la journée, avec un certain plaisir.

Trois hommes se tenaient sous le tilleul. Le premier était en nage, le deuxième sentait le savon, le troisième respirait bruyamment. La peur aux yeux brillants rôdait autour d'eux.

— Si Ham y reste, dit l'homme en sueur, vous pouvez être sûrs que ce sera bientôt notre tour.

— N'importe quoi ! haleta l'asthmatique. C'est bien trop risqué. George, je veux bien. Mais Ham a tout déposé chez le notaire ! Il n'est pas du genre à lancer des menaces en l'air.

La peur approuva ces propos.

— Quel imbécile ! soupira le premier.

— Ham ?

Une odeur de savon indiqua que le deuxième avait fait un geste brusque.

— Tu crois que ce n'était pas un accident ?

— Non, je ne crois pas, murmura le premier, suant plus que jamais.

— Un accident ? ricana l'asthmatique. Pourquoi Ham serait-il tombé de la falaise ? Un type qui a le pied aussi sûr ! Qu'est-ce qu'il serait allé chercher là-bas, d'abord ? Oh, non ! On lui a donné rendez-vous. Un peu de parfum de violette sur une lettre, et cette andouille a accouru.

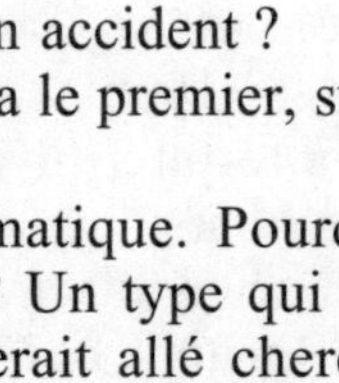

— Il n'est pas encore mort ! remarqua le suant. Il est résistant comme un taureau, Dieu merci. Il a des chances de s'en tirer, d'après ce que disent les médecins. Il ne pourra sans doute plus marcher, mais le principal, c'est qu'il soit en vie.

— Peut-être qu'il a oublié ? Après un accident pareil…

La voix du savonné était presque optimiste.

— Ham va se souvenir, le contredit l'asthmatique. Ce n'est pas facile de lui faire entrer un truc dans le crâne, mais une fois que ça y est, ça n'en ressort pas de sitôt. Vous vous rappelez, le soir du mariage de George, quand Josh l'a fait rouler sous la table… ?

Peut-être firent-ils un signe de la tête. Peut-être essayèrent-ils de ricaner. En tout cas, ils se rappelaient. Dès que Ham avait vidé son verre, Josh en posait un nouveau devant lui, et le boucher, qui n'avait pas l'habitude de boire, les avait éclusés l'un après l'autre. Qu'est-ce qu'ils avaient ri, ce jour-là !

— Il n'arrivait même plus à dire son nom ! continua l'asthmatique. À la fin, une mouche s'est posée sur son œil sans qu'il cligne des paupières !

— Mais après, ajouta le suant, il a réglé ses comptes – et il n'y est pas allé de main morte. Je n'aimerais pas me faire tabasser comme ça.

Le suant rigolait. Il énervait les deux autres.

— Si Ham se réveille, affirma celui qui avait du mal à respirer, il va se souvenir. Et alors, le petit jeu va se poursuivre.

Ils se turent. Peut-être se firent-ils un signe de la tête. En tout cas, ils s'éloignèrent chacun dans une direction différente. La peur souriait : elle se retourna avec élégance, sa crinière flottant dans le vent autour du vieux tilleul, et les suivit tous les trois chez eux.

L'arbre était antique. Il y a très longtemps, il se dressait au milieu du village et les gens dansaient autour de lui. Ils lui sacrifiaient des bêtes dont le sang lui avait profité. Peut-être avait-il connu les loups ? En tout cas, il avait sûrement vu les chiens-loups avec lesquels les seigneurs qui avaient envahi le pays chassaient le gibier, le bétail et les hommes. Maintenant, il était seul. Le village s'était déplacé et l'arbre continuait de croître. Son tronc mesurait plus de deux corps de mouton. Mopple la Baleine se tenait derrière. Il était venu ici, car en dessous du tilleul, il se sentait en sécurité. C'était comme dans une bergerie. Il n'avait pas fui en voyant arriver les hommes. Il savait que cela ne servait à rien. Il était resté tranquillement là, à brouter. Et avait enregistré chacune de leurs paroles.

Mopple ne pensait pas à eux. Il ne pensait pas non plus au boucher – surtout pas au boucher ! Il pensait à la peur. Il n'avait pas vu les trois hommes et ne savait pas grand-chose d'eux. Il ne connaissait que leurs odeurs et le son de leurs voix, qui lui étaient parvenus à travers l'épais feuillage parfumé. Mais il avait vu la peur ; il avait distingué le moindre de ses mouvements parcimonieux avec autant de clarté que si le tronc était en eau. Elle était plus grande qu'un mouton et marchait à quatre pattes. C'était un grand prédateur vorace au pelage soyeux et aux yeux intelligents. Pourtant, elle ne l'avait pas effrayé : ce n'était pas sa peur à lui.

Un oiseau se mit à siffler. Un oiseau de nuit. Le soir tombait. Mopple pensa aux autres moutons et cessa de paître. Tout à coup, il s'ennuya de son troupeau, il s'ennuya si fort que sa laine épaisse commença à lui gratter derrière la tête. Il était temps qu'une brebis lui

mordille la nuque – cela comptait plus que toutes les bêtes de proie et tous les cris de boucher. Bien sûr, il se souvenait du chemin qu'il avait emprunté le matin et se mit en route en remuant joyeusement les oreilles.

Quand il arriva enfin, à la tombée de la nuit, il semblait plus songeur que d'habitude, plus fin aussi. Cela tenait à sa démarche. Quelques moutons vinrent à sa rencontre avec des bêlements affables. Pendant son absence, ils avaient pris conscience de l'affection qu'ils éprouvaient pour lui. Il dégageait une odeur particulièrement agréable, une odeur que seul peut avoir un mouton en parfaite santé, qui digère bien, et ses histoires étaient les plus belles.

Ils l'assaillirent de questions, mais il garda le silence comme jamais il ne l'avait fait. Un terrible soupçon planait dans l'air, la crainte qu'il ne se souvînt pas bien. Cependant, personne n'osa aborder le sujet. Mopple se planta à côté de Zora qui lui mordilla la nuque distraitement, mais non sans tendresse.

Il faisait maintenant nuit noire. Pourtant, les moutons restèrent dehors. Ils attendaient Miss Maple, mais celle-ci ne venait pas. Enfin, alors que la pleine lune était déjà haut dans le ciel, une petite silhouette de brebis surgit de la lande précédée par une longue ombre mince. C'était Miss Maple, qui avait l'air épuisée. Cloud lui lécha gentiment le visage.

— Allez, on rentre ! ordonna la brebis intelligente.

Une fois dans la bergerie, tous les moutons l'encerclèrent. La lumière de la lune qui tombait par les lucarnes laissait voir leurs mines tendues. Miss Maple s'installa confortablement contre Cloud.

— Où étais-tu ? l'interrogea Heidi avec impatience.

— J'enquêtais, répondit Miss Maple.

Les moutons savaient ce que cela voulait dire, ils connaissaient le mot depuis le roman policier de George. Des enquêtes, c'est quand le détective met le nez dans des affaires qui ne le regardent pas et qu'il s'attire des problèmes.

Miss Maple raconta alors qu'elle avait pris le chemin qui menait chez George, au beau milieu du village. Une auto avait failli la renverser et un grand chien roux s'était lancé à ses trousses. Finalement, elle s'était cachée sous le genévrier, devant la maison du berger, et avait écouté par la fenêtre ouverte ce qui se disait à l'intérieur. Les moutons admirèrent son courage.

— Tu n'avais pas peur ? demanda Heidi.

— Si, avoua-t-elle. Terriblement peur. J'ai mis beaucoup de temps à revenir parce que je n'osais plus sortir du buisson. Au moins, cela m'a permis d'entendre une foule de choses.

— Moi, je n'aurais pas eu peur, affirma Heidi en jetant un regard en coin à Othello.

Cependant, les autres accordaient toute leur attention à Miss Maple. Celle-ci raconta qu'à partir de midi beaucoup de gens étaient venus chez Kate – pas tous en même temps, mais en petits groupes ou seuls. Ils disaient tous la même chose : que c'était affreux, un terrible malheur, que Kate devait faire preuve de courage. Elle répondait à peine. Elle disait seulement « oui », « non », « ah… » tout en pleurant dans un grand mouchoir. Le soir, très tard, on avait de nouveau frappé. C'était Lilly. Cette fois, Kate n'avait pas pleuré.

— Comment oses-tu ? avait-elle rugi.

Lilly avait murmuré :

— Je voulais juste te dire que je suis désolée.

— Au moins, comme ça, tu ne l'auras pas ! avait lancé Kate avant de lui claquer la porte au nez.

Un chat méchant, commenta Miss Maple, un vrai chat méchant. Les moutons ne furent guère surpris. Les Pamela des romans, elles aussi, se comportaient à l'occasion en chats méchants sans raison apparente. Du coup, il perdirent tout intérêt pour l'histoire qui semblait avoir tant fasciné l'enquêteuse. En fin de compte, ils avaient bien d'autres soucis.

— Et vous ? soupira Miss Maple en constatant le peu de succès que remportaient ses aventures. Vous avez passé une bonne journée ?

Les moutons prirent alors une mine gênée. Et firent leur compte rendu à tour de rôle.

— Un de ses yeux était ouvert, commença Lane.

— Le boucher était allongé sur la plage, précisa Maude.

— Mopple ne nous a pas raconté d'histoire, se plaignit Heidi en adressant un regard noir à l'intéressé.

— Il avait l'air tout aplati, ajouta Sara.

— Nous nous sommes disputés, dit Cordelia.

— Sir Ritchfield nous a comptés, intervint Ramsès.

— Des jeunes hommes l'ont emmené avec eux, se souvint Zora.

Miss Maple soupira de nouveau.

— Laissez Mopple parler, les pria-t-elle.

— Mopple n'était pas là ! s'exclama Cordelia.

Miss Maple eut l'air étonnée.

— Othello non plus n'était pas là ! cafta Heidi.

Miss Maple lança à Othello un regard interrogateur. Celui-ci évoqua alors le drôle de jardin et dit qu'on avait mis George en terre dans une boîte. Un chuchotement parcourut le troupeau.

— Ils n'ont pas de fosse, mais ne laissent pas non

plus pourrir leurs morts à l'air libre. Ça ressemble à un jardin, pas un potager, non : un vrai jardin, très soigné. Et vous savez comment il s'appelle, ce jardin ?

Il jeta autour de lui un regard étincelant.

— Le jardin de Dieu !

Les moutons échangèrent des coups d'œil scandalisés. Dieu plantait des morts dans son jardin !

— C'est lui qui a fait le coup ! murmura Ritchfield.

Miss Maple tourna les yeux vers le bélier. Il faisait vieux, beaucoup plus vieux que d'habitude, et ses cornes en pas de vis semblaient devenues trop lourdes pour lui.

— Les gens n'avaient pas l'air très tristes, continua Othello. Excités, oui, très excités même, mais pas tristes. Nerveux. Noirs et bavards comme des corbeaux. Et on sait bien ce que ça mange, les corbeaux…

Les autres hochèrent la tête, le visage grave.

— Le boucher n'était pas là, ce qui les surprenait. Maintenant, ils ne doivent plus être si surpris.

Othello réfléchit, puis continua :

— Sinon, tout le monde était là : Kate et Lilly, Gabriel, Tom, Beth, Dieu, et beaucoup d'autres que nous ne connaissons pas. L'homme maigre qui était ici avec les trois autres, juste après la mort de George, s'appelle Josh Baxter. C'est l'aubergiste.

Tous regardaient Miss Maple. Mais la brebis intelligente se contentait de frotter son naseau contre une patte avant d'un air songeur. Ils étaient déçus. Ils s'étaient imaginé que la recherche du criminel serait plus intéressante, plus simple et surtout plus rapide. Comme dans les romans d'amour, où une mort mystérieuse était toujours suivie par l'arrivée d'un étranger non moins mystérieux au visage hâve et couvert de cicatrices, aux yeux froids et agités. La plupart du temps, ces inconnus rêvaient de posséder Pamela, et au bout de deux ou trois pages, ils étaient tués en duel par un beau jeune homme. Mais ici, ça ressemblait plutôt au roman policier que George avait balancé avant la fin. À l'époque, les moutons avaient été déçus, mais maintenant ils se demandaient si ce geste ne valait pas mieux que de se casser la tête tous les jours pour rien.

— Il faut découvrir de quel genre d'histoire il s'agit, décréta Cordelia.

Les autres la regardèrent, surpris.

— Dans chaque histoire, le sujet diffère, expliqua-t-elle avec patience. Dans les romans d'amour, il est question de passion et de Pamela. Dans les contes, de magie. Dans un livre sur les maladies ovines, de maladies ovines. Et dans les romans policiers, d'indices. Quand on sait quelle sorte d'histoire on lit, on sait à quoi il faut prêter attention.

Ils se regardaient, un peu embarrassés.

— Espérons que ça n'est pas une histoire de maladie ovine ! bêla Maude.

— C'est un roman policier, décréta Miss Maple d'un ton résolu.

— Mais non, c'est une histoire d'amour ! la contredit aussitôt Heidi. Vous ne comprenez donc pas ? Lilly, Kate, George... Exactement comme avec Pamela. George n'aime pas Kate, mais il aime Lilly. Or Kate aime George. D'où le crime passionnel... On ne peut pas plus simple !

Elle se laissa aller à un bond d'enthousiasme tout à fait puéril.

— Certes, convint Miss Maple avec prudence. Sauf que c'est Lilly qui devrait être morte, et pas George. Les deux rivales auraient essayé de s'éliminer mutuellement au cours d'un duel : on ne tue pas celui qu'on veut, mais celle qui risque de vous le piquer !

Voyant la déception se peindre sur le visage de Heidi, elle ajouta :

— J'y avais bien pensé moi-même. D'une certaine manière, cette histoire sent la passion. Mais ton scénario n'a quand même aucun sens.

— C'est une histoire d'amour, s'obstina Heidi.

— Et si George était l'un des rivaux ? suggéra Othello. S'il s'était battu pour Lilly ? Ou peut-être qu'il a défendu Kate ?

Miss Maple pencha la tête sur le côté. Mais elle semblait ne plus rien vouloir dire à ce sujet.

Dans la bergerie, les moutons dormaient. Sauf Mopple qui, pour la première fois de son existence, n'arrivait pas à trouver le sommeil. À travers la porte ouverte, il aperçut au loin la silhouette d'un mouton immobile au bord de la falaise, qui regardait la mer. Miss Maple. Il la rejoignit. Dans un premier temps, ils se tinrent côte à côte dans un silence amical. Ensuite, Mopple raconta les choses effroyables qui s'étaient déroulées au cours de la journée, et Miss Maple l'écouta sans rien dire.

— Où est-ce que ça s'arrête ? murmura-t-elle enfin.

Mopple soupira.

— Parfois, ça me fait peur. Je ne pourrais pas la regarder aussi longtemps, je veux dire aussi longtemps que Zora.

— Je ne parle pas de la mer, Mopple, reprit-elle avec douceur. Je veux dire : cette histoire. Il se passe tant de choses. Avant, presque personne ne venait ici. Mis à part George, bien sûr, mais George n'était pas un homme comme les autres, c'était notre berger. Ce n'est pas pareil.

Miss Maple réfléchit un instant.

— Et tout à coup, ils viennent en masse. Même le matin, en plein brouillard. Le boucher et un autre. Naturellement, il y a un rapport. A-t-on vraiment tendu un piège au boucher ? Qui ? Et pourquoi ? Pourquoi les hommes sous le tilleul ont-ils peur qu'il décède alors qu'ils ne l'aiment pas ? Il faut prêter attention au moindre détail. Tu dois tout mémoriser.

Mopple releva la tête. Il était fier d'être le mouton archive. Alors, son escapade du matin lui revint à l'esprit. Puis il dit :

— Il y a un détail que j'ai déjà retenu.

Il raconta qu'en haut de la colline il avait enregistré tout ce que Ritchfield lui avait décrit. Ou plutôt : presque tout. En effet, le vieux avait vu les quatre individus s'éloigner – Gabriel, Josh, Lilly et le boucher. Ensuite, il avait vu que l'un d'eux, un peu en arrière, s'était baissé. Avait-il ramassé quelque chose ? Déposé quelque chose ? Arraché quelque chose ? À ce moment-là, Ritchfield avait éternué. Cinq fois d'affilée. À la fin, il avait oublié lequel s'était baissé et ce qu'il tenait à la main.

— Oublié ! soupira-t-il avec commisération. En si peu de temps ! Incroyable ! En revanche, il sait très bien qu'il a oublié quelque chose, et maintenant, il essaie de m'intimider, de peur que je ne le trahisse.

Il inclina la tête.

— Je ne veux pas le trahir. Je l'aime bien, Ritchfield. C'est notre chef. Mais je crois qu'il s'agit d'un indice.

Il adressa un regard interrogateur à Miss Maple.

— Un indice..., répéta-t-elle d'un air songeur. Un

indice de quoi ? Cela ne ressemble pas à Ritchfield d'intimider un mouton pour l'empêcher de dire la vérité…

Au bout d'un moment, elle ajouta :

— Étrange…

Elle réfléchissait à nouveau. Puis elle parut avoir pris une décision :

— Mopple, sais-tu te taire ?

Mopple se tut.

Alors, elle lui parla de l'empreinte sur le cadavre de George.

— Un mouton lui a enfoncé un sabot dans le ventre ou bien lui a donné un coup de pied. Difficile à dire. Mais la question la plus importante est de savoir *quand*. Avant sa mort ? Peut-être. Mais dans ce cas, pas très longtemps avant, car l'empreinte était très nette. Cela signifie…

Mopple la fixait avec attention.

— Cela signifie qu'un mouton était près de George juste avant ou juste après sa mort. Ou même pendant qu'il mourait. Un mouton puissant. Ou bien lourd.

Elle lui jeta un coup d'œil.

— Pourquoi un mouton lui aurait-il donné un coup de pied ? Parce qu'il se défendait ? Comme lorsque George voulait nous forcer à avaler des comprimés de calcium ?

Mopple pensa aux médicaments, et ses oreilles frissonnèrent.

— Le plus étrange, continua Miss Maple, c'est que ce mouton ne nous a parlé de rien. Pourquoi ? A-t-il tout oublié… ?

— Ritchfield ! bêla Mopple.

Aussitôt, il fut gêné. Il était censé se taire. Mais

la vieille brebis était trop concentrée pour y prêter attention.

— … ou alors, il ne veut rien raconter.

Elle se tourna vers le bélier et s'écria gravement :

— Mopple ! Nous devons nous demander si l'un d'entre nous pourrait être mêlé à la mort de George. Il n'y a pas que les hommes qui se comportent de façon bizarre, il y a aussi des moutons : Sir Ritchfield, par exemple. Ou bien Othello : il nous a bien parlé du jardin des morts, mais qu'est-il allé faire là-bas ? Nous savons tellement peu de choses sur lui. Nous ne savons pas non plus ce que George faisait avec lui, le soir, derrière la roulotte. Il faut réfléchir à tout cela.

Mopple ravala sa salive et garda le silence.

Quand ils rentrèrent dans la bergerie, un peu plus tard, tous les autres étaient éveillés. L'air était électrisé.

— Qu'est-ce qu'il y a ? demanda Miss Maple.

Les moutons se turent pendant un moment. Puis Maude s'avança. Dans la lueur de la lune, son museau semblait long et menaçant.

— Heidi a une chose, déclara-t-elle.

6

Maude flaire un danger

Ainsi commença la nuit des mille événements, qui donnerait matière à bêler pendant de nombreux mois. Elle commença par le silence honteux de Heidi, qui restait dans un coin, sous les regards incrédules de ses congénères.

— Une chose ? ne put s'empêcher de crier Mopple.

— Une chose ? chuchota Cordelia.

— C'est quoi, une chose ? voulut savoir un agneau. Ça se mange ? Ou bien ça fait mal ?

Sa mère se taisait, embarrassée. Comment expliquer à un mouton aussi jeune ce qu'était une « chose » ?

— C'est… Ce n'est pas vraiment une chose, murmura Heidi.

Tête baissée, elle faisait une moue rebelle.

— C'est beau.

— Avoue : ça se mange ? demanda Mopple.

Quand il était question de choses, la Baleine pouvait se montrer aussi sévère que n'importe qui.

— Je ne crois pas.

Elle laissa retomber les oreilles.

— Ça vit ? s'enquit Zora à son tour.

— Je… Peut-être !

Manifestement, Heidi envisageait cette possibilité pour la première fois.

— Je me suis posé la question, reprit-elle. Quand la lumière tombe dessus, ça bouge un peu. C'est si beau. Aussi beau que de l'eau. Je n'arrivais pas à en détacher le regard…

— Heidi !

Sir Ritchfield s'avança, la tête haute, et ses cornes, qui avaient déjà entamé leur troisième volute, jetaient une ombre réprobatrice aux pieds de la malheureuse. Othello lui lança un coup d'œil bizarre. Dans ce genre de situation, on comprenait pourquoi Ritchfield restait le chef du troupeau.

— Tu peux jouir en permanence de choses vraiment belles : le ciel, l'herbe, les moutons-nuages, l'odeur des agneaux, le soleil sur la laine. Ce sont les biens les plus importants. Mais tu ne peux pas les avoir.

Ritchfield lui parlait comme à un tout petit agneau. Tous connaissaient cette tirade, mais ils étaient quand même touchés.

— Tu ne peux avoir *que* ce qui vit. Un agneau, un troupeau. Quand tu possèdes quelque chose, il te possède aussi. S'il vit et que c'est un mouton, très bien. Les moutons doivent s'appartenir mutuellement. Le troupeau doit rester uni. Les brebis, les agneaux et les béliers. Un mouton ne doit pas quitter le troupeau… Quelle bêtise ! Une telle bêtise… J'aurais dû la boucler. Si seulement je l'avais fermée…

Là, Ritchfield avait dérapé. Son regard se perdit dans le vide, et son discours s'acheva en un marmonnement incompréhensible. Heidi reprit sa mine d'agneau indocile et essaya de se fondre discrètement dans la masse du troupeau quand une voix éraillée s'éleva du coin le plus sombre de la bergerie. Une voix pourrie comme une branche gonflée d'eau.

— C'est mal d'avoir, dit la voix. C'est mal d'avoir des choses.

Tous les museaux se tournèrent vers Willow, qui se dressait dans l'obscurité, derrière les mangeoires vides. Ses yeux usés par l'âge brillaient comme deux gouttes de rosée. La tête de Heidi plongea dans des profondeurs insoupçonnées.

— Maman ! murmura-t-elle.

En temps normal, une brebis restait unie à sa progéniture comme la terre sableuse au brin d'avoine. Il était inouï qu'une mère réprimande son enfant en public. Mais si Willow n'avait rien dit contre sa fille jusqu'à présent c'était uniquement parce qu'elle ne parlait jamais. Du moins à ce que prétendaient les mauvaises langues. Dans le troupeau Willow venait en deuxième pour ce qui était de garder le silence. La dernière fois qu'on l'avait entendue, c'était juste après la naissance de Heidi – une remarque anodine et exagérément pessimiste sur le temps qu'il ferait. Personne ne se plaignait d'ailleurs qu'elle ne soit pas du genre bavard. On disait que, dans son enfance, elle avait dû manger toute une plate-bande d'oseille : il n'y avait pas d'autre moyen d'expliquer sa mauvaise humeur notoire. Cette fois pourtant, elle avait raison.

— Honteux, décréta Cloud.

— Scandaleux, renchérit Zora en retirant un fétu de paille isolé de la mangeoire vide.

— Abject, ajouta Maude.

— Humain, conclut Ritchfield, qui avait retrouvé son visage sévère de chef de troupeau.

Tout était dit. À voir sa tête, on aurait pu croire

que Heidi allait se métamorphoser en un minuscule animal sans odeur.

Miss Maple dressa les oreilles avec curiosité.

— Qu'est-ce que c'est exactement, cette chose ?

— C'est…

Heidi s'arrêta. Elle allait dire « beau », mais elle commençait à prendre conscience qu'il était indécent de parler des choses en ces termes. Elle chercha des qualificatifs positifs.

— Ça n'a pas de fin.

— Tout a une fin ! protesta Sara.

— Si quelque chose n'avait pas de fin, expliqua Zora qui s'occupait souvent de ce genre de questions quand elle était sur son rocher, il n'y aurait rien d'autre, il n'y aurait pas de moutons sur terre.

Les autres la considérèrent, pensifs.

Heidi s'obstina :

— Dessus, il y a deux signes, deux signes comme dans les livres. Peut-être que ce n'est pas une chose, mais une histoire. Et puis, ça ressemble à une chaîne, comme celle de Tessy, mais en plus court, et sans fin. On peut la regarder pendant des heures, il n'y a pas de fin.

— Donc, tu l'as regardée pendant des heures, conclut Maude. Ton museau sent déjà cet objet humain. Je l'ai tout de suite flairé.

Heidi avoua tout. Elle avait trouvé cette chose dans la prairie peu après la mort de George, et elle était tombée sous le charme. Elle avait roulé une pierre par-dessus, pour la protéger. Puis elle avait attendu jusqu'à aujourd'hui. Pendant que Ritchfield comptait les moutons, elle l'avait prise entre ses lèvres et l'avait cachée sous le dolmen. Elle était désolée. Elle ne voulait plus jamais voir la chose.

Les moutons décidèrent d'organiser sur-le-champ une expédition au dolmen afin de bannir une fois pour toutes la chose de leur existence. Ils lui apprendraient quelle était sa place : dans le monde des choses, dans le sol, loin de tous les moutons dignes de ce nom. Participer à cette expédition était à n'en pas douter un honneur. Qui choisir ? Soudain, Cloud sentit se réveiller ses rhumatismes. Sara devait donner la tétée à son agneau. Lane se mit à éternuer. Et à la surprise générale, il s'avéra que Mopple ne voyait pas la nuit. Tous avaient peur de s'approcher du dolmen dans l'obscurité si peu de temps après qu'on y avait vu danser un esprit de loup.

À la fin, l'expédition comprit Sir Ritchfield, Othello, Miss Maple qui était manifestement curieuse d'examiner la chose, Maude qui ne trouvait jamais d'excuse assez vite et Zora qui était trop fière pour en chercher une. En outre, on obligea Mopple à les accompagner même s'il s'était cogné contre un poteau pour convaincre les autres qu'il voyait mal dans le noir. On avait besoin de lui pour régler leur compte aux choses fourbes.

Une nuit de pleine lune tiède et agréable les attendait au-dehors. Il faisait si clair que le regard portait de la roulotte jusqu'à la falaise. En revanche, l'odorat était brouillé par l'abondance des arômes nocturnes. Ils se dirigèrent vers la pierre sous la conduite de Ritchfield. Maude, au nez délicat, resta en retrait pour repérer d'éventuels esprits de loups tandis que le reste de la troupe glissa la tête sous le dolmen. En quelques coups de sabots, Othello eut raclé la terre et dégagé la chose. Comme leurs ombres se projetaient sur le tombeau, ils ne virent rien. Mais malgré les senteurs nocturnes qui la recouvraient presque, ils perçurent une odeur humaine. Ça sentait la main en sueur, le métal et un relent piquant et inconnu leur chatouillait les narines. Miss Maple réussit à convaincre Mopple de faire quelques pas en arrière, et lorsque le gros bélier vexé eut reculé, un large rayon de lumière éclaira la chose.

Ils furent déçus. En secret, ils avaient tous espéré découvrir quelque chose d'assez beau (d'aussi beau qu'une chose peut l'être), mais ce qui traînait là dans la poussière n'était qu'une chaîne fine avec une plaque en métal, qui n'avait en effet pas de fin puisqu'elle formait un cercle. Il n'y avait rien d'autre à dire sur cette infinitude. Les moutons fixaient la chose humaine avec mépris.

— Il y a effectivement des signes dessus, constata Sir Ritchfield, encore gêné de s'être emmêlé les pinceaux dans la bergerie.

Ici, sa vue perçante lui rendait un peu du respect perdu.

— Le premier signe est pointu comme un bec d'oiseau dirigé en l'air, commenta-t-il, avec un trait au milieu. L'autre est un ventre sur deux jambes. Cela veut dire qu'il s'agit d'un bipède ! Je crois que c'est mauvais signe.

Il lança un regard crâne à la ronde.

Mopple voulait jeter la chose à la mer. Zora rétorqua que les falaises étaient bien trop précieuses.

Maude poussa un bêlement de surprise. Personne n'y prêta attention.

Sir Ritchfield voulait enterrer la chose, mais pas la toucher.

Maude bêla de nouveau.

Mopple n'aurait rien eu contre l'idée de la toucher, mais il ne voulait pas courir le risque de brouter un jour à l'endroit où elle aurait été enterrée.

Miss Maple les étonna tous :

— Conservons la chose, décida-t-elle. C'est un indice. Elle a fait surface après la mort de George. L'assassin pourrait l'avoir perdue en chemin. Comme du crottin, ajouta-t-elle quand elle vit que Sir Ritchfield ne comprenait pas.

— Ça ne sent pas le crottin ! objecta Mopple.

Maude bêlait l'alarme.

Miss Maple secouait la tête avec impatience.

— Cela m'a traversé l'esprit, tout à l'heure, dans la bergerie. Les hommes tiennent à leurs choses. Les choses tiennent aux hommes. Surveillons les choses, nous trouverons les hommes.

À ce moment-là, ils virent Maude se glisser près d'eux, bientôt suivie d'un rayon de lumière. Trois hommes étaient sur ses talons. Le faisceau lumineux se dirigea vers la roulotte et en remonta les parois. Sans doute cherchait-il une cachette.

— Éteins enfin ta torche ! dit une voix. Il fait si clair qu'on pourrait compter les grains de blé, mais il faut que Tom O'Malley emporte une lampe de poche !

Le rayon avait dû trouver un trou, car il disparut tout à coup.

— Si tu cries nos noms à tue-tête, je ne vois vraiment pas pourquoi on a enfilé ces bas à la con, se plaignait une autre voix.

Les moutons se souvenaient de l'avoir entendue la veille : Harry, le grand pécheur devant l'Éternel.

Tom O'Malley rigola. Les bêtes notèrent qu'il ne puait pas l'alcool. Elles avaient failli ne pas le reconnaître.

— Hé ! dit-il. Soyez pas si nerveux ! On ne fait rien de mal. On ne fait que ce qui doit l'être – pour Glennkill.

— Pour Glennkill, répéta tout bas Harry.

— Mon cul ! s'exclama la voix qui avait parlé en premier et qui appartenait à Josh le maigre. Ou bien on chante « Where Glennkill's Bonny Hills So Bright », ou bien on ouvre enfin cette foutue caisse et on cherche le bazar.

Personne n'avait envie de chanter. Les moutons en furent soulagés. Les trois silhouettes – deux grosses et une grande – marchèrent d'un pas lourd vers la porte de la roulotte. Ils ne s'étaient pas laissé avoir par le rayon. Du métal brilla dans la clarté de la lune. On entendit un bruit de clé. Un interminable bruit de clé.

— Elles ne marchent pas, dit Harry le grand pécheur.

Le maigre donna trois coups de pied dans la porte.

— *Fuck* George ! Eh bien, c'est fichu.

Il colla son nez contre chacune des deux petites fenêtres de la roulotte. Il était si grand qu'il n'eut même pas besoin de se mettre sur la pointe des pieds.

— Et maintenant ? demanda Tom.

— Il nous faut l'herbe, déclara Harry. On n'a qu'à défoncer la porte.

— T'es fou ? s'exclama Josh. Moi, je ne la défonce pas. C'est illégal.

— Parce que détruire des preuves, c'est légal, peut-être ? se moqua Harry. Si jamais on trouve de la drogue ici, tout est foutu. Pas de dolmen aux elfes. Pas de promenades en poney. Pas de centre culturel celte. Pas de spécialité au whisky. Et ton hôtel de bord de mer, tu peux te le carrer où je pense !

— Mais peut-être qu'il n'y a pas de drogue ! protesta Josh.

— Et quoi d'autre ? Comment le vieux George faisait-il pour survivre, à ton avis ? Avec ses deux malheureux moutons ? Ne me fais pas rire. Il avait l'air d'avoir des problèmes ? Il voulait vendre, peut-être ? Il t'a ri au nez le jour où tu t'es ramené avec ton pognon. Il préférait laisser cette vue magnifique à son troupeau, et maintenant qu'il est mort, il faudrait en plus que les journaux décrivent Glennkill comme une plaque tournante du trafic de drogue ?

Les moutons en avaient les genoux qui tremblaient d'indignation.

— Harry a raison, intervint Tom qui vacillait par habitude. Il jetait du crottin sur les touristes, il ne laissait monter personne, il s'est même baladé avec un pistolet pour nous foutre la trouille. Pourquoi ? je te demande. Alors qu'il aurait pu faire de sa pâture une mine d'or. En fait, c'était déjà une mine d'or ! La voilà, la réponse. La nuit, des bateaux accostaient sur la plage, ensuite il planquait la marchandise dans sa roulotte, et le lendemain, il la faisait passer de l'autre côté dans sa vieille caisse.

Josh continuait de secouer la tête. Mais Tom clamait à travers la prairie nocturne :

— Ne va pas croire que George était un ange ! Un soir, les enfants l'ont vu avec un bélier noir ! Un bélier, quel pervers ! Je n'ose même pas imaginer ce qu'on va trouver là-dedans…

Des têtes blanches apparurent à la porte de la bergerie. Tous les moutons écoutaient désormais avec attention. Mais ils n'étaient pas les seuls. Depuis un bon moment, Maude inhalait avec inquiétude. De là où elle était, elle ne pouvait pas sentir les hommes masqués, car les parfums de la nuit avaient eu la bonté de recouvrir la transpiration nerveuse des intrus. Pourtant, chaque fois qu'elle respirait, un soupçon d'odeur humaine lui effleurait le naseau. Une odeur d'aliments cuits déjà digérés, à peine perceptible, à moitié inconsciente. Au départ, elle l'avait attribuée à la chose. Mais la chose était par terre tandis que l'odeur humaine venait d'en haut.

Elle tendit la tête et flaira. Maintenant, elle en était sûre. Quelqu'un était allongé sur le dolmen. Un grand chasseur, Maude en était sûre. Elle en éprouva des chatouillements dans la nuque. Elle sentit monter en elle le souvenir de choses qu'elle n'avait pas vécues, de gorges étroites et de brigands en embuscade. Un loup, pensa-t-elle. Un loup !

Chaque fois qu'un mouton pense « loup », il est supposé bêler et détaler aussi vite que le peuvent ses pattes de mouton. Mais Maude, elle, ne broncha pas. L'ennemi était trop proche, et maintenant qu'elle l'avait repéré, son odeur la cernait de toute part. En fait, il ne s'approchait pas, il était déjà là. La brebis ne savait que faire. Elle était comme hypnotisée et continuait désespérément d'inhaler.

Il est étonnant de voir avec quelle facilité la peur passe d'un mouton à l'autre. Maude n'avait pas bougé ni émis le moindre son. Pourtant, ses compagnons devinèrent aussitôt la présence du loup. La respiration rapide de Maude leur disait qu'il était tout près. La brebis dégageait maintenant une odeur salée, dont les relents aigres parlaient de fuite et de guet-apens. Leurs cœurs s'élancèrent au galop dans toutes les directions. Mais comme elle ne faisait pas un geste, ils restèrent eux aussi immobiles. Maude était leur sentinelle, elle seule connaissait le danger. Quoi qu'elle fasse, tous feraient comme elle. Elle était consciente de cette responsabilité. Incapable de fuir, elle essayait au moins d'identifier le grand chasseur allongé sur la table de pierre. Il avait une odeur de fumée. C'était un homme, cela ne faisait aucun doute. Il avait mangé des oignons peu de temps auparavant, voilà ce qu'elle avait détecté en premier. Elle entendit son estomac qui s'étirait sous l'effet d'une digestion traîtresse.

Devant la roulotte, le grand maigre donna un nouveau coup de pied dans la porte. Un petit bruit effrayé se fit entendre. Peut-être était-ce le rayon de lumière caché dans son trou ? L'homme sur le dolmen se crispa. Maude comprit qu'il ne chassait pas les moutons, mais les trois hommes. Elle répandit un effluve de soulagement.

Entre-temps, l'intéressante discussion concernant les rapports qu'entretenaient George et Othello était terminée.

— Est-ce qu'ils ont fouillé le véhicule ? demanda Tom. Non. Rien. Ils n'ont rien fait du tout. Pas d'enquête, pas de questions. Leur devise est : camoufler, oublier, enterrer. Ils sont tous de mèche, la police et la mafia. Tous des vendus !

Sa voix traduisait une certaine déception : personne ne s'était donné la peine de l'acheter.

— Ah bon ? s'énerva le maigre. Alors, à quoi ça sert de vouloir entrer dans la roulotte, si, de toute façon, personne ne s'intéresse à la marchandise ?

Ils se turent. Harry donna sans conviction un nouveau coup dans la porte. À l'intérieur, tout resta silencieux. Tom ouvrit la bouche, puis la referma. Il se détourna, s'apprêtant à partir vers la route asphaltée. Soudain, il se figea.

— Une auto ! lança-t-il.

Les moutons l'avaient entendue depuis longtemps. Une grosse voiture au moteur ronronnant s'avançait discrètement, tous phares éteints. Elle s'immobilisa et cessa de ronronner. Pris de panique, les trois hommes s'égaillèrent comme des poules effarouchées. Harry le grand pécheur devant l'Éternel accomplissait des zigzags exemplaires, le maigre avait plié en deux sa longue silhouette afin de courir plus vite. Les moutons n'en revenaient pas : ils n'avaient jamais mesuré combien les hommes pouvaient être craintifs. Quant à eux, ils étaient très fiers d'avoir gardé leur sang-froid en dépit de l'auto.

Les trois hommes découvrirent la bergerie en même temps. Ils s'y engouffrèrent, passèrent devant les moutons médusés et se ruèrent sur l'échelle qui menait au grenier à paille. Les bêtes giclèrent aussitôt par la porte, telles des gouttes de lait, et foncèrent droit sur l'homme qui venait de la route. Celui-ci ne leur accorda pourtant aucune attention. La course chaotique des moutons bêlant à tue-tête au milieu de la prairie ne semblait pas l'étonner. Il avançait sans hâte vers la roulotte.

Seuls les six moutons en dessous du dolmen ne bougeaient pas. Maude avait résisté à l'atmosphère de catastrophe générale. Elle continuait de se concentrer sur le loup à l'affût au-dessus de leurs têtes, plaqué contre la pierre. Les oignons gargouillaient follement dans son ventre. Il respirait plus vite. Maude comprit que le grand chasseur lui aussi avait peur.

L'homme à la voiture ne donna pas de coup de pied contre la porte de la roulotte. Il frappa avec l'index. Un coup bref, puis deux coups longs. Il attendit. Puis il commença à bricoler doucement la serrure.

Le cœur du chasseur battait à présent aussi vite que celui d'un mouton obligé d'avaler des comprimés de calcium. Mais il ne bougeait pas. Il n'osait pas bouger.

Un léger cliquetis traversa la prairie comme le cri d'un grillon. Mais la porte resta fermée. L'homme finit par se retourner et remonta le chemin. Un bruit de moteur se fit entendre. Puis silence.

7

Sir Ritchfield est bizarre

Bien sûr, il se passa bien d'autres choses au cours de cette nuit-là, mais elles ne furent pas, loin s'en faut, aussi spectaculaires que les événements précédents. L'homme allongé sur le dolmen disparut sans bruit et sans laisser d'autre trace qu'une légère odeur d'oignons. Un peu plus tard, les trois autres sortirent timidement de la bergerie. Ils essayaient en vain d'être discrets. Sans un mot, ils reprirent le chemin du village. La roulotte semblait avoir perdu pour eux toute importance.

Les moutons observèrent les alentours et restèrent en alerte encore un long moment. Enfin, le calme revint. Ils étaient disséminés sur la prairie comme des nuages bleus et consternés perdus dans le ciel. Othello, lui, faisait penser à un nuage d'orage. Un souffle de vent balaya délicatement leur peur. Mais il n'était plus question de songer à dormir. Ils ployèrent le cou et mangèrent.

Brouter dans l'obscurité procurait un plaisir étonnant. Pourquoi s'en étaient-ils privés jusqu'alors ? La faute à George ! George voulait absolument qu'ils passent toutes leurs nuits entre les quatre murs de la bergerie tandis qu'au-dehors le monde offrait un spectacle si appétissant. Ce berger ne connaissait vraiment rien à l'art de brouter.

Eux, en revanche, étaient des experts. Les controverses sans fin ne faisaient que rendre le sujet plus intéressant encore. Miss Maple préférait le sainfoin et les fleurs. Maude raffolait d'une plante plutôt fade qu'ils appelaient l'herbe à souris. En réalité, c'était l'inverse : seul un mouton à l'odorat surdéveloppé pouvait détecter l'insignifiante herbe à souris dans un tapis de graminées odorantes. Sir Ritchfield mangeait avant tout de belles plantes à grandes feuilles, mais quand un petit brin d'oseille s'y trouvait mêlé par hasard, il s'en rendait à peine compte. Sara, elle, avait horreur de l'oseille. Lane aimait les plantes vivaces, comme l'oreille de mouton ou l'herbe à sucre. Cordelia, qui détestait se pencher, récoltait de préférence les hautes tiges d'avoine. Mopple, quant à lui, mangeait tout sans distinction. Lorsqu'ils revenaient sur l'autre prairie après une assez longue absence, on pouvait très vite dire, d'après les trouées dans l'herbe, qui avait mangé où.

Brouter à minuit au clair de lune… Zora adorait. Elle s'en trouvait d'excellente humeur : enthousiaste et philosophe à la fois, méditative et pourtant entreprenante. Une humeur idéale pour les histoires. En effet, elle était le seul mouton qui n'aimait pas seulement écouter des histoires, mais qui en inventait aussi de temps en temps. Pas des histoires compliquées. À peine plus de deux ou trois pensées consécutives. Il ne s'agissait pas tant du contenu que du point de vue. Les histoires de Zora avaient pour but de l'aider à comprendre comment les événements s'enchaînaient dans le monde. Il s'agissait de percevoir avec précision chaque aspect, chaque détail. Elle était convaincue qu'elles constituaient un bon exercice pour qui voulait un jour sauter dans le vide. En plus, elle y prenait du plaisir.

Elle se raconta donc une histoire sur Mopple. Les histoires ayant Mopple pour héros faisaient indubitablement partie de ses préférées. Mopple la Baleine veut manger les herbes de l'abîme, mais il n'ose pas, pensa-t-elle. Difficile de broder autour d'un événement improbable, mais Zora avait l'habitude.

Mopple se trouvait tout en haut de la falaise, à quelques mètres seulement de son promontoire. Naturellement, il feignait de s'intéresser à la vue. Le vent venait de l'intérieur des terres de sorte que Zora pouvait flairer l'odeur agréable de bélier. Elle se concentrait sur le vent : un vent fort, qui se prenait dans les poils de Mopple et les faisait trembler comme des flammes blanches, qui le poussait vers le vide du bout des doigts et le rendait nerveux. Le temps était beau, bien entendu. Zora ne s'attardait jamais sur ce point, car elle trouvait n'importe quel temps beau. Les mouettes criaient, une évidence, car les mouettes font partie de l'abîme comme le vent et l'eau.

Le soir commençait à tomber. George fumait une pipe, assis sur les marches de sa roulotte. Deux touristes qu'il n'avait pas vus marchaient sur la plage, courbés sous le poids de leurs énormes sacs à dos. L'un d'eux aperçut Zora sur son rocher et la montra à l'autre. Ils étaient contents. Mopple fit soudain comme si les porteurs de sacs à dos l'intriguaient et risqua encore un minuscule pas vers le vide.

Le reste du troupeau paissait à quelque distance. Othello cessa de brouter, observant Mopple avec un plaisir non dissimulé. Othello est malin, pensa la Zora de l'histoire. Peut-être pas aussi intelligent que

Miss Maple, mais malin. Et très vigilant ! Voilà ce que pensait la Zora imaginaire. En revanche, elle ne pouvait pas savoir ce qu'Othello pensait. À l'arrière-plan, Lane et Cordelia mangeaient de l'herbe. Et tout au fond, derrière Lane, il y avait… – Zora n'en crut pas ses yeux –, il y avait le boucher qui se tenait au bord de la route et ne sentait rien. Il n'avait qu'un seul œil, au milieu du front, et cet œil ne quittait pas Mopple la Baleine.

Zora secoua la tête. Ce n'était pas le genre de récit qui aidait un mouton à sauter dans le vide. Qu'est-ce que le boucher venait faire dans sa petite histoire toute simple ?

Elle leva le regard pour constater qu'elle était sortie au bon moment de ses pensées : elle se trouvait à la limite de George's Place. Il était grand temps de changer de cap. Elle considéra l'endroit d'un œil critique. On aurait dit qu'il avait rapetissé.

Sur le point de faire demi-tour, elle entrevit dans l'obscurité un mouton qui la regardait depuis l'autre côté de George's Place. En temps normal, elle n'y aurait pas prêté attention. Elle était conséquente en matière de broutement : il fallait se concentrer, ne se laisser distraire sous aucun prétexte. Mais quelque chose lui parut bizarre, chez ce mouton. Peut-être même un peu dangereux. Elle leva la tête pour flairer, mais le vent avait tourné et ne lui apprit rien. Alors, elle y regarda de plus près : des cornes arrondies ? Sir Ritchfield ! Zora fut soulagée. Pendant un instant, elle avait craint… Elle ne savait pas ce qu'elle avait craint. Elle adressa un bêlement affable au chef du troupeau. Mais il ne répondit pas. Elle se rappela que son ouïe avait beaucoup baissé, ces derniers temps, et elle bêla plus fort. Ritchfield tourna la tête vers le dolmen.

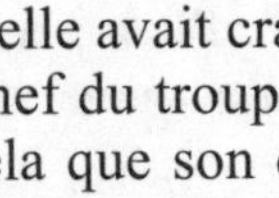

— Il est parti, n'est-ce pas ? murmura-t-il.

Comme sa voix est douce quand il chuchote, s'étonna Zora. D'habitude, il râlait et hurlait, et plus il vieillissait, pire c'était. Zora se demanda de qui il voulait parler. Du grand chasseur ? De George ? Oui, bien sûr, du berger.

— Il ne reviendra pas, n'est-ce pas ? insista-t-il.

— Non, répondit-elle. Il ne reviendra pas.

À présent, elle avait froid, dans cette nuit de pleine lune. Elle ne souhaitait rien tant que d'être à l'intérieur de la bergerie, au milieu d'une foule d'autres moutons blottis les uns contre les autres.

— Et Ritchfield, cet imbécile, l'a laissé faire ! dit Ritchfield d'une voix presque joyeuse.

Zora le fixa des yeux. Soudain, elle eut le sentiment de plonger son regard dans un abîme beaucoup plus profond et beaucoup plus impressionnant que celui des falaises. Elle ferma les paupières pour se recueillir. Quand elle les rouvrit, il avait disparu. Elle scruta les alentours. Elle n'avait plus envie de brouter. Elle aperçut Ritchfield près du dolmen et le rejoignit en trottinant. C'était dans sa nature de sonder les abîmes de ce monde.

— Qu'est-ce que tu veux dire par « laisser faire » ? susurra-t-elle.

Il la dévisagea avec surprise.

— Quoi ? bêla-t-il.

— Qu'est-ce que tu veux dire par « laisser faire » ? répéta-t-elle un peu plus fort.

— Plus fort ! hurla-t-il.

Elle secoua la tête et partit sur son rocher, songeuse.

Peu après, Miss Maple passa elle aussi en broutant près de George's Place. Depuis qu'il était interdit, l'endroit exerçait une mystérieuse attraction sur le troupeau. Elle leva les yeux et allait se retourner quand elle aperçut quelque chose de monstrueux.

— Mopple ! s'exclama-t-elle.

Une tranchée fraîche, large et éhontée traversait l'enclos. À mieux y regarder, la brebis constata qu'elle avait été injuste envers le gros bélier gourmand : toutes les herbes n'étaient pas dévorées. Au milieu de ce carnage, il restait quelques flatte-nez, hautes sur tige, minces et au parfum sucré. Quand on les mangeait, elles chatouillaient agréablement le naseau ; elles faisaient partie des fleurs les plus appréciées qui soient. Il était inconcevable que Mopple les eût épargnées. Miss Maple réfléchit pour savoir qui, dans le troupeau, n'aimait pas cette espèce. Personne ne lui vint à l'esprit. Pourtant si… Un jour, ce détail l'avait frappée. Elle essaya de s'en souvenir avec précision. En vain. Qu'il était agaçant de ne pas avoir la mémoire de Mopple !

Si le saccage de George's Place était intentionnel, l'événement était grave. Il signifiait que l'un d'entre eux refusait d'honorer le défunt. Il s'agissait ni plus ni moins d'une insulte.

Miss Maple scruta les alentours. Elle n'aperçut rien de marquant. La plupart des moutons arrachaient l'herbe en rythme, penchés sur le sol. Seuls quelques-uns avaient la tête en l'air. La vieille brebis n'avait plus faim. Cette inhabituelle collation au milieu de la nuit lui pesait bizarrement sur l'estomac. Elle décida de s'occuper avec plus de rigueur encore de l'élucidation du crime. Mais elle devait d'abord régler un certain nombre de questions pratiques. Elle partit vers le dolmen en trottinant.

Peu après, les moutons la virent se diriger vers la

bergerie, la chose dans la gueule. Elle avait un air satisfait, voire provocateur.

— Qu'est-ce que tu fais ? voulut savoir Cloud.

— Il commence à être temps de se demander ce que nous allons faire quand nous saurons qui est l'assassin.

Miss Maple continua son chemin. Cloud la suivit jusqu'à l'entrée de la bergerie. Là, elle s'arrêta. Miss Maple disparut dans l'obscurité, puis ressortit sans la chose, l'air encore plus satisfait. Ses yeux brillaient.

— Voilà, c'est réglé ! dit-elle.

Les autres, eux, ne paraissaient pas très heureux.

— Elle est à moi ! protesta Heidi.

— Mauvais ! déclara Willow, la brebis presque la plus silencieuse, prise d'une exceptionnelle envie de parler.

Miss Maple examina le troupeau. Tous regardaient maintenant dans sa direction et rares étaient ceux qui semblaient bien disposés à son égard. On aurait dit que Cloud se sentait coupable, que Heidi était jalouse, Maude soucieuse et Ritchfield en colère. Seul Mopple n'avait pas arrêté de paître. Lorsqu'il passa près d'eux, perdu dans ses pensées, il dégagea plus de chaleur que tous les autres réunis.

Miss Maple soupira.

— Je ne veux pas m'accaparer la chose. Elle est pour les hommes. Vous êtes-vous déjà demandé ce qui va se passer quand nous aurons trouvé le meurtrier ? Vous croyez que la foudre va s'abattre sur lui ? Non. Nous aurons besoin de preuves !

— Ce n'est pas une preuve, bêla Maude. C'est une chose !

— Mais peut-être que ça peut devenir une preuve, poursuivit Miss Maple, agacée.

Elle-même n'avait qu'une idée très vague de l'importance que les choses peuvent prendre pour prouver la culpabilité d'un criminel.

— Nous ne trouverons jamais qui est l'assassin ! soupira Lane.

— Il est amplement suffisant de savoir que George est mort de la bêche, expliqua Sir Ritchfield pour calmer le jeu.

— Exact ! s'écria Maude.

L'affaire de la bêche était de toute façon le seul point qu'elle ait vraiment compris dans toute cette histoire.

— Assez enquêté !

— Assez médité !

Miss Maple considéra son troupeau d'un air dubitatif.

— Il y a tant de questions en suspens, dit-elle. Vous les avez énumérées vous-mêmes – par exemple : Où est Tess ? Qui est l'esprit de loup ? Qu'est-ce que Dieu est venu chercher dans la pâture ? Qu'en est-il de Lilly et de Kate ? Pourquoi Ham est-il monté ici ? Qu'est-ce que George a à voir avec la drogue ? Et d'abord, qu'est-ce que c'est, de la drogue ? Qui est le grand chasseur ? Que voulait-il ? Un chasseur est venu dans notre prairie, et vous ne voulez même pas savoir pourquoi ?

— Non, répondit Maude. Tout ce qu'on veut, c'est qu'il ne revienne plus.

Plusieurs moutons approuvèrent d'un bêlement.

— Et s'il revient, je le flairerai ! continua-t-elle non sans fierté.

Mopple passa de nouveau près d'eux en broutant. Il était rayonnant, preuve vivante que la félicité existe

sur terre et qu'elle n'est pas difficile à atteindre. Les autres le suivirent du regard, envieux.

— Tu vois ! intervint Sir Ritchfield. Voilà une vie de mouton. Brouter, ne pas se poser de questions ! De toute façon, nous ne pouvons pas trouver les réponses. Regarde, George avait jeté le roman policier. Il avait compris qu'on ne peut pas tout savoir. Toi aussi, Miss Maple, tu devrais l'admettre.

La vieille fille, qui perdait patience, grattait la terre de son sabot.

— On ne peut plus revenir en arrière ! s'entêta-t-elle. Il y a forcément une fin. Si George avait lu jusqu'au bout, on aurait su. Et moi, je veux savoir. Vous aussi, vous le voulez. Je vous connais, vous êtes curieux. Simplement, vous n'avez pas envie de vous casser votre tête de mouton !

— C'est trop pour nous, concéda Cordelia d'un air gêné. Il y a trop de choses humaines que nous ne comprenons pas. Et nous n'avons plus personne pour nous expliquer le sens des mots.

Les autres ne dirent rien. Certains observaient l'herbe près de leurs sabots, comme s'ils s'attendaient à la voir grandir. D'autres cherchaient dans le ciel nocturne des moutons-nuages.

— Nous préférons oublier, conclut Cloud à voix basse. Ce serait plus simple de tout oublier.

À nouveau, on entendit un bêlement d'approbation. L'oubli était une méthode éprouvée contre le chagrin ovin. Plus un événement était étrange et troublant, plus vite il fallait l'oublier. Pourquoi n'y avaient-ils pas pensé plus tôt ?

Miss Maple n'arrivait pas à y croire.

— Mais si nous oublions tout, il n'y aura plus

d'histoires ! objecta-t-elle. C'est comme une histoire, vous comprenez ?

Pas de réponse.

— Vous ne voulez pas… ! constata-t-elle sur un ton outré.

Les autres la regardèrent, vexés.

— Si, on veut ! expliqua Cloud avec dignité. Mais on ne veut pas la même chose que toi.

— Faux ! la contredit Miss Maple. Vous voulez la même chose, mais vous n'en avez pas conscience. C'est pourtant très simple. Dehors, il y a un loup. Seulement, nous ne savons pas de qui il s'agit. Comment nous protéger si nous ne pouvons pas le reconnaître ? Nous n'avons même plus de berger pour veiller sur nous. Quelqu'un nous a dévoré notre berger, et vous croyez toujours que tout va bien !

Miss Maple n'avait encore jamais été aussi fâchée. À bien y réfléchir, ils n'avaient même peut-être jamais vu Miss Maple en colère.

— Vous ne remarqueriez même pas si le loup s'infiltrait parmi nous ! Vous vous rappelez l'histoire du loup déguisé en agneau ?

C'était l'histoire la plus horrible que George leur ait jamais racontée. Il n'était pas gentil de sa part d'évoquer ce conte au beau milieu de la nuit.

— Ou bien vous trouvez le loup, ou bien c'est lui qui va vous trouver. C'est aussi simple que cela. Toutes les histoires ont une fin. Il ne sert à rien de jeter le livre avant la fin juste parce qu'il y a un passage qu'on ne comprend pas.

Miss Maple souffla bruyamment.

— Si vous ne voulez pas chercher, eh bien, je le ferai toute seule.

Cloud, qui supportait mal les conflits, avait les yeux humides.

— Nous avons besoin d'un berger, murmura-t-elle.

Miss Maple ne répondit rien, fit de petits mouvements méprisants de la queue, puis s'éloigna au trot et se réfugia sous l'arbre aux corneilles, le plus loin possible des autres. Alors, elle fixa l'obscurité d'un air mélancolique.

— Justice ! bêla-t-elle.

Seul Othello lui répondit.

— Justice ! bêla-t-il à son tour.

Les autres se regardaient, embarrassés. Puis ils se remirent à brouter. Juste comme ça. Par défi. Ils voulaient prouver à Miss Maple que la vie de mouton, simple et irréfléchie, était une merveille. Seul Othello continuait de bêler tout bas, perdu dans ses pensées.

— Justice, répétait-il inlassablement, justice !

— C'est quoi, la justice ?

Soudain, l'agneau d'hiver se tenait devant lui, avec son petit corps ébouriffé, sa tête trop grosse et ses yeux qui jetaient des étincelles.

— C'est quoi, la justice ?

Othello réfléchit. À vrai dire, il valait mieux ne pas engager la conversation avec cette créature. Elle n'ouvrait la bouche que pour faire du mal.

— C'est quoi, la justice ?

Et pourtant... Parfois, Othello aimait l'agneau d'hiver. Il aurait rendu fou le clown cruel, au cirque. Othello décida de courir le risque.

— La justice..., commença-t-il.

Le petit écarquilla les yeux. Le bélier noir ne lui avait encore jamais adressé la parole.

— La justice..., répéta Othello.

Qu'est-ce que c'était que la justice ? Au zoo, on

venait de temps en temps chercher un mouton dans l'enclos. Même si personne ne le disait, tout le monde savait qu'on le donnerait en pâture aux carnassiers. On ne prenait pas le plus faible ni le plus bête. Non, on prenait n'importe lequel. Ça, ce n'était pas juste. Puis, un jour, Lucifer Smithley avait acheté Othello pour son numéro de lancer de couteaux. Il l'avait choisi parce que Othello était justement Othello : noir, avec quatre cornes qui lui donnaient l'air méchant. Et aussi parce que le sang se voyait moins sur la laine noire, quand Lucifer avait le malheur de viser plus mal que ne le prétendait son affiche. Ça non plus, ce n'était pas juste. Puis un jour, Smithley s'était écroulé. Ça au contraire, c'était juste. Sauf qu'Othello avait alors débarqué chez le clown cruel, parmi d'autres animaux, et qu'il devait faire des numéros stupides sur la piste. Pas juste ! Jusqu'au jour où Othello s'était mis en colère. Le malheureux chien du clown n'y avait pas survécu. Ça, c'était juste. Mais alors, le clown avait revendu le bélier à l'abattoir. Pas juste ! Et le boucher l'avait utilisé pour des combats de chiens. Pas juste ! Pas juste ! Pas juste !

Othello souffla un bon coup. L'agneau d'hiver le regardait par en dessous avec méfiance. « Pense à la trace de la limace dans l'herbe, l'avertissait la voix. Pense à ce qui viendra après. »

Le bélier se ressaisit.

— La justice, c'est quand on peut trotter et brouter partout où l'on veut. Quand on peut suivre sa voie. Quand on peut se battre pour avoir le droit de la suivre. Quand personne ne vous en prive. Ça, c'est la justice !

Tout à coup, Othello était sûr de ce qu'il affirmait.

L'agneau pencha sa grosse tête sur le côté. Autour

de ses naseaux se dessina une ligne qui pouvait exprimer aussi bien de la raillerie que du respect.

— Et ils ont privé George de sa voie ?

Le bélier remua la tête.

— Oui, de la voie qui menait en Europe.

— Mais peut-être que George voulait prendre la voie de quelqu'un d'autre et qu'ils se sont battus ? Ce serait juste, ça ?

Othello était surpris de constater à quel point l'agneau l'avait compris. Il réfléchit.

— Jamais George n'aurait empêché quelqu'un de suivre sa voie, répondit-il ensuite.

— Peut-être que si, répliqua l'agneau. Peut-être qu'il n'avait pas le choix. Parfois, on est obligé de voler. Quand personne ne veut rien vous donner. Qui est responsable, quand on ne vous donne rien ?

— Dieu ! s'exclama Othello sans avoir réfléchi un seul instant.

— L'homme au long nez ? l'interrogea l'agneau. Pourquoi ?

Mais le bélier était reparti dans son passé et ne l'entendait plus. Son regard traversait des grillages, une infinité de grillages, jusqu'à apercevoir des flocons. Othello voyait de la neige pour la première fois. Mais au lieu d'en profiter, il devait suivre le clown sur la piste et faire mine de lui voler un mouchoir dans sa poche. Soudain, le clown trébucha. Sans raison. Personne n'y pouvait rien. Les enfants avec leurs gros bonnets et leurs blousons chauds éclatèrent de rire. Le bélier savait comme le clown détestait qu'on se moque de lui. Le coup de pied qu'il lui donna après s'être relevé n'était pas pour de rire.

— Pourquoi le mouton doit-il travailler le jour de Noël ? demanda une voix d'enfant. Ce n'est pas juste !

Une femme rit.

— Bien sûr que si ! Dieu a créé les bêtes pour qu'elles servent les hommes. C'est comme ça.

Othello souffla de rage. *C'était* comme ça ! À côté de lui, l'agneau d'hiver souffla aussi – petite imitation railleuse de sa propre colère. Puis il rua avec impertinence et s'éloigna en caracolant à travers la prairie. Othello regarda autour de lui.

L'horizon était rose comme le museau d'un agneau de mars. Tout à coup, il aperçut, dans la direction du village, l'ombre d'un mouton. Il se figea. Quelques instants plus tard, d'autres bêtes se détachèrent sur le ciel matinal. Et au milieu d'eux, une silhouette au chapeau mou s'avançait, haute et distincte. Gabriel le berger menait son troupeau paître sur leur pâture.

8

Personne ne répond à Zora

Un bombyx du mûrier, papillon blanc, petit bout de soie aérienne, fit son apparition. On fabriquait la soie à partir de chenilles, d'énormes troupeaux de vers rampants. On les faisait cuire et on leur enlevait leur enveloppe. On tondait bien les moutons. Tant que c'était blanc, tant que c'était chaud, on ne se souciait pas de savoir si l'on portait à même la peau du jus de vers ou de la laine de mouton. Tous voulaient être blancs comme des moutons, et en même temps, ils ne le supportaient pas : ils teignaient la laine et puaient. Leur nudité demeurait cependant. C'était ça, le secret, le secret à l'état brut. Les hommes sont nus face aux choses, livrés aux choses, trahis par les choses alors même qu'ils les trahissent eux-mêmes.

Qu'est-ce que c'était, cette fois ? Une bêche, n'est-ce pas ? Une bêche ! À ce souvenir, il fut plié en deux. De rire. Cependant, une tristesse harmonieuse partit de son sabot arrière gauche et remonta le long de sa patte.

C'était une belle journée. Il s'enfonça dans la verdure. Le petit bout de soie blanche n'avait aucune chance au milieu de tout ce vert. Des parfums passaient au-dessus de lui, un souffle de vent l'envelop-

pait et le chanteur céleste s'inclina de bonne grâce. Le vert s'étendait à perte de vue, jusqu'à l'horizon et jusqu'au ciel. Le vert était le chant de la déraison. Croître, ne faire que croître, sans savoir pourquoi ni comment, ordonner à toutes les créatures d'agir de même. Et toutes obéissaient. Le vert était le plus beau commandement du monde.

Doucement, à peine perceptible, une autre voix s'était élevée à l'horizon : la petite note rouge se frayait un chemin dans la folie du monde. Un coquelicot ambulant, souffle d'air brûlant, marchait au bord de la route, réfléchi et décidé. Seul un fou aurait ignoré sa présence. Il se redressa en haletant, aux aguets. La corneille posée sur son dos s'éleva dans les airs.

Une femme descendait la route. Son visage était caché par un chapeau de paille à larges bords dont l'ombre impénétrable s'étendait jusque sur sa gorge. Néanmoins, elle semblait jeune. Elle tenait une valise à la main et la portait sans difficulté. Seule une très jeune femme pouvait oser mettre une robe aussi rouge, rouge comme le sang du cœur, des épaules aux chevilles. Elle était précédée par un parfum frais et fort, assombri par un relent de terre et de saine transpiration. Un parfum à tomber amoureux.

La jeune femme s'arrêta. Elle posa son bagage au beau milieu de la chaussée. Ce n'était pas malin. Une auto pouvait à tout moment surgir de l'horizon vert et répandre sa robe sur l'asphalte. Lui-même ne prenait aucun risque quand il s'agissait de routes. Chemins stériles, avaleurs de sons. Cela ne semblait guère la tracasser. Bien sûr, elle était grande et dominait le vert. Feu et raison. L'herbe s'inclinerait devant elle. Elle passa sur ses joues un foulard noué autour de son poignet droit. Puis elle regarda vers le ciel. Il

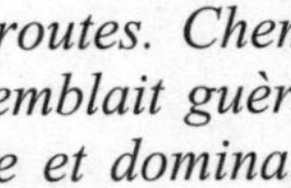

put alors voir son visage. Un bref instant. Aussitôt, l'ombre retomba sur ses yeux et son nez avant d'atteindre le rouge. Elle se pencha et sortit quelque chose de sa valise. Une carte routière. C'était donc une étrangère, pas quelqu'un qui revenait au pays. Ou bien pouvait-on revenir chez soi en un lieu étranger ? Ou, plutôt, pouvait-on jamais revenir chez soi ? En tout cas, elle était ici chez elle, maîtresse du vert, cela du moins ne faisait aucun doute. Mais qu'en diraient les hommes pâles assis dans leur village à broyer leurs souvenirs ?

Elle poussa un juron. Un très joli juron, comme un éleveur de bétail. Puis elle rit. Son rire produisait un drôle de son. Pénétrant comme un chevrotement sans destinataire. Un son pas naturel.

Elle avait repris sa valise. Une femme réfléchie. Elle quitta la route, à sa plus grande surprise. Encore un peu, et elle l'aurait découvert dans l'herbe haute ! Quitter l'asphalte sans sourciller ni lever les yeux au ciel, a-t-on déjà vu cela ? La plupart des hommes hésitent avant d'abandonner les sentiers. Ils s'avancent avec méfiance et précaution comme si le sol était miné, et à voir leurs premiers pas, on dirait qu'ils marchent dans de la boue. La femme, elle, avait quitté la route à la manière d'un mouton : décidée, en se fiant à son nez. Aussi intelligente qu'un mouton, elle se dirigea à l'instinct vers le village. Elle ne s'était pas laissé abuser par la route. C'était une femme intelligente. Elle allait faire danser les hommes pâles, c'était sûr, les faire tourner en rond en agitant des bêches. Voilà qui promettait d'être amusant.

Les moutons avaient toujours été convaincus que Gabriel était un excellent berger. Il suffisait de voir ses habits. Été comme hiver, il portait une cape en laine brute. En laine non lavée, prétendaient même certains. Gabriel sentait le mouton autant qu'il était possible à un être humain de sentir l'animal. Surtout quand le temps était humide.

En plus, Gabriel s'y entendait en matière de compliments. Pas avec des mots, comme George le faisait parfois (trop rarement), mais tout simplement en vous regardant de ses yeux bleus sans cligner. Un regard pareil, ça vous chatouillait une âme de mouton et vous faisait flancher les genoux !

Les bêtes attendaient donc beaucoup des talents d'éleveur de Gabriel. Jusqu'à présent, il ne s'était certes pas encore passé grand-chose. Les chiens les avaient regroupés et le berger les avait comptés. Tout cela sans un bruit. Les chiens de Gabriel n'aboyaient pas. Jamais. Un seul de leurs coups d'œil suffisait à vous faire monter la peur du loup des sabots jusqu'à l'échine. Après coup, ils eurent le sentiment de n'avoir pas été gardés. Un petit moment de malaise, et hop, ils étaient rassemblés devant Gabriel comme par l'opération du Saint-Esprit. Un petit mouvement de la main, et hop, les chiens disparaissaient.

Gabriel se tenait devant la roulotte, immobile et silencieux comme le dolmen. Il les regardait de ses yeux bleus, l'un après l'autre, avec l'air de chercher quelque chose. Chaque fois, il finissait par un geste de la tête à peine perceptible. La plupart des moutons y voyaient un signe d'approbation. Gabriel les avait passés en revue et les avait appréciés. C'était excitant. Ils n'étaient pas loin d'en éprouver de l'orgueil quand Othello gâcha leur bonne humeur.

— Il nous a comptés, affirma-t-il sur un ton agacé, voilà tout.

Contrairement à ses compagnons, le bélier noir ne s'était pas réjoui de l'arrivée du berger. Il se tenait à l'écart et voyait tout en noir. Un dompteur ! Une ancienne colère brillait dans ses yeux. Il l'avait tout de suite reconnu : ces gestes parcimonieux, cet ennui dans le regard, cette ruse dissimulée sous une amabilité de façade. Le clown cruel aussi se servait du sucre, de la faim et de tortures sournoises. C'était lui qui avait fait naître cette colère, et Othello était surpris de la retrouver neuve et intacte après tant d'années.

Pourtant, il n'y céderait pas si vite, à la colère. Plus maintenant. Il se souvenait du jour où il avait appris à lui imposer la patience. Ce jour-là, avant de fermer la porte de la cage, le clown s'était penché un moment au-dessus de la caisse à accessoires, son postérieur imprudemment présenté au bélier. Othello s'était jeté sur le foin, mais sans quitter des yeux les fesses de son bourreau.

Puis il avait oublié le foin.

Il avait baissé les cornes.

Alors, il avait entendu la voix pour la première fois de sa vie. Une voix étrangement sombre et douce, riche de trésors cachés.

— Attention, le Noir ! avait-elle dit derrière lui. Ta colère a déjà baissé les cornes, tu vois rouge, et si tu ne fais pas attention, elle va t'échapper.

Il ne s'était même pas retourné.

— Et alors ? Pourquoi pas ? Il l'a bien mérité.

Dehors, une corneille était passée devant la fenêtre.

— Oui, mais toi, tu n'as pas mérité cela, avait poursuivi la voix, moqueuse. Contre qui crois-tu que ta colère fonce ? Pas contre lui, quand même, ce brouteur d'angoisses, ce faiseur de peur ? C'est contre toi-même qu'elle se dirige, ta colère, une colère si étincelante, et tu ne pourras pas lui tenir tête une fois qu'elle sera partie.

Othello s'était contenté de souffler un bon coup. Il avait continué de pointer ses cornes sans quitter le clown des yeux, mais n'avait pas foncé.

— Et alors ? avait-il insisté en soufflant une deuxième fois.

La voix s'était tue. Il s'était retourné. Derrière lui se tenait un bélier gris aux cornes puissantes, un bélier dans la force de l'âge. Un chef de troupeau. Rien que muscles, grâce et gravité sous une toison hirsute. Dans l'obscurité de la cage, ses yeux couleur d'ambre avaient un reflet espiègle. Gêné, Othello avait détourné le regard.

Le clown s'était redressé, avait claqué la porte et disparu. Othello fut étourdi de déception. Soudain, le bélier inconnu s'était avancé et lui avait donné une bourrade, du bout du naseau. Il dégageait une odeur bizarre, une odeur de choses qu'Othello ne pouvait pas comprendre.

— Allez, lui avait murmuré le Gris à l'oreille, pourquoi tirer une tête de goutte prête à tomber ? Si ta colère était partie au galop, il aurait su qui tu es. Il t'aurait percé à jour, depuis les cornes jusqu'au cœur en passant par les yeux. Au lieu de quoi il ne sait rien. C'est tout à ton avantage. Tout ce qu'il ignore est à ton avantage. *Trouver les points faibles*, cela ne date pas d'hier.

Tout à coup, le bélier avait paru amusé. Othello avait remué les oreilles pour chasser toutes ces paroles qui bourdonnaient autour de lui dans le noir. Mais le Gris ne lui avait pas laissé le temps de reprendre son souffle.

— Oublie ta colère, lui avait-il dit. Pense à la trace de la limace dans l'herbe. Pense à ce qui viendra après.

— Mais je suis en colère ! avait protesté Othello, juste pour dire quelque chose.

— Alors bats-toi ! avait-il répliqué.

— Comment veux-tu que je me batte s'il m'enferme tout le temps ?

Maintenant que le sujet commençait à l'intéresser, le Gris était devenu aussi avare en paroles qu'une brebis mal lunée.

— Ça ne sert à rien !

— *Penser sert toujours à quelque chose*, avait déclaré le bélier inconnu.

— Mais je *pense*, avait protesté Othello. Je pense nuit et jour !

Ce n'était pas tout à fait vrai car, la nuit, pour l'essentiel, il dormait. Dans un coin de la cage, épuisé. Mais il avait voulu impressionner l'autre.

— Alors, c'est que tu ne penses pas à ce qu'il faut ! avait répliqué celui-ci qui ne s'en laissait pas conter.

Othello avait gardé le silence.

— À quoi penses-tu ? avait demandé le Gris.

— Au foin, avait-il avoué, penaud.

Comme il fallait s'y attendre, l'aîné avait secoué la tête avec réprobation.

— Pense aux reflets dans le pelage de la taupe, pense au son que fait le vent dans les buissons et à ce que tu ressens dans le ventre quand tu dévales une pente. Pense à l'odeur du chemin devant toi, pense à la liberté que le vent te promet. Mais ne pense plus jamais au foin.

Othello avait regardé le Gris. Il avait éprouvé une sensation bizarre dans le ventre, qui n'était pas de la faim.

— Ou plus simple : tu n'as qu'à penser à moi.

Othello pensa au Gris, et la colère rentra dans ses quatre cornes, là où était sa place. Il secoua la tête pour chasser ces vieilles pensées. Les moutons de son troupeau le regardaient, toujours aussi étonnés.

— Il nous a comptés, répéta-t-il d'un ton grincheux. Seulement comptés.

Maintenant qu'il le disait, cela leur paraissait évident. Ils étaient déçus. Mais leur humeur ne tarda pas à s'améliorer de nouveau. Si Gabriel se montrait aussi aimable et mystérieux rien que pour les dénombrer, ce serait sûrement passionnant quand il en viendrait aux choses importantes de la vie comme remplir la mangeoire, étaler la paille ou distribuer des betteraves. Sans parler de la lecture. Ils étaient très impatients de voir ce que Gabriel allait bien pouvoir leur lire.

— Des poèmes…, susurra Cordelia.

Ils ne savaient pas précisément ce que c'était, mais ce devait être quelque chose de très beau, car dans les romans d'amour, les hommes récitaient parfois des poèmes à Pamela au clair de lune. Et dans ces cas-là, George, qui ne perdait pas une occasion de dire du mal de l'héroïne, arrêtait de râler et poussait un soupir.

— Ou bien des histoires de trèfle ? espéra Mopple.

— Des histoires sur la mer, le ciel et le courage ? dit Zora.

— En tout cas, pas sur les maladies ovines, j'espère, ajouta Heidi. Hein, qu'est-ce que tu en dis, Othello ?

Othello se taisait.

— Il va lire à voix haute, d'une voix forte et distincte, comme il faut, annonça Ritchfield.

— Et il va nous apprendre plein de mots nouveaux ! se réjouit Cordelia.

Ils étaient de plus en plus impatients. Qu'est-ce qu'il

allait bien pouvoir leur lire, nom d'un mouton ? Ils avaient hâte que ce soit l'après-midi.

— Pourquoi ne pas leur demander ? demanda Cloud.

« Leur », c'étaient les autres, le troupeau de Gabriel. Les chiens les avaient regroupés dans un coin de la prairie, et le berger était en train d'installer autour d'eux un grillage en fil de fer. Les moutons de George ne savaient pas trop comment interpréter ce qui se passait. En tout état de cause, leur pâture avait sacrément rapetissé.

— En plus, pile à l'endroit où se trouve l'herbe à souris ! grommela Maude.

Ce n'était pas à cause de l'herbe à souris que les autres étaient fâchés. C'était pour le principe. D'un autre côté, ils étaient bien contents que les moutons de Gabriel ne puissent pas se mêler à eux. Ça leur aurait fait drôle. Ils étaient courts sur pattes, avec un long corps et un long museau pas rigolo, des yeux sans cesse en alerte et la toison d'une étrange pâleur. En plus, ils ne sentaient pas bon. Ce n'était pas une odeur malsaine, mais terne, une odeur de nervosité. Plus étrange, ils n'avaient pour ainsi dire pas de laine. Juste un duvet ras, touffu et bouclé. Pourtant, on voyait bien qu'ils n'avaient pas été tondus depuis un moment. Pourquoi Gabriel avait-il des moutons qui ne valaient rien ? À quoi étaient-ils bons ? Le berger était bien aimable de s'occuper de bêtes aussi inutiles.

Ils imaginaient comme Gabriel devait être content d'être enfin entré en possession de moutons comme eux. Bientôt, il se demanderait ce qu'il avait bien pu trouver aux autres et il les renverrait. Jusque-là, ils devaient prendre leur mal en patience. Ils étaient d'accord pour dire que la meilleure façon de cohabiter était d'ignorer la présence des intrus. En même temps, la curiosité les démangeait.

— Je leur demanderais bien ce qu'il leur lit, reprit Maude, mais ça me gratouille dans le naseau quand je m'approche d'eux.

Ils regardèrent Sir Ritchfield. On pouvait attendre d'un chef de troupeau qu'il se charge de prendre contact avec les étrangers. Pourtant, le vieux bélier se contenta de secouer la tête en marmonnant :

— Patience !

Mopple n'osait pas. Othello semblait soudain avoir perdu tout intérêt pour les questions d'ordre littéraire. Et les autres étaient trop fiers pour adresser la parole à des dégarnis.

Finalement, Zora se dit prête à y aller. Elle avait médité sur une foule de questions, du haut de son rocher, et elle était d'avis que l'orgueil, si justifié fût-il, ne devait pas empêcher un mouton de chercher à enrichir ses connaissances. Dès que Gabriel eut disparu derrière la roulotte pour préparer un nouveau rouleau de fil de fer, elle partit au trot.

Les autres broutaient. Elle fut tout d'abord frappée de voir comment ils se tenaient, étroitement serrés épaule contre épaule. Cela ne devait pas être confortable de paître ainsi. Personne ne faisait attention à elle bien que son odeur l'eût sans doute trahie depuis un bon moment.

Zora s'arrêta au bord du troupeau et attendit poliment qu'on lui adresse la parole. Rien. De temps en temps, l'un ou l'autre relevait la tête et jetait un coup d'œil nerveux autour de lui. Mais ses regards la traversaient comme si elle était invisible. Zora les observa un moment, plus surprise que fâchée. Puis elle perdit

patience et lança un bêlement sur lequel on ne pouvait se méprendre.

Ils cessèrent de brouter, tendirent le cou et tournèrent la tête dans sa direction. Une multitude d'yeux vides se posèrent sur elle. Elle attendit. Elle n'avait pas peur. Il y avait le ciel, la mer et avant tout les rochers. Elle avait l'habitude de scruter l'abîme. Elle se dressait devant eux comme dans un vent glacial et faisait front. Était-ce un test ? Une mise à l'épreuve ? Pour détendre l'atmosphère, elle remua les oreilles et cueillit quelques brins d'herbe. Toujours rien.

De l'autre côté du troupeau, quelques moutons avaient déjà baissé de nouveau la tête et un bruit de mastication monotone indiquait qu'ils avaient recommencé à brouter. Pourtant, la majorité des yeux continuaient de fixer Zora. Elle dut admettre qu'ils l'inquiétaient. Ils renfermaient une lumière vacillante comme le ciel par un jour de très mauvais temps, un de ces jours où un mouton a du mal à forger ne serait-ce qu'une idée claire.

Bientôt, elle comprit qu'il n'y avait rien à attendre. Vraiment rien du tout. S'il devait se passer quelque chose, ce serait de son fait. Zora jeta un coup d'œil à son troupeau et perçut là encore des regards posés sur elle. Pendant un instant, elle eut le sentiment qu'ils étaient bizarres, eux aussi. Mais non. Du haut de la colline, Sir Ritchfield avait l'air sévère et attentif. Cloud, Maude, Lane et Cordelia s'étaient blotties les unes contre les autres et l'observaient, captivées. À quelques pas devant elles, Mopple plissait les yeux. Elle savait qu'à cette distance il ne pouvait guère voir plus qu'un point noir et blanc. Cela la toucha. Tout à coup, il lui sembla moins difficile d'adresser la parole aux étrangers.

— Bonjour, dit-elle.

Elle décida de commencer par une banalité.

— Elle vous plaît, cette herbe ?

Elle songea trop tard que cela pouvait faire mauvaise impression – une allusion au fait que cette nourriture ne leur appartenait pas. On pourrait toujours en reparler plus tard, quand l'atmosphère se serait détendue.

— Le temps n'est pas mauvais, n'est-ce pas ? se corrigea-t-elle.

C'était un sujet de conversation sans risque. Le ciel était gris et chaud, l'air humide et rafraîchissant, la prairie sentait bon.

Les étrangers gardèrent le silence. Quelques têtes qui s'étaient déjà remises à brouter se relevèrent à nouveau. Un nombre encore plus grand d'yeux vides se tournèrent vers l'ambassadrice. Peut-être étaient-ils seulement mélancoliques ? Peut-être n'aimaient-ils pas les platitudes ? Qui aurait pu dire combien d'ouvrages sérieux Gabriel leur avait déjà lus ?

— Vous savez peut-être comment on va au ciel ? s'enquit-elle.

Silence.

— Il doit bien y avoir un moyen. Car enfin, nous voyons tous des moutons-nuages. Mais comment faire ? Y a-t-il un endroit d'où l'on peut monter jusque dans le ciel ? Ou faut-il avancer et brouter dans le vide ?

Elle les regarda, pleine d'espoir. Rien. Ou plutôt, si. Un léger changement. Elle eut l'impression que le tremblement irritant de leurs yeux vides s'accentuait. Alors, elle perdit patience.

— Je me moque de ce que vous pensez ! Pour être tout à fait honnête, je suis assez sûre qu'il suffit de dépasser la peur du vide. Mais je ne suis certainement pas venue ici pour discuter avec vous de cette question.

Elle décida d'aller droit au but.

— C'est Gabriel qui m'intéresse. Il est votre berger depuis un moment. On veut savoir ce qu'il vous lit.

Les moutons la fixaient, impassibles. N'avaient-ils pas compris ? Impossible ! Un mouton ne pouvait pas être aussi bête. Elle poussa un soupir.

— Le berger ! Vous comprenez ? Gabriel ! Gabriel !

Elle tourna rapidement la tête et vit que le berger avait bientôt fini de préparer le rouleau suivant. Il était temps de partir. Elle ramena les yeux sur les étrangers et constata qu'il ne s'était toujours rien passé. Assez ! C'était assez !

Elle aperçut un bélier juste devant elle, à quelques mètres à peine, lui adressa un dernier regard rempli de colère et… s'arrêta. Était-il déjà là tout à l'heure, celui-là ? Elle n'arrivait pas à se souvenir. Elle remarqua aussi que les étrangers n'étaient pas si petits que ça. Un peu courts sur pattes, c'est vrai, mais longs et massifs. Le bélier en face d'elle dégageait une impression de force. Quelque chose en lui rappelait le boucher, ce qui n'avait rien de plaisant. Avant de s'en aller, elle aurait volontiers décoché une pointe méprisante, mais jugea préférable de disparaître en vitesse. Le bélier la regardait, et tout à coup, elle eut le sentiment que cette drôle de flamme dans ses yeux s'était éteinte. Pour la première fois, elle eut la sensation qu'il l'avait *regardée*. Il remua lentement la tête, de manière presque imperceptible.

Alors, elle fit demi-tour et fonça sur son rocher.

Gabriel eut fini d'installer le grillage vers midi. Il s'assit alors sur les marches de la roulotte, à l'endroit même où s'installait George, et alluma une pipe. La délicate fumée s'infiltra dans les narines des bêtes. Une odeur mystérieuse. Derrière ce filtre, la véritable odeur de Gabriel se cachait à un endroit inaccessible. Même Maude dut admettre qu'à cause de la cape en laine et de l'odeur de tabac elle n'arrivait pas à sentir le berger à proprement parler.

Midi fut paisible comme il ne l'avait pas été depuis longtemps. Assurément, le doux soleil que voilaient parfois les nuages, la vue splendide sur une mer d'un bleu immaculé et le bourdonnement des insectes y étaient pour beaucoup. Mais le plus important était le soulagement de savoir un berger aussi compétent assis sur les marches de la roulotte. Et bien sûr aussi la joie qu'ils éprouvaient à l'avance en pensant aux histoires qu'il leur lirait à la nuit tombante.

Quand l'homme déboula sur son vélo, la paix s'évanouit d'un seul coup. Les moutons se méfiaient des cyclistes. Par précaution, ils se retirèrent sur la colline quoique le visiteur ne soit pas venu pour eux. Il alla droit sur Gabriel.

Se sentant en sécurité, ils se calmèrent et tendirent les oreilles vers la roulotte. L'homme mit pied à terre et se planta devant le berger. À ce moment-là, ils le reconnurent. C'est celui qui était venu avec Lilly, Ham et Gabriel juste après la mort de George, le grand maigre qui avait collé son nez à la vitre de la roulotte la nuit précédente : Josh. Il sentait l'eau savonneuse et les pieds pas lavés. Bref, le ranci. Mopple se planqua derrière le dolmen et jeta des coups d'œil angoissés entre les pierres. Des moutons plus courageux comme Othello, Cloud ou Zora s'approchèrent, poussés par la curiosité.

— Tiens ! Josh…, dit Gabriel sans retirer sa pipe de la bouche.

Ses yeux bleus fixaient le maigre. Les moutons savaient ce que le cycliste devait ressentir : il affichait

une mine flattée, mais avait les jambes en coton. Il fouilla avec nervosité dans la poche de sa veste, en sortit une clé et la tendit avec respect au berger.

— De la part de Kate, dit-il en riant. Elle a fini par la trouver. Dans une boîte de biscuits d'avoine. Fallait y penser : des biscuits d'avoine !

Le maigre rigola. Maintenant, les bêtes savaient pourquoi il était si nerveux. Sans doute avait-il mangé les biscuits.

— Elle dit que ça ne peut être que dans la roulotte, continua Josh. En tout cas, c'est pas dans la maison.

— Bien, dit Gabriel.

Il prit la clé et la posa sur la dernière marche d'un air distrait.

— Dis…

Silence. Une pie curieuse passa au-dessus du toit de la roulotte.

— Qu'est-ce qu'on va faire, si on le trouve pas ?

— Du moment que personne ne met la main dessus…, répondit le berger.

Ses yeux bleus scrutèrent la mer bleue. Des bouffées de fumée sortirent de sa bouche.

— Tu sais ce qu'ils disent, Gabriel ?

L'autre n'avait pas l'air au courant, et en plus, il avait l'air de s'en moquer. Le maigre poursuivit quand même.

— Ils disent qu'il n'y a rien dans la roulotte, que tout est écrit dans le testament.

— S'ils ont raison, on le saura dimanche, dit le berger.

Le maigre laissa échapper un petit son nerveux. Puis il rentra la tête dans les épaules et retourna à son vélo. Alors qu'il ne lui restait plus que trois pas à faire, le berger le rappela :

— Au fait, Josh !

— Oui ?

— Il y a déjà eu assez de conneries comme ça, non ? Tu devrais peut-être veiller à ce que ça n'aille pas plus loin.

— Des conneries ? Qu'est-ce que tu veux dire, Gabriel ?

Il semblait avoir peur.

— Je veux parler d'expéditions nocturnes à la roulotte de George, par exemple. À quoi ça sert ? Mis à part foutre la trouille aux moutons ?

Cloud fut touchée. Il pensait vraiment à eux en toute circonstance.

Josh ne semblait pas disposé à parler de la nuit précédente.

— Au fait, qu'est-ce que c'est, ces moutons ? demanda-t-il.

L'aubergiste jeta un regard critique sur le troupeau de Gabriel et continua aussitôt :

— Ils ont quand même une drôle d'allure. J'en ai jamais vu, des comme ça.

— Une nouvelle race à viande, lâcha Gabriel du coin de la bouche.

Ses yeux bleus lancèrent un regard qui imposa le silence à Josh. Ils se turent pendant un bon moment. Puis l'aubergiste soupira.

— Alors, tu sais tout…

Gabriel dit quelque chose en gaélique. Les bêtes se demandèrent s'il avait une deuxième langue dans la bouche.

— Je n'avais pas le choix, gémit Josh. Tom et Harry y seraient de toute façon allés, ces imbéciles. Chercher l'herbe, éviter le scandale, ne pas nuire au tourisme : la vieille rengaine, quoi. Comme si c'était

de *ça* qu'il s'agissait… Ils ne pigent vraiment rien. J'ai pensé qu'il valait mieux les accompagner, tu comprends ? Je leur ai donné une fausse clé pour être sûr qu'ils n'emportent pas de quoi démolir la serrure, et qu'ils ne puissent pas rentrer dans la roulotte.

Le berger fit signe qu'il comprenait. Josh fut visiblement soulagé. Tout à coup, il semblait avoir retrouvé la parole.

— Mais tu sais quoi ? continua-t-il. On n'était pas les seuls. Il y avait quelqu'un d'autre. Un étranger. Un de la mafia, si tu veux mon avis. C'est donc pas complètement faux, ce qu'on raconte. Et si *eux*, ils la trouvent avant nous…

À nouveau, une pie passa au-dessus de leurs têtes. Bien sûr, il n'était pas possible de dire si c'était la même. Elle fit un virage élégant et atterrit sur le toit en jacassant.

— Ils ne vont pas la trouver, le rassura Gabriel. Ils ne savent rien sur cette cassette. La seule chose qui les intéresse, c'est le shit. En plus, je reste ici. Tu ferais mieux de t'arranger pour qu'au pub les gens se calment un peu.

L'aubergiste approuva avec enthousiasme. Les moutons le comprenaient : ça faisait plaisir de rendre service à Gabriel. Il fit demi-tour et s'éloigna, puis se retourna une dernière fois :

— Dis…

Gabriel fit passer sa pipe de droite à gauche et lui jeta un regard interrogateur.

— Tu t'y es bien pris.

D'un large mouvement de la main, Josh désigna le berger, la roulotte, les moutons, l'ensemble de la prairie et les engloba en fermant le poing. Gabriel fit un signe de la tête.

— Les moutons ont besoin qu'on les surveille, du moins jusqu'à ce qu'on ait ouvert le testament. L'administration m'était très reconnaissante. La société de protection des animaux, des règles d'hygiène, tout le bazar quoi. Moi, de mon côté, j'économise les aliments pour mes bestiaux.

Il fit un sourire sympathique.

— Et puis…

Il frappa de la main sur les marches de la roulotte.

— … on ne peut pas m'interdire de rester ici.

Josh rigola, soulagé. Il fit un signe d'adieu au berger, se mit en selle et partit vers le village sur son vélo bringuebalant.

À peine avait-il disparu derrière le tournant que la main tannée de Gabriel se baissa vers la dernière marche. Il tâtonna en vain. La clé n'était plus là, mais scintillait au-dessus de sa tête dans le bec de la pie perchée sur le toit.

Depuis que Gabriel les surveillait, les moutons avaient retrouvé une ambition perdue depuis bien longtemps. Ils broutaient consciencieusement, en faisant de grands pas devant eux, relevaient le cou avec grâce, se montraient de « bons exploitants de fourrage » et prenaient même du plaisir à manger l'herbe sèche, pourtant si peu goûteuse. Même quand ils se reposaient à l'ombre de la vieille bergerie, ils gardaient la tête haute et observaient Gabriel du coin de l'œil. Lui ne les regardait pas. Il poursuivait une pie à travers la prairie en bondissant comme un agneau téméraire, de broussaille en buisson, de buisson en arbuste et d'arbuste en arbre…

9

Miss Maple mène l'enquête

— Glendalough, par exemple, expliquait l'étrangère. Un saint homme se retire du monde, la nouvelle s'ébruite, et bientôt, il ne peut plus faire un pas sans tomber sur un pèlerin. Glendalough : le plus grand lieu de pèlerinage du Moyen Âge, et pourquoi ? Parce que les hommes ont l'instinct grégaire ! Il suffit de leur faire croire que tout le monde vient ici, et ils le croiront. C'est aussi simple que cela.

Elle croqua son *scone* tout en souriant. Sa robe était rouge comme les baies en automne.

Le panier devant elle était rempli de ces gâteaux beurrés soigneusement protégés des mouches par une serviette, ce qui n'empêchait pas les moutons de les flairer. Elle trempa son *scone* dans de la crème fraîche puis dans une confiture rouge, et mordit dedans en souriant. Elle se servit du thé dans une tasse en plastique, y mit deux morceaux de sucre de canne et de la crème. Les *scones*, la confiture, le thé, le sucre et la crème étaient disposés sur un énorme plaid à carreaux multicolores, à côté d'une bouteille de jus d'orange, de cheddar, de gâteaux secs, de toasts, d'un petit pot de mayonnaise et d'une salade de tomates au persil. Le plaid recouvrait lui-même un petit bout de prairie, non loin de la falaise, à un endroit où, par bonheur, les herbes intéressantes avaient déjà été broutées. Les couleurs criardes effrayaient les moutons, déjà nerveux parce que, après avoir sautillé derrière la pie, Gabriel les avait laissés seuls.

Des parfums inconnus traversaient la prairie et leur chatouillaient les narines. Les bêtes se tenaient à distance, mais elles épiaient le panier rempli de *scones* et la salade de tomates avec une convoitise non dissimulée.

Installée au bord du plaid, la charitable Beth, tas de mal-être noir aux poignets fins et à la coiffure impeccable, s'efforçait d'occuper le moins de place possible malgré sa jupe bouffante. Elle ne mangeait rien, mais par moments, sa main s'approchait de sa poitrine où elle se refermait sur un minuscule objet brillant. Chaque fois, le pot de mayonnaise tremblait.

— Croire, soupira-t-elle, croire n'est jamais simple…

— Ce qu'on croit soi-même, non, mais ce que croient les autres, si !

L'étrangère rit. Un deuxième *scone* reçut le baptême de la crème.

— Prenez donc ! dit-elle.

Beth secoua la tête en silence. Ses yeux se tournèrent vers le dolmen.

— Vous devriez manger, dit la femme, c'est bon… Vous ne mangez sans doute jamais beaucoup, ajouta-t-elle en jetant un coup d'œil sur les bras maigres et poilus de Beth.

— Non, avoua celle-ci d'une voix ferme, je ne mange jamais beaucoup. J'habite près d'un *takeaway*. Quand on voit tous les jours les gens s'empiffrer comme des ogres au lieu de s'occuper du salut de leur âme, on en a l'appétit coupé.

La remarque laissa de marbre la femme qui mordit de bon cœur dans son gâteau.

— Savez-vous ce qu'il y a de vraiment étrange ? dit-elle de manière peu distincte parce qu'elle n'avait pas fini de mâcher. Savez-vous quand les gens croiront que tout le monde vient ici ? Quand ils auront entendu dire qu'on y est tout seul. Cela les convaincra. Tout le monde recherche la solitude. Il suffit qu'un lieu soit désert pour qu'une foule de gens veuillent en profiter.

Beth regardait fixement dans le vide sans comprendre. Le petit pot de mayonnaise trembla. Maude réfléchit à l'odeur désagréable qu'elle dégageait. Une odeur âcre et doucereuse. Elle sentait la faim tenace, la mort précoce. Cela gâchait le plaisir que la brebis prenait à respirer les arômes qui montaient du plaid à carreaux multicolores.

— À vrai dire, je ne comprends pas du tout pourquoi vous vous faites du souci.

La puanteur et le silence de Beth semblaient ne pas gêner la femme en rouge.

— C'est paradisiaque, ici. N'importe qui s'y sentirait bien.

— Pas moi, répliqua Beth. Et je ne connais personne à Glennkill qui s'y sentirait bien. Il s'est passé des choses affreuses, ici. Je ne devrais pas le dire, je devrais plutôt vous persuader du contraire. Mais je le dis quand même. Je ne vais pas me laisser intimider. Le Seigneur est avec moi.

— Des choses affreuses ? répéta la femme avec insouciance. Tant mieux ! Les gens adorent les choses affreuses. Un saint martyrisé par des païens, par exemple, ce serait merveilleux ! Ou un païen jeté à la mer par des saints ! Encore mieux. Les crimes, c'est bon pour le tourisme.

La femme en rouge n'avait pas de problèmes avec les mots. Cordelia l'écoutait, admirative. L'étrangère regorgeait d'histoires.

Beth gloussa. On aurait dit qu'elle refoulait un ricanement, mais à voir son visage, on se doutait qu'elle avait plutôt ravalé un sanglot.

La femme s'en rendit compte et devint sérieuse :

— Ah ! Vous voulez parler du meurtre ? Excusez-moi, je ne savais pas qu'il avait eu lieu ici.

Elle reposa sur le plaid le *scone* entamé.

— Oui, ça s'est passé ici, déclara Beth avec une voix d'outre-tombe.

À nouveau, le petit pot de mayonnaise trembla.

— C'était quelqu'un de votre famille ?

La voix de la femme en rouge était douce, à présent. Beth eut un frisson.

— Non, pas un parent. Pas un ami non plus. L'idée l'aurait fait rire. Il se moquait toujours de moi. Mais nous avons fréquenté l'école ensemble, l'école du village. Ce fut une mort effroyable, une mort de mécréant.

— Oui, j'ai lu ça dans les journaux, dit l'étrangère d'un air songeur. Avec une bêche. Ce n'est pas une belle fin. Mais pas de quoi se faire du souci pour le tourisme. Quoique une arrestation serait bienvenue, naturellement. Y a-t-il un suspect ?

Elle s'empara de la salade de tomates. Un soupir muet traversa le troupeau. Les tomates les intéressaient plus que tout le reste sur le plaid. Ils avaient espéré qu'avec tous ces gâteaux, la femme n'aurait pas envie de brouter les tomates. Mais si.

— Certains prétendent que c'est une histoire de fric, ou de drogue, ou pire encore, dit Beth en rougissant.

En réalité… Le pire reste de penser qu'il y a ici, à Glennkill, un individu qui…

Sa voix partit dans les aigus, elle était méconnaissable. Les moutons tressaillirent et remuèrent les oreilles avec nervosité.

— … qui a l'air d'un être humain comme tous les autres, mais qui est au fond une bête sauvage, dévorée par une telle maladie spirituelle, une telle impiété, un tel désespoir…

Beth fixait l'étrangère droit dans les yeux, et celle-ci soutint son regard sans appréhension pendant un bon moment. Puis elle plongea une fourchette dans le saladier et en tira une tomate. Une minuscule tomate. Les moutons n'en revenaient pas. Ils n'avaient encore jamais vu de tomate aussi petite. Même les misérables tomates du potager de George (qui n'avait jamais eu beaucoup de succès en ce domaine) étaient énormes comparées à ce bébé tomate. Pourtant, elle sentait comme une grande – du moins jusqu'à ce qu'elle ait disparu, en moins de temps qu'il n'en faut pour le dire, entre les dents sans défaut de la femme en rouge.

Maintenant que Beth s'était mise à parler, plus rien ne pouvait l'arrêter.

— Vous comprenez, ce n'est pas un meurtre facile. Pas comme ceux qu'on voit à la télé – argent, pouvoir, etc. J'y ai longuement réfléchi et je le sens. Vous savez, je distribue des petites brochures, des textes merveilleux sur la Bonne Nouvelle. Et quand on fait cela pendant assez longtemps, on acquiert comme un sixième sens. Vous pouvez vous moquer de moi, mais je l'ai, ce sens-là.

La voix de Beth, qui ne ressemblait plus à la voix de Beth, tremblait. La main de la femme qui portait à sa bouche *deux* petites tomates plantées sur sa fourchette, en revanche, ne tremblait pas.

— Je pourrais vous en raconter, des choses… Ce meurtre est une histoire d'âmes, voilà ce que je peux vous dire. D'âmes et de culpabilité. Qui qu'il soit, l'assassin savait distinguer le juste et le faux, mais n'avait pas la force de faire ce qui est juste. C'est si affreux de ne pas en avoir la force, si affreux qu'on voudrait se couper la part de faiblesse en soi – avec un couteau… Un couteau… Mais la faiblesse reste, et, un jour, on ne voit plus d'autre solution que de détruire ce qui est fort. Détruire ce qu'on n'a pas réussi à faire soi-même – c'est le pire péché de l'homme. Dieu ait pitié de moi !

En parlant, Beth avait levé la tête vers le ciel, on aurait dit qu'elle se croyait seule. Mais, maintenant, les deux femmes se regardaient à nouveau. L'étrangère plissait les yeux, deux bébés tomates auxquels elle ne prêtait pas attention planaient devant ses lèvres rouges, au bout de sa fourchette. Les yeux de Beth étaient ronds et grands ouverts, comme ceux des enfants. Elle souriait d'un air triste. L'espace d'une seconde, les moutons oublièrent les tomates. Ils n'avaient encore jamais vu sourire Beth. Elle était jolie. En tout cas plus que d'habitude.

— Je sais bien que cela vous semble étrange, conclut-elle. Mais enfin, j'ai le sixième sens.

La femme en rouge hocha la tête. Elle voulait dire quelque chose, mais Beth ne la laissa pas parler. Une Beth qui ne laissait pas parler les autres, c'était du jamais-vu.

— Vous voyez, j'ai discuté avec la police. Je suis d'ailleurs la seule. Vous imaginez ? Sur tout un village, je suis la seule à poser des questions ! Le silence va tous nous étouffer, ici.

Elle reprit profondément sa respiration.

— La police, donc. Ils disent que George a d'abord été empoisonné. Il s'est endormi en paix. Et *ensuite*, il y a eu la bêche. Une fois qu'il était déjà mort, vous comprenez ? Pourquoi ? peut-on se demander. Cela ne préoccupe sans doute pas beaucoup la PJ en ville. Mais moi qui fais du porte-à-porte avec mes brochures depuis des années, je sais que les gens d'ici ne sont au fond que des mécréants.

Deux lèvres rouges engloutirent deux tomates tout aussi rouges.

— Vous savez, une vieille superstition interdit d'approcher le corps d'un défunt pendant une heure après sa mort. On dit que les chiens du diable montent la garde pour dévorer son âme. Et l'âme de George était diabolique, vous pouvez me croire ! Vous imaginez l'effroi que ce malheureux a dû ressentir près du cadavre, avec sa bêche ? Et ce qu'il faut pour se remettre d'un tel effroi ? Vous dites que le meurtre n'est pas important pour le tourisme. Mais moi, je sens bien que je ne pourrai revivre que lorsque ce mouton noir aura quitté notre troupeau.

Beth se leva tout à coup, avec des mouvements d'une étonnante souplesse. Othello lui jeta un regard mauvais. Dès qu'elle eut fait deux pas en arrière, l'élégance qui avait semblé la sienne pendant un instant disparut.

— Si vous avez des questions – j'entends, sur le tourisme –, venez donc me voir à la sacristie. Tous les jours entre 10 heures et midi, et à partir de 9 heures le mercredi.

Elle allait s'éloigner, mais la femme en rouge lui

posa doucement la main sur la manche. Elle plissait toujours les yeux.

— Et si j'ai des questions sur George ? murmura-t-elle en levant la tête vers Beth.

Sa voix était profonde. Rauque et belle. Une voix à lire des histoires.

Beth se figea. À nouveau, son regard fouilla le bleu immaculé du ciel. Quand elle le ramena enfin sur l'étrangère, ses lèvres esquissèrent un sourire.

— Dans ce cas, murmura-t-elle à son tour, venez me voir ce soir. La maison bleue, en face de l'église. Côté rue, il y a le *takeaway*. J'habite sur l'arrière.

Elle se retourna et ne fut bientôt plus qu'une silhouette noire aux contours nets, toujours plus petite dans le ciel d'après-midi. La femme en rouge la suivit des yeux sans bouger. Dans le saladier, il ne restait qu'une dernière tomate oubliée.

La dernière tomate était revenue à Othello. Il observa d'un air songeur l'étrangère qui rangeait le reste des victuailles dans son panier et, pensive, s'éloigna en direction du village le long de la falaise. Il percevait des regards jaloux autour de lui. Pourquoi savait-il toujours y faire ? Qui lui avait appris à s'y prendre aussi bien avec les êtres humains ? À s'avancer vers la femme sans précipitation et sans crainte, au moment précis où elle allait remballer le saladier ? Elle avait ri, de sa bonne voix rauque qui faisait penser à George, et lui avait tendu le saladier. Alors, Othello avait englouti avec calme le dernier bébé tomate.

Les autres étaient maintenant de mauvaise humeur. Personne n'aurait osé faire comme lui, surtout avec une parfaite inconnue, mais personne ne lui reconnaissait le droit d'avoir cette tomate. Seule Miss Maple semblait

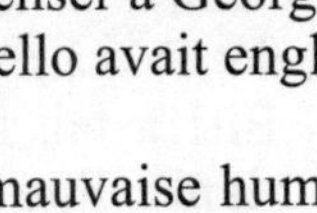

s'en moquer. Elle broutait, absorbée dans ses pensées, et passa à côté d'une imposante touffe de trèfle sans y toucher. C'est dire comme elle réfléchissait.

— Elle n'est pas stupide, marmonnait-elle, plus pour elle-même que pour les autres. Beth n'est pas stupide. Elle pense trop aux âmes et pas assez aux hommes, mais elle n'est pas stupide.

— La femme en rouge n'est pas stupide non plus, intervint Othello, qui était presque un peu trop fier.

— Oh non ! reconnut Miss Maple. Elle n'est vraiment pas stupide.

— Je n'aurais jamais pensé que George avait un enfant, dit Maude. Vous avez senti comme moi ?

Plusieurs moutons s'étaient rassemblés autour de Miss Maple, Othello et Maude pour suivre leur intéressante conversation. Ils opinèrent du bonnet. L'odeur familiale. La sueur, la peau, les poils. L'étrangère était sans conteste la fille de George.

— Ça ne veut pas dire grand-chose, remarqua Cordelia.

En effet. Les moutons n'attachaient aucune importance à l'identité du géniteur. Mais qu'en était-il chez les humains ? Dans un des romans sur Pamela, un père avait enfermé sa fille pour l'empêcher de s'enfuir avec un baron.

— En tout cas, sa mère, ce n'est pas la faiseuse de tartes aux pommes, déduisit Cloud.

Les autres se regardèrent, déconcertés. Qu'est-ce que cela pouvait vouloir dire ? Était-ce important ?

— Elle a fait une remarque intéressante, continua Miss Maple. Elle est comme George, elle exprime les idées fondamentales de telle sorte qu'un mouton les comprend. Elle a dit que les hommes ont l'instinct grégaire. Cela me paraît tout à fait vrai.

Miss Maple en oubliait de brouter et arpentait la pâture, l'air concentré.

— Ils habitent tous au même endroit, le village. Ils sont venus voir la bêche ensemble. Ils ont bel et bien l'instinct grégaire. Mais pourquoi… ?

Elle s'immobilisa.

— … Pourquoi cela nous semble-t-il si neuf ? Pourquoi ne le savions-nous pas ? La réponse est simple.

Miss Maple jeta un regard perçant sur ses congénères. À leurs mines, elle comprit que la réponse n'était pas encore assez simple. Au moment où elle allait continuer, Sir Ritchfield bêla d'indignation.

— Il a abandonné le troupeau ! George a quitté son troupeau !

Quelques moutons poussèrent des cris d'énervement, mais Miss Maple, elle, garda son calme.

— Oui, approuva-t-elle, sans doute que George avait quitté son troupeau, puisqu'il n'était jamais avec les autres. Ou alors, il en a été chassé. Il pestait toujours contre les gens du village, vous vous souvenez ? Était-il fâché parce qu'ils l'avaient chassé ? Ou bien les a-t-il quittés parce qu'il était fâché ? Peut-être était-il le seul à être sans protection parce qu'il avait quitté son troupeau ? Peut-être même que sa mort était un châtiment parce qu'il l'avait abandonné ?

Atterrés, les moutons gardaient le silence. L'idée que leur berger avait quitté son troupeau leur était insupportable.

— Tout de même, murmura Cordelia, les chiens du diable ! Il n'avait pas mérité ça !

— Il faut que ce soient des chiens effroyables, remarqua Lane en tremblant, pour que même les hommes en aient peur. Peut-être qu'en réalité l'esprit de loup était un chien du diable ?

À la seule pensée de l'esprit de loup, un frisson parcourut le pelage des moutons malgré la douceur de la température idéale pour brouter. Instinctivement, ils se serrèrent les uns contre les autres. Cloud bêla de peur.

Seule Maude fit une grimace moqueuse.

— Les chiens du diable ne sont pas forcément… *grands* ! s'exclama-t-elle. Quand on pense à la taille des âmes humaines… je dirais : pas plus hautes que mon genou – et encore ! Un petit chien est largement suffisant.

Les moutons pensèrent au plus petit qu'ils aient jamais vu. Il faisait à peu près la taille d'une grosse betterave, avec un pelage doré et un nez plat. Coincé dans les bras d'une touriste, il leur avait aboyé dessus. C'était à ça que ressemblaient les chiens du diable ? Ou l'esprit de loup ? Les moutons s'apaisèrent. Il n'y avait vraiment pas de quoi avoir peur.

Miss Maple secoua la tête avec impatience :

— L'important, c'est ce que croient les hommes, objecta-t-elle. Or ils *croient* que leurs âmes sont grandes. Beth avait raison. Ils doivent s'imaginer que les chiens de l'enfer sont grands et effrayants. Seulement, pourquoi cette peur ne les a-t-elle pas empêchés de planter la bêche dans le ventre de George ?

Les moutons réfléchirent, sans résultat. Miss Maple continua :

— Désormais, nous savons du moins pourquoi personne n'a entendu George crier. Parce qu'il n'a *pas* crié !… Vu qu'il était déjà mort quand on a enfoncé la bêche… Voilà également pourquoi il y avait si peu de sang sur la prairie.

Les moutons s'étonnèrent. Maintenant qu'elle le disait, l'évidence sautait aux yeux, aussi limpide qu'une flaque d'eau propre.

Miss Maple remua les oreilles pour chasser quelques mouches importunes.

— Pourtant, cela n'explique toujours rien. C'est juste une énigme supplémentaire. Jusqu'à présent, nous avons cru que la bêche était responsable de la mort de George. Maintenant, la question est de savoir pourquoi quelqu'un a enfoncé l'outil dans son ventre alors qu'il était déjà mort.

Silence gêné. Comment un mouton pourrait-il trouver la réponse à une question si difficile ? Miss Maple ne se laissa pas si facilement décourager. Elle continuait de trottiner gaiement.

— Bien entendu, de nouvelles hypothèses s'ouvrent à nous. Peut-être y avait-il deux assassins : l'un qui l'a empoisonné et l'autre qui *pensait* le tuer ? Ou bien la bêche n'était là que pour masquer le vrai crime ? Selon moi, cependant…

Elle fit une pause pour cueillir quelques pâquerettes.

— … le coup de la bêche m'a tout l'air d'une sottise, d'une sale blague d'agneau. Peut-être le meurtrier a-t-il trouvé le courage de planter la bêche dans le ventre de George parce qu'il n'était pas seul ?

Quand le troupeau se fut éparpillé pour brouter, l'agneau sans nom resta sur les lieux de la discussion ovine comme s'il avait pris racine. Blotti dans la douce laine de Cloud, il avait tout entendu. Au début, il voulait seulement être au chaud. Mais après, il avait tendu l'oreille. Bien à l'abri dans le pelage, il s'était mis à trembler. Il avait espéré trouver du courage, assez de courage pour oser prendre la parole une deuxième fois en présence des adultes pleins d'expérience. Mais l'auraient-ils écouté ? Finalement, il n'en avait pas eu la force.

Il aurait voulu leur dire qu'ils se fourvoyaient. Que Miss Maple, le mouton le plus intelligent de tout Glennkill et peut-être du monde entier, avait commis une terrible erreur.

Car l'esprit de loup n'avait pas le pelage doré. Il était épouvantable, couvert de longs poils gris. L'agneau savait qu'il ne fallait pas l'oublier ni même minimiser ses pouvoirs. L'esprit de loup chassait dans les collines sauvages, de l'autre côté de la prairie. Le soir, quand la lune s'était déjà levée, mais que le ciel n'avait pas encore pâli, à l'heure où les choses dégageaient leur parfum le plus profond et le plus sincère, on pouvait le sentir – tout comme on pouvait sentir la pénombre, même les yeux fermés. C'était une erreur de combattre l'esprit de loup à l'intérieur de soi alors qu'il était au-dehors. L'agneau le revit déployer ses ailes noires près du dolmen et l'entendit pour la deuxième fois pousser son cri rauque.

Autour de lui, les autres moutons broutaient paisiblement.

Cependant, à y regarder de plus près, on remarquait que la paix qui régnait sur la pâture était trompeuse. Lentement mais sûrement, des moutons téméraires se rassemblaient derrière la roulotte, où Ritchfield ne pouvait pas les voir.

Ces moutons songeaient à quitter le troupeau.

L'instigatrice de la rébellion était Miss Maple. Elle était obsédée par l'idée de se rendre en douce au village ce soir-là pour épier l'entrevue de Beth et de la femme en rouge, mais n'osait pas y retourner seule. C'est pourquoi elle avait convoqué les plus courageux, Zora et Othello, ainsi que Lane, qui avait l'esprit pratique comme aucun autre mouton, Cloud parce qu'elle était inséparable de Lane, et Mopple à cause de sa mémoire. Pour l'instant, sa proposition ne soulevait pas l'enthousiasme.

— Un mouton ne doit pas quitter son troupeau ! bêla Cloud.

Apparemment, elle n'avait rien d'autre à ajouter.

— Nous ne quittons pas le troupeau, lui expliqua Miss Maple. Un mouton quitte son troupeau quand il part *seul*. J'avoue que j'ai eu tort de le faire. Je ne recommencerai plus. C'est trop dur.

Elle frissonna.

— Mais quand *plusieurs* moutons partent, on ne peut pas dire qu'ils quittent le troupeau puisqu'ils forment eux-mêmes un petit troupeau.

Elle jeta un regard triomphant à la ronde.

— Pourquoi n'y allons-nous pas tous ? objecta de nouveau Cloud. Si tout le monde y va, je viens !

Elle prit une mine effrontée. Miss Maple secoua la tête.

— Nous ne pouvons pas y aller tous. Ce serait trop voyant. Le jardin de Beth serait plein de moutons – à supposer qu'elle ait un jardin. Elle flairerait quelque chose.

L'argument était convaincant.

— Si nous sommes peu nombreux, continua-t-elle, nous pourrons nous cacher dans les buissons et sous les arbres. Et si quelqu'un nous voit, il pensera que nous nous sommes perdus. Nous allons jusque chez Beth, nous écoutons ce qui se dit et nous rentrons ! C'est tout simple.

— Où se situe la maison de Beth ? demanda Zora. Elle peut être n'importe où dans le village !

— Derrière le *takeaway*, rappela Miss Maple. Face à l'église. Et elle est bleue.

— Et comment trouver le *takeaway* ? Et l'église ?

Nous ne savons même pas ce que c'est ! s'obstina Lane.

Les conjurés s'attendaient maintenant à un long silence gêné, à la fois soulagés et déçus d'échapper à cette entreprise. Après une pause adéquate, ils se remettraient à brouter.

Mais il fallut que Mopple la Baleine, justement lui, ouvre la bouche.

— Dans un *takeaway*, il y a des frites, murmura-t-il tout en ruminant, perdu dans ses pensées.

On voyait bien qu'il n'avait pas écouté. Constatant que les autres ne disaient plus rien, il releva la tête et regarda Miss Maple, qui le fixait de ses yeux brillants. Mopple était le seul à avoir jamais mangé de frites. Un jour, George lui avait tendu un de ces petits bâtons jaunes dégoulinants de graisse pour lui prouver qu'il n'aimerait pas. Il s'était trompé. Depuis, Mopple connaissait le goût des frites. Il reconnaîtrait sûrement l'odeur. Mopple en quête de nourriture… C'est lui qui les guiderait. Il leur indiquerait le chemin. Le plan était infaillible.

10

Des géraniums pour Mopple

Au centre de Glennkill, il y avait une petite place ennuyeuse avec quatre arbres mal taillés, un banc, une colonne de marbre portant une inscription et une haie qui formait une planque idéale pour un mouton.

Cette dernière projetait deux ombres : l'une tamisée baignait dans une lumière dorée, l'autre se détachait avec netteté sur un fond éblouissant. D'un côté de la place, une maison au toit pointu se dressait dans les feux de projecteurs. De l'autre, les néons du *takeaway* répandaient une lueur froide.

Derrière le *takeaway* se cachait l'obscurité.

Et dans l'obscurité se cachaient trois moutons.

À la tombée de la nuit, Miss Maple, Othello et Mopple la Baleine s'étaient mis en route pour épier la discussion entre Beth et la femme en rouge. Mopple boudait. On lui avait promis des frites pour l'appâter, mais, une fois devant la porte du snack, Miss Maple et Othello l'avaient entraîné plus loin. Et voilà que Beth dévorait sous ses yeux une assiette pleine de crudités – du chou-rave, des carottes, des radis, du céleri – avec une grosse pomme rouge en guise de dessert. Sans compter que, pour pouvoir contempler cette scène, il devait poser les pattes avant sur une jardinière

retournée au pied de la fenêtre et tendre le cou, une position inaccoutumée qui lui faisait mal au dos. La vie n'était vraiment pas juste.

Des bruits inquiétants provenaient de la rue : des ronronnements de voitures, des rires d'hommes, des aboiements. Ils s'engouffraient dans la cour et se réverbéraient entre la maison, le mur du fond et le garage.

Son repas fini, Beth se leva. Elle avait laissé une carotte, trois radis, une branche de céleri et la moitié de la grosse pomme rouge. Mopple reprit espoir, mais Beth sortit de la pièce avec son assiette et revint bientôt les mains vides. Ensuite, elle s'assit dans un fauteuil et commença à tripoter des perles de bois enfilées sur une chaîne tout en marmonnant. Notrepèrequiêteszoocieux…

Beth était si absorbée qu'elle ne sembla même pas remarquer les pas décidés provenant du *takeaway* qui résonnèrent enfin dans la cour. Les moutons, eux, surent tout de suite qui tournait d'un air aussi résolu au coin de la maison et jetait une ombre sur le sol dans la vive lumière des néons. Elle sentait toujours bon, la terre, le soleil, la vie saine, même si l'odeur de cigarette troublait maintenant ces beaux effluves.

Inquiet, Mopple loucha vers l'arrière-cour en prévision d'une fuite imminente. Mais aucun des trois moutons ne bougea. Ils avaient vérifié. Si la femme en rouge ne dépassait pas la porte, elle ne pouvait pas les voir, car ils étaient cachés par un buisson de genêts.

Elle frappa. Beth sursauta dans son fauteuil, rangea son truc en vitesse, se fit un signe sur la poitrine avec le pouce de la main droite et se dirigea en hâte vers la porte. À ce moment-là, les moutons ne voyaient plus ni Beth ni l'étrangère, et n'entendaient plus qu'un murmure indistinct. Ils n'avaient encore jamais vu l'intérieur d'une maison humaine. Manifestement, on pouvait y entrer sans être dedans et en sortir sans être dehors.

Enfin, la porte s'ouvrit. La femme en rouge s'avança, vêtue cette fois d'un pantalon bleu et d'une chemise verte. Beth la suivait.

— Rebecca, dit-elle. Vous pouvez m'appeler Rebecca.

Beth ne répondit pas, et les deux femmes se regardèrent un moment en silence.

— Vous n'êtes pas venue à cause du tourisme, finit par dire Beth. Vous êtes ici à cause de George.

C'était un constat. Rebecca hocha la tête.

— Je voudrais en apprendre le plus possible sur sa vie. Et sur sa mort. Si, par la même occasion, je peux contribuer à l'essor du tourisme, tant mieux !

Elle eut un sourire moqueur, mais Beth était trop concentrée pour s'en apercevoir.

— Pourquoi ? Vous êtes de la police ? Dieu sait qu'il serait temps que la police intervienne !

Rebecca rougit.

— Non, répondit-elle. Je suis ici pour… pour des raisons très personnelles.

Beth plissa les yeux.

— Et pourtant, vous ne savez presque rien sur lui. Cela ne laisse pas beaucoup de possibilités…

Rebecca avait baissé le regard et se taisait.

— Et c'est moi que vous venez voir !

La voix de Beth traduisait un certain agacement, un peu comme lorsqu'elle forçait George à prendre ses brochures.

— Il faut que ça tombe sur moi ! Moi qui pensais que vous étiez quelqu'un de convenable. Je devrais

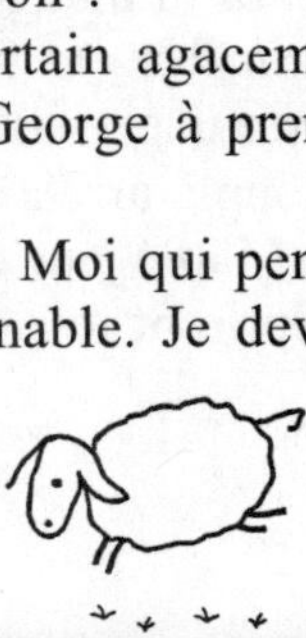

vous renvoyer, avec la Bonne Nouvelle, mais vous renvoyer quand même. Qu'est-ce que vous cherchez ?

Rebecca avait relevé les yeux. Elle souriait toujours, mais à présent d'un air triste.

— Vous appelleriez sans doute cela le « pardon », dit-elle tout bas.

Par ce simple mot, elle obtint sans peine ce que toutes les invectives de George n'avaient jamais réussi à obtenir : Beth était comme foudroyée. Pendant un instant, personne ne parla. De ses doigts menus, Rebecca dessinait des courbes sur la commode. Beth se tenait immobile comme un saule pleureur un jour de grand calme.

Mopple commençait à s'ennuyer. Il tendit le cou, goûta un des géraniums dans le bac à fleurs posé sur le rebord de la fenêtre et mâcha bruyamment. Othello lui jeta un coup d'œil mauvais. Le gourmand le regarda de ses yeux candides. Derrière la vitre, Beth était devenue blanche comme le lait.

— Mon Dieu, murmura-t-elle. Mon Dieu…

Puis une pensée sembla lui traverser l'esprit et l'apaiser.

— Du thé ?

Rebecca fit oui de la tête.

Un fracas retentit au-dehors. En cherchant à attraper un bouton de géranium, Mopple s'était penché trop en avant, avait perdu l'équilibre et atterri sur le derrière, stupéfait. Othello poussa un gros soupir.

— Si tu manges encore un seul pétale, je te course demain dans la pâture jusqu'à ce que tu sois maigre comme une vieille bique !

Mopple arrêta de mâcher et se remit sur ses pattes. Miss Maple jeta aux deux béliers un regard courroucé. Ils reprirent tous trois leur observation dans l'ombre.

Mais les deux femmes avaient disparu. À la place, on entendait un bruit de porcelaine.

— Vous n'apprendrez rien, dit la voix de Beth. En tout cas, pas en interrogeant les gens.

— Est-ce un tel scandale ? demanda la voix de Rebecca.

— Un scandale inconcevable ! répondit la voix de Beth. Ne serait-ce que parce que personne ne sait rien. Tout ce qu'on a, c'est une foule de détails insignifiants qui ne collent pas ensemble. Le village entier est pourri de l'intérieur, comme une pomme, vous comprenez ? Comme une pomme.

Mopple fit une grimace de dégoût. Quelle erreur d'être venu dans ce village ! Il s'apprêtait à redescendre de la jardinière quand Miss Maple comprit ce qui était arrivé à Beth et à Rebecca. Elles n'avaient pas disparu. Elles s'étaient juste enfoncées dans des fauteuils et les géraniums bouchaient la vue. C'était rageant.

— Regardez-moi ça, continua Beth.

On entendit quelque chose qui frottait contre la surface d'une table.

— Oh ! fit Rebecca.

Beth émit un rire las.

— Si je vous disais où je l'ai trouvé…

Miss Maple n'en pouvait plus.

— Mopple, bêla-t-elle tout bas mais de façon aussi autoritaire qu'un chef de troupeau, mange les géraniums. Fais un trou. Vite !

Mopple mangeait plus vite que son ombre. Quelques pieds de géranium, c'était de la rigolade, pour lui. Pourtant, il ne broncha pas. Debout entre les deux autres, il semblait avoir l'estomac barbouillé.

— Mopple la Baleine !

Miss Maple était hors d'elle. Il la regardait d'un air désolé. Il tourna la tête vers Othello.

— Mange ! lui ordonna celui-ci sans desserrer les dents.

Là où quelques instants plus tôt se dressaient encore des fleurs, ce fut bientôt le désert. De l'autre côté de ce désert, les moutons voyaient maintenant Beth et Rebecca assises à la table. De l'intérieur, on devait avoir l'impression que Beth avait planté trois têtes de mouton dans son bac à géraniums. Par bonheur, aucune des deux femmes n'eut l'idée de regarder par la fenêtre. Elles étaient bien trop absorbées par leur conversation.

— On dirait une blague de potache, dit Beth.

— Hum…, marmonna Rebecca.

Elles regardaient le faisceau de paille posé sur la table. On avait ficelé les brins de manière à lui donner des bras, des jambes et une tête. Et on avait planté une branche en travers du corps en paille.

— Vous savez comment les enfants appelaient George ? Le roi des lutins ! Vous imaginez un peu ? D'où tenaient-ils ça ?… Ces mécréants ! Toujours quand il avait le dos tourné, bien sûr. Oh ! Ils le craignaient comme le diable en personne…

Rebecca remua la tête.

— Et vous avez pensé que…

— … c'était une blague de potache. Ce n'aurait pas été la première fois.

Elle soupira.

— J'ai trouvé ça sur les marches de sa roulotte, un matin de la semaine dernière. Vous savez, je ne l'ai jamais laissé tomber, même s'il se moquait de moi. Mais ce jour-là, il n'était pas là. Il était souvent absent, ces derniers temps. Alors, j'ai emporté ce truc. Je me suis dit que ça ne valait pas la peine qu'il s'énerve à cause des enfants et de leur histoire de roi des lutins.

— Et maintenant, vous pensez que…

— Je pense que c'était un avertissement. Et qu'à cause de moi il ne l'a pas reçu.

Elle fit un sourire triste.

— De toute façon, George n'aurait pas obéi. Il ne cédait jamais aux menaces, je le sais bien.

Elles se turent un moment.

— Pourquoi était-il si souvent absent ces derniers temps ? Que faisait-il quand il n'était pas là ?

Beth joignit les mains.

— Ça, si je le savais… Tout ce que je peux vous dire, c'est que, chaque fois, il s'habillait bien. Un vrai costume, avec une chemise blanche. On aurait dit qu'il avait dix ans de moins, un vrai gentleman. Ça fait jaser, ce genre de chose. Moi, je n'en crois pas un mot. Je pense qu'il allait en ville, à Dublin, pour voir des administrations, des banques, des gens comme ça. Il voulait partir d'ici, quitter Glennkill, vous comprenez ?

— Et quelqu'un ne voulait pas qu'il parte ? demanda Rebecca.

Beth acquiesça.

— Une histoire de femme ?

Elle fit non de la tête, scandalisée. Rebecca haussa les sourcils.

— Une histoire d'argent, alors ?

À nouveau, Beth fit son sourire las.

— Tous, sans doute, se le demandent. Parce qu'ils n'ont que ça en tête. Ces mécréants ! George avait-il le moindre argent ? En principe, je dirais non. Vu comme il a vécu. Un bout de terrain, quelques moutons, une petite bicoque, rien d'extraordinaire. La plupart des gens, ici, sont plus riches. Ils gagnent bien, avec le tourisme, même si, bien sûr, ils se lamentent. Mais, d'un autre côté… Parfois, George avait des objets qui valaient cher. Vraiment cher. Une montre par exemple. Personne, dans tout Glennkill, n'aurait pu se payer une montre pareille, même pas Baxter, l'aubergiste, bien qu'il ait sacrément grossi avec son bed and breakfast. Au sens figuré, je veux dire. Quand vous le verrez, vous comprendrez pourquoi je dis ça.

Elle rigola comme une gamine.

— George, lui, ne faisait pas grand cas de sa montre. Il ne l'enlevait même pas pour planter ses radis !

Les mains de Beth jouaient avec le petit bonhomme en paille. Une pointe d'admiration perçait dans sa voix.

— Maintenant, bien sûr, ils attendent la lecture du testament, qui aura lieu dimanche, en plein air, avec un notaire venu de la ville. George a tout fixé dans les moindres détails. C'est l'argent qui les intéresse, ces mécréants. Vous pouvez me croire, on n'a encore jamais été aussi impatient, ici. Même pas pour cet absurde concours de bétail.

— Le concours du mouton le plus malin de Glennkill ? demanda Rebecca en souriant. L'attraction numéro un. Et George qui leur pique la vedette…

— Ils feraient mieux d'arrêter, dit Beth. Et ce qu'ils font avec les bêtes ! C'est d'un ridicule. Je suis bien obligée d'y aller – à cause des bonnes œuvres.

Un des bras de la poupée s'était délié. On aurait dit qu'il tenait lui-même dans la main un petit faisceau de paille. De ses doigts minces, Beth enroula habilement un fétu autour du bonhomme de sorte qu'il retrouve sa forme initiale.

Miss Maple remarqua qu'une sensation désagréable l'habitait de la tête aux sabots. Comme si ses oreilles étaient bouchées par de la laine, comme si la vitre qui la séparait de Beth formait un écran de fumée. Elle la voyait et l'entendait, mais avait l'impression d'être dans le brouillard. Il lui fallut un moment pour comprendre : le verre l'empêchait de *sentir* les deux femmes. Privée de son flair, elle ne pouvait savoir si elles disaient la vérité ni percevoir ce qu'elles éprouvaient et craignaient. C'était un monde d'une fantomatique imperfection. Les hommes, dont l'âme était petite et le nez saillant inefficace, ne connaissaient rien d'autre. Miss Maple réfléchit aux conséquences de ce handicap : la méfiance, l'insécurité, la *peur*. Il impliquait la peur.

— … capricieux, de mauvaise humeur, disait maintenant Beth. Moi, je ne crois pas. Le cœur humain est étrange. Il ne peut s'accrocher qu'à une chose dans la vie, et quand il y est accroché, il le reste à jamais, pour le meilleur et pour le pire.

Les moutons s'étonnèrent. D'habitude, Beth ne parlait que de sa « Bonne Nouvelle » et de ses « bonnes œuvres » ; elle appelait le reste du « bavardage ». Et voilà que, tout à coup, elle se mettait à « bavarder » à son tour sans même essayer de refiler une seule brochure à Rebecca. Cette nouvelle insouciance avait quelque chose d'agnelet. D'audacieux et de fragile à la fois. Elle devait être très énervée.

— Ham, par exemple, poursuivit-elle.

Rebecca lui jeta un regard d'incompréhension.

— Ham ?

— Abraham Rackham, le boucher, expliqua-t-elle.

Un rictus fendit son visage grave.

— Si vous voulez avancer, vous devez comprendre comment les gens d'ici pensent. Abraham, c'est trop long. Naturellement, plus de deux syllabes : un nom pareil n'a aucune chance.

Elle réfléchit un instant.

— Bien sûr, il y a des exceptions. Gabriel, par exemple. Bizarre, je n'y avais jamais songé. Personne n'a osé l'appeler « Gab ».

— Mais Ham, alors ?

— Spontanément, on aurait sans doute dit « Ab », mais les gens, ici, n'ont pas beaucoup d'imagination : on en a déjà un. Alors, avec le double « ham » et le métier qu'il a choisi… Oh, vous devriez le voir !

— Qu'est-ce qu'il a ?

— Si j'étais vous, c'est par lui que je commencerais. Toujours avec ses airs pieux, comme s'il était le seul à avoir lu l'Évangile. Pourtant, les gens ont peur de lui. Et lui-même… lui aussi, il a peur. Dans sa boucherie… il a une caméra de vidéosurveillance ! Depuis des lustres. Il l'avait déjà à l'époque où on n'en voyait que dans les films américains. À quoi ça sert, une caméra dans une boucherie ? Même à la banque, il n'y en a pas ! On pourrait croire qu'il est phobique. Mais ce n'est pas le cas. Il suffit de le regarder pour le savoir. Je crois qu'il a *vraiment* peur. Donc, il doit avoir quelque chose à cacher. Voilà mon avis. Un jour, je lui en ai parlé, à la quête de Noël.

— Et alors ?

— Il est devenu tout rouge. De colère et de gêne. Pourtant, il en faut beaucoup pour qu'il soit gêné. Je préfère ne pas savoir ce qu'on trouverait dans son abattoir ! Dieu ait pitié de nous !

L'estomac de Mopple produisit d'étranges gargouillements. Othello lui jeta à nouveau un regard chargé de reproches.

Rebecca passa la langue sur ses lèvres.

— C'est un drôle d'endroit, ici. Je ne l'avais pas imaginé sous ce jour. Je le croyais paisible.

— C'était un lieu paisible, dit Beth. Avant.

— À l'évidence, pas si paisible que ça.

Beth secoua la tête.

— Je ne veux pas dire avant la mort de George. Mais bien avant. Il y a des années.

Elle réfléchit un bref instant.

— Il y a sept ans, j'ai passé six mois en Afrique. Quand je suis revenue, tout avait changé. Plus de superstition et moins de piété. George était le plus touché. Depuis, il n'a cessé de se replier toujours plus sur lui-même. Depuis… ah ! je ne sais pas…

— Que s'est-il passé à cette époque ?

— Rien, bien entendu, répondit Beth avec amertume. Du moins à ce qu'ils m'ont dit. Mais depuis…

À ce moment précis, Mopple eut les genoux qui se mirent à trembler. Ses sabots dérapèrent et il tomba de la jardinière. Il fixait le mur du garage d'un œil terne. Tout à coup, il dégagea une odeur sure, pareille à celle des sorbes fermentées, et roula des yeux. Une colique ! Mopple la Baleine, lui qui pouvait manger à jeun une tonne de trèfle frais, avait la colique ! Ça devait être quelque chose, ces géraniums !

Othello et Miss Maple le coincèrent entre eux deux pour éviter qu'il ne s'allonge. Le seul remède contre la colique, c'est de faire les cent pas. Ils tenaient cela de George.

— Avance, Mopple, murmura Miss Maple. Un, deux…

— Ne bêle pas ! chuchota Othello.

Le pauvre, hagard, titubait, mais ne bêla pas. Il poursuivait ses allées et venues dans l'arrière-cour du *takeaway*, soutenu par ses compagnons.

Soudain, la porte s'ouvrit. Une énorme dose de puanteur aigre s'en dégagea. On aurait dit que Beth conservait chez elle l'ensemble de son odeur, dont elle ne mettait qu'une petite goutte pour sortir. Agile comme un furet, le parfum fort et chaud de Rebecca se fraya un chemin dans ce chaos olfactif. Elle était déjà dehors. Les trois moutons réussirent *in extremis* à se cacher dans leur buisson de genêts.

— Merci beaucoup, dit-elle à l'abominable source de puanteur restée sur le pas de la porte. Cela va beaucoup m'aider, surtout ce que vous m'avez dit à la fin.

Elle fit un sourire espiègle.

— J'ai faim, maintenant. Vous croyez que le *takeaway* est encore ouvert ?

— Ici ? On peut s'estimer heureux quand il est ouvert dans la journée ! s'exclama la voix venue de la maison. Mais je peux vous donner un en-cas. Du pain, de la salade ?

— Non, merci beaucoup.

Rebecca sourit à nouveau et se dirigea vers la rue. Puis elle se retourna une dernière fois.

— Il y a un point que je ne comprends pas, dit-elle. Visiblement, vous ne pensez pas beaucoup de bien de Glennkill. Pourquoi êtes-vous restée ?

D'abord, il y eut un silence. Puis une toute petite voix qu'aucun des moutons n'aurait attribuée à Beth susurra :

— Disons, pour des raisons très personnelles.

— George ? demanda Rebecca.

Mais la porte était déjà refermée. Rebecca traversa la cour d'un air songeur et disparut au coin de la maison. Il était temps. Mopple se tordait de douleur. Les autres le forcèrent à avancer. Miss Maple lui chuchotait des petits mots gentils à l'oreille, Othello des menaces.

Tout à coup, le malade s'immobilisa.

— Avance ! bêla Othello en le poussant du museau sans ménagement.

— Non !

— Si, il faut marcher, insista le bélier noir.

— Non ! répéta Mopple. Il ne faut plus. Vous ne voyez pas ? C'est passé. J'ai faim, maintenant !

Les trois moutons quittèrent l'arrière-cour du *takeaway*. Dans les rues du village, le silence régnait. Mopple avait encore les jambes en coton, mais il mangea quelques fleurs qu'un imprudent avait semées au pied de la colonne en marbre. Puis Miss Maple et lui prirent la direction de la prairie. Très vite, la brebis remarqua qu'Othello restait en arrière. Le bélier noir s'était arrêté et se tenait près du monument, tel un nuage menaçant.

Miss Maple bêla pour l'inviter à les rejoindre, mais il secoua la tête.

— Je reste.

Intriguée, elle rabattit les oreilles en avant. Il se contenta de prendre un air mystérieux et, l'instant d'après, il avait disparu dans l'ombre des haies. Elle aurait bien aimé l'accompagner, mais l'odeur de Mopple la Baleine révélait qu'il allait mal. Il sentait les larmes et les genoux tremblants ; elle ne pouvait pas le laisser seul. Ils rentrèrent donc au bercail, l'un le regard trouble, l'autre l'œil vif et le pas allègre.

— C'était intéressant, commenta Miss Maple. Tu ne voudrais pas savoir, toi, ce qui s'est passé il y a sept ans ?

Elle réfléchit. Sept ans, c'est sacrément long. Elle avait beau être le mouton le plus intelligent de tout Glennkill, elle n'arrivait pas à concevoir une durée pareille. Elle essaya en comptant sept étés. En vain.

Sept hivers ? Elle ne se souvenait vraiment que du dernier hiver, celui où George avait cloué un vieux tapis devant la porte de la bergerie pour les protéger du froid. Avant ça, il y avait eu un autre hiver, et avant celui-là, encore un autre. Mais la trace des hivers se perdait dans le noir.

Entre-temps, Mopple avait suivi ses propres pensées.

— C'est le boucher, couina-t-il.

— Pourquoi ? demanda-t-elle d'un air soucieux. Parce qu'il a une caméra de vidéosurveillance ? Nous ne savons même pas ce que c'est !

Il fit une grimace rebelle.

— Personne n'aime le boucher, continua-t-il. Pourtant, les hommes sous le tilleul craignaient qu'il ne meure.

Elle secoua la tête.

— Il y a tellement de peur ici. Tous les hommes ont peur. C'est un miracle que George n'ait pas eu plus peur.

— Oui, surtout qu'on a voulu l'effrayer, remarqua-t-il. Avec de la paille !

Il dodelina de la tête, sidéré par tant de folie humaine. Il y avait beaucoup de choses effroyables et effrayantes sur terre, mais la paille n'en faisait sûrement pas partie.

— Un avertissement, expliqua Miss Maple.

Une idée lui traversa l'esprit, elle s'arrêta. Le gros bélier lui jeta un regard interrogateur.

— Si un petit personnage transpercé d'une baguette était un avertissement pour George, se peut-il qu'un George transpercé d'une bêche soit un gros avertissement pour quelqu'un d'autre ?

Mopple la considéra, perplexe. Par chance, la question n'appelait pas de réponse. Miss Maple était déjà passée à l'idée suivante : les enfants avaient peur de George. Pourquoi ? Pourquoi tous les enfants ? Qu'est-ce qu'il avait de si affreux pour que tant de gens aient peur de lui ?

— Mopple, dit-elle, retiens ceci : « Roi des lutins ».

— Roi des lutins, répéta-t-il en haletant.

11

Othello est victime d'une confusion

Othello reconnut sans peine la maison de Dieu, qui était la plus grande du village, haute, pointue et froide comme Dieu lui-même – Cloud l'avait très bien décrite. En revanche, il ne semblait pas facile de s'en approcher. Contrairement aux autres habitations, elle était éclairée par-devant. Seul le portail offrait un peu d'obscurité. Othello tendit l'oreille : un chien gémissait au loin, de la musique l'accompagnait, c'était tout.

Il traversa la place en trottinant à toute allure. Deux longues ombres de mouton le talonnèrent, suivies d'une troisième, encore plus longue, très pâle. Même à quatre, ils ne firent presque aucun bruit. Une fois dans l'ombre du portail, le bélier se retrouva à nouveau seul. Il flaira. Dehors, ça sentait la route, les autos et la chaleur veloutée d'une nuit d'été tandis que des odeurs de fraîcheur et de moisi qui lui chatouillaient les narines sortaient par les lézardes du mur.

Personne. Pas un être vivant. À moins que… ? « Quand tu commences à avoir confiance en toi, murmurait la voix dans sa tête, il est temps d'arrêter. » Othello flaira la nuit une nouvelle fois. Peut-être y avait-il une ou deux souris. En tout cas, rien de plus gros.

Seule la porte le préoccupait vraiment. Il n'en avait jamais vu d'aussi grande, d'aussi large. La poignée était placée si haut que, même en se dressant sur les pattes arrière, il ne pouvait pas l'atteindre. On aurait dit qu'elle était prévue pour des géants. Dieu était grand, mais quand même, pas à ce point !

Peut-être pourrait-il prendre la poignée entre les dents ? Il posa les sabots contre le battant et allongea le cou. La porte bougea. Peu, mais assez pour lui révéler qu'elle n'était pas fermée, et que la poignée était superflue. Il se remit sur ses quatre jambes, baissa la tête et ouvrit sans peine avec ses cornes.

Il écouta. Rien. Othello posa un sabot, puis deux, sur la pierre froide et lisse. Il s'apprêtait à bouger les pattes arrière lorsque la voix intérieure se manifesta de nouveau : « Un chemin en comprend toujours deux. » L'aller et le retour, pensa-t-il. Il s'immobilisa. « Le retour est le plus important », ajouta la voix, un peu moqueuse.

Le bélier noir souffla d'exaspération. Il s'en voulait à lui-même. Ce n'était pas parce qu'il était si facile de pousser la porte de l'extérieur qu'il en irait de même en sens inverse.

Il fit quelques pas en arrière, jusqu'à ce que son postérieur soit à nouveau dans la lumière et que trois longues ombres de postérieur apparaissent sur le sol. Alors, il baissa les cornes et s'élança. Attaque, choc, parade, les cornes redressées. Une élégante séquence qui lui valait le respect du public, à chaque combat.

La lourde porte en bois s'ouvrit en grand. Pendant un instant, Othello aperçut, dans la clarté de la lune, des bancs, des piliers et une haute coupole. Un cirque ?

La porte se rabattit en soulevant un nuage de poussière. Elle s'ouvrit vers l'extérieur, revint vers lui,

repartit au-dehors. Et ainsi de suite. Othello savait désormais qu'il serait aussi facile de la pousser dans un sens que dans l'autre. Il attendit dans l'ombre du portail que le calme soit revenu. Puis il attendit encore. Sa colère avait cédé la place au sang-froid. Dieu devrait bientôt payer pour ses mensonges, pour les douleurs, la souffrance et tous les regards avides de ce monde.

Debout sur les dalles glissantes, privé de lumière par le battant refermé, Othello n'était pas très à l'aise. Trop de choses, ici, lui rappelaient le cirque. L'orgue qui jouait une musique joyeuse dans les moments les plus abominables. Les gradins vides. La scène et les accessoires pour la représentation : un micro, une estrade, un banc et des agrès à pointes métalliques où brûlaient des bougies. Othello imaginait les malheureuses créatures obligées de sauter l'obstacle jour après jour. Pour la plus grande joie des spectateurs. Sans doute Cloud avait-elle assisté à un numéro de ce genre. Othello était content d'avoir démasqué Dieu. Il fallait mettre fin à ce cirque.

Il s'engagea au milieu des gradins. Un épais tapis rouge amortissait le bruit des pas. Il était réservé aux artistes, aux hommes. Malheur à l'animal qui posait un pied dessus par inadvertance ! Mais, pour l'heure, Othello s'en moquait. Il était venu défier Dieu et ses règles imbéciles.

Alors, il entendit un son, un petit bruit plaintif qui provenait d'une porte mal huilée. Ou bien pouvait-il s'agir d'une bête ? D'un être humain ? Il jeta un regard prudent entre les rangées de bancs. Une épaisse poussière dansait dans la lueur de la lune. Tout au fond, un homme, plus mort que vif, était accroché à une traverse. Était-ce lui qui avait émis ce bruit ? Le bélier frissonna : il avait sous les yeux la victime d'un numéro de lancer de couteaux, pieds et poings cloués aux poutres. Cela n'avait pas l'air d'être un accident. Celui qui avait lancé les couteaux savait ce qu'il faisait.

En approchant, Othello comprit que le bruit ne pouvait pas provenir de cet homme. Cloud avait de nouveau raison. Il ne sentait pas le sang. La créature géante ne vivait pas, mais n'était pas morte non plus. Elle était en bois ! Bizarrement, ce constat n'apaisa pas le bélier. Il savait que les hommes étaient capables de fabriquer des objets, mais des objets pareils… cela dépassait son entendement.

Une porte grinça quelque part dans la maison de Dieu. Il entendit des pas. Dieu ?

L'homme au long nez entra par une porte latérale, à l'autre bout du manège. Il tenait à la main une petite lumière qui dansait.

Sans un bruit, comme une ombre, Othello se glissa entre deux rangées de bancs, traversa un rayon de lune et atteignit une cabane en bois appuyée contre le mur et fermée par un lourd rideau de velours, d'où s'échappait une odeur de moisi et de peur. Le bélier hésita. La lumière vacillante approchait.

Othello gravit une marche et se cacha dans la cabane. Les plis du rideau se balançaient. D'avant en arrière. Mais l'homme passa sans rien remarquer.

« Tu vois qu'il ne sait pas tout ! » pensa triomphalement le bélier, muscles bandés. Quand le rideau eut cessé de bouger, il inspecta avec précaution l'intérieur de la cabane. Une banquette. Sur le côté, une ouverture grillagée. Pour aérer, sans doute. Était-ce une cage pour transporter des humains ? À en juger par l'odeur, ce n'était pas exclu car ça sentait la peur.

Un son métallique retentit. Assez loin. Othello

risqua un coup d'œil à l'extérieur. Par la fente, entre les deux pans du rideau, on pouvait espionner à merveille ce qui se passait dans le cirque.

Long-Nez était sur l'estrade. Il commença sans enthousiasme à s'occuper des agrès munis de bougies. De temps en temps, il regardait sa montre. Il semblait nerveux. Pendant un bon moment, il ne se passa rien. Puis un grincement se fit entendre au-dehors, doublé d'un crissement toujours plus proche.

Dieu se retourna, l'air tendu. La grande porte s'ouvrit d'un coup en raclant les pierres du sol et resta bloquée sur une bosse, vibrant sous l'effet du choc. Elle laissait maintenant passer de la lumière, pas un simple rayon de lune, mais la lumière jaune qui provenait de la place.

Othello retenait son souffle. Il entendit à nouveau le crissement sur le gravier. Une silhouette apparut dans la lumière, petite comme celle d'un enfant, mais si large qu'elle pouvait à peine passer la porte. Curieux mélange d'homme et de machine, ombre compacte coiffée d'une couronne de cheveux hirsutes et dorés dans le feu des projecteurs, elle roulait maintenant sans bruit sur le dallage. Elle ne bougeait pas et se déplaçait quand même. Pendant un instant, le bélier eut l'impression qu'elle volait. Il était troublé par le mélange d'odeur métallique et de médicaments amers, d'huile et de plaies en voie de guérison qui venait s'ajouter à un relent bien connu.

— Ham ! s'exclama Dieu en souriant avec bienveillance. Quelle joie de constater que tu vas mieux ! Et que dans ton malheur, tu viens à moi…

Les mains de Dieu s'enfoncèrent dans la cire chaude et parfumée. Cependant, aucun parfum au monde n'aurait pu recouvrir l'odeur de sueur amère qu'il répandit soudain. Tout à coup, le bélier comprit que Dieu haïssait le boucher, qu'il le haïssait plus que tout, plus encore qu'il n'avait dû haïr George. L'autre semblait le savoir. Avec sa taille d'enfant, il passa droit devant lui sans même lever les yeux, roulant vers le mort en bois.

— Je ne viens pas à toi ! répliqua-t-il. Je viens à Lui.

L'autre courba les épaules comme s'il était pris d'un frisson. Il se tut. Othello apprit ainsi que non seulement Dieu haïssait le boucher, mais qu'il en avait peur.

Pendant que Ham fixait en silence l'homme en bois, Long-Nez se blottit dans une niche pour s'occuper de ses bougies d'une main tremblante. Il attendait que l'autre parte. Caché entre les deux lourds rideaux de sa cabane, le bélier épiait la scène avec prudence et attendait, lui aussi. Le temps passait, et Othello pouvait flairer que Long-Nez devenait de plus en plus nerveux.

Finalement, la chaise à roues du boucher se retourna, revint sans bruit vers la porte, roula sur le seuil et traversa la place en grinçant et crissant sur le gravier. Le soulagement flottait dans l'air comme un fragile banc de brouillard. Dieu s'approcha de la sortie avec circonspection, regarda au-dehors et poussa de toutes ses forces contre le battant pour décoincer la porte. Il ne retrouva la sérénité qu'après avoir chassé au-dehors la lumière dorée. Alors, il se mit même à fredonner.

Tandis qu'il remontait l'allée centrale en direction de la cabane, sa robe étrange ondulait comme de l'eau dans la lueur de la lune. Othello rentra la tête à toute vitesse, mais Dieu avait dû remarquer quelque chose. Il s'arrêta devant la cage. Le bélier baissa les cornes. Le velours froufrouta au moment où une main écarta les rideaux. La cabane trembla, mais tout resta obscur. Dieu était entré dans l'autre partie de la cage. Othello décida qu'il était temps de partir, mais comme il se retournait, les planches craquèrent sous le poids de ses sabots.

— Ah ! dit Long-Nez, tu es donc déjà là ? Je suis désolé de t'avoir fait attendre. Seulement, tu vois ce qui se passe. Il suffit qu'un soir je ne ferme pas l'église pour qu'il se ramène.

Il rit. Othello ne bronchait pas.

— Tu veux te confesser ? demanda l'homme d'une voix tendre et sirupeuse comme la résine sur le tronc des pins.

Othello garda le silence.

— C'était une blague ! dit-il. Je suis vraiment content que tu sois venu. Je craignais déjà de ne pas te voir. L'affaire est sérieuse, tu m'entends. Pour George, je l'ai bouclée. Mais je ne le ferai pas deux fois. Moi aussi, j'ai une conscience.

Involontairement, Othello laissa échapper un souffle bruyant.

— Ne ris pas ! gémit la voix de l'autre côté. Et fiche la paix à Ham. Je ne sais pas qui l'a jeté des falaises. Mais si c'est vous, vous avez commis une énorme bêtise. Maintenant, ça suffit, tu m'entends ? Si jamais il y passe, tout va se savoir. Tu devrais en avoir conscience, non ? En plus, il n'est pas dangereux. Pourquoi devrait-il d'un seul coup entreprendre quelque chose ? Il a ses caméras, sa boucherie, sa télévision, il ne demande rien d'autre. Non, vraiment, tu ne dois pas te faire de souci à son sujet.

À la voix de Dieu, on sentait bien que lui se faisait beaucoup de souci pour Ham. Othello trouvait cela étrange car il avait senti combien il détestait le boucher. Il commença à mâchonner un morceau du capiton en cuir qui était déchiré. Soudain, il n'avait plus peur. Et même, il se réjouissait d'avance de la tête que l'autre ferait en le découvrant.

— N'oublie pas Kate ! continua Dieu. On ne court aucun risque. Tant qu'elle est ici, Ham va bien se garder de leur ficher la frousse. Surtout qu'elle est à nouveau libre, maintenant. Peut-être même qu'il se félicite que George soit mort ? Donc, laisse-le en paix, tu m'entends ?

Othello se racla la gorge. Dieu interpréta ce bruit comme un signe d'approbation :

— Je suis content que tu voies les choses comme moi, déclara-t-il.

Brusquement, il colla son visage à la grille.

— Et en ce qui concerne l'herbe…

La tête d'Othello s'approcha également des barreaux entrecroisés. Elle n'était plus qu'à quelques centimètres du nez de Dieu, lequel reniflait avec inquiétude. Le bélier était surpris qu'il parle tout à coup de choses aussi raisonnables que d'herbe.

Cependant, Long-Nez avait cessé de parler. Il regardait par les trous, les yeux luisants.

— C'est toi ? demanda-t-il.

Othello ne répondit rien. Puis sans prévenir, Dieu bondit hors de son box et ouvrit les rideaux. La lueur de la lune entra dans la cage. Le temps d'une respiration, aucun des deux ne bougea. Puis Othello se mit à bêler. Un bêlement lugubre, agressif, qui résonna dans tout le cirque.

Dieu poussa un cri aigu, strident. Il s'élança entre les gradins, trébucha, se releva, fit un grand saut maladroit au-dessus de l'obstacle à bougies et disparut derrière la petite porte par laquelle il était entré. Othello le suivit du regard, satisfait.

Quand il sortit de la maison de Dieu, deux ombres

de mouton marchaient à ses côtés, tandis qu'une troisième, longue et pâle, le précédait. Mais les oiseaux nocturnes nichés dans les arbres virent alors quelque chose d'étrange, quelque chose qui contredisait toutes les lois de l'optique : une quatrième ombre trottinait quelques pas *derrière* lui. Une ombre hirsute qui avait de longues cornes en spirales.

Comme des nuages, tranquilles et repus comme des nuages, fleurant bon la variété de la jeunesse, ils paissaient sur l'herbe matutinale sans remarquer la nuit, qui s'était retirée furtivement de l'herbe et se tenait encore accroupie sous le dolmen. Ses étoiles, des yeux morts sur des ossements : pas étonnant qu'elles ne brillent pas. Il savait que le dolmen était une roulotte construite pour la mort. Sans roues, bien sûr, car la mort peut attendre. Une mélopée de serres pourries y était aux aguets. Pas besoin de bêches pour prouver que la mort est patiente.

De l'autre côté du dolmen paissait la jeunesse, la sienne, la jeunesse aux articulations solides, la joie dans le ventre, mais bête, si bête que son bonheur faisait pitié. De l'autre côté du dolmen se trouvait la prairie qui ne peut exister : le retour. Il l'avait recherché dans le monde entier : sous les pierres lisses, derrière le vent, dans les yeux des oiseaux nocturnes, à la surface des étangs soyeux où il n'avait vu que lui-même. Ce reflet lui aurait vite pesé s'il n'y avait découvert le retour qui riait, caché derrière ses oreilles. Pas étonnant qu'il ne l'ait trouvé nulle part. Le retour est un chemin qu'il portait sur lui depuis le début, accroché à l'extrémité de sa laine, où la pluie le rafraîchissait et d'où il le chatouillait sans qu'il s'en aperçoive. Il y a tant de parasites dans la toison. Comment être sûr que le retour n'en soit pas un ?

Le retour est toujours le chemin le plus important, racontait le feuillage, qui racontait partout la même chose. Il fallait le croire, ce pelage de la terre odorant et respirant, même s'il ne cessait de croître pour échapper au marron. Car quand l'air commençait à sentir la fumée froide, à l'époque de la migration des hirondelles, à l'heure des journées sombres, le marron se répandait en effet sur le sol. Alors, il fallait éviter qu'il ne s'accroche aux sabots et ne grimpe le long des pattes comme de petites araignées. Les jambes lui grattaient, ce n'était pas bon de penser aux araignées. Elles essayaient de refroidir son cœur et remontaient jusque dans son nez. Les feuilles avaient raison. Même à l'époque de la migration des hirondelles, leurs murmures s'échappaient des haies, des buissons de houx, du lierre glouton des sous-bois, des petits sapins, et de son âme qui frissonnait : le retour est toujours le chemin le plus important. Il les croyait. Il croyait aussi les corneilles qui broutaient les parasites sur son dos – sans toucher au retour. Battements d'ailes noires, yeux éteints. Car les hirondelles aussi revenaient avec le feuillage.

Le chemin s'était maintenant enroulé sur lui-même comme un ver. Il suffisait d'un pas. De l'autre côté, ils broutaient, pareils à des nuages dans le souffle hivernal, chauds et vivants dans un monde vide. Il voyait parmi eux le bélier noir à l'âme fougueuse, à la laine remplie de plaies. Sa place était ici, à présent. Qui pouvait attribuer à quelqu'un telle ou telle place ? George, par exemple. Il savait rassembler et séparer mieux qu'un chien de berger. Il aurait dû le pousser au retour, comme tant de brebis égarées. Mais George avait trop percé les profondeurs en dessous du dolmen, là où il faisait un froid de loup. Il voyait celui qui ressemble à un miroir d'eau sans rides, voyait sa panse flasque. Ses cornes, elles, étaient sinueuses comme le chemin, sinueuses et fières comme les siennes.

Son âme s'élança au galop.

Pourtant, lui ne bougea pas. Il resta là, à la regarder partir. Plus qu'un pas, un seul pas. Or personne ne lui avait dit qu'il était infranchissable. Une tristesse l'envahit, assez de tristesse pour hurler à la lune, comme ses corneilles le faisaient en cachette quand elles croyaient qu'il n'entendrait pas. Il n'existait pas de pont pour franchir ce dernier pas, pas de gué, pas d'endroit où l'eau eût été moins profonde. Se noyer en faisant le dernier pas : il ne l'aurait jamais cru. Ses cornes s'enfoncèrent comme des vis dans la nuit qui s'éloignait. Et pourtant, si ! Si ! Il y avait un gué. Il suffisait de le construire, au moyen de mots, de vieux mots conservés avec amour au fond de son âme pendant tant d'années, des mots entretenus comme des formules magiques, sans répit. Il les recherchait, mais son âme était devenue si grande, si confuse et si dense. Il passait en revue tous les chemins qu'il avait parcourus, et ne trouvait pas les mots. Il le fallait, pourtant. Et vite, car les nuages de laine étaient fugaces comme le souffle de l'hiver. Le berger muet dont les yeux bleus brillaient attendait déjà sous le dolmen. Sur la mer, le jour approchait lentement et menaçait de le refouler, comme les quatre jours précédents. Le cinquième. Le cinquième jour était celui du retour. Il hésita.

12

Ramsès passe à l'attaque

À l'aube, Miss Maple fut le premier mouton à se rendre sur la pâture. Elle n'arrivait pas à se rappeler si elle avait dormi. Quelque chose lui était tout repos. Un rêve ? Non, ce n'était pas un rêve, mais plutôt le souvenir d'un rêve où il était question de demi-moutons. Elle avait l'impression que l'air était de nouveau empli de cette odeur, pareille à l'odeur d'un immense troupeau et pourtant incomplète, étrangère.

Les moutons de Gabriel ! pensa-t-elle. Non, impossible. Il était facile de flairer le troupeau de Gabriel, qui se composait de jeunes brebis d'un ou deux ans et de béliers sans caractère, monotones. Les demi-moutons n'étaient pas jeunes. Du moins pas tous. On sentait qu'il y avait parmi eux quelques très vieux béliers, des mères avec leurs agneaux, des souvenirs, des expériences, du raffinement, de l'audace juvénile, de l'innocence. Bref : il s'agissait d'un vrai troupeau. Sauf qu'il n'était qu'à moitié vrai. Des fumets bizarres flottaient dans l'air.

À ce moment-là, elle aperçut Ritchfield dans la brume matinale. Sur George's Place ! Elle crut un instant qu'il était mort. Non parce qu'il ne bougeait pas – cela n'avait rien d'inhabituel chez un vieux bélier –, mais à cause des oiseaux. Il avait trois corneilles sur le dos ! Quel mouton vivant aurait toléré de servir de belvédère à des corneilles ? Sûrement pas Sir Ritchfield. L'un des oiseaux déploya ses ailes et poussa un cri rauque dans la fraîcheur matinale. On aurait dit que de petites ailes noires avaient poussé dans le dos du bélier. Un frisson parcourut la toison de Miss Maple.

Soudain, elle perçut un mouvement derrière elle. Elle se retourna en soulevant les quatre pattes d'un coup, comme seuls les agnelets et les moutons effrayés savent le faire. Elle vit alors Sir Ritchfield sortir du brouillard. De l'autre côté, Sir Ritchfield était toujours là, immobile au milieu de George's Place. Miss Maple fit quelques pas en arrière avec vénération.

Face à face, les deux béliers se réfléchissaient l'un l'autre comme dans une flaque. Sauf que les oiseaux noirs n'étaient présents que d'un côté. Miss Maple se souvint du conte que leur avait lu George. Elle se rappela aussi que les morts n'ont pas de reflet. Les deux mâles baissèrent leurs cornes et s'approchèrent lentement l'un de l'autre, en rythme, comme l'auraient fait deux reflets. Miss Maple se demanda lequel des deux était le vrai Ritchfield et lequel le reflet. Leurs cornes se cognèrent en produisant un bruit plein, harmonieux. Ils relevèrent la tête.

— J'ai osé, dit le Ritchfield à corneilles.

— Tu as osé, confirma le Ritchfield sans corneilles, qui sembla tout à coup perturbé. Un mouton ne doit pas quitter son troupeau. Quand George est revenu, il sentait la mort.

Il balança la tête.

— Si seulement j'avais gardé ça pour moi… Quelle bêtise !

Le Ritchfield sans corneilles se retourna et partit

vers la falaise d'un pas nerveux. L'autre resta immobile et le suivit des yeux, avec une sorte de tendresse dans le regard. Les trois corneilles s'élevèrent dans les airs en même temps, comme obéissant à un ordre. De nouveau, il n'y eut qu'un seul Ritchfield sur la prairie. Un Ritchfield hirsute. Un Ritchfield qui sentait comme un troupeau de demi-moutons.

Inquiète, Miss Maple tourna la tête vers l'autre, qui se promenait au bord de la falaise, l'air troublé. Elle fit demi-tour et le suivit.

D'habitude, Mopple et Cloud étaient les premiers moutons dans la pâture. Lui, parce qu'il avait faim plus tôt que les autres. Elle, parce qu'elle était persuadée que l'air matinal favorisait la croissance des poils.

— Vous croyez peut-être que je suis si laineuse de naissance ? avait-elle coutume de demander.

— Oui ! bêlaient les agneaux et quelques moutons adultes, toujours impressionnés par la supériorité de Cloud à cet égard.

La brebis roulait des yeux d'un air flatté.

— Peut-être avez-vous raison, disait-elle, mais n'allez pas vous imaginer que je n'y suis pour rien !

Alors, ceux que le sujet intéressait avaient droit à un assez long exposé sur les vertus de l'air matinal. Curieusement, même si l'on appréciait ses sermons, personne ne s'arrachait pourtant avec elle à l'étreinte douillette du troupeau par simple souci de son lainage.

Ce jour-là, Mopple la Baleine faisait la grasse matinée pour se remettre de la première colique de sa vie. Cloud se retrouva donc seule sur le pré encore baigné de rosée. Seule ? Non, pas tout à fait. Bien entendu, il y avait les moutons de Gabriel, qui se levaient nécessairement de bonne heure puisqu'ils n'avaient pas de

bergerie et portaient un coup fatal à sa théorie des bienfaits naturels de l'aube. Mais à sa plus grande surprise, Sir Ritchfield lui aussi était déjà debout. Il se tenait sur George's Place et broutait tranquillement, avec beaucoup de dignité. Sous le coup de l'indignation, Cloud en oublia les vertus du petit matin. Elle se planta devant lui, les poils hérissés.

— Tu sais où tu es ?

— De retour ! répondit-il avec émotion.

Il replongea la tête dans les herbes encore intactes, évitant avec précaution quelques délicieuses flatte-nez.

— Tu manges sur George's Place ! bêla Cloud. Comment peux-tu faire une chose pareille ?

— Très simple, répondit-il. Je cours de l'autre côté de la colline, à travers champs, dans l'ancienne carrière, au-dessus du cadavre, de par le monde, et je reviens. Ne pas se faire avoir par le boucher : facile, car le charognard a peur de la mort ! Garder la tête dans le vent, les yeux ouverts et les souvenirs dans la toison : impossible en apparence, facile en réalité.

Cloud le regardait avec angoisse. Son indignation était retombée car Ritchfield débloquait complètement. Elle bêla d'inquiétude, ce qui ne sembla guère lui plaire. Il s'approcha et lui murmura à l'oreille :

— Ne te fais pas de soucis, petite boule de laine ! Ce n'est pas George's Place, ici. Personne n'y touchera, à ton George's Place, parce qu'il se trouve en dessous du dolmen, là où l'herbe ne pousse plus et où le berger aux yeux bleus monte la garde. George's Place est un lieu sûr jusqu'à ce que la clé ressurgisse, toute chaude. Qui a la clé ?

Manifestement, ces paroles étaient censées la rassurer. Il parlait d'une voix douce. Pourtant, Cloud s'enfuit, troublée, en direction de la bergerie.

Peu après, le troupeau entier était rassemblé autour de George's Place, à distance respectueuse de Sir Ritchfield, apparemment décidé à ne pas bouger de là malgré l'agacement que lui inspirait la foule.

— Parfois, il vaut mieux être seul, lâcha-t-il.

— Qu'est-ce qu'il veut dire par là ? demanda Heidi.

Les autres se taisaient.

— On ne dirait pas du Ritchfield, finit par remarquer Lane.

— Il a une drôle d'odeur, renchérit Maude. On dirait qu'il est malade. Enfin, peut-être pas malade, mais il ne sent pas comme Ritchfield. Il ne sent pas du tout comme un mouton. Ou du moins pas comme *un* mouton. Il sent à la fois comme un jeune bélier à une seule corne, *et* comme une brebis pleine d'expérience, *et* comme un agneau à la toison dense qui n'a pas encore connu d'hiver, *et* comme un très vieux bélier qui ne connaîtra plus d'hiver. Et en même temps, il ne sent rien de tout cela. D'une certaine manière, il ne sent… qu'à moitié.

Le savoir de Maude s'arrêtait là.

— Une fuite ! hurla alors Mopple. Ritchfield a une fuite !

Ça devait être ça ! Au cours de la nuit, le trou de mémoire de Ritchfield avait tellement grandi que, maintenant, tous les souvenirs possibles et imaginables s'échappaient de lui.

Ils ne savaient que faire. Ritchfield était leur chef, mais dans ces conditions, on ne pouvait bien entendu pas attendre de lui qu'il entreprenne quoi que ce soit. Miss Maple avait disparu. Othello était introuvable. Mopple, le mouton mémoire, avait fui de l'autre côté du pré de peur que le trou de mémoire ne soit contagieux. Zora regarda Ritchfield pendant un moment en

roulant de drôles d'yeux avant de se réfugier sur son rocher. Finalement, Ramsès prit les choses en main. Il entraîna les autres à l'écart pour que Ritchfield ne puisse pas entendre leurs délibérations.

Au début, ils ne délibérèrent sur rien du tout. Personne ne savait comment repriser un trou de mémoire. À vrai dire, ils n'arrivaient même pas à imaginer à quoi cela pouvait ressembler.

— Nous devons le faire sortir de George's Place avant qu'il n'ait tout dévoré, décréta Ramsès.

— Et comment ? demanda Maude. C'est notre chef !

— Il n'est *plus* notre chef, répliqua-t-il. Il faut que ce soit clair.

Ça au moins, c'était une idée. Perturbés comme ils l'étaient, les moutons auraient pu s'enthousiasmer pour n'importe quelle suggestion. Avant que Ramsès n'ait compris ce qui lui arrivait, les autres le chargèrent donc d'expliquer clairement à Ritchfield que son temps était révolu. Curieux de voir ce qui allait se passer, ils se serrèrent les uns contre les autres tandis que le malheureux s'avançait d'un pas hésitant.

Ramsès déglutit. Jamais, lui semblait-il, le vieux bélier n'avait eu l'air aussi majestueux et imposant qu'aujourd'hui. Il n'avait pas encore commencé à murmurer l'expression de ses salutations distinguées que l'autre l'avait déjà interrompu.

— Petites cornes toutes droites !

Ça, ça faisait mal. Les cornes de Ramsès n'étaient en effet guère plus grandes que deux petites pointes.

— Économise ton souffle, continua le bélier gris. Dispense-toi de parler. Tu ne vois pas comme le jour est clair ? Plus clair que tous les autres. Mes oiseaux le savent et se sont élevés de bonne heure dans les airs. Ritchfield le sait et cherche ses souvenirs. Il est clair que je ne suis pas le chef. Il est clair qu'aucune bête au monde ne me chassera de cette belle prairie si je n'ai pas envie d'en partir. Il n'y a que vous (son regard effleura les moutons qui observaient la scène les yeux écarquillés) qui n'êtes pas très clairs.

Ramsès revint vers le troupeau sans avoir prononcé une parole.

— Il nous a entendus, bêla Maude.

Le trou de mémoire de Ritchfield avait manifestement accru son acuité auditive. Ils résolurent d'être plus prudents à l'avenir, quand ils se laisseraient aller à des remarques désobligeantes. Par précaution, ils s'éloignèrent encore un peu de George's Place et s'arrêtèrent derrière le dolmen. Là, ils aperçurent Othello qui s'était caché dans l'ombre de la pierre et regardait avec une attention extrême dans la direction de Ritchfield.

— Othello ! soupira Heidi, soulagée. Tu dois le chasser de George's Place.

Le bélier noir émit un souffle moqueur.

— Je ne suis pas fou ! dit-il.

On ne put rien en tirer d'autre. Cette réponse sibylline inquiéta encore plus le troupeau. Othello avait vu le monde et le zoo. Il devait savoir quelque chose qu'eux-mêmes ignoraient. Voilà pourquoi il s'était réfugié derrière le dolmen et qu'il n'en bougeait pas. Ils continuèrent de réfléchir.

— En tout cas, il a dit qu'il cherchait ses souvenirs, commença Lane avec optimisme.

— Si c'est un trou de mémoire, on devrait pouvoir le reboucher avec de la mémoire, suggéra soudain Cordelia. On peut bien reboucher un trou dans la terre avec de la terre !

— Oui, mais pas un trou de souris avec des souris, objecta Cloud.

— Si ! s'obstina Cordelia. On pourrait, avec de très grosses souris.

Quelques minutes plus tard, ils avaient forgé un plan. Ils devaient laisser à Sir Ritchfield un souvenir assez grand et assez gros pour reboucher le trou. Un souvenir plein de moutons. Ils appelèrent Zora, toujours retirée sur son rocher, et convainquirent Mopple de se rapprocher. Sa taille ne pouvait que profiter à leur entreprise. Seul Othello refusa catégoriquement de les aider.

— Nous devons faire quelque chose de vraiment inoubliable ! cria Heidi, tout excitée. Quelque chose qu'un troupeau n'a encore jamais fait.

Quelques instants après, ils étaient tous couchés sur le dos devant George's Place, les quatre pattes en l'air, bêlant à tue-tête. Ritchfield s'était arrêté de brouter et les regardait avec attention. S'ils n'avaient pas été aussi absorbés par ce qu'ils faisaient, ils auraient remarqué combien il avait l'air de s'amuser.

— Qu'est-ce que signifient ces bêtises ? gronda tout à coup la voix habituelle de Ritchfield. Avez-vous tous perdu la tête ?

Autant que leur position le leur permettait, ils échangèrent des regards triomphants. Sir Ritchfield semblait guéri. Le troupeau se remit lentement sur ses pieds, étourdi par cette gymnastique, mais fier du succès remporté. À ce moment-là, Ritchfield arriva de la falaise en trottinant :

— En ordre ! gronda-t-il. Rangez-vous ! On ne peut vraiment pas vous laisser seuls cinq minutes !

Ritchfield était toujours sur George's Place, où il se remit à brouter l'herbe autour des flatte-nez. Les regards des moutons décontenancés passaient de l'un à l'autre.

— Là, c'est Ritchfield, murmura Heidi en regardant le bélier venu de la falaise. Mais là aussi, c'est Ritchfield.

— Non, expliqua Miss Maple qui avait surgi près du chef comme une ombre dévorée par la curiosité, là, c'est Melmoth.

L'arrivée de Melmoth sema dans le troupeau un émoi comparable à celui qu'aurait pu provoquer la venue d'un loup. Melmoth était plus qu'un bélier disparu : c'était une légende, comme Jack-qui-a-sauvé-sa-laine ou le bélier à sept cornes, un esprit censé inspirer la crainte aux agneaux récalcitrants quand toute autre menace restait sans effet. Voilà ce qui arrive à un mouton qui s'éloigne du troupeau, qui s'approche trop des falaises, qui mange du fourrage inconnu ou qui ignore les bêlements préventifs des brebis.

— Melmoth s'est penché exactement de cette manière et il n'est jamais revenu, disait-on quand un agneau trop curieux se risquait au bord du vide.

— Melmoth aussi mangeait de l'herbe qui fait mal, et maintenant, il est mort.

Spectre à vertu pédagogique, Melmoth était déjà mort de mille morts, dont on ne parlait qu'à voix basse. Or il se retrouvait tout à coup devant eux, débordant de vie, en pleine santé. Les brebis se demandaient comment elles allaient faire pour tenir leurs petits. L'agneau d'hiver, qui avait entendu plus d'histoires horribles à son sujet que quiconque, se recroquevillait dans l'ombre de la haie et observait le bélier, un éclat mystérieux dans les yeux.

— Ritchfield est double ! répétaient les autres

agneaux, à l'exception d'un seul qui préférait se taire, blotti dans la laine douce de Cloud.

Tous avaient conscience que Melmoth était différent. Certains l'appelaient l'« Intondu », sans vraiment savoir s'il s'agissait d'une insulte ou d'un éloge. Une fois qu'il eut accepté de ne plus brouter sur George's Place, le troupeau lui réserva un accueil chaleureux.

— Il est touffu, remarqua Cloud avec respect. Un peu hirsute, mais touffu.

— Il a une belle voix, ajouta Cordelia.

— Et il a une odeur… intéressante, commenta Maude à son tour.

— En plus, il nous laisse les flatte-nez, se réjouit Mopple.

Naturellement, on se demanda bientôt qui serait désormais le chef.

— Nous ne pouvons pas en avoir deux, estima Lane. Même s'ils ne sont qu'un seul et même bélier…, ajouta-t-elle d'un air songeur.

Ils auraient bien aimé garder Sir Ritchfield. Mais il leur semblait gênant de ne pas pouvoir reconnaître le chef au premier coup d'œil. En outre, Ritchfield avait changé. Il était gai, joueur, presque aussi fou qu'un jeune bélier. Apparemment, il n'avait plus très envie de commander le troupeau. Il passait le plus clair de son temps collé à Melmoth. Personne ne l'avait jamais vu aussi heureux. Enfin, il avait inventé une nouvelle règle : « Un mouton ne doit pas quitter le troupeau, répétait-il à qui voulait l'entendre, à moins qu'il ne revienne. »

Gabriel arriva très tôt, bien plus tôt que George ne l'avait jamais fait. Sans son bâton. Sans chien. Et même sans chapeau. Mais la pipe au bec. Et avec une échelle. Les moutons étaient fiers d'avoir déjà commencé à travailler. Il verrait ainsi tout de suite qu'il n'y avait pas de flemmard parmi eux.

Pourtant, le berger n'avait pas l'air franchement ravi. Peut-être n'aimait-il pas Melmoth ? En fait, il semblait n'avoir même pas remarqué la présence du nouveau bélier. Il jeta un rapide coup d'œil sur son propre troupeau, qui avait déjà dévoré la moitié de l'enclos. Puis se dirigea vers l'arbre aux corneilles.

Dans la prairie à proprement parler, il n'y avait pas d'arbre. En revanche, des haies la bordaient sur deux côtés. Elles ne formaient pas un obstacle très sérieux pour un mouton décidé à quitter la pâture, mais empêchaient de voir le vert tendre des environs et ainsi de penser à s'éloigner. George les appelait des « obstacles psychologiques ».

Au milieu de ces haies de genêts, trois arbres subsistaient : l'arbre à ombre sous lequel il faisait merveilleusement frais en été, le petit pommier qui – à la plus grande colère des moutons – perdait ses fruits alors qu'ils n'étaient pas plus gros qu'un œil et encore aussi amers que Willow dans ses plus mauvais jours, et enfin l'arbre aux corneilles où se réfugiaient les oiseaux qui criaient du matin au soir et ne se taisaient qu'à midi.

Gabriel se dirigea vers ce dernier. Il posa son échelle contre le tronc, gravit un à un les barreaux et grimpa sur la branche la plus basse. Les oiseaux comprirent que les choses devenaient sérieuses et s'envolèrent, maladroits et ronds comme des ramiers, luisants et moqueurs comme des corneilles, ou noirs et blancs et rapides comme des pies. Gabriel monta pendant un bon moment aux branches sous l'œil attentif des moutons.

— Il aime les pies, en déduisit Mopple.

C'était la première fois qu'il s'exprimait sur Gabriel. Mopple la Baleine était légèrement honteux de ne pas partager l'intérêt général que suscitait le berger. Mais s'il n'avait tenu qu'à lui, ses drôles de moutons auraient vraiment pu rester chez eux. Les étrangers voraces boulottaient à une vitesse effrayante toute une partie de la pâture, et parmi eux il y avait un bélier auquel Zora jetait sans cesse des regards inquiets. Quant à Gabriel, il ne servait pas à grand-chose non plus. Qu'avait-il fait pour eux jusqu'à présent ? Pas de betteraves, pas de trèfle, pas de pain sec, même pas de foin. Il n'avait pas nettoyé l'abreuvoir, qui en avait pourtant bien besoin selon Mopple. La veille, il avait passé sa journée à gambader sans raison dans la prairie. Et voilà qu'il grimpait aux arbres ! Bien entendu, les oiseaux poussaient de hauts cris – à juste titre. Si Gabriel entendait remplir ses devoirs de cette manière, une époque trouble s'annonçait.

La petite silhouette nerveuse du berger escaladait les branches, de plus en plus haut. Tel un chat, il jetait un coup d'œil à l'intérieur de chaque nid. Les moutons furent bientôt gagnés par l'ennui. Si Miss Maple n'avait pas insisté pour qu'ils observent précisément ce qu'il faisait, ils seraient vite passés à autre chose. Là, contraints et forcés, ils gardèrent la tête levée vers le ciel jusqu'à en avoir des vertiges. Même Melmoth surveillait ce qui se passait avec un étrange regard d'oiseau.

Contre toute attente, ce fut finalement Sir Ritchfield qui découvrit l'essentiel. Gabriel semblait avoir trouvé ce qu'il cherchait. Certes, Zora, Miss Maple et Othello avaient vu également qu'il tenait à la main une clé, mais seul Ritchfield remarqua que ce n'était pas celle que Josh avait extraite la veille de la boîte à biscuits.

— Elle est petite et ronde, lâcha-t-il. La clé du nid est petite et ronde alors que celle d'hier était longue et carrée.

Les moutons n'en revenaient pas de tant de perspicacité – surtout de la part de Ritchfield. Le vieux bélier, lui, était si fier qu'il ne remarqua même pas comme il était étonnant qu'il se souvienne encore d'un détail vieux d'une journée. La présence de Melmoth lui faisait manifestement du bien.

La mémoire de Gabriel semblait plus mauvaise que celle de Ritchfield. Peut-être n'avait-il pas bien vu, la veille ? Quoi qu'il en soit, il redescendit gaiement, trottina vers la roulotte et introduisit la clé dans la serrure d'un air guilleret. Sa bonne humeur s'évanouit d'un seul coup. Il poussa un petit sifflement de colère. En l'entendant, ses moutons furent pris sans raison apparente d'une panique muette qui se prolongea bien après son départ. Le troupeau de George les regardait avec inquiétude jusqu'à ce qu'un autre bruit détourne leur attention.

Debout à côté du dolmen, Melmoth ricanait.

Les moutons ne mirent pas longtemps à comprendre que Melmoth n'était pas seulement un mouton supplémentaire. Ils auraient été bien en peine d'expliquer pourquoi. Le premier phénomène frappant était qu'il exerçait une influence éparpillante. Quand il paissait parmi eux, ils avaient du mal à garder la formation normale. Ils s'écartaient involontairement les uns des autres, comme si un loup s'était introduit dans le troupeau. Sauf que la dispersion s'exerçait au rythme du broutage, c'est-à-dire très, très lentement, presque sans qu'ils s'en aperçoivent. Bizarre.

Un deuxième détail se rapportait aux oiseaux. Il ne s'agissait pas d'oiseaux rondouillards qui savaient

chanter, mais de charognards à la voix rauque, tels que des corneilles ou des pies. Melmoth les laissait s'ébattre sur son dos et les emmenait en promenade tout en broutant. Bien sûr, les moutons n'avaient pas peur (sauf Mopple, peut-être), mais les corneilles sentaient trop la mort à leur goût. Quand ils l'interrogèrent, Melmoth s'ébroua d'un geste moqueur.

— Elles forment un troupeau, comme vous, un petit troupeau aux ailes noires ! Elles surveillent, broutent et nettoient la toison. Ce n'est pas leur faute si elles broutent la mort. Elles laissent les souvenirs en paix, sont plus intelligentes que leurs voix et comprennent le vent.

C'est fou ! pensèrent plusieurs moutons, à vrai dire sans oser le formuler à voix haute.

Melmoth avait un langage étrange comme le bêlement d'une chèvre ; pourtant, il ne paraissait pas avoir l'esprit confus. Il semblait plutôt encercler ses propos de lignes bizarres. Ses paroles leur paraissaient compliquées, mais pas vraiment insensées. Cordelia insistait même sur le fait que son langage était *plus* exact que celui de n'importe qui.

— Il ne dit pas simplement les choses comme il les pense, mais comme elles *sont*, avait-elle coutume de répéter chaque fois qu'un petit groupe d'anti-Melmoth se formait quelque part.

Ces rassemblements étaient de plus en plus fréquents – et de plus en plus secrets – car ils s'étaient aperçus que Melmoth en savait beaucoup sur ce qui se passait dans la pâture.

— Ce sont les oiseaux qui lui racontent, bêla Heidi.

Les moutons commencèrent donc à surveiller le ciel du coin de l'œil. Et à observer Melmoth avec plus d'attention qu'auparavant. Il broutait dans le pré comme un loup solitaire. Même l'expression de sa face rappelait celle d'un loup. L'idée semblait absurde, et pourtant ils avaient l'impression que Melmoth n'était pas vraiment un des leurs. Les plus braves d'entre eux pensaient en frissonnant à l'histoire du loup déguisé en mouton.

Et puis, on surprit un agneau tout seul, un agneau qui tenait à peine sur ses jambes, en train de contempler Melmoth de ses grands yeux timorés. Peu de temps après, le bruit courut que Melmoth était bien un esprit. Depuis le conte de fées, ils savaient que l'esprit des morts revenait parfois se venger des vivants. Les noms de « roi des lutins » et d'« esprit de loup » circulèrent dans le troupeau.

Othello enrageait. Pendant des jours, il avait suivi le vieux à la trace. Ou plus exactement pendant des années. Depuis cette nuit pluvieuse où il avait vu Melmoth filer au galop entre les tentes du cirque et entendu le clown vautré dans la boue hurler qu'on allume la lumière. Othello savait qu'il devait le retrouver. Or c'était l'inverse qui s'était produit. Il était insatisfait, mais ne savait que faire. Aller le saluer en exultant de joie, comme Ritchfield ? Melmoth lui avait inculqué la patience, lui avait appris à tirer la leçon du feu et de l'eau, à examiner la trace de l'escargot, à refouler la rage et la peur. Il lui avait montré comment observer les pensées. Il lui avait enseigné l'art de se battre. Sa voix avait accompagné Othello et lui avait plus d'une fois sauvé la vie.

En même temps, Melmoth l'avait abandonné, seul avec le clown cruel. « Parfois, il vaut mieux être seul », marmonna Othello, fou de rage. Dans tout ce que Melmoth lui avait enseigné, c'était l'unique phrase qu'il n'avait jamais pu croire.

Dans l'incertitude, Othello s'était jusqu'à présent autant que possible dérobé à sa vue. Oh ! Melmoth savait qu'il était là. Il ne se faisait aucune illusion à ce sujet. Mais pour quelque raison inconnue, le vieux avait résolu de le laisser en paix. Othello lui était-il égal, simple mouton parmi tant d'autres qui avaient croisé son chemin au cours de ses promenades solitaires, anonyme perdu dans un troupeau sans visage qui ne l'intéressait guère ? De toutes les hypothèses, c'était la plus effroyable.

Mais maintenant qu'il entendait des murmures craintifs circuler dans son troupeau – son premier vrai troupeau –, il commençait à se faire du souci. Était-il vrai, comme on le chuchotait, que George lui avait un jour livré une chasse sans merci ? Qu'est-ce que cela signifiait ? Si Othello avait appris quelque chose pendant son séjour au cirque, c'était bien que Melmoth était capable de tout.

Miss Maple aussi réfléchissait fiévreusement. Elle ne croyait pas un instant que Melmoth pût être un esprit. Mais ne pouvait-il pas exister un rapport entre son retour et la mort de George ? Que savait Ritchfield ? Elle était sûre que le comportement étrange du vieux bélier au cours des derniers jours avait à voir avec Melmoth. Dès que celui-ci fut endormi en dessous de l'arbre aux corneilles, elle craqua et s'approcha de leur chef en broutant d'un pas décidé.

— Qui aurait cru qu'il avait survécu…, laissa-t-elle tomber.

Le vieux bélier poussa un soupir amusé.

— Moi ! répondit-il. Je l'ai senti. La nuit où il a

plu. L'instinct des jumeaux… Cette nuit-là, je savais qu'il était de retour. Depuis lors, j'attendais qu'il se montre.

— Mais tu ne nous as rien dit ! s'insurgea-t-elle.

Il garda le silence.

— Au contraire, tu nous as toujours répété que tu avais senti sa mort sur les mains de George.

— Oui, j'ai senti la mort sur ses mains, concéda-t-il, songeur. Mais ce devait être une autre mort.

— Ou une presque mort, objecta Miss Maple. Peut-être Melmoth s'en est-il sorti plus mort que vivant. Il devait être très furieux contre George…

Ritchfield ne releva pas. Miss Maple arracha une touffe de pissenlit.

— Tu ne nous as rien raconté, reprit-elle une fois qu'elle eut fini de mâcher. Et tu as intimidé Mopple parce que tu pensais qu'il avait remarqué quelque chose. Tu avais peur qu'il ne trahisse Melmoth. Pourquoi ?

Ritchfield eut l'air chagriné.

— J'ai eu tort d'effrayer Mopple la Baleine, concéda-t-il. Mais je pensais…

— Tu pensais que Melmoth était peut-être mêlé à la mort de George, l'interrompit Miss Maple qui n'en pouvait plus. C'est si bizarre de s'aventurer dans le pré en pleine nuit, en catimini, et cela justement après le meurtre ! Tu as cru qu'il s'était passé des choses affreuses lors du départ de Melmoth et que ton frère en voulait encore à George, n'est-ce pas ? Donc, tu as décidé de garder pour toi la nouvelle de son retour.

Elle releva la tête, sûre d'elle. Le raisonnement se tenait. Et reposait sur des indices. Exactement comme dans le roman policier. Elle n'était pas peu fière. Elle pouvait lire sur le visage embarrassé de Ritchfield qu'elle avait mis dans le mille.

— Je voulais l'aider, expliqua-t-il. Entre jumeaux…

— Entre jumeaux ! s'exclama Melmoth, qui avait soudain surgi de l'autre côté.

Miss Maple regarda alternativement l'un et l'autre. Dans quelque sens qu'elle tourne la tête, elle voyait toujours le même bélier. Cela faisait mal à l'entendement. Elle en avait le vertige.

Melmoth jeta un coup d'œil perçant à son frère.

— En vouloir à George ? grommela-t-il de plus belle. Bavardage de pie ! Gémissement du vent ! Papotage d'agneaux ! Veux-tu me suivre dans la nuit où tu n'as pas voulu m'accompagner ? Veux-tu que je te raconte une histoire ?

Il bêlait fort de manière que tous, dans le pré, puissent l'entendre.

— Tu veux savoir ce qui s'est passé la cinquième nuit ?

Le soleil était haut dans le ciel. Pas un souffle de vent ne venait de la mer. Les seules que la chaleur ne semblait pas importuner étaient les mouches, qui tournaient sans se lasser autour du museau des moutons et leur entraient dans les oreilles. Tous, y compris les plus sceptiques, eurent ainsi un prétexte pour s'arrêter mine de rien sous les branches fraîches de l'arbre à ombre où Melmoth commença son histoire, allongé sur un doux lit de vieilles feuilles. L'agneau d'hiver lui-même, caché derrière le tronc, risqua un œil et, comme les autres étaient trop indolents pour le chasser, il resta.

Voilà comment il arriva que, par cette splendide journée d'été, les moutons de George furent pris de frissons. Melmoth avait une façon inouïe de raconter, pas seulement avec des paroles, mais aussi avec du vent dans les poils et le cœur battant, de sorte que tous le suivirent bientôt dans l'obscurité.

Et dans son histoire, il faisait un froid de loup.

13

Melmoth, le bélier errant

Entre chien et loup, entre chien et loup, entre chien et loup, froid de loup, froid de loup, loup, loup. Les sabots de Melmoth martelaient le sol gelé, précédés par les battements de son cœur. *Froid de loup.* Les chiens du boucher hurlaient. Derrière eux venait le charognard en personne. C'était le nom que Melmoth et Ritchfield avaient donné au boucher parce qu'il sentait la mort, mais qu'il leur semblait trop gros pour pouvoir lui-même tuer qui que ce soit. Cette fois, pourtant, on aurait dit qu'il s'était bel et bien joint aux chasseurs, et Melmoth courait à perdre haleine. *Froid de loup, froid de loup.*

— Tu n'oseras jamais, lui avait dit Ritchfield avec toute l'outrecuidance de l'aîné.

Il était en effet plus vieux de quelques instants, ce qui ne facilitait pas leurs rapports. Dans un premier temps, cette provocation avait juste agacé Melmoth, qui n'avait pas songé une seconde à lui demander s'il oserait, lui. Puis il avait compris qu'il s'agissait d'autre chose, qui ne concernait que lui-même. Il avait cessé de brouter. Il avait tourné la tête et tendu le regard vers l'endroit où le paysage quittait le pré pour s'éloigner de colline en colline.

— Si, j'oserai ! avait-il lancé à la face moqueuse de son frère.

Loup, loup, froid de loup. Melmoth ne se souvenait plus où ni quand il avait appris ces mots. Mais c'étaient les mots justes. Ils l'aidaient à ne pas penser au charognard. Car même le charognard, au fond, était sans importance. Il devait seulement continuer à courir, entre chien et loup, courir à toutes jambes, jambes à son cou, d'un souffle résolu. Tant que cela marchait, le boucher n'avait pas d'importance. Mais le souffle de Melmoth n'était plus résolu. Il y avait trop d'air froid, au-dehors. Trop peu d'air chaud dans ses poumons. *Froid de loup, froid de loup* depuis des siècles.

— Trois jours et trois nuits, avait dit Ritchfield. Sinon, ça ne compte pas.

— Non, avait répondu Melmoth. Pas trois !

Son aîné avait lâché un soupir moqueur.

— Dans ce cas, avait-t-il répété, ça ne compte pas. N'importe quel agneau de lait peut passer une nuit au-dehors. Même deux.

— Cinq ! avait alors lancé Melmoth. Cinq jours et cinq nuits.

Il avait jubilé en voyant la stupéfaction se peindre sur la face ovine de Ritchfield.

— Cinq jours et cinq nuits, avait-il chantonné, cinq soleils et cinq lunes, cinq merles et cinq rossignols.

Il avait gambadé autour de son jumeau en lançant les pattes en arrière. Pendant un instant, Ritchfield avait eu l'air soucieux, puis il s'était laissé gagner par la bonne humeur de son frère.

— Cinq merles et cinq rossignols, avait-il chantonné à son tour.

Et tous les deux avaient gambadé de manière intrépide à travers la prairie. Ni l'un ni l'autre n'avaient songé, ne serait-ce qu'un battement de cœur, qu'on pourrait faire la chasse à Melmoth.

Entre chien et loup. Surtout loup. Il faisait si noir. Cela ne facilitait pas les choses. Melmoth trébuchait sur des cailloux, frôlait des arêtes aiguës et devait sans cesse éviter des blocs plus gros. Il n'avait encore jamais vu autant de pierres. À ce moment-là, il sut qu'il avait commis une erreur.

Les chiens du boucher aboyaient. Ils étaient maintenant plus nombreux. Il y en avait toute une meute. Leurs hurlements résonnaient comme le vent dans son dos. Le vent dans son dos. Dans son dos. L'écho ! Ils n'étaient pas plus nombreux, mais leurs aboiements faisaient croire qu'il y en avait toute une meute. L'espace autour de lui devait être étroit. Il ne pouvait pas le voir. Soudain, les chiens se turent. Melmoth n'entendait plus que leurs halètements et le bruit des cailloux qui cognaient contre la pierre. Ils étaient trop près pour aboyer. Trop acharnés.

— Froid de loup, répéta Melmoth.

— Gueule du loup, lui retourna la paroi rocheuse.

— Ne prends pas froid ! lui avait dit Ritchfield, un peu balourd, au moment du départ.

Melmoth avait relevé la tête avec fierté. Ses yeux avaient lancé des étincelles. Qu'est-ce que Ritchfield pouvait bien savoir des risques de la solitude ? Comme s'il s'agissait d'éviter un coup de froid ! Melmoth avait réfléchi pendant des jours et en était arrivé à la conclusion qu'il ne courait absolument aucun danger. Rien que des chimères, des visions d'agneaux angoissés, des histoires inventées par des brebis inquiètes. Que faisaient les moutons dans le troupeau ? Ils broutaient et se reposaient. Et que ferait-il sans troupeau ? Brouter et se reposer, bien entendu ! Le reste n'était que chimère. Il n'y avait aucun danger. Pas le moindre danger.

Des parois rocheuses. Pendant un moment, la lune était apparue dans le ciel, et Melmoth les avait vues défiler, à droite et à gauche. Pas très hautes, certes, mais trop hautes et trop raides pour un mouton.

Entre chien et loup. Froid de loup. Fou.

Maintenant, tout était perdu. Les parois se refermaient autour de lui. Une impasse, un cul-de-sac. Pourtant, il devait les gravir. Il le fallait. Sur sa gauche, il entrevit un éboulement qui formait une sorte de rampe naturelle. Il s'élança en trébuchant. Au début, il parvint encore à monter. Mais ensuite, ses sabots déclenchèrent de petites avalanches. C'était comme courir sur des gouttes de pluie. Impossible. Il le savait. Le charognard aussi semblait le savoir. D'un cri effroyable, il rappela ses chiens, qui n'étaient plus nécessaires. Des pas se firent entendre dans le silence. Des pas rapides.

Melmoth était vaincu. Mais sa peur aussi l'était. Dans les derniers instants de sa vie, décida-t-il, il ferait preuve d'un vrai courage. Il affronterait le boucher. À pas lents et tremblants, il redescendit la rampe.

Froid... de loup... Froid... de loup...

Froid...

À la place des cailloux qu'il avait fait tomber en montant, il aperçut une jambe humaine.

Bien entendu, il avait effectivement pris froid, dès la première nuit, qu'il avait passée tapi dans une haie d'aubépine hérissée de piquants, à peine protégé du vent glacial de novembre. Cette nuit-là, il ne s'était pas reposé. Il avait écouté sans relâche les bruits alentour. Et attendu avec impatience le lever du jour. Un jour qui serait sans doute magnifique. Et qui, de fait, fut beaucoup mieux que la nuit. Du moins par moments. Melmoth avait promené son nez qui coulait dans le vert bleuté de la prairie hivernale et mâchonné avec précaution quelques touffes d'herbe dure et sèche.

Vers midi, il s'était arrêté sur une colline d'où un mouton qui avait de bons yeux pouvait voir très loin. Or Melmoth avait des yeux excellents. Il les avait aussitôt pointés vers la bande bleue que formait la mer à l'horizon. En principe, pour s'orienter. En secret, à la recherche de points blancs et moutonneux. Mais il n'avait rien vu. Rien. Pas même un nuage dans le ciel. Nulle part. Il était seul, à perte de vue. Une euphorie insensée avait envahi ses membres. Il avait ouvert les yeux encore plus grands pour sonder le fond de sa solitude. Mais quand son euphorie avait commencé à se muer en panique, il était parti au galop et avait traversé en zigzag les prairies désertes.

Il passa avec précaution au-dessus de la jambe humaine, *froid de loup*, et retrouva la terre ferme. Soulagé. Il se cacha dans l'ombre au pied de l'éboulis et tendit l'oreille. Les chiens haletaient, le charognard suffoquait.

— Il est parti dans l'ancienne carrière, dit le boucher. Nous le tenons !

— Hum, hum ! fit une voix bien connue.

Melmoth vit deux nuages de lumière blanche jaillir

de l'obscurité, puis il aperçut la vapeur qui sortait de la gueule des chiens et la silhouette massive et noire du boucher. Il tremblait, mais juste d'épuisement. Au fond de lui-même, il était étonnamment calme. Il pouvait tout entendre, tout. Les chiens qui gémissaient, leur bave qui coulait au rythme de leur cœur, la lueur de la lune qui frappait le sol transi, un oiseau nocturne qui secouait ses ailes, et même la nuit qui passait lentement. C'était la cinquième – et pour lui la dernière.

Le charognard avait emporté une lampe. Le faisceau de lumière gravissait la paroi par saccades et se rapprochait sans cesse de Melmoth. Au pied du tas de pierres, il hésita. Puis il grimpa sur la rampe sans faire rouler une seule pierre. Entre chien et loup. Le faisceau lumineux était un bon chasseur. Du haut de la rampe, il bondit soudain dans l'ombre, droit sur le bélier. Pendant un instant, celui-ci cligna des yeux dans le blanc aveuglant. Puis tout devint noir.

— Oh, *shit* ! hurla le boucher.

— Qu'est-ce qu'il y a ? s'exclama George, en retrait. Il lui est arrivé quelque chose ? Je t'ai dit de ne pas le pourchasser ainsi. Pas de nuit, alors que…

Le berger se tut, puis dit à son tour :

— Oh, *shit* !

En se forçant à ouvrir les paupières, Melmoth parvint peu à peu à repousser le noir. Il pouvait maintenant voir ce qui s'était passé. La lumière s'était écartée de lui. Elle avait rebondi sur l'éboulement et s'était agrippée à la jambe solitaire. Alors seulement, Melmoth se rendit compte que celle-ci n'avait rien à faire là. Elle se dressait, blême et glabre, dans le ciel nocturne, et elle sentait la mort.

Le faisceau trembla. Le charognard fit quelques pas en arrière. Seuls les chiens s'intéressaient encore à

Melmoth, blotti dans l'ombre de la rampe, le souffle lourd.

— George ? appela le boucher.

Sa voix n'avait plus rien de terrible.

— Tu ne crois pas que nous devrions… partir ?

La silhouette sèche de George se dressait dans l'obscurité, glacée d'effroi. Il secouait la tête.

— Non, pas maintenant qu'on l'a vu. Ce n'est pas très joli. Moi aussi, je préférerais qu'on ait juste trouvé Melmoth. Mais trop tard. On n'a plus le choix. *Shit !*

— *Shit !* renchérit le charognard en reculant à nouveau d'un pas.

— Tu le prends ?

George se tourna vers le boucher, et Melmoth flaira qu'il n'était plus en colère. Ni contre lui ni contre personne d'autre.

— Ham, continua-t-il. C'est toi, le *boucher*. Tu fais ça tous les jours. Enfin, en théorie. J'aurais cru que tu…

— Mais ce n'est pas pareil ! Ça n'a rien à voir ! Mon Dieu, George, c'est un *cadavre* !

George haussa les épaules.

— Parce que tu vends des fruits et légumes, peut-être ?

Il grimpa sur la rampe en faisant tomber des pierres, sortit de sa poche des gants de jardin, les enfila et tira sur la jambe. Quelque chose bougea sous l'éboulis. Un grand corps se frayait un chemin à l'air libre dans une avalanche de pierres. Melmoth fit un pas en arrière pour éviter qu'elles ne blessent ses pattes. *Froid de loup*.

Le boucher émit un son qui rappelait le bruit d'un agneau en train de téter, un claquement humide.

— W.-C. ! dit-il. W.-C. McCarthy !

Georges, jusqu'alors occupé à tirer sur la jambe de toutes ses forces, baissa le regard. Une deuxième jambe était apparue à côté de la première, suivie d'un tronc décharné, de deux bras secs et d'une face de lune surprise et sans vie. Les bras et les jambes avaient des positions bizarres.

— Déjà raide, dit George.

Le boucher fit un signe approbatif.

— Faut à peu près huit heures. Après, on ne peut plus les travailler.

L'air gêné, il se passa la main sur la bouche, comme pour rattraper ces paroles qui s'envolaient dans l'air pur de la nuit.

George haussa les épaules et laissa échapper :

— W.-C. a toujours été un peu raide.

Alors, ils se regardèrent comme s'ils avaient tous les deux préféré n'avoir rien dit.

Les chiens flairaient avec curiosité le corps de McCarthy. Melmoth aurait maintenant pu s'éloigner sans peine, mais il était trop fatigué. Immobile et silencieux, il écoutait le bruit de la nuit qui passait. George se pencha sur le cadavre.

— En tout cas, ce n'est pas une mort naturelle. Regarde-moi ça, Ham.

L'autre fit un nouveau signe de tête, mais se garda bien d'approcher.

— On devrait peut-être prévenir la police ? suggéra-t-il.

— Si c'était quelqu'un d'autre, d'accord, mais pas pour McCarthy. Réfléchis un peu. Il y a quelque chose de louche, ici. Et comme j'ai dit, ce n'est pas une mort naturelle.

Melmoth ne voyait rien de non naturel là-dedans. Le buste et les bras étaient couverts de blessures.

Certaines semblaient bénignes, à peine plus que des bleus. Mais il y avait aussi quelques cicatrices lisses comme des coups de couteau. Et le coup fatal devait avoir été porté à la tête, car les cheveux gras étaient tachés d'un sang froid et épais. Rien que de bien naturel.

— Je n'y vois rien ! Ham, tu ne peux pas m'éclairer un peu mieux ?... Par ici, pas par là !

La voix de George traduisait l'agacement.

— C'est toi qui es dans la lumière ! répliqua l'autre. T'es pas transparent. Tu dois te pousser.

— Mais je ne peux pas me pousser !

Il n'avait pas tort. Il se tenait au milieu de l'étroite rampe, le seul endroit où un grand bipède comme lui pouvait se tenir sans se casser la figure.

— Eh bien, il faut que tu le descendes, grommela le boucher. Il n'y a rien à faire.

Le berger essaya de tirer McCarthy en bas du tas de pierres, mais les membres raidis résistaient. George se tourna vers Ham :

— Viens m'aider ! Ne reste pas là comme deux ronds de flan.

Le boucher soupira. Il prit les gants que George lui avait lancés, y glissa tant bien que mal ses énormes paluches et monta sur la rampe. D'innombrables petites pierres roulèrent derrière lui. D'un geste professionnel, il saisit le cadavre par une patte avant et une patte arrière et le jeta aux pieds de George. Pendant un instant, il se déplaça avec la grâce d'un phoque dans l'eau. Un bruit métallique retentit derrière McCarthy.

— Regarde !

Le charognard désignait la nuque du mort.

— Un coup derrière la tête. Sans doute avec ça.

Il montrait maintenant la chose qui avait cogné

contre les pierres. Melmoth jeta un regard prudent. C'était une simple bêche, comme celle qu'utilisait George dans le potager.

— Faut être honnête, c'est du travail bien fait. Même si je ne vois pas trop ce que ça ramène (il désigna le buste de McCarthy). Ils n'en seront que plus nerveux.

— Une mort pas naturelle, dit George en secouant la tête. Un vrai meurtre. Ce n'est pas croyable.

Le boucher regarda le berger avec effroi.

— On devrait quand même prévenir la police.

— Attends ! répondit George. Attends. Réfléchissons deux minutes. On a mis les pieds dans un sacré bordel. Pense un peu, justement McCarthy. Imagine tout ce qu'on peut y rattacher. Qui vont-ils soupçonner ? Qui avait une raison de le tuer ?

— Josh, bien sûr, répondit le boucher. Et puis Sam, Patrick, Terry. Et Michael, Healy…

George approuva d'un signe de tête et ajouta :

— Et Eddie, Dan, Brian, O'Connor, Sean et Nora.

— Et Adrian, dit le boucher. Et Little Dennis.

— Et Leary.

— Et Harry, et Gabriel…

— Et toi, de toute façon, conclut George.

— Mais toi aussi ! rétorqua le boucher, un peu vexé. En fait, tout le monde avait une raison. Sauf Lilly, peut-être.

Il fit un geste dédaigneux de la main. George se pencha à nouveau au-dessus du cadavre.

— Finalement, chacun de nous aurait pu faire le coup.

Ham hocha la tête.

— Certains un peu plus facilement que d'autres…

— Toi, ce serait plutôt plus que moins, insista

George. Si on prévient la police, on devra d'abord démontrer qu'on y est pour rien. Il nous faut un…

Il ramena sa casquette en arrière. Melmoth savait que ce tic signifiait qu'il se concentrait.

— Il nous faut un alibi. Reste à savoir pour quel moment. Tu peux dire en gros depuis quand il est mort ?

— Hum, calcula le boucher. Chez moi, bien sûr, ils sont en chambre froide. Mais d'un autre côté, ici, il ne fait pas chaud non plus. Si c'était un cochon, je dirais… hum… au moins quatre jours. Évidemment, ça n'arrive qu'aux sagouins. On se met pas tout de suite au boulot, et voilà le résultat !

— Et s'il était resté un bon moment au chaud et qu'on l'avait transporté ici il n'y a pas bien longtemps ?

— Même, répondit le boucher. Au moins trois jours. Tu vois les taches, là ? Il faut deux jours pour qu'elles apparaissent. Et vu comme elles ressortent… Je dirais trois jours.

Le front de George se découvrit encore un peu plus.

— Trois jours… Il y a trois jours, c'était dimanche. Moi, j'étais dans ma roulotte. Je m'offrais une journée de repos. Et toi, j'imagine que t'as passé la journée tout seul devant ta télé ?

Ham approuva d'un air honteux.

— C'est mauvais, cette histoire, très mauvais, murmura George. Si on va les prévenir, ils vont tout nous mettre sur le dos. Ils vont fouiller ma roulotte. Il ne manquerait plus que ça ! Au trou à cause de McCarthy ? Jamais ! Allez, viens, on n'a qu'à le laisser ici. Celui qui veut, il peut toujours venir le chercher.

George fit demi-tour et s'éloigna d'un pas résolu dans la direction d'où ils étaient venus. Le boucher rappela ses chiens et le suivit en courant à grandes enjambées. Melmoth resta seul avec McCarthy et les suivit du regard. En dépit de la profonde fatigue qui l'enveloppait, il n'en revenait pas. Le charognard mis en fuite par un cadavre ! Pas croyable ! Il regardait sa mort certaine s'éloigner à pas lourds. *Froid de loup. Boum. Boum. Boum.*

Soudain, le boucher s'immobilisa et se retourna. Le bélier sentit un froid de mort s'infiltrer par ses cornes. Il n'était pas en mesure d'affronter une deuxième fois la mort aujourd'hui. D'abord l'angoisse, aigre et bouillante, puis le courage devant la mort, gourd mais clair, le soulagement, doux et putride, et maintenant, de nouveau l'angoisse ? Non, Melmoth savait qu'il ne pourrait pas faire preuve de courage une seconde fois. Pas pour le moment.

— Qu'est-ce qu'il y a ? l'interrogea George.

Lui aussi s'était arrêté.

— J'ai un drôle de sentiment, répondit le boucher. Comme s'il y avait un truc qu'on n'avait pas vu.

Le bélier était pétrifié. George émit un rire amer.

— Si tu veux mon avis, on en a déjà vu trop.

Mais le charognard se remit en branle. Dans la direction de Melmoth ! *Boum. Boum. Boum. Froid de loup.*

— Il y a quelque chose qui ne colle pas, bougonna-t-il. Il y a un truc. Si seulement je savais quoi.

Melmoth ferma les yeux. Il capitula définitivement. Dans un instant, le charognard allait comprendre ce qui ne collait pas : le bélier. Et alors…

Il ne servait pas à grand-chose de fermer les yeux. *Boum. Boum. Boum. Entre chien et loup.* Il sentait l'effluve rance et brûlant de la bête féroce qui ondoyait vers lui.

— À la boucherie…, murmurait le charognard, à la boucherie… Ce matin, à la boucherie, trois filets mignons pour Kate. Après, Josh est venu chercher ses dix kilos de steak haché pour le pub. Puis vingt saucisses pour l'anniversaire de Sam. Non. Non, ce n'est pas ça. Josh. Josh et ses dix kilos.

À nouveau, il s'immobilisa, si brusquement que George lui rentra dedans et se mit à jurer :

— Enfin, Ham, ça ne va pas, la tête ?

Mais l'autre ne se laissa pas troubler.

— Les petites côtes marinées aussi, elles m'en ont parlé. Je ne sais plus bien qui les a achetées. Peut-être Dan ? Ou bien Eddie ? Et puis, il y a encore eu quelqu'un. Mais pour Josh, j'en suis sûr. Il m'a raconté que McCarthy est venu hier au Mad Boar et qu'il était particulièrement mauvais. Qu'il avait fait passer tous ses projets auprès de l'administration et qu'on ne pourrait sûrement plus rien y faire. Hier, il a dit. *Hier !*

George poussa un petit sifflement. C'était celui avec lequel, en général, il ordonnait à Tess de mettre de l'ordre dans le troupeau, même si la chienne était encore jeune et n'obéissait pas toujours. Seulement, cette fois-ci, elle n'était pas là, et le sifflement eut encore moins d'effet sur les chiens du boucher.

— Je ne comprends pas, dit Ham. Qui est-ce, alors, qui a bu une bière au Mad Boar hier ? En tout cas (il éclaira brièvement McCarthy ; en passant, le faisceau frôla Melmoth), ce n'était sûrement pas lui !

— Tu es certain qu'il a dit « hier » ? demanda George.

Le boucher fit oui de la tête.

— Sûr et certain. Si tu me crois pas, on regardera la bande vidéo.

— Il n'y a pas le son…

— Si.

George leva les sourcils, mais Ham continua sans se troubler :

— Même que j'étais surpris. Pendant des semaines, ils font semblant de ne pas le connaître, et tout à coup, trois ou quatre personnes me parlent de McCarthy. Enfin, que je me suis dit, si maintenant ils sont au courant…

George se frappa le front avec le plat de la main. Melmoth savait que ce tic-là était réservé aux grandes idées. Comme teindre les rats d'une couleur fluorescente pour observer dans l'obscurité par quel trou ils pénétraient dans la roulotte. Ou bien deviner que c'était Miss Maple qui avait léché le sirop d'érable sur la tartine. Ou bien enfermer Ritchfield pour attraper Melmoth parce que les jumeaux étaient aussi inséparables que l'herbe et la terre. Quand George se frappait le front du plat de la main, il avait toujours raison.

— C'est eux ! dit-il. Tous ensemble.

Le boucher le regarda sans comprendre.

— Qui, eux ?

— Je ne sais pas exactement, répondit le berger. Mais beaucoup de gens. Au moins tous ceux qui étaient présents hier au Boar. Bon Dieu, Ham, réfléchis ! Ils ont tout bonnement décidé de l'éliminer, comme ils ont décidé de refaire le toit de la salle paroissiale. Ces salauds. Ils l'ont planqué ici. Et maintenant, ils se baladent partout et racontent à qui veut l'entendre que, hier, il était au Boar. Et quand on le retrouvera, trop tard pour déterminer l'heure exacte du crime, ils auront tous de merveilleux… euh… alibis. Des rendez-vous chez le notaire ou chez le médecin, des courses en ville. Tu n'as qu'à les observer dans les jours qui viennent. Tu vas voir.

— Mais…

Le boucher balançait ses gros bras dans un geste de désarroi.

— … tu veux vraiment dire « tout le monde » ? Même O'Connor ? Même Fred ?

— Je ne sais pas au juste, Ham, dit George, légèrement agacé. En tout cas, tous ceux qui étaient hier au Mad Boar, et sans doute aussi quelques autres. J'imagine que les vrais responsables se sont tenus à l'écart de cette histoire de pub.

— Et si moi, j'y étais allé, au Boar ? J'ai bien failli, il n'y avait rien à la télé.

— Quand t'aurais débarqué, McCarthy aurait déjà été reparti. Ou bien il n'aurait pas encore été arrivé. Ou bien ils l'auraient vu à la supérette. Ou sur le terrain de jeu, en train de raconter aux enfants ses projets abominables. Quand presque tout le monde est de mèche, on s'en fout, à vrai dire.

— Je n'arrive pas à y croire, geignit le boucher. Ils achètent tous mes saucisses, mes côtelettes. Et d'un seul coup, ce sont des assassins ? J'y crois pas.

— C'est comme ça, les hommes, philosopha George. Tu ferais mieux de t'y habituer.

Mais le boucher ne l'écoutait vraiment pas.

— Mon rosbif. Comment vais-je encore pouvoir leur vendre mon rosbif en sachant qu'ils ont tué quelqu'un ?

Pendant un instant, son souffle se figea dans l'air froid. George se raidit.

— Ham, tais-toi ! murmura-t-il.

Quand George murmurait, c'était mauvais signe. Mais cette vérité ne freina pas le boucher dans son élan.

— Plus rien, qu'ils auront ! pestait-il. Je ne leur donnerai plus rien.

— Ham ! répéta le berger.

Un détail dans l'expression de son visage arrêta enfin le charognard dont le souffle coupé se figea. Des bruits de pas. De pas sur des pierres. De pas qui s'éloignaient en hâte. Puis le silence.

— *Shit !* dit George.

— *Shit !* répéta le boucher.

Ils se turent tous les deux. Au bout d'un moment, George soupira :

— Maintenant, ils savent. Jusqu'alors, c'était rien. Mais maintenant, on est vraiment dans la merde.

Les yeux du boucher s'écarquillèrent. Son odeur vira à l'aigre-acide. Le charognard avait peur.

— Tu veux quand même pas dire que… ? Mais enfin, George, ils nous aiment. C'est pas comme McCarthy.

Le berger secoua la tête.

— Ils ont tué McCarthy pour un peu de blé. T'imagines de quoi ils seront capables s'il s'agit de sauver leur *peau* ?

— Ordures !

Ham serra les poings.

— Prudence ! s'exclama-t-il. Il faut prendre ses précautions ! Toujours prendre ses précautions ! Je vais pas leur faciliter le boulot !

Toujours prendre ses précautions, se dit Melmoth.

— Mais comment faire ? poursuivit le boucher. On s'est pointé ici comme des cons. Maintenant, ils sont au courant. Qu'est-ce qui peut encore nous sauver ?

— Penser ! répondit George. On doit trouver leurs points faibles.

Trouver leurs points faibles, se dit Melmoth. Penser.

— Ils n'ont pas de points faibles ! soupira le boucher. Et ils sont si nombreux. Tu sais bien comme

c'est, George. Une corneille ne crève pas l'œil à une autre. S'ils sont tous de mèche…

Désemparé, il restait là, ses gros bras ballants.

— Pas de panique, Ham, je t'en prie ! Réfléchis. Tout le monde a des points faibles.

Tout le monde a des points faibles, se dit Melmoth. Jamais il n'aurait imaginé que George et le boucher pouvaient prononcer des phrases aussi sensées.

Le berger ramena à nouveau sa casquette en arrière.

— Hum… Nous avons un peu de temps. Ils vont d'abord devoir se mettre d'accord. Aucun d'eux n'osera agir tout seul.

— Maintenant, on est exclus, remarqua le boucher. Sa voix tremblait.

— Tu comprends ce que ça veut dire, George ? Il n'y a plus de retour possible. Une fois exclu, toujours exclu. Oh, merde !

Désormais, tout son gros corps tremblait. George lui posa une main sur l'épaule pour l'apaiser. Cela faisait un peu bizarre parce que l'autre était beaucoup plus grand que lui.

— Tu as déjà gardé des moutons ?

Ham fit non de la tête.

— Pour garder un troupeau, il y a une chose qu'il faut savoir : c'est que les bêtes veulent rester ensemble. Qu'elles feront tout pour rester ensemble. Tu ne peux pas garder un mouton tout seul. Parce que son comportement n'est pas prévisible. Parfois, il vaut mieux être seul.

Melmoth et le boucher écoutaient le berger en ouvrant de grands yeux.

— Puisque nous sommes exclus, continua-t-il, profitons-en. Cherchons des preuves. Ta bande vidéo, par exemple – c'est un bon début. Tu n'as qu'à la vendre aux journaux.

Ham lui jeta un regard dubitatif.

— Aux journaux ? Oui, d'accord, mais…

— Bien ! le félicita George d'un air satisfait. Est-ce qu'on les voit, sur ta vidéo ? Grâce à la date, on pourrait peut-être prouver qu'ils ont menti.

Ham hochait la tête, bouche bée. Petit à petit, il commençait à entrevoir où George voulait en venir. Mais George, lui, était déjà plus loin.

— Très bien ! Ils sont nombreux : on ne craint rien quand on est nombreux. Mais nous, on va se débrouiller pour que la police découvre McCarthy tout de suite. Toi, tu fais des copies de ta bande vidéo, et après, on planque les cassettes. S'il nous arrive quelque chose, la vérité éclatera au grand jour !

— S'il nous arrive quelque chose, la vérité éclatera au grand jour ! répéta le boucher. Exact ! Ils vont voir un peu de quel bois je me chauffe. Demain, je dépose tout ça chez le notaire. Avec mon testament. À ouvrir après ma mort !

George approuva.

— Mais ils doivent l'apprendre au plus vite. Sinon, ça ne sert à rien.

— Demain matin, répondit le boucher sur un ton résolu. Le premier qui entre dans mon magasin, je le mets au courant.

Ils firent demi-tour et repartirent à pas lourds, encore plus vite que la première fois. Mais George se retourna bientôt et éclaira le mouton.

— Viens, Melmoth ! dit-il d'une voix gentille.

Ham poussa un soupir de colère.

— Comment peux-tu penser à cette bête à l'heure qu'il est ?

— Parce que c'est ma bête. Ma brebis égarée. Qui est-ce qui va à la messe tous les dimanches, toi ou moi ? Allez, viens, Melmoth.

George l'attirait par sa voix de regarde-j'ai-une-cossette-dans-les-mains. Melmoth sentait parfaitement qu'il n'avait pas de betterave. Toutefois, il aurait bien aimé s'avancer vers lui. Rentrer au bercail.

Mais il ne pouvait pas.

Il n'y a plus de retour possible. Une fois exclu, toujours exclu.

Melmoth était seul. Il devait rester seul.

Parfois, il vaut mieux être seul.

Il recula, pas à pas, jusqu'à ce que son postérieur heurte un rocher. George s'approchait toujours plus. Il lui prit ses jeunes cornes dans une main, d'un geste gentil, comme il l'avait fait si souvent. Pourtant, Melmoth se débattait comme jamais. Au bout d'un moment, George le lâcha.

— Tu veux que j'essaye ? demanda Ham.

George secoua la tête.

— Ça ne sert à rien, il ne veut pas.

Tout à coup, George sortit un couteau de sa poche. Il se pencha à nouveau vers lui, le saisit par la laine et fouilla dans la toison au niveau de la gorge. Melmoth était cloué sur place. Le berger trouva ce qu'il cherchait : un petit fil bien caché, qu'il coupa d'un geste. Une clé plate et brillante tomba sur les pierres. George se baissa et la ramassa en poussant un soupir.

Melmoth se souvenait du jour où il la lui avait attachée autour du cou.

— Parce que tu es le plus sauvage, lui avait-il expliqué.

Il ne l'avait pas confiée à Ritchfield bien que l'aîné

se promène toujours les cornes hautes. Cet événement avait marqué une grande date dans la vie de Melmoth.

George s'éloigna sans même se retourner.

— T'es malade, George ? s'écria le boucher. D'abord, on cherche ton mouton pendant des jours, et d'un seul coup, tu t'en fous. Qu'est-ce que tu crois qu'il va faire ? Il va rejoindre le premier troupeau venu. Tant pis pour toi. Ou bien… Mais un mouton sans troupeau ne peut pas survivre. Il n'y arrivera jamais.

— Si, lui, il va y arriver, entendit encore Melmoth, tandis que le petit point lumineux disparaissait dans l'obscurité.

14

Lane va chercher de l'aide

Le soir était descendu. Le silence régnait sur la prairie. Des ramiers se promenaient dans l'herbe à la recherche d'insectes. Le ciel était rose pâle, la mer au pied des falaises lisse comme du lait. Même le broutage monotone des moutons de Gabriel avait cessé. Les yeux vides, ils se pressaient les uns contre les autres, unis dans un effort muet, autour d'un poteau tombé à terre.

Le troupeau de George ne remarquait rien. Assises sous l'arbre à ombre, les bêtes n'en revenaient pas.

— Tu as réussi ! dit Cordelia, admirative.

Les autres se taisaient. Ils avaient le cœur encore battant des aventures de Melmoth – le couteau étincelant, l'odeur du charognard, les gémissements des chiens du boucher.

Melmoth aussi se taisait. On aurait dit qu'il errait encore dans l'ancienne carrière. Il faisait étrangement jeune.

— Et après ? demanda une voix piaillarde.

C'était l'agneau d'hiver. Melmoth tourna brusquement la tête vers lui.

— Et après, quoi, petit brouteur ?

Effrayé, l'agneau se réfugia derrière le tronc de l'arbre à ombre.

— Je veux dire : qu'est-ce qui s'est passé après ? bêla-t-il depuis sa cachette.

— Il ne s'est rien passé, répondit le bélier. Quand une histoire est finie, elle est finie. Comme un souffle. Comme maintenant. Bien sûr, la vie a continué, à travers les collines et les marais, loin des routes, le long de plages salées et de rivières scintillantes, dans les montagnes brumeuses où paissent les chèvres sauvages de Wicklow, à travers un grand nombre de troupeaux pareils à des nuages chargés de flocons, jusqu'à la mer du Nord où le monde touche à sa fin et même encore plus loin. Je n'ai fait que la suivre dans ses infinis méandres, comme une souris qui court dans l'herbe.

— Alors, parle-nous de la mer du Nord ! supplia le petit derrière le tronc.

Mais Melmoth ne l'écouta pas.

— Moi aussi, j'ai toujours souhaité que l'histoire continue, chuchota-t-il à l'intention d'un sylphe à la cuirasse luisante qui se promenait sur un brin d'herbe juste sous son nez. Être dans sa propre peau, de retour, pas chez des étrangers, pas en vadrouille. Mais pour cela, il faut un berger, et le berger est mort.

Le bélier gris happa le coléoptère dodu en même temps que son brin d'herbe, puis les mâcha d'un air songeur. Mopple fit la moue.

— Et comment sais-tu que George est mort ? demanda soudain Miss Maple.

Melmoth la regarda, surpris.

— Comment veux-tu que je l'ignore ? Mes oiseaux le savent, l'air le sait. Le berger aux yeux bleus vient faire paître ses bêtes aux yeux vides. Vous avez massacré le potager. Un troupeau humain piétine l'herbe comme bon lui semble. En outre, ajouta-t-il au bout d'un instant d'une voix presque amusée, quand on l'a vu en pleine nuit, le cœur silencieux mais le sang bruyant, une bêche plantée au beau milieu de sa vie, on a de bonnes raisons de croire qu'il est mort.

— Tu étais présent cette nuit-là ? bêla Cloud, tout excitée. Tu as vu qui a planté la bêche dans le corps de George ?

Melmoth expira avec agacement.

— Non, je ne l'ai pas vu. Oh ! si je l'avais vu…

— Tu es arrivé après ? demanda Miss Maple. Juste après ?

— Les oiseaux de nuit ne s'étaient pas encore remis à chanter. Je l'ai découvert avant les nécrophores. Quand je l'ai trouvé, toute sa chaleur ne s'était pas encore évanouie dans l'obscurité.

— Et alors ? l'interrogea Miss Maple, suspendue à ses lèvres. Qu'est-ce que tu as fait ?

— Trois tours à gauche, trois tours à droite et trois sauts en l'air, comme les chèvres sauvages de Wicklow quand un des sages de leur troupeau s'est tu. J'ai posé un sabot sur son cœur. Difficile de dire où se trouve le cœur chez les hommes. Et même s'ils en ont un. Mais chez lui, on pouvait le savoir. J'aurais bien aimé qu'il me voie une dernière fois. Juste de loin. Juste un instant. Pour qu'il sache que j'y suis arrivé. Je suis revenu un coucher de soleil trop tard. Rien qu'un seul. Depuis le dernier vol d'hirondelle, j'écoutais le temps qui passait, s'écoulant comme le sable emporté par le vent. Je pensais que mon heure était venue. Je ne pouvais pas savoir que c'était la sienne.

Melmoth avait l'air triste.

Miss Maple imaginait sa silhouette hirsute dans l'obscurité, ses yeux luisants, ses gestes aisés et les corneilles aux ailes noires posées sur son dos. Le mystère de l'empreinte de sabot était résolu. Elle hocha la tête.

— L'esprit de loup ! comprit-elle.

Elle le voyait avec netteté. Les autres la regardèrent, inquiets. Ils n'aimaient guère penser à l'esprit de loup en plein jour, quand le soleil leur chauffait la laine et que les mouettes criaient, alors le soir… Maude flaira prudemment le danger dans toutes les directions. Les plus malins se tournèrent vers Melmoth. Ils commençaient à entrevoir la vérité : il n'y avait pas d'esprit de loup dans la prairie. Seulement Melmoth. Même si « seulement » ne semblait pas vraiment convenir. Ils se demandaient en effet, chacun pour soi, s'il fallait avoir plus peur de Melmoth que de l'esprit de loup ou moins peur de l'esprit de loup que de Melmoth. Ou l'inverse ?

Un malaise s'empara du troupeau. Lane et Mopple, jusque-là confortablement allongés par terre, se relevèrent en sursaut. Les autres ne bronchèrent pas. Ritchfield qui, en sa qualité de chef, devait leur montrer l'exemple dans ce genre de situation ne leur fut pas d'une grande utilité.

— Pouh ! lâcha-t-il.

Pouh ? Cela voulait-il dire qu'il n'y avait pas un mot de vrai dans cette histoire de Melmoth et d'esprit de loup ? Ou qu'il en fallait plus pour lui faire perdre contenance ? Ou qu'il n'avait pas compris grand-chose, tout simplement ?

Ils se regardèrent, interdits. Quelques-uns émirent un bêlement déconcerté. Pour finir, la faim leur vint en aide.

Pendant que Melmoth leur racontait sa nuit dans la carrière, pas un seul d'entre eux n'avait brouté. Ils l'avaient suivi, le cœur battant, avaient tremblé, espéré. Maintenant, ils avaient surtout faim. Une chance que les romans sur Pamela aient été moins prenants que l'histoire de Melmoth, sinon ils seraient sûrement morts de faim. Au diable, l'esprit de loup ! Les moutons se mirent à paître de bon appétit. Quand ils travaillaient, broyant la nourriture avec leurs mâchoires, retroussant les lèvres, enfouissant leur museau et leurs pensées bien profond dans l'herbe, leur angoisse se dissipait comme le brouillard.

Au bout d'un moment, quelque chose bougea dans la laine de Cloud. L'agneau en sortit, les jambes tremblantes, mais l'air décidé. Il regarda la prairie autour de lui. Melmoth n'était qu'à quelques mètres, comme s'il l'avait attendu. Bizarrement, sa présence ne l'effrayait pas. Au contraire, elle lui donnait du courage. Ils se regardèrent.

— Ils disent que c'est toi, l'esprit de loup, commença l'agneau d'une voix encore un peu hésitante.

— Moi, je suis Melmoth, répondit le bélier.

— Alors, il n'y a pas d'esprit de loup ? demanda le petit en faisant de grands yeux.

Melmoth pencha vers lui son visage gris et hirsute. Ses lèvres se contractèrent comme des babines. La corneille sur son dos poussa un cri moqueur.

— Puisque tu dis que tu l'as vu de tes propres yeux ronds, petit brouteur !

— Oui, je l'ai vu, répondit l'agneau avec sérieux. Il n'était pas comme toi. Il était effroyable.

Melmoth fit entendre un soufflement amusé, mais reprit son sérieux avant même de laisser à l'agneau le temps de se sentir stupide.

— Écoute, petit brouteur, écoute-moi bien, avec tes

oreilles bien faites, avec tes yeux, avec tes cornes qui vont encore grandir, avec ton nez, ta tête et ton cœur.

L'agneau ouvrit même la bouche pour écouter encore mieux.

— Si tu as vu un esprit de loup, expliqua le grand, c'est que tu en as vu un. Cette nuit-là, je me suis approché de George. Mais qui dit que j'étais le *seul* ? Ce n'était pas un berger quelconque qui gisait là, dans la toison de l'obscurité, mais quelqu'un qui a connu bien des mondes et que bien des mondes ont reçu. Maintenant, les hommes pâles dansent au village. La femme en rouge est arrivée. Les muets en noir frappent en vain à la porte de la roulotte. Et les charognes tombent du ciel. Qui peut dire combien d'autres ont dansé autour de son corps sans vie ? Pas toi ! Ni moi !

— Cordelia prétend qu'il y a un truc, dit l'agneau. Elle pense que les esprits, ça n'existe pas. Mais elle ne croit pas elle-même à ce qu'elle raconte. Elle aussi, elle a peur.

— Il n'y a pas de truc, expliqua le bélier. Crois-en le vieux Melmoth, qui a brouté dans bien des mondes. Les esprits existent. Les affres des bâches et les reptiles des haies, les doigts marins et les fantômes du foin sont inoffensifs. Mais l'agneau pleureur !... Quand l'agneau pleureur gémit dans la brume, aucune mère ne peut résister. Toutes les brebis doivent y aller, tu comprends ? Il les tire comme de la laine qu'on file. Et aucune ne revient jamais.

L'agneau frissonna.

— Aucune ?

— Aucune. Et ne regarde jamais la chèvre rouge ! Quand un mouton l'aperçoit, un bélier de son troupeau doit mourir en duel. Même le vent n'y peut rien. Il

vaut mieux ne pas voir la chèvre rouge… Pourtant, l'effluve solitaire…

Melmoth comprima les naseaux.

— Un mouton, petit brouteur, fait bien d'éviter l'effluve solitaire, le séducteur olfactif. Odeur céleste, comme un condensé de toutes les bonnes choses – les herbes, le lait, la sécurité, le parfum des prés en automne, l'odeur de la victoire après un duel –, il attire, fascine, murmure de sa voix de velours. Mais un *seul* mouton du troupeau peut le sentir. Un seul. Alors, il le suit, entre chien et loup, quand l'effluve s'éloigne, s'engage dans le bourbier et arrive au bord d'un étang noir, dans le marais – petit œil méchant qui le fixe de son regard obscur…

— Et alors ? demanda l'agneau tout bas.

— Alors ?

Melmoth roula de gros yeux.

— Alors, rien. Personne n'est jamais allé plus loin que le mauvais œil – du moins personne qui en soit revenu sain et sauf. Un seul a jamais échappé à l'effluve solitaire.

La corneille posée sur son dos tourna la tête et, de ses petits yeux luisants, jeta un regard morne sur l'agneau.

— Toi ? murmura celui-ci.

— Moi ?

Melmoth cligna des yeux.

— C'est l'histoire qui importe, pas celui qui la raconte. Obéis aux histoires, épie-les, guette-les, cueille-les dans les prés comme des boutons-d'or. Il y a les chiens de chasse chialeurs, Thul l'inodore, l'agneau vampire, le berger sans tête…

— Et l'esprit de loup ! compléta l'agneau qui se

rappelait à nouveau le sale quart d'heure qu'il avait passé près du dolmen.

— Et l'esprit de loup, confirma Melmoth. Oui, petit visionnaire têtu, l'esprit de loup existe aussi.

Et comme pour confirmer ses dires, la corneille posée sur son dos secoua ses ailes noires dans la lumière du soleil couchant.

À ce moment-là, Melmoth fit demi-tour et s'en alla. Il passa près de Maude, qui flaira sa trace. Il passa près de Cordelia et de Miss Maple, de Zora et de Sir Ritchfield, qui prit une mine de conspirateur. Puis il disparut dans la haie de genêts, et presque aussitôt, les moutons eurent l'impression d'avoir seulement rêvé de l'étrange bélier gris. Sauf Ritchfield, qui clignait des yeux d'un air ravi.

— Il va juste se promener, expliqua-t-il. Il a toujours aimé la nuit. « C'est trop beau pour dormir », disait-il. Il va revenir. Un mouton ne doit pas quitter son troupeau – à moins qu'il ne revienne, ajouta-t-il par précaution.

Après le départ de Melmoth, la pâture leur parut étrangement vide, aussi inquiétante qu'une mer d'huile profonde. Ils se regroupèrent sur la colline et écoutèrent d'abord le silence, puis Miss Maple.

La brebis se livrait à des déductions.

— Maintenant, nous savons pourquoi George avait quitté les autres. Dans la nuit dont nous a parlé Melmoth, il a découvert qu'il ne vivait pas dans un vrai troupeau, que son troupeau avait dévoré McCarthy. Imaginez : vous vivez dans un troupeau, et un jour, vous découvrez que les autres ne sont pas des moutons, mais des loups.

Les autres la fixaient avec épouvante. Même en

rêve, ils n'auraient jamais eu une idée aussi terrifiante. Seul l'agneau d'hiver poussa une protestation railleuse.

— Mais il s'agissait d'un secret, continua Miss Maple. Les autres sont des loups qu'on ne peut pas flairer, des loups déguisés en agneaux. Il ne fallait surtout pas que cela sorte. Je crois que ce que les hommes appellent la justice, c'est quand quelque chose sort.

— D'où est-ce que ça sort ? demanda Othello, que le sujet intéressait.

Miss Maple fit un effort de concentration.

— Je l'ignore, finit-elle par avouer. Si nous le savions, nous pourrions essayer de le faire sortir.

— Justice ! bêla Mopple à qui l'idée plaisait de faire sortir quelque chose de quelque part.

Ça n'avait pas l'air bien méchant : un petit coup de pied dans la bonne porte ou bien le museau habile de Lane sur la poignée, et toute cette histoire de meurtre serait réglée une fois pour toutes. Mais rapidement, il se demanda pourquoi on avait enfermé la vérité. Était-elle dangereuse ? Dangereuse pour les hommes ou dangereuse pour les moutons ? Il préféra la boucler et prendre une mine très ovine. Il décida qu'à l'avenir, dans ce genre de réunion, il se contenterait de ruminer.

— Il est intéressant d'envisager qui a peur, dans l'histoire de Melmoth, poursuivit Miss Maple au bout d'un moment, et surtout pourquoi. George et le boucher ont commencé par avoir peur du cadavre. On peut comprendre. Un cadavre, cela veut dire que la mort rôde dans les parages. Et tout le monde a peur de la mort.

Timides bêlements d'approbation. Le sujet était décidément trop morbide pour les moutons. Pourtant, Miss Maple s'obstina, impitoyable.

— Mais George et le boucher ont eu bien plus peur

encore quand ils ont su que les assassins savaient qu'ils savaient.

Les moutons se regardèrent. Qui savait quoi ? Miss Maple profita de la confusion pour cueillir un beau bouton-d'or bien gras et le mâchonner consciencieusement. Puis elle reprit :

— Pourquoi ? Parce que les assassins aussi ont peur – ils ont peur que la vérité sorte. C'est cela qui les rend dangereux – comme des chiens. Des chiens qui ont peur sont deux fois plus dangereux que d'habitude. Des chiens qui ont peur mordent.

Puis une idée lui traversa la tête. Elle considéra Mopple, toujours concentré sur sa rumination.

— Mopple, de quoi devais-tu te souvenir ?

— De tout, répondit-il fièrement.

Elle soupira.

— Oui, mais quoi d'autre ?

Mopple réfléchit un court instant.

— Roi des lutins.

Miss Maple approuva d'un signe de la tête.

— Maintenant, nous savons pourquoi les enfants avaient peur de George – alors qu'il n'avait jamais fait de mal à une mouche. Parce que les vieux leur avaient transmis leur propre peur, comme des moutons transmettent leur savoir aux agneaux. Pour les vieux, George était dangereux parce qu'il connaissait le secret.

Impressionnés, les moutons gardaient le silence. Miss Maple était vraiment le mouton le plus intelligent de tout Glennkill.

— Mais peut-être que tout cela n'a rien à voir avec la mort de George ? objecta Zora. Au bout du compte, ils l'ont laissé en paix pendant plusieurs années – presque toute une vie de mouton. Alors pourquoi maintenant ?

Miss Maple secoua énergiquement la tête.

— Il doit y avoir un rapport ! Ici, une bêche ; là, une bêche : c'est trop frappant. En principe, les bêches ne sont pas dangereuses. La nôtre a passé plusieurs années dans la remise sans qu'il arrive rien. Puis tout à coup, deux personnes meurent de bêche. Du moins a-t-on cherché à le faire croire, dans le cas de George, puisqu'on l'a empoisonné. Je ne sais pas qui l'a tué, mais l'assassin voulait qu'on pense à McCarthy.

— Et le boucher ? laissa échapper Mopple, rompant son vœu d'éternelle rumination silencieuse. Lui aussi, il était au courant, pour McCarthy.

— Le boucher…, médita Miss Maple. Le boucher…

C'était comme si elle mâchait le mot.

— Le boucher a pris ses précautions. *Voilà* pourquoi personne ne le tue ! Peut-être la mort de George est-elle un avertissement parce qu'ils n'ont pas osé s'attaquer à lui ? D'un autre côté (ses oreilles frémirent), on pourrait renverser le raisonnement. Peut-être que maintenant, quelqu'un veut que la vérité sorte au grand jour ? Peut-être ce quelqu'un a-t-il assassiné George justement pour que tout sorte enfin ? Et comme ça n'a pas marché avec George, il s'en est pris au boucher. Les gens du village ont peur qu'il lui arrive quelque chose. On sait bien qu'ils se font du souci pour lui alors que personne ne l'apprécie.

— Moi, je vous dis qu'il s'agit d'une histoire d'amour ! bêla Heidi d'un air récalcitrant.

— Non, avec le boucher, hors de question, répliqua Mopple.

Mais Miss Maple semblait penser que même Ham était capable de vivre une histoire d'amour.

— Pourquoi pas ? dit-elle. Du moins semble-t-il s'intéresser à Kate. Et il savait ce qui est arrivé à

McCarthy à l'époque. Peut-être a-t-il planté la bêche dans le ventre de George pour faire croire que les autres sont à nouveau coupables ? Tous ensemble. Aucun d'eux n'oserait le trahir puisqu'il a pris ses précautions.

Les moutons en avaient le vertige. Où qu'ils fourrent leurs museaux, les hypothèses vrombissaient comme des mouches autour d'une auge. Même pour Miss Maple, cela commençait à faire beaucoup.

— Nous n'en savons toujours pas assez, soupira-t-elle. Nous devons en apprendre plus sur les hommes.

Les moutons décidèrent d'aller dans la bergerie se remettre en commun de cet épuisant travail d'investigation.

Vu qu'il avait fait très chaud ce jour-là, le bâtiment sentait le renfermé et le moisi. La chaleur avait réveillé les vieilles odeurs endormies dans les coins, les angles et les trous. Une jeune souris morte sous le plancher l'été précédent. La paille que George, trempé de sueur, leur jetait par la trappe du grenier telle une pluie de foin parfumé. Une vis tombée de sa radio, qui exhalait d'anciens relents de métal et de musique. Le sang et la pommade qui avaient coulé de la plaie d'Othello. L'huile. Une foule d'agneaux. La neige. La poussière que répandaient les ailes des papillons. Les odeurs rôdaient à travers la bergerie comme autant de rats curieux.

Miss Maple les épiait, tous sens au repos. Malgré la chaleur, elle s'était rapidement endormie. Dans son rêve, il faisait frais. Elle était au bord d'un ruisseau qui lui murmurait quelque chose. Qui gloussait, bourdonnait, chantait. Le ruisseau racontait que tout s'écoulait vers la mer et n'en revenait jamais. Toutefois, elle ne le croyait pas. Sur la rive, un grand troupeau de magnifiques moutons blancs paissait. Parfois, l'un d'eux sautait au-dessus du cours d'eau. Quand il atteignait l'autre rive, il était devenu noir. Noir de la tête aux sabots. Miss Maple plissait les yeux dans l'espoir de distinguer quand et comment la métamorphose avait lieu. En vain.

Les moutons noirs regardaient avec mélancolie les moutons blancs restés de l'autre côté, mais ceux-ci ne semblaient pas les remarquer. Du moins jusqu'au moment où l'un d'eux prit son élan et traversa de nouveau le ruisseau. Il ne redevint pas blanc. À mi-chemin, il se transforma en un grand loup gris. Les blancs s'enfuirent à toutes jambes, droit au ciel. Dans son rêve, Miss Maple décida de garder leur course en mémoire pour expliquer à Zora comment faire. En même temps, elle savait qu'elle n'arriverait pas à emporter ce secret de l'autre côté du réveil. Une odeur nerveuse descendit des cieux.

Miss Maple s'éveilla en sursaut et retrouva l'obscurité chaude de la bergerie. Aussitôt, elle flaira un troupeau. Des étrangers tout proches ! Il lui fallut un moment pour se rappeler que Melmoth était parmi eux. Melmoth qui sentait comme un troupeau de demi-moutons. Sans doute était-il rentré de sa promenade nocturne plus tôt que prévu. Miss Maple retrouva son calme. Elle se demanda pourquoi il dégageait une odeur si étrange, si différente de celle des autres bêtes qu'elle connaissait. Peut-être cela tenait-il à sa vie errante ? Il n'avait jamais eu une vie normale. Pourquoi devrait-il sentir comme un banal mouton ? Peut-être cela tenait-il aux troupeaux qu'il avait rencontrés et dans lesquels il s'était senti bien pendant un certain temps ? Tant d'existences commencées dans tant de troupeaux différents. Et aucune de broutée jusqu'au bout. La tête lui tournait quand elle y pensait. Pas étonnant que Melmoth sente comme plusieurs moutons à la fois.

Mais peut-être existait-il une autre raison ? Peut-être qu'au cours de ses pérégrinations, il avait fait la connaissance de moutons, de moutons particuliers, qu'il aimait et qu'il avait emportés avec lui, dans sa mémoire, dans son odeur, dans ses habitudes de broutage, comme une voix dans sa tête ? S'était-il constitué un troupeau, un troupeau fantôme qu'il traînait derrière lui, attaché à d'invisibles fils olfactifs ? Cette pensée la rendit à nouveau nerveuse. Elle ne pourrait jamais s'habituer tout à fait à l'odeur de Melmoth. Aucun mouton ne le pouvait. Comme pour s'en assurer, elle huma de nouveau les effluves de l'étrange troupeau, qui semblaient provenir de l'extérieur.

Et soudain, elle fut complètement réveillée. Ce n'était pas Melmoth ! Pas des moitiés de mouton mystérieuses et inexplicables ! Mais une odeur jeune, fade, avide. Le troupeau de Gabriel ! Tout près.

Elle bêla l'alarme. Son appel perçant sortit aussitôt les autres de leurs grasses pâtures de rêve pour les ramener dans la nuit. Partout, des têtes de mouton se dressèrent, aux aguets. L'instant d'après, le troupeau de George observait depuis le pas de la porte ce qui se passait dans sa prairie.

Un front compact de cous musclés et de museaux occupés à brouter s'avançait vers lui. Les moutons de Gabriel avaient, on ne sait trop comment, réussi à s'échapper de leur enclos et approchaient irrésistiblement, serrés les uns contre les autres. Dans l'obscurité, leurs corps paraissaient encore plus blêmes que d'ordinaire. On aurait dit qu'ils dégageaient une petite lueur pâle. Maintenant qu'ils n'étaient plus retenus par le grillage, on voyait vraiment combien ils étaient. Cette vision menaçante rappelait les machines qui broutaient les champs en automne dans un bruit de métal et de moteur.

— Gabriel ne sait pas construire une clôture, dit sèchement Zora. C'est un mauvais berger.

— Et que faire, maintenant ? gémit Heidi.

— Rien, répondit Cordelia. On reste dans la bergerie. Ils ne vont pas y entrer.

— On ne peut quand même pas les laisser dévorer toute notre pâture ! s'exclama Mopple, hors de lui. Où est-ce qu'on va manger, demain ? Il faut les chasser !

— Tu as vu combien ils sont ? répliqua Zora. Comment veux-tu qu'on les chasse ? Je n'ai même pas réussi à leur parler.

— Pourtant, il faut agir, s'obstina Mopple. Ils vont tout nous bouffer. La colline. Le trèfle au bord de la falaise. Les herbes de l'abîme.

— Pas *toutes* celles de l'abîme ! releva Zora avec fierté.

— Et George's Place ! hurla soudain Mopple. Ils vont bouffer George's Place !

Ils échangèrent des regards consternés.

— George's Place, murmura Cloud. Tout ce que nous n'avons pas le droit de manger…

— L'herbe à souris, dit Maude.

— L'oreille de mouton et l'herbe à sucre ! dit Lane.

— L'herbe à lait et l'avoine ! dit Cordelia.

Il apparut ainsi que les moutons avaient une connaissance étonnante des plantes qui poussaient sur George's Place. L'évocation de cet endroit finit de les convaincre. Que les moutons de Gabriel dévorent ce qui leur revenait à *eux* était grave. Mais l'idée qu'ils puissent manger les herbes censées rappeler la mémoire de George... auxquelles ils avaient renoncé de leur plein gré... Trop, c'était trop !

— Non ! lança Mopple avec rage. Ils n'auront pas George's Place !

L'affaire était entendue : ils défendraient le lieu saint.

Sous la conduite de Mopple, le troupeau entier marcha vers George's Place. Maintenant, plus personne n'avait peur. Si Mopple la Baleine osait, cette histoire ne devait pas être bien dangereuse.

Une fois arrivés sur les lieux, ils s'arrêtèrent, décontenancés. Comment défend-on un bout de pâture contre une armée de brouteurs ? Othello eut une idée. Il leur indiqua comment former un cercle autour de George's Place, épaule contre épaule contre épaule..., la tête tournée vers les assaillants. Quant à lui, il resta en renfort au centre, prêt à se déplacer selon les besoins.

— Ne bougez plus, expliqua-t-il. S'ils ne passent pas entre vous, ils ne mangeront pas George's Place. C'est aussi simple que cela.

Cela leur parut en effet d'une incroyable simplicité. Du moins dans un premier temps. Lorsqu'ils virent approcher le front de moutons blêmes, ils furent toutefois à nouveau assaillis de doutes. Quelques ennemis levaient déjà la tête pour les flairer. Les moutons de George s'efforcèrent de répandre un effluve résolu. Sans grand résultat. Un des béliers étrangers lança un cri, et ses moutons foncèrent en bêlant. Ils bêlaient : « À manger ! »

« À manger » ? Les moutons de George se regardèrent, anxieux. Comment pensait, en fait, une « race à viande » ?

Les premiers assaillants avaient atteint leur rempart

et tendaient le cou en direction de George's Place. L'odeur sembla les convaincre. Ils tentèrent de se faufiler entre les moutons de George comme entre les buissons d'une haie. Mopple bêla d'indignation. Othello souffla bruyamment. Maintenant qu'ils savaient où se trouvait la meilleure nourriture, les moutons de Gabriel se taisaient, comme s'ils ne pouvaient parler de rien d'autre. Ils chargeaient, aussi irrésistiblement que de l'eau, avec une violence croissante, une lueur inquiétante dans les yeux et un reflet mystérieux sur la face. Sans Othello, le troupeau de George n'aurait pas tenu longtemps. Non seulement à cause de la poussée confuse qu'exerçaient les autres, mais aussi à cause de la tension nerveuse. Ils ne s'étaient pas imaginé la défense du lieu saint aussi muette et aussi terrifiante.

Soudain, Cordelia poussa un bêlement scandalisé. Un agneau particulièrement court sur pattes avait réussi à l'écarter et à percer leurs rangs. Aussitôt, Othello accourut et, en un unique élan, refoula l'intrus hors du rempart. Il n'en était pas moins inquiet.

— Ça ne va pas, grommela-t-il.

Malgré leurs efforts, les moutons de George étaient contraints de reculer, pas à pas. Mopple, ferme comme un roc, était le seul à avoir gardé sa place initiale. Il constata avec angoisse que, de tous côtés, les moutons de Gabriel parvenaient à faire refluer les siens. Zora affichait une mine stoïque, mais ses pattes arrière écrasaient déjà les herbes interdites. Les assaillants étaient tout simplement trop nombreux. C'était mal parti, pour George's Place.

Soudain, Othello surgit près de Lane.

— Lane, lui lança-t-il, cours ! Va chercher Melmoth ! Ramène-le !

— Où ? demanda Lane, pragmatique.

— Je ne sais pas, répondit le bélier. Tu n'as qu'à chercher !

Facile à dire. En même temps, elle était soulagée de ne pas devoir rester plantée comme un buisson animal. Courir, ça, elle savait. Elle était le mouton le plus rapide du troupeau. Sans un mot, elle se glissa à travers les rangs ennemis et partit au galop. Othello prit sa place, entre Heidi et Miss Maple.

— Mais comment Melmoth pourrait-il les chasser d'ici ? l'interrogea Heidi. Il n'est pas leur chef. Ils ne vont jamais le suivre.

— Ils ne doivent pas le suivre, répondit Othello. Ils doivent le fuir.

Miss Maple poussa un souffle incrédule. Même Heidi fit une grimace sceptique.

Les moutons de Gabriel avaient maintenant découvert qu'il était plus facile de se présenter de côté pour appuyer de tout leur poids sur le cercle défensif. Les moutons de George, eux, ahanaient.

Alors, Zora craqua. Elle mordit un assaillant au nez, que les moutons ont très fragile. L'étranger bêla de douleur. Les autres relevèrent la tête. Pendant un moment angoissant, il ne se passa rien. Puis ils se remirent à appuyer, enfoncer, s'arc-bouter, résister. Cependant, le mouton mordu lançait un cri si douloureux, si effrayé et si pathétique que ses compagnons n'avaient plus envie de pénétrer en force. Et tout à coup, ils arrêtèrent de pousser. Ils se tenaient tout bonnement là, immobiles, à épier l'obscurité. Leurs flancs se gonflaient et se dégonflaient, encore tremblants de l'effort fourni – ou peut-être pour une autre raison. Autour d'eux, un corps sombre traçait des cercles toujours plus étroits dans la nuit.

Après coup, aucun mouton n'arrivait plus à se souvenir exactement de ce qui s'était passé. Ils se rappelaient une alternance de fuite, d'essoufflement, de regroupement, de séparation, d'excitation aveugle et d'expectative nerveuse. Il ne faut jamais paniquer ou désespérer. Il reste toujours un pas qu'on peut faire, le dernier pas possible. Quelque part au-dehors, un être invisible qu'ils avaient pressenti plus que perçu veillait sur eux avec une habileté magistrale.

Très vite – forcément très vite, car ils n'étaient pas essoufflés et leurs cœurs ne battaient que d'excitation –, tous les moutons furent de nouveau là où ils devaient être : ceux de George dans leur bergerie, ceux de Gabriel dans leur enclos.

Seule Lane, le mouton le plus rapide du troupeau, se tenait au bord de la falaise, les yeux brillants d'admiration, le regard rêveur perdu dans la nuit.

15

Zora apprend quelque chose sur l'homme à la faux

Le lendemain matin, les moutons sortirent de bonne heure pour examiner George's Place à la lumière du jour. Ils furent satisfaits. Le lieu saint était préservé, et même l'herbe piétinée aux limites du terrain commençait à se redresser. Les moutons étrangers se tenaient derrière leur clôture, aucun d'eux ne s'était aventuré à passer une seconde fois par le trou du grillage. Les moutons de George étaient fiers d'eux. Ils attendaient avec impatience l'arrivée de Gabriel, qui allait voir les dégâts causés par son troupeau et comprendrait sans doute enfin qu'il leur avait ramené une bande de bons à rien.

Quand le berger se montra, la journée était bien entamée. Même ces lève-tard de bourdons s'étaient déjà mis au travail. Les lézards qui prenaient le soleil sur le muret, près du portail, disparurent aussitôt comme de petits éclairs sombres. Le berger n'était pas seul. Un homme aux yeux rapides et inquiets, une mallette noire à la main, marchait à côté de lui. Ils s'arrêtèrent tous deux devant la roulotte.

— Ce serait quand même bien si je pouvais y entrer,

expliqua Gabriel. Je pourrais y déposer mes affaires et, même, y passer la nuit de temps en temps.

— Oui, approuva l'homme sur un ton qui en disait long, ce serait bien. Et intéressant. Faut voir si on y arrive.

Il sortit plusieurs outils de sa mallette. Une pie se posa sur le toit de la roulotte et, curieuse, inclina la tête sur le côté. L'inconnu bricola la serrure avec ses objets métalliques. Il fut bientôt en nage. Les moutons aussi souffraient de l'atmosphère lourde de ce nouveau jour. Ce n'était pas une température agréable, mais la chaleur muette qui précède une tempête.

Au bout d'un moment, l'homme se redressa et essuya la sueur de son front avec la manche de sa chemise. Les mouches vrombissaient.

— Je suis désolé, déclara-t-il.

— Qu'est-ce que ça veut dire ? l'interrogea Gabriel.

— Que je ne peux pas l'ouvrir juste avec quelques outils. Il faut un spécialiste, et encore, il mettra du temps.

— Je croyais que t'étais spécialiste, Eddie ?

— Oui, mais pas de machins dans ce genre ! J'ai appris, dans le temps, c'est vrai, mais quand on fait ça en passant, en plus du travail au champ…

Il haussa les épaules.

— C'est quoi, le problème ? demanda Gabriel.

— Le problème, c'est la serrure. Une serrure sécurisée. Pas facile d'en faire un double.

— Ah bon…

— Écoute, Gabriel. On sait tous les deux pourquoi tu veux entrer là-dedans. Tes affaires, tu peux très bien les mettre ailleurs. Pourquoi tu défonces pas la porte ? Si elle est foutue, qu'est-ce que ça peut faire ? De toute façon, elle ne vaut rien. Même que c'est idiot : une si bonne serrure sur une porte *pareille*...

— Tu veux dire qu'on pourrait entrer ?

— Entrer, c'est pas un problème.

— Mais ça se verrait ?

— Oui, ça se verrait.

— Et par les fenêtres ?

— Pareil. C'est pas un problème, mais ça se verrait.

Gabriel hochait la tête.

— Voilà ce qu'il voulait ! Ah, laisse tomber...

Pendant un moment, l'homme le regarda avec l'air de ne pas comprendre. Les moutons remarquèrent comme il avait envie de pénétrer dans la roulotte. Presque autant que Gabriel. Une fois de plus, ils mesurèrent combien George était différent. Lui ne s'intéressait qu'à eux. Les autres ne s'intéressaient qu'à la roulotte.

La mine d'Eddie s'éclaircit.

— Ah ! Tu as peur ? Peur d'eux ? De la mafia ? S'ils se débrouillent pour que la police ne fouille pas la roulotte, c'est qu'elle a une importance pour eux. Il doit y avoir quelque chose...

— Je n'ai pas peur ! répliqua Gabriel.

Il mentait. Même à travers sa cape en laine imbibée de fumée de pipe, les relents de peur se frayaient un chemin à l'air libre.

— Je veux juste éviter les bavardages inutiles. Je suis bien le seul, j'ai l'impression...

Il jeta à l'autre un regard perçant.

— Ça n'aurait pas fait de mal de bavarder un peu plus au bon moment, remarqua Eddie. Parce que là, chacun fait ce qui lui passe par la tête, et c'est tout.

Gabriel le regardait un peu comme un chef de

troupeau observe les fantaisies d'un jeune bélier, presque par politesse.

— Qu'est-ce que tu dis de ça ?

Gabriel mit la main dans sa poche et en sortit un objet en métal brillant. L'homme siffla entre ses dents. Le berger fit un drôle de visage. Il avait l'air tendu. C'était la première fois depuis que les moutons le connaissaient. Eddie s'en rendit compte.

— Un truc pareil, ça ne se trouve pas bêtement dans la rue. D'où ça vient ?

— C'est tombé du ciel, marmonna Gabriel.

L'autre secoua la tête.

— Tu ne peux pas faire ça, Gabriel. Tu sais ce qui se passe au village ? Au Mad Boar ? Ils sont tous là, à attendre en se soûlant. Ils parlent de tout et de rien, ils rigolent même des blagues de O'Malley. La seule chose dont ils ne parlent pas, c'est de ça. Ils ont le droit de savoir ce qui se passe ici.

— Il ne se passe rien du tout, ici, rétorqua Gabriel.

De ses yeux bleus, il fixa longuement l'homme.

— Je veille à ce qu'il ne se passe rien.

Les moutons n'en croyaient pas leurs oreilles. Cette nuit, il s'était passé un paquet de choses, et s'il y en avait un qui n'avait veillé à rien du tout, c'était bien Gabriel. Ils commençaient à se dire qu'il les décevait un peu.

L'homme soupira.

— Bon… C'est une clé de coffre-fort, mais pas un de ces coffres-forts qu'on peut commander sur catalogue. Non, un coffre-fort vachement bon. Cher. Je veux dire : vraiment cher. Peut-être qu'il y a même un code en plus. Ou bien qu'il faut plusieurs clés. En tout cas, un truc assez raffiné.

Gabriel hochait la tête, comme s'il le savait déjà depuis longtemps.

— Quelle taille environ ?

Eddie haussa les épaules.

— Dur à dire. La taille d'un micro-ondes ? D'un frigo ? La taille importe peu, d'après ce que je sais. Les grands, tu peux pas les transporter. Mais les petits, tu ne peux pas les faire sauter sans détruire le contenu. Tout dépend de ce que tu recherches.

Il regardait avec curiosité Gabriel qui, de son côté, regardait ses moutons avec indifférence.

— Merci, conclut-il. Ce sera tout pour aujourd'hui.

Mais Eddie ne se laissa pas faire.

— Il est déjà presque midi. Tu sais quoi ? Je vais manger ici.

— Comme tu veux, répondit Gabriel d'un air absent.

Ayant aperçu le trou dans la clôture, il alla chercher un nouveau rouleau de grillage et un piquet en dessous de la roulotte.

— Tu as de la chance, ils ont pas déguerpi, commenta Eddie.

— Ils sont bien élevés.

— Il faut reconnaître que tu sais t'y prendre, avec les animaux.

Les moutons de George étaient outrés. Bien élevés ! S'il ne s'était pas produit un vrai petit miracle, Gabriel aurait pu aller les chercher dans tous les potagers de Glennkill, ses moutons merveilleux. C'était uniquement grâce à Melmoth qu'ils étaient encore dans leur enclos et qu'ils n'osaient plus en sortir.

Pendant que Gabriel réparait le grillage, ses moutons jetaient des regards concupiscents sur George's Place en bêlant : « À manger ! »

— Ils ont faim, remarqua Eddie, la bouche pleine.

Le berger fit un geste de la tête, presque un peu fier.

— Ouais, ils bouffent sacrément, mais au moins ils engraissent. Il suffit de les bourrer.

Il s'avança vers la minuscule remise derrière la roulotte et fouilla dans les outils, puis en revint une faux à la main. La faux de George. Les moutons connaissaient ce drôle d'engin en bois et en métal, même s'ils ne savaient pas à quoi il servait. « Quand on a des moutons, on peut se passer de faux », répétait George chaque fois qu'il polissait la lame avec un chiffon rouge et blanc – comme ça, juste par conscience professionnelle.

Gabriel, *lui*, ne se passait pas de faux. Il ne *leur* passait décidément rien. Il se mit à brouter au pied de la colline, du côté opposé à la mer. Les moutons s'arrêtèrent. C'était la première fois qu'ils voyaient un homme brouter. Quel spectacle atroce ! Dans les mains de Gabriel, le drôle d'outil s'était mué en une énorme griffe métallique qui fendait l'herbe dans un sifflement hostile. On entendait des bruits étranges, comme si des oiseaux au bec pointu volaient très bas au-dessus de la pâture. Là où la faux était passée, les brins d'herbe gisaient sur le sol, vaincus. Voilà ce qui était encore le plus atroce : Gabriel broutait, mais en même temps il ne respectait pas l'herbe. Il offrait le spectacle d'une destruction absurde. La bonne odeur que dégageait l'herbe morte ne faisait qu'aggraver les choses.

Malgré la chaleur estivale, les moutons eurent froid. Mopple se mit à trembler, partagé entre l'indignation et l'horreur. En dehors du bruit affreux de la faux, on ne percevait aucun son. Les moutons de Gabriel avaient cessé de bêler et dirigeaient leurs regards vides vers le berger.

— Pourquoi tu ne coupes pas là-derrière ? s'étonna Eddie. L'herbe est bien plus haute.

Il parlait de George's Place. Les moutons retinrent leur souffle.

— Je préfère pas, répondit Gabriel. Si les autres n'y vont pas, c'est peut-être que le sol est empoisonné. Il ne manquerait plus que ça, que mes moutons crèvent une fois que je les ai gavés.

— Tu t'y connais en animaux, répéta l'autre. Mieux que moi en serrures.

Le berger lui jeta un coup d'œil désagréable. Au bout d'un moment, il en eut assez de détruire la pâture. Il coinça un long brin d'herbe entre ses dents, là où se trouvait d'habitude sa pipe, et partit tranquillement vers la roulotte pour chercher la brouette.

Eddie restait assis sur les marches, devant la porte. Il avait terminé son sandwich depuis longtemps.

Gabriel ne se souciait pas de lui. Il apporta l'herbe à ses bêtes et la leur jeta par-dessus le grillage. Ses moutons avaient recommencé à réclamer de la nourriture et bêlèrent jusqu'à ce que tous sans exception puissent plonger leurs museaux dans l'herbe morte.

Alors, on eut la paix. Gabriel revint vers la roulotte où Eddie attendait toujours. Les deux hommes se regardèrent longuement.

— Donc, tu préfères attendre qu'on ouvre le testament dimanche ? finit par demander Eddie.

Gabriel hocha la tête. L'autre se leva brusquement, prit sa mallette et se mit en marche vers le village.

Il fallut un moment aux moutons pour se remettre des émotions que leur avait causées l'épisode de la faux. Plus personne ne prétendait désormais que Gabriel était un bon berger.

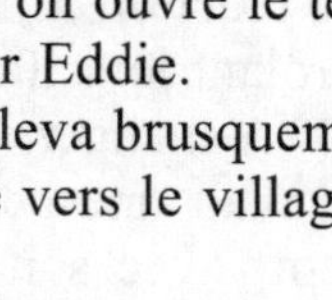

— Ce n'est pas un berger du tout, décréta Heidi. On devrait tout bonnement faire comme s'il n'était pas là. De toute façon, il ne nous regarde pas.

C'était une bonne idée. Bientôt, une foule de derrières pointaient en direction de la roulotte. Les moutons avaient résolu d'afficher un mépris total. George en aurait été malade, mais Gabriel, lui, ne sembla même pas s'en rendre compte. L'un de ses moutons, en revanche, observait la scène avec intérêt. C'était le bélier puissant que Zora avait déjà remarqué. Il avait cessé de s'empiffrer d'herbe fauchée et leur accordait toute son attention.

Zora fut la première à s'en apercevoir. Certes, après l'échec par lequel s'était soldée sa tentative de dialogue, elle s'était juré de ne plus jamais s'adresser ou même penser aux moutons de Gabriel. Et elle avait renouvelé ce vœu la nuit précédente, quand les étrangers s'étaient jetés sur leur prairie à la manière d'une bande de chenilles pâles.

Pourtant, ce bélier l'intéressait. Il était plus âgé que les autres et, lui semblait-il, plus perspicace. En outre, elle flairait un abîme quelque part entre ses deux yeux vides. Aussi discrètement que possible, elle entreprit de brouter dans son coin. Elle passa une fois devant lui. Puis une deuxième. Il la suivait des yeux, sans autre réaction. Elle décida de faire un troisième essai, en frôlant le grillage. Ce coup-ci fut le bon.

— À manger, dit le bélier. Mort.

Il avait une belle voix, douce et mélodieuse, sans rapport avec son corps trapu et ses jambes courtes. Une voix de mouton élégant.

— Oui, compatit Zora. Ce que vous mangez est mort. Il a coupé l'herbe avec une faux.

Il secoua la tête.

— Non. C'est nous qui sommes à manger. Et lui, c'est la mort. Fuyez !

— Gabriel ? s'étonna-t-elle. Gabriel est la mort ? Voyons, c'est un mauvais berger, mais tout de même…

À nouveau, il secoua la tête.

— Nous sommes de la viande.

Elle le regarda bizarrement. Quelque chose en elle se mit à trembler. L'abîme était là, à ses pieds, mais elle ne pouvait pas encore le voir. Elle le pressentait seulement.

— De la viande, ça se mange, continua-t-il.

Cette fois, c'est elle qui secoua la tête.

— Non, l'herbe est à manger.

Déçu, le bélier cogna sa tête sans cornes contre le grillage. Un bruit métallique parcourut la prairie. Gabriel leur jeta un coup d'œil.

— L'herbe, c'est la mort, insista le bélier. L'herbe *amène* la mort.

Il la regardait d'un air presque implorant. Zora se demanda s'il n'était pas tout simplement fou. Ces histoires de viande et de mort. Elle n'avait encore jamais entendu un mouton parler de viande. Elle s'apprêtait à se retourner et à faire une croix définitive sur le troupeau de Gabriel quand un mot se détacha de l'abîme et s'envola vers elle. Race à viande, pensa-t-elle.

Elle resta. Tout à coup, l'air était devenu oppressant. Mal à l'aise, elle inhala la chaleur de la tempête qui montait. Le bélier tourna la tête vers son propre troupeau qui continuait de s'empiffrer d'herbe coupée sans rien comprendre à rien.

— Ils mangent. Ils grossissent. Ils meurent. Et moi…

Le bélier baissa la tête et se tut.

Zora prit appui sur le sol, à la manière des mou-

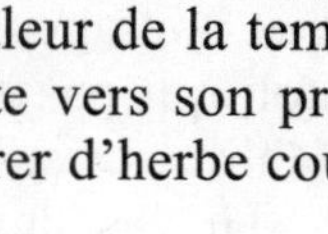

tons de montagne, pour mieux affronter les bribes de paroles qui remontaient en tourbillonnant du fond de l'abîme.

Mopple…, pensa-t-elle. Grossir… Race à viande… Abattre… Engraisser… Bourrer…

Soudain, le rideau de brume se déchira. Zora découvrit l'abîme qui s'ouvrait devant elle. Le précipice le plus profond de sa vie.

Le bélier étranger l'observait, plein d'espoir. À ses yeux écarquillés, il remarqua qu'elle avait compris et sembla soulagé.

— Fuyez ! répéta-t-il.

— Et pourquoi ne les avertis-tu pas, eux ? demanda Zora, tremblant de rage contre ce bélier qui lui révélait de telles horreurs. Pourquoi ne fuyez-vous pas, vous ? Hier, par exemple, au lieu de prendre d'assaut George's Place ?

Aussitôt, elle regretta ce qu'elle venait de dire. Elle n'avait encore jamais vu un bélier avoir l'air aussi triste.

— La peur, dit-il enfin. Les grillages et la peur. Des grillages de peur. Ils sont jeunes. Ils ne peuvent pas comprendre. Ils ne doivent pas voir. Ils doivent oublier leurs mères. Tous les ans. Ils veulent les oublier. Ses grillages sont hauts et ses chiens sont rapides.

Il jeta un regard vide vers Gabriel. Zora comprit. Ses yeux se mouillèrent. Elle avait devant elle le mouton le plus courageux qu'elle ait jamais rencontré. Un mouton qui passait toutes ses journées seul au bord de l'abîme. Désespérément seul.

— Tu vas devenir un mouton-nuage, murmura-t-elle très vite. Tu vas voir, tu n'auras aucun mal. Et bientôt, je te reverrai dans le ciel.

N'en pouvant plus, elle partit au galop et parcourut

la prairie dans tous les sens. Où s'enfuir ? Sur son rocher ? Le précipice au bord de la falaise lui paraissait maintenant ridicule. Elle avait honte vis-à-vis de l'étranger et vis-à-vis d'elle-même. Puis elle se rappela pourquoi il lui avait parlé. Il l'avait chargée d'une mission. Elle devait prévenir son troupeau.

— Il est fou, bêla Heidi.

— Qu'est-ce qu'il a dit ? demanda Cloud.

— Qu'ils vont mourir, répondit Zora, agacée. Que Gabriel va les tuer. Bientôt.

— Il est fou, répéta Heidi. Gabriel est un berger. Il s'occupe d'eux – mieux que de nous.

— Tout à l'heure, tu disais que ce n'était pas un berger ! remarqua Maude.

— Pas vrai ! protesta-t-elle d'un air pincé avant de s'éloigner, la tête haute.

— Pourquoi Gabriel ferait-il cela ? s'interrogea Sara, incrédule.

— À cause de leur viande.

Zora concevait que le bélier étranger n'arrive pas à faire comprendre l'abîme à son troupeau. Elle avait déjà du mal avec le sien, pourtant composé de bêtes sacrément plus intelligentes et plus sagaces que les moutons de Gabriel !

— Il leur donne de l'herbe pour qu'ils grossissent vite. Et après… Tout se tient. On les appelle « race à viande » justement parce qu'ils grossissent vite. Comme Mopple. Lui aussi, il est issu d'une race à viande. George l'avait dit. Il avait prononcé le mot « abattre ». Croyez-moi, je vous en supplie !

— Le bélier étranger t'a dit ça ? se méfia Cordelia.

— Non, avoua Zora. Pas exactement. Mais il avait peur.

Les autres gardaient le silence. Le bélier leur faisait pitié. Mais était-ce une raison pour prêter foi à ses drôles d'histoires ?

Zora voyait à leurs mines qu'ils n'étaient pas convaincus.

— Je vous en prie, implora-t-elle. Je sais que c'est vrai.

— Hum…, intervint Miss Maple. Voilà peut-être pourquoi ils n'ont pas beaucoup de laine. Vous vous souvenez comme nous étions surpris que Gabriel élève des moutons si peu laineux ? Évidemment, si ce n'est pas la laine qu'il aime, tout s'explique.

Zora lui adressa un regard plein de reconnaissance tandis que les autres réfléchissaient de nouveau à sa théorie : puisque même la brebis la plus intelligente de tout Glennkill, voire du monde entier, cautionnait cette hypothèse, tout incroyable qu'elle paraisse, c'est peut-être qu'il y avait du vrai là-dedans.

Mais contre toute attente, Mopple lui tira dans les pattes.

— Je n'en crois pas un mot, bêla-t-il. Ce bélier n'a plus toute sa tête, voilà tout. Hier, ils voulaient dévorer George's Place, et aujourd'hui ils cherchent un autre moyen de nous faire peur. Je sais de quoi je parle. Je suis issu d'une race à viande, et pourtant George n'a pas essayé de m'abattre.

— George était différent, objecta Zora. Il rêvait de moutons laineux, aussi laineux que des moutons écossais.

Mopple ne s'avoua pas vaincu.

— « Race à viande » a un sens totalement différent. Cela veut dire…

La tête penchée sur le côté, il passait ses souvenirs en revue. Mais il ne lui vint aucune idée.

— … tout à fait autre chose…, bredouilla-t-il avec obstination.

Il n'en fallut pas plus pour convaincre les autres que Zora avait raison. Si Mopple la Baleine lui-même, malgré sa mémoire grandiose, ne trouvait pas d'autre explication, l'histoire de Zora devait être juste.

Ils furent pris de panique. Maude hurla : « Loup, loup ! » et s'enfuit en zigzag à travers la prairie. Lane et Cordelia enfouirent chacune la tête dans la laine de l'autre. Les brebis bêlèrent nerveusement pour rappeler leurs agneaux.

— Dire que maintenant on lui appartient ! gémit Ramsès. C'est foutu.

— Il va nous tuer, murmura Cloud. Il est comme le boucher. Partons !

— On ne peut pas partir ! protesta Sara. Nous sommes ici chez nous. Où veux-tu qu'on aille ?

Le regard de Mopple, outré, passait de l'un à l'autre :

— Quoi ? Vous croyez vraiment ? Vous croyez ? Moi aussi ?

— Toi plus qu'un autre ! lança Zora pour se venger.

Même Miss Maple ne voyait aucune issue. Elle guettait avec angoisse la roulotte pour voir si Gabriel aiguisait déjà ses couteaux.

— Les béliers doivent savoir, murmura-t-elle.

Les moutons s'en allèrent chercher leurs vieux mâles pleins d'expérience. Ils les trouvèrent non loin de là en train de jouer à saute-mouton avec deux agneaux de lait. Othello se tenait à l'écart, toujours soucieux d'éviter Melmoth, mais quand il remarqua le trouble, il trottina vers son troupeau.

— Le loup ! criait Maude.

— Le bélier étranger ! soupirait Cordelia.

— Il va tous nous tuer, gémissait Mopple d'un ton résigné. Et moi le premier !

Il fallut un moment à Othello pour comprendre la situation. Et alors, même lui fut pris de peur. Il connaissait certes le monde et le zoo, mais il ne connaissait pas de races à viande.

— Il faut le dire à Melmoth, résolut-il. Lui, il saura.

Ils tournèrent les yeux vers Melmoth qui venait de se battre en duel avec son frère et l'avait laissé gagner pour rire. Il se roulait maintenant dans l'herbe, comme un jeune chien.

— Tu es sûr ? demanda Cloud.

Le cœur battant et l'estomac embarrassé, Othello gravit la colline. C'était l'heure de vérité. D'un côté, il était soulagé, car depuis des jours, il cherchait un prétexte pour aborder Melmoth. De l'autre, l'idée d'affronter le grand bélier gris après tant d'années le mettait mal à l'aise. Le vieux le connaissait mieux que son ombre. Il avait assisté à toutes les erreurs et toutes les bêtises de sa jeunesse – et les avait condamnées sans aucune indulgence. En même temps, cette gêne agaçait Othello. En fin de compte, ce n'était pas *lui* qui s'était échappé en catimini de la remorque du clown cruel avec pour seul adieu un dicton imbécile.

« Parfois, il vaut mieux être seul », repensa Othello avec rage.

Non, il ne valait pas mieux. Il avait affreusement souffert d'être seul – seul mouton au milieu de quatre chiens, de deux furets et d'une oie blanche. Les moutons n'étaient pas faits pour être seuls. La tristesse se diffusa entre ses cornes. Il éprouva une sorte de pitié pour Melmoth qui n'avait jamais connu que la solitude et qui, au plus profond de son cœur, avait toujours été seul, quel que soit son troupeau. Pour Melmoth qui – même si cela paraissait difficilement concevable – avait aujourd'hui vieilli.

Othello n'avait encore jamais vu un mouton porter son âge avec tant de dignité. Pourtant, il était incontestable que l'attraction terrestre lui avait allongé la barbe. Il se demanda quelle serait l'issue d'un duel entre eux deux et en fut effrayé. Auparavant, cette pensée ne l'aurait même pas effleuré.

Quand ils s'étaient rencontrés, Melmoth semblait ignorer le poids de pierre de l'existence. Ses sabots touchaient à peine le sol. Chacun de ses mouvements offrait l'image d'une force parfaitement maîtrisée. Et lui, à côté, avec ses quatre petites cornes ridicules et la confusion de ses sentiments ? Combattre ? *Lui*, un mouton, contre des *chiens* ?

— Je ne sais pas me battre, avait-il protesté de sa voix de jeune bélier.

— Non, avait confirmé Melmoth, mais peu importe. Combattre n'est pas une question de savoir, mais de vouloir.

Une question de volonté, comme tout le reste dans la vie d'un mouton. De l'admiration fusa des cornes d'Othello. De l'admiration pour la volonté et la sagesse qui avaient porté si longtemps Melmoth à travers la solitude. Et puis à nouveau – comment aurait-il pu en être autrement ? –, il fut gêné de ses éternelles difficultés de compréhension.

Othello s'arrêta brusquement.

À ses sabots, Melmoth gisait dans l'herbe, faisant toujours semblant d'avoir été lamentablement battu. Ses yeux de lutin aux reflets ambrés lançaient des étincelles qui l'atteignaient comme après un incommensurable voyage.

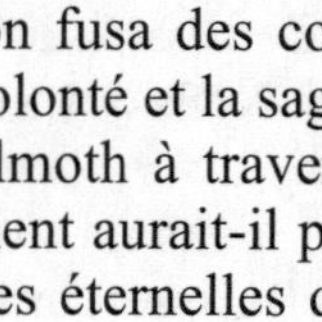

— Faiseur d'ombre ! lança Melmoth. Mieux vaut en avoir une que de vivre dans celle d'un autre. Mais par une journée aussi torride, je ne t'en veux pas de m'en faire.

Melmoth tourna la tête vers Ritchfield qui se tenait à quelques pas d'eux et n'en était toujours pas revenu d'avoir remporté le duel.

— Je vous propose un autre jeu, continua Melmoth. Qui-a-peur-du-grand-mouton-noir ?

D'un saut gracieux, il se remit sur ses pattes et se tourna vers Othello :

— Qui a peur du grand mouton noir ?

Son regard était grave. Difficile de croire que ses yeux avaient pu être espiègles quelques battements de cœur plus tôt.

— Moi, je dirais : une foule de chiens, plus quelques moutons intelligents, et bien sûr l'homme noir. Mais pas moi !

Il le dévisageait avec insistance.

— Et le grand mouton noir ? De quoi a-t-il peur ?

Ce furent leurs retrouvailles. Othello fut envahi d'une confusion qu'il connaissait bien. Il expliqua ce que Zora avait appris au sujet de Gabriel.

— Nous devons fuir, termina-t-il. Si tu nous guides, nous y arriverons.

— Tous ? Un si grand nombre ?

Telle une corneille, les yeux de Melmoth survolèrent les moutons qui fixaient la colline à distance respectueuse.

— Parfois, il vaut mieux être seul.

— Ils ne s'en iront pas tout seuls, objecta Othello. Aucun d'eux.

— Eh bien, ils n'ont qu'à rester, répliqua Melmoth.

— Mais…

— De toute façon, il vaut mieux. Fuir ? Fuir l'homme aux yeux bleus ? Le faucheur ? Inutile.

Il regarda à nouveau les moutons.

— Ils doivent seulement apprendre un peu. Apprendre à apprendre. Apprendre à faire danser l'homme aux yeux bleus… et lui apprendre à avoir peur.

16

Mopple inquiète quelqu'un

Peu après, Othello avait rassemblé les siens sur la colline. Ils voyaient pour la première fois le bélier noir faire preuve d'autant de zèle, et pourtant, ils restaient sceptiques. S'habituer à l'odeur étrange de Melmoth, admirer ses aventures et son courage, c'était une chose ; mais de là à lui obéir ! Car enfin, il parlait presque comme une chèvre, et même un agneau de lait sait que les chèvres sont folles.

Melmoth s'était posté au sommet pour que tous le voient. Une brise chaude agitait sa toison hirsute, sa laine formait des flammes grises et tremblantes, ses cornes brillaient dans le soleil.

— Qui est votre pire ennemi ? demanda-t-il.

— Le boucher !

— Gabriel !

— Le grand chasseur !

— Le loup !

Ils bêlaient dans toutes les directions. Il y avait eu tant d'ennemis, ces derniers jours, qu'on ne savait plus lequel désigner.

— L'abîme, répondit Zora avec philosophie.

— Faux ! décréta Melmoth. Votre pire ennemi,

c'est vous-mêmes. Parce que vous êtes fainéants et patauds, lâches et peureux, irréfléchis et niais.

Cela ne faisait plus aucun doute : il était fou. Ils perdaient leur temps, alors que Gabriel affûtait ses couteaux. Néanmoins, aucun d'eux n'osait lui tourner le dos.

Lui les observait avec acuité.

— Ne pas croire, reprit-il, il faut commencer par là. Vous ne devriez pas croire que vous ne comprenez pas. Mon ami Othello, le noir aux quatre cornes, le bélier aux yeux farouches, va vous aider à comprendre.

Rempli de fierté, Othello s'approcha et, sur un signe de Melmoth, se mit à paître. Les autres le regardèrent avec impatience parce que eux-mêmes n'avaient pas le droit de le faire.

— Vous voyez ici un mouton qui broute, commenta Melmoth au bout d'un moment. Perdu dans ses pensées car chassant la verdure, rêveur quoique isolé sur la prairie. Et maintenant (nouveau signe), voici un mouton qui broute attentivement, les muscles bandés comme un chat prêt à bondir, épiant de tous ses sens ce qui se passe sur l'herbe, les antennes tendues dans toutes les directions, jusqu'au ciel.

Othello broutait avec ferveur. Les autres étaient de plus en plus envieux.

— Quelle est la différence ? demanda Melmoth.

Ils réfléchirent.

— Les oreilles, répondit Zora. Il remue plus souvent les oreilles.

— Il baisse plus bas ses cornes, observa Lane.

— Il tourne moins la queue, dit Heidi.

— L'odeur, bêla Maud à tout hasard, sachant qu'elle avait peu de chances de se tromper en parlant d'odeurs.

— Faux ! déclara Melmoth. Complètement faux !

— Les naseaux ? suggéra Sara. Il a ouvert ses naseaux ?

— Faux !

— La nourriture ! s'exclama Mopple. Il mange d'autres trucs. Plus de trèfle et moins d'herbe d'avoine.

— Faux !

— Il n'y a pas de différence, conclut Miss Maple.

— F… Exact ! se corrigea Melmoth, le regard étincelant. Quelle conclusion en tirer ? Que l'attention voit, mais qu'elle ne se voit pas. Il n'y a que vous qui puissiez vous rendre attentifs. En y renonçant, vous êtes votre pire ennemi. Car il y a quand même une différence : attentif, Othello survit.

— Mais Gabriel…, commença Sara avec prudence.

Melmoth l'interrompit.

— L'attention vous aidera à flairer les pensées glabres des bipèdes. Ils imitent les bruits, trafiquent les odeurs, mais sont impuissants quand on est attentif.

Il étudia leurs faces de mouton pour voir s'il était compris. Seulement, à l'époque où George leur expliquait le sens des mots, ils s'étaient beaucoup entraînés à faire semblant de comprendre. Melmoth se rendit compte qu'il ne serait pas facile de les coincer.

Alors que la plupart d'entre eux avaient déjà perdu tout espoir, ils passèrent enfin aux travaux pratiques. À vrai dire, cela débuta de manière beaucoup moins passionnante qu'ils ne se l'étaient imaginé. Le premier exercice consistait à fixer une grosse pierre ronde avec toute l'attention dont ils seraient capables.

— Mais des pierres, ce n'est pas dangereux ! se rebella Heidi.

— Ne crois pas cela ! la rabroua Melmoth. Une pierre qui te tombe sur la tête peut te tuer.

Il ricana comme s'il s'agissait d'une bonne blague. D'un bond angoissé, Heidi s'écarta de la pierre.

— Le problème, continua-t-il, vient justement de ce que nous tenons la pierre pour inoffensive. Le moindre agneau fait attention dès qu'il a compris qu'il risque sa peau.

Les moutons fixèrent la pierre en redoublant d'attention. Si elle n'avait pas été ce qu'elle était, elle en aurait fondu de honte comme neige au soleil. Même l'énorme orage qui éclata ne put les détourner de leur observation. Humide, la pierre brillait dans la lumière des éclairs. Le tonnerre grondait, et les moutons gouttaient. Heidi fut la première à perdre patience.

— Je n'ai plus envie de faire attention, protesta-t-elle. J'ai envie d'apprendre à garder des moutons, comme toi. Je veux apprendre à être dangereuse.

— Tant que tu ne sauras pas te garder toi-même, tu ne pourras garder personne, expliqua Melmoth. Et tu es déjà dangereuse – pour toi. Dès que tu auras appris à ne plus être un danger pour toi-même, tu le deviendras pour les autres. C'est aussi simple que cela.

Cet après-midi-là, tous n'acquirent pas « l'art nasal et infini de l'attention », pour reprendre les termes de Melmoth, mais tous apprirent au moins quelque chose : Maude qu'on pouvait dormir en plein jour les yeux ouverts, Mopple qu'on pouvait passer une demi-journée sans manger, Sara qu'on pouvait chasser les mouches en faisant vibrer ses muscles sans remuer les oreilles, et Heidi qu'on pouvait se taire. Pour un début, Melmoth était plutôt content d'eux.

Plus tard, dans l'air purifié et odorant de l'après-orage, il commença à leur confier de petites tâches. Ils devaient, par exemple, se promener au bord de la falaise et faire attention à chacun de leurs pas. Pendant

cet exercice, il les observait depuis le promontoire de Zora, qui en fut très impressionnée. Mopple avait l'air plus songeur que d'habitude.

Plus tard encore, Melmoth les envoya dérober le chapeau trempé que Gabriel avait oublié sur les marches de la roulotte au moment où il s'était réfugié dans la bergerie pour échapper à la pluie torrentielle.

Les moutons apprenaient plus vite qu'ils ne comprenaient. Ils remarquèrent qu'ils n'avaient plus le temps d'avoir peur quand ils observaient vraiment leur environnement avec l'attention requise par Melmoth. Bien sûr, ils n'y arrivaient pas chaque fois. Lors d'une simulation d'attaque, Mopple se concentra tellement sur l'attention qu'il en oublia de reculer et fut renversé par Melmoth. Alors qu'elle broutait, Heidi avala de travers parce qu'elle avait dégluti au mauvais moment.

Enfin, vers le soir, Melmoth leur apprit quelque chose de très inovin. Il leur apprit à ne plus se laisser garder.

— Impossible ! bêla Lane. On n'y peut rien, c'est en nous.

— C'est en vous parce que vous vous laissez faire, répliqua-t-il. Les hommes ne peuvent vous garder que parce que vous ne le pouvez pas vous-mêmes. Oubliez le troupeau. Oubliez les chiens. Gardez-vous vous-mêmes !

Les moutons s'entraînèrent jusqu'à la tombée de la nuit. Melmoth jouait le rôle du chien de berger et galopait autour d'eux en bêlant et en multipliant les attaques, les feintes, les replis. Les autres ne devaient pas bouger. Très vite, ils furent tous épuisés, les uns à force de céder à leur envie de fuir, les autres à force d'y résister.

— C'est bientôt fini ? demanda Maude.

— Fini quoi ? Qu'est-ce que tu veux dire ? l'interrogea Melmoth en lui jetant un coup d'œil innocent.

— Fini d'apprendre ! dit Sara.

— Non !

— Et quand est-ce que ce sera fini ? se plaignit Mopple.

Ses tendons lui faisaient mal, son dos était raide et, bizarrement, il n'avait pas faim. Melmoth l'insulta :

— Espèce de gros bélier ! Regarde Melmoth, qui parcourt le monde à la recherche de l'attention et crois-le quand il dit qu'il n'y a pas eu un jour dans sa vie où il n'ait pas appris quelque chose – et pas une nuit.

Mopple soupira. Désormais, ils ne pourraient même plus se reposer la nuit ! Il s'apprêtait déjà au pire. Mais Melmoth n'avait pas terminé.

— D'un autre côté, on peut aussi apprendre en broutant. En ruminant. Et même en dormant. Si vous voulez mon avis, apprenez maintenant un peu en broutant.

Les autres s'accordèrent rapidement à dire qu'on apprenait à merveille en broutant à la tombée de la nuit. Ensuite, ils se rendirent dans la bergerie pour continuer d'apprendre tout en dormant. Cependant, quoique très fatigués, ils eurent du mal à trouver le sommeil.

Au-dehors, une légère bruine faisait frémir les feuilles des haies. Dans la bergerie, il régnait un silence inquiétant. Épuisés, ils se tenaient debout et pensaient à des béliers étrangers et des moutons errants, des pierres et des chapeaux de berger, des races à viande et des clôtures en fil de fer. Ils mélangeaient tout. Ils n'osaient même pas s'allonger pour dormir. Une chouette poussa un cri et cela suffit à les inquiéter.

Ensuite, quelque chose craqua près de la porte. Les bêtes se blottirent dans un coin, mais c'était seulement Melmoth qui surgit à l'entrée de la bergerie comme une ombre noire.

— Vous n'apprenez pas, vous ne dormez pas. Qu'est-ce que vous avez ?

— Peur, avoua Maude.

— Peur ! répétèrent les autres en chœur.

— Peur ? dit Melmoth. La peur n'est pas ici, à l'intérieur ! Elle est dehors, non ?

Il avait raison. Gabriel, le boucher et tous les carnivores du monde se trouvaient à l'extérieur.

— Chassez-la, poursuivit Melmoth. C'est une question d'entraînement. Vous allez voir à quoi sert l'attention.

Il leur confia de nouvelles tâches. Sara, Cloud et Maude devaient se placer dans l'ombre ténébreuse de l'arbre aux corneilles pour écouter les pensées nocturnes des oiseaux. Ramsès, Lane et Cordelia devaient se rendre au bord du trou situé sous le pin pour écouter les menaces que la mer proférait en fouettant les falaises. Zora devait fixer le ciel et imaginer qu'elle ne regardait pas vers le haut, mais vers le bas, dans un abîme sans fond. Heidi devait rester seule dans la bergerie pour épier le silence dans les moindres recoins. Et Othello, Miss Maple et Mopple devaient se rendre au village pour y observer le boucher jusqu'à ne plus avoir peur de lui.

Il bruinait toujours. Des perles de pluie coulaient le long de la vitre. Chacune d'entre elles contenait une étincelle tremblante captée dans la pièce, de l'autre côté. À travers les gouttes, les trois moutons épiaient ce qui se passait. Ils voyaient Dieu et le boucher, assis l'un en face de l'autre à une table sur laquelle était posés une bouteille marron et deux verres remplis de liquide doré.

Ham soutenait son menton de ses grandes paluches de boucher et fixait Dieu qui plongeait son nez par petits coups dans le verre rempli de liquide.

— Vanité, déclara-t-il, tout n'est que vanité *féminine*. Elles se teignent les cheveux, mettent des robes moulantes, et il faudrait qu'on ne les regarde pas. Ce n'est pas juste.

— Kate ne se teint pas les cheveux ! protesta Ham. C'est sa couleur naturelle, une si belle couleur.

— Ce n'est pas juste, répéta Dieu. Et je me sens si mal en voyant ça. Une torture. Tu ne peux pas savoir comme je me sens *mal*.

— Attends deux minutes ! répliqua le boucher. T'imagines comment il faut que je me sente, *moi*, pour boire un coup avec toi ?

Compréhensif, Dieu hocha la tête et dit :

— Parce que tu crois que je t'aime, peut-être ? Voilà des années que tu me pourris la vie, et tout ça, juste pour ce…

Il remua la tête avec tristesse.

— Mais il faut bien que je le raconte à quelqu'un, se justifia le boucher. Sinon je vais devenir fou.

Sa voix était curieusement pâteuse et lente. Peut-être à cause de la vitre ?

— Si George vivait encore, c'est lui que je serais allé voir. Lui, il savait la boucler. Il faut le reconnaître, même si ça ne lui a pas servi à grand-chose, au bout du compte, à ce pauvre malheureux. Et toi *aussi*, tu vas la boucler, que tu le veuilles ou non.

Long-Nez fit un sourire anxieux.

— Ma chair est faible. Sais-tu ce que c'est que de

parler aux autres du Ciel jour après jour, quand on sait pertinemment qu'on est déjà attendu là-bas, en enfer ? Ils viennent me voir… *en personne* !

— Parce que tu crois que je suis tombé tout seul de la falaise ? Hein ? Comme ça ? Le vieux Ham tient plus sur ses quilles ?

Il jeta un regard courroucé à Dieu, qui semblait s'être attendu à une autre réaction. Pendant un moment, il dévisagea le boucher. Puis il hocha plusieurs fois la tête, ostensiblement. On aurait dit un énorme dindon.

— Sortis tout droit de l'enfer ! Ils sont effroyables. Pleurs et grincements de dents pour l'éternité, tout ça à cause de cette maudite chair !

Miss Maple et Mopple se regardèrent. Apparemment, Dieu avait compris en quoi consistait le métier de boucher. Bien sûr, le boucher, lui, ne se laissait pas impressionner par si peu.

— Ce ne sont quand même que des moutons ! continua-t-il. Je n'aurais jamais tué un cheval. Ni un âne. Parce qu'un âne a une croix sur le dos. Dans le pelage. C'est un âne qui a porté le Seigneur le dimanche des Rameaux. *Ça*, c'est un signe. Mais des moutons ? Ils sont faits pour ça, on les engraisse dans ce but-là. On n'a pas à avoir mauvaise conscience, que je pensais. Une mort bien propre, et hop, parti pour l'étal. Tout simplement. Et puis, et puis…

Ses doigts boudinés tapotaient sur la table sur un rythme effréné. Dieu se taisait. Une gouttelette claire pendait au bout de son nez, tremblant comme de la rosée dans le vent. Les doigts de Ham cessèrent de tambouriner. Pendant un moment, le silence régna dans la pièce, de sorte que les moutons pouvaient entendre la pluie contre le rebord de la fenêtre, douce et nerveuse comme des pieds de souris. Puis Ham saisit la bouteille et se servit à ras bord. Le liquide glouglouta. Ham secoua la tête.

— George n'était pas comme les autres, dit-il. Il leur donnait des noms, de drôles de noms. Il leur parlait. Alors qu'il ne s'entendait avec personne ! Une fois, il est venu me voir et il m'a dit : « Melmoth est parti. Depuis trois jours. Faut agir. On prend tes chiens et on va le chercher. » D'abord, j'ai cru qu'il s'agissait d'un enfant.

Le boucher riait de bon cœur.

— C'est fou, non ? Mais il était réglo, George. Plus réglo que tous les autres réunis.

— George ?

Long-Nez avait jalousement attrapé la bouteille et fixait le boucher.

— Tu dis n'importe quoi. On ne saura jamais au juste ce qu'il faisait dans sa roulotte, mais je peux te dire une chose : il ne s'occupait pas que de ses moutons ! Réglo ! Laisse-moi rire !

Dieu leva les yeux au ciel, but une bonne gorgée de liquide doré et toussa. Des larmes jaillirent entre ses paupières.

— George, il m'a toujours causé des soucis. Il respectait rien. Il avait pas peur de Dieu. C'est lui qui me les a envoyés. Pour se venger. Il aurait mieux fait de les envoyer chez d'autres ! Ils sont tous bien plus mouillés que moi. Moi, je l'ai juste bouclée, mais bien sûr c'est contre moi qu'il en avait. Tu sais quand est-ce que j'ai vu le premier ? À l'enterrement ! Les gens n'ont pas traîné. Ils avaient mieux à faire que de porter George en terre – même que je me suis pressé de… Enfin, peu importe. J'ai jeté un coup d'œil dans un de ces magazines, comme ça, vite fait, et alors, j'ai entendu un bruit. J'ai levé les yeux et j'ai aperçu un crâne qui me regardait en ricanant juste au-dessus de la pierre tombale de George. Il était haut comme un homme, mais avec une tête… une tête…

Sa voix fluctuante disparut dans le verre et ressortit peu après sous forme de murmure rauque.

— Un bélier me regardait droit dans les yeux ! Un bélier noir ! À quatre cornes !

Ham approuvait énergiquement.

— Et moi, un bélier blanc ! cria-t-il. Il m'a attaqué et poussé du haut des falaises. Énorme qu'il était ! Fort comme un verrat ! Et sauvage ! C'est normal, ça ? Je pensais qu'on avait le droit de tuer des moutons. Et puis, voilà ! D'un blanc resplendissant. Il brillait dans le brouillard. Je vais te dire : il était pas normal, ce mouton. Seulement, pourquoi ? Depuis, je le revois sans cesse devant moi et je me demande : pourquoi ?

Le boucher but une bonne gorgée. Dieu se moucha bruyamment.

— Ça, j'aurais supporté, murmura-t-il. J'ai brûlé le magazine et j'ai prié. Mais alors… Dès le lendemain. La fille de l'agence de tourisme est venue chez moi. On en a enfin trouvé une, je l'accueille. Bon, je reconnais que je l'ai regardée – ça devait déjà être trop concupiscent, pour eux. En tout cas, un démon apparaît à la fenêtre. À nouveau un bélier. Pas un noir, cette fois, mais un gris, avec des cornes immenses et des ailes noires ! Aussi grand qu'un homme debout. Bien sûr, j'ai aussitôt mis la femme à la porte. Je l'ai envoyée voir Beth. Je te jure, je pourrai plus jamais voir un mouton sans que ça me fasse froid dans le dos.

Le boucher avala le reste de liquide doré et considéra Dieu avec compassion.

— Moi non plus, avoua-t-il. J'ai réfléchi, réfléchi… Ils m'ont dit que j'ai juste passé *une* nuit à l'hôpital, mais pour moi, ça a duré des semaines. J'ai réfléchi tout le temps. J'avoue, Kate, j'ai jamais pu l'oublier, même si elle a épousé George. À cause d'elle, j'ai acheté la caméra de vidéosurveillance. Pour pouvoir la regarder le soir en train d'acheter ses escalopes de dinde.

D'un air rêveur, le boucher fixait le vide derrière Dieu.

— Je sais bien, tu ne céderas pas à la tentation… Mais je ne l'aurais jamais touchée, tu peux me croire. Qu'est-ce que j'ai fait d'autre ? Je n'ai même pas participé à cette cochonnerie contre McCarthy, alors qu'il m'aurait nui plus qu'à n'importe qui. La seule chose que je vois, c'est l'abattage. Pourtant, il faut bien que quelqu'un le fasse !

Il claqua son verre sur la table.

— Tout se paie, marmonnait de son côté Long-Nez. La moindre pensée coupable, la moindre. Ils me poursuivent jusque dans l'église. Ça, ça m'a achevé. Tu te rends compte, dans la maison du Seigneur ! J'étais dans le confessionnal… Je voulais parler d'un truc avec Gabriel. Il est arrivé, on a parlé. Et alors… Une horreur, Ham, je te jure, une horreur. Tout à coup, une puanteur infernale a envahi le confessionnal. Sa voix s'est changée en un abominable bêlement. J'ai ouvert le rideau, et qu'est-ce que j'ai vu ? Au lieu de Gabriel ? Le bélier noir qui travaillait des mâchoires. Avec *sept* cornes, comme dans l'Apocalypse !

Il sanglotait.

Ham colla l'une contre l'autre l'extrémité de ses doigts qui formèrent alors une voûte de grosses nervures roses, et parla sur un ton très objectif :

— Ou bien il est mal de les abattre, et je suis coupable. Dans ce cas, je l'ai mérité.

Il tapa de la main sur le fauteuil à roulettes.

— Ou bien il est normal de les abattre, et dans ce cas je ne l'ai pas mérité. Or il est écrit nulle part que c'est mal. Dans toute la Bible, il n'y a pas un mot là-dessus. Et dans la Bible, ils abattent aussi des animaux.

— Vengeance, susurra Long-Nez en frissonnant. La Vengeance m'appartient, a dit le Seigneur. *Voilà* ce que j'aurais dû leur faire comprendre, à l'époque de McCarthy. Tel aurait été mon devoir. Mais il est trop tard. Maintenant, la vengeance viendra d'en bas.

De la main, il esquissa un geste apeuré vers le sol.

— Il n'y a que deux solutions, conclut Ham. Ou bien je deviens végétarien comme Beth. Ou bien je leur montre qu'on se moque pas de moi. Un bélier blanc. Ouais, ouais. On se dit : un animal stupide, rien que de l'instinct, et tout ça. Moi aussi, je pense ça, par moments. Mais dans ces cas-là je ne suis moi-même qu'un stupide animal. Tout ce qu'on voit, de toute façon, c'est seulement... dans un sens, c'est seulement... quelque chose comme des masques, tu comprends ? Ça cache forcément quelque chose. Je ne sais pas quoi, mais je sais que j'ai vu un bélier blanc. Je vais me le faire. Il va me le payer !

Ham posa les mains sur la table comme pour se lever. Mais il se redressa juste un peu dans son drôle de fauteuil et se laissa retomber en soupirant.

Soudain, Miss Maple sentit un mouvement près d'elle, puis entendit un bruit de gravier. Mopple la Baleine avait quitté la vitre et lorgnait la barrière du jardin. La brebis lui jeta un regard lourd de reproches.

— Melmoth a dit de rester jusqu'à ce que nous n'ayons plus peur, se défendit-il en essayant de prendre une mine détendue.

— Mais peut-être qu'ils vont encore parler de

George. Peut-être qu'on va en apprendre plus sur le meurtre. Tu es le mouton mémoire !

À ce moment-là, un craquement retentit dans la maison du boucher, un bruit dur et froid suivi d'un écho effrayant. Mopple tressaillit.

— Là, tu vois ! dit Miss Maple pour l'encourager. Il s'est passé quelque chose. Allez reviens, il faut que tu enregistres.

Dans l'obscurité, la barrière du jardin évoquait une mâchoire hérissée de dents pointues. Le vent lui arrachait un grincement hostile. Tout à coup, l'idée de prendre ce chemin solitaire et nocturne rebuta Mopple. Il reprit sa place entre ses deux compagnons et observa bravement ce qui se passait de l'autre côté de la vitre.

La bouteille s'était renversée, et le liquide s'en échappait en glougloutant. Long-Nez tenait fermement son verre à la main. Ham regardait, fasciné, la mare sombre comme du sang qui se répandait sur la table.

— C'est pas de ta petite âme de merde qu'on parle, dit-il tout bas.

Cette phrase était plus effrayante que tout ce qu'ils avaient jamais entendu dans sa bouche jusque-là.

— Péché ou pas péché, fais pénitence, et Dieu te pardonnera. Tu ne crois donc rien de ce que tu racontes le dimanche ? Moi, je m'en fiche, de ta chasteté à la con. Le seul vrai scandale, c'est que t'en avais plus rien à foutre d'Alice après coup. Et ça, je vais te le faire payer aussi longtemps que je peux.

Les moutons constatèrent que la rage du boucher tira Dieu de son verre. Il se redressa :

— C'est *elle* qui m'a quitté, déclara-t-il d'une voix calme et triste. Et pas l'inverse. J'aurais tout fait pour elle. Tout ! Aujourd'hui encore, c'est elle que je vois quand je regarde une femme. C'est bien ça, le malheur. Quelle… sorcière.

Le boucher serra les poings. On entendit un craquement menaçant. Mopple agita nerveusement les oreilles.

— Sorcière ? Ma sœur voulait juste un peu d'honnêteté.

Face à la colère froide du boucher, Dieu replongea le nez dans son verre.

— T'as pas idée de ce que je fais pour toi, se plaignit-il. Tu crois qu'ils ont jamais eu envie de te flinguer ? C'est qui, la bonne âme qui les en a dissuadés ? Moi ! Et quand, en plus, l'un de ces artistes s'est dit que ce serait pratique qu'on retrouve ta chaîne sur les lieux du crime… La chaîne en or de Kate…

Dieu ricana.

— Dieu merci, il a confessé. Bien sûr, je suis tout de suite parti la ramasser.

— Josh…, laissa tomber Ham d'un ton presque las.

Surpris, Dieu fronça les sourcils :

— T'es au courant ?

— Je sais juste que je l'avais encore quand Tom m'a dit de venir au pub et que je ne l'avais plus en revenant de la pâture où était le corps de George. Quelqu'un voulait forcément me coller ça sur le dos. Qui d'autre que Josh, cette espèce de rat ? Je sais même pas ce qu'il a contre moi.

Le boucher remuait la tête d'un air pensif.

— T'aurais pas dû lui casser la figure comme tu l'as fait après le mariage de George, expliqua Dieu.

— Et alors ? hurla-t-il. Tu l'as trouvée, ma chaîne ?

— Non, avoua l'autre. Mais je l'ai cherchée !

— Parce que tu sais que tout va sortir si jamais il m'arrive malheur, répliqua Ham avec mépris.

— Eh bien, fais-le, lança Long-Nez qui essaya à nouveau de jouer le brave. Vas-y, affiche mes lettres d'amour sur la porte de l'église ! Peut-être que ces conneries intéresseront encore quelqu'un, après tant d'années.

— Oh ! tu peux me croire, dit Ham d'un ton féroce, elles les intéressent.

Dieu trempa nerveusement les lèvres dans le liquide.

— Je ne t'envie pas, murmura le boucher au bout d'un moment. Toutes les confessions que tu dois écouter semaine après semaine. Qu'est-ce qu'ils doivent te raconter ! Avec une bêche !… Qui peut avoir des idées pareilles…

Il secouait la tête. Dieu se pencha tellement sur la table qu'on aurait dit qu'il allait s'étaler de tout son long. Il fixa Ham. Alors que le boucher était lentement retombé au fond de son fauteuil roulant, Long-Nez paraissait à présent très guilleret.

— Personne ne m'a rien dit, expliqua-t-il. *Personne*. Pas un mot. Même pas au confessionnal. À propos de McCarthy, oui. Je ne peux plus en entendre parler. Mais sur George – pas un mot. Ils y ont bien songé, oui. Mais pas un qui avoue être passé à l'acte.

Ham haussa les épaules pour montrer qu'il n'était pas surpris. Mais à chacune de ses paroles, Dieu s'excitait un peu plus :

— Quand j'entends ce silence, ça me fait froid dans le dos, Ham. Pas même devant Dieu… Je préférerais qu'ils se confessent. C'est pas leur genre, de se taire, tu sais. Jusque-là, ils adoraient venir se purger la conscience chez moi. Peut-être que… Je veux dire : pour faire ça avec une bêche, il faut quand même être malade !

Ses yeux semblaient guetter une réaction.

— Dis-moi, demanda-t-il. Pourquoi est-ce que, *toi*, tu es retourné sur les lieux du crime le jour de l'enterrement ?

Le boucher fit une grimace. Apparemment, il n'aimait guère se rappeler son excursion dans le brouillard. Il jeta un regard vitreux par la fenêtre, droit dans les yeux marron de Mopple.

— Parce que je voulais récupérer ma chaîne, marmonna-t-il. J'ai pas eu besoin de confessionnal pour avoir la même idée que toi. Cet imbécile de Josh ! En ne voyant pas débarquer la police, je me suis dit que ma chaîne était encore…

Soudain, il fixa un point et se tut. Dieu riait.

— Josh aussi a dû la chercher. À cause des remords et du reste… Lui non plus, il n'a rien trouvé. On dirait qu'on a jeté un sort, et je crois…

Dieu se tut en voyant l'effroi se peindre sur le visage du boucher. Il suivit son regard, fixa la fenêtre, blêmit et posa la main gauche contre sa poitrine.

— C'est lui ! hurla Ham. Ce coup-ci, je vais me le faire !

D'un mouvement agile, le boucher fit tourner son fauteuil roulant et s'élança vers la porte. Ébahi, Dieu contemplait toujours le rectangle noir où il avait aperçu pendant un court instant trois têtes de mouton dans une lueur rougeâtre.

Mopple, Miss Maple et Othello rentrèrent au bercail sous la pluie. Ils pouvaient être contents. Ils n'avaient pas tout à fait vaincu la peur, mais ils l'avaient refilée à Dieu et au boucher.

Othello marchait devant. Ses quatre cornes avaient impressionné Dieu. Rien que pour cela, leur expédition valait la peine.

Mopple suivait, la tête haute dans l'obscurité. Melmoth avait raison ! Avec un peu d'attention et un regard audacieux, on pouvait sacrément faire peur aux humains. Absorbé par les capacités qu'il venait de découvrir en lui, il avait accéléré le pas et trottinait maintenant épaule contre épaule à côté d'Othello. Intimidé, il s'apprêtait à lui laisser de nouveau la priorité quand Othello se tourna vers lui.

— C'est toi qui as poussé le boucher du haut des falaises ? l'interrogea-t-il.

Mopple releva la tête. C'est vrai qu'il avait attaqué le boucher dans le brouillard… Fort comme un verrat ! Avec un peu d'attention, un mouton pouvait effectivement arriver à tout… Puis ses souvenirs revinrent. Car il était le mouton mémoire. Il avait tout retenu.

— Non, avoua-t-il. C'est lui qui m'a poursuivi dans le brouillard. Et il est tombé tout seul.

Mopple baissa la tête.

Othello poussa un soupir moqueur, mais son visage était gentil.

— Il faut quand même le faire, conclut-il.

Ils se retournèrent pour regarder Miss Maple, restée en arrière. De temps à autre, elle s'arrêtait et, perdue dans ses pensées, arrachait quelques feuilles aux haies qui bordaient le chemin. Les béliers l'attendirent patiemment.

17

Cordelia connaît des mots utiles

Il y avait très longtemps, à l'époque où Miss Maple n'avait pas encore vu d'hiver, George mangeait tous les matins du pain beurré nappé de sirop d'érable. Quand il faisait beau, il prenait son petit déjeuner dehors, en public, sous les regards envieux de ses moutons. Il installait une petite table branlante devant les marches de sa roulotte. Puis il faisait du café. Ensuite, il apportait l'assiette chargée de tartines. Le temps qu'il retourne activer la cafetière, le pain restait au soleil sans surveillance. Tous les moutons rêvaient de le manger, mais seule Miss Maple savait compter jusqu'à 50. Dès que George tapait sur le métal du plat de la main, c'était parti. De 1 à 15 : elle se faufilait vers la roulotte. De 15 à 25 : elle jetait par précaution un coup d'œil par la porte. De 25 à 45 : elle léchait délicatement le sirop qui recouvrait le pain, si délicatement qu'à la fin il n'y avait pas la moindre trace de langue de mouton. Il fallait aussi veiller à laisser une très fine couche de sirop marron pour éviter que George ne remarque quoi que ce soit. De 45 à 50 : elle rejoignait les autres en courant et se réfugiait dans le corps laineux de sa mère, qui était un peu honteuse. À 51 : George sortait de la roulotte, un bol de café brûlant à la main, et commençait son petit déjeuner.

Un jour, la cafetière cassa. À 35, George se tenait déjà dans l'encadrement de la porte, les bras croisés. Ce jour-là, il lui donna son nom : Miss Maple. Avant même son premier hiver. Les autres furent un peu jaloux et sa mère aussi fière que si elle avait elle-même dérobé le sirop. Quant à Miss Maple, elle se pavana jusqu'au coucher du soleil d'un air distingué parce qu'elle était le plus jeune agneau à jamais avoir été baptisé.

Depuis lors, l'ensemble du troupeau avait admis que Miss Maple devait être le mouton le plus intelligent de tout Glennkill – et peut-être du monde entier. Voilà pourquoi, malgré leur fatigue, ils accordèrent toute leur attention au compte rendu qu'elle leur fit de la conversation entre Dieu et le boucher à laquelle elle avait assisté en compagnie de Mopple et d'Othello. Une fois de plus, il était question de viande, et la peur du couteau qu'ils avaient refoulée avec peine se manifesta de nouveau. Pourtant, Miss Maple n'en resta pas là.

— Dieu a dit quelque chose d'important, déclara-t-elle. Il a dit que personne ne lui avait parlé de quoi que ce soit. Il trouve cela bizarre, et moi aussi. S'ils avaient agi en troupeau, ils se sentiraient forts et lui en parleraient. Comme pour McCarthy. Dieu ne les a pas trahis, à l'époque. Alors, pourquoi le ferait-il maintenant ? Il n'aimait pas George.

— Peut-être qu'ils ont oublié de le lui dire ? objecta Cloud.

Mopple la Baleine secoua la tête.

— Les hommes n'oublient pas si facilement ! Au printemps, George savait encore qui avait rongé l'écorce des arbres à l'automne précédent. Et McCarthy est mort depuis sept hivers déjà, presque une vie de mouton, mais ils s'en souviennent encore.

Le respect que lui inspirait la mémoire des hommes était manifeste.

— Cela ne tient pas à leur mémoire, renchérit Miss Maple. Je crois qu'il y a une autre raison à leur silence. Contrairement à ce qui s'est passé avec McCarthy, ils n'ont sans doute pas agi ensemble. Ils ne se comportent pas comme un troupeau qui a une faute sur la conscience. Si c'était le cas, ils seraient solidaires, ils se blottiraient dans un coin pour attendre de voir. Or ce n'est pas ce qu'ils font. Ils courent dans tous les sens, se soupçonnent mutuellement. Chacun veut apprendre un secret sur l'autre. Josh vient voir Gabriel. Eddie aussi. Gabriel, lui, observe Josh, Tom O'Malley et Harry qui se faufilent de nuit dans la pâture…

Les moutons bêlèrent de surprise. Ça, c'était une nouvelle ! Miss Maple les rabroua :

— On aurait dû y penser plus tôt. Il ne nous aurait pas trompés aussi longtemps. C'est Gabriel, le grand chasseur.

Gabriel, le grand chasseur ? Ils n'étaient pas vraiment surpris – ils le croyaient désormais capable de toutes les infamies –, mais comment Miss Maple avait-elle fait pour le démasquer ?

— Un détail aurait dû me frapper, expliqua-t-elle : le temps qu'a mis Maud à le flairer. Il est le seul à pouvoir dissimuler son odeur de la sorte, sous une couche de laine humide et de fumée. En outre…

Elle jeta un coup d'œil résolu à la ronde.

— En outre, il savait que les trois autres étaient venus dans la pâture, puisqu'il l'a dit à Josh. Il savait même qu'ils nous avaient rendus nerveux. Or comment aurait-il pu le savoir s'il n'avait pas été là ?

— Mais pourquoi chasse-il des hommes ? demanda Cloud.

— Peut-être veut-il leur viande ? suggéra Mopple. Les hommes non plus n'ont pas beaucoup de laine.

— Un mouton ne doit pas quitter son troupeau ! bêla Ritchfield.

Miss Maple approuva d'un signe de la tête.

— Je crois que Ritchfield a raison. Gabriel est en quelque sorte leur chef de troupeau. Il ne veut pas qu'ils courent dans toutes les directions. Ils doivent rester dans un coin et se taire – comme ses moutons. Or ils désobéissent. Lorsqu'il a remarqué que trois d'entre eux cherchaient à s'en aller, il les a poursuivis.

— Un mauvais chef de troupeau, commenta Heidi.

— En effet, l'approuva Miss Maple. Il ne sait pas les tenir. C'est pourquoi il vient surveiller la roulotte. Elle doit contenir une chose très précieuse. Quelque chose qui ne doit en aucun cas en sortir.

— La justice ! s'exclama Mopple.

Miss Maple pencha la tête sur le côté.

— Peut-être. La question est fondamentale. Qu'est-ce qu'ils ont tous, avec cette roulotte ? Eddie, Gabriel, Josh, Tom, Harry ? Que cherchent-ils ?

— De l'herbe ! s'écria Zora. Tom a dit qu'ils cherchent de l'herbe.

Cette explication leur parut presque un peu trop raisonnable. D'ordinaire, les hommes ne poursuivent pas des objectifs aussi clairs. Mopple fit une moue sceptique.

— Il y a de l'herbe partout, ici ! La prairie en est pleine, du moins là où les autres (il adressa un regard méchant aux moutons de Gabriel) ne l'ont pas encore boulottée. Pourquoi les hommes iraient-ils chercher de l'herbe dans la roulotte, alors qu'ils n'ont qu'à se baisser pour en trouver ?

Il n'avait pas tort. Même aux hommes, on ne pouvait refuser un minimum de bon sens. Mis en appétit par le sujet, certains moutons se baissèrent pour chercher quelques fétus goûteux sur le sol de la bergerie.

— Je ne crois pas qu'ils veuillent tous de l'herbe, conclut Miss Maple quand sa tête eut refait surface, un long brin de paille entre les dents. Même si je ne vois pas ce que cela pourrait être d'autre. À mon sens, Gabriel tient surtout à ce qu'on ne découvre *rien*, même pas de l'herbe.

Mopple fixait son fétu de paille avec envie.

— Oui, mais pourquoi ?

— Gabriel est le chef du troupeau, expliqua Miss Maple. Je pense qu'il l'était déjà à l'époque où ils ont tué McCarthy. Il sait que George et le boucher ont pris leurs précautions. S'il leur arrivait quoi que ce soit, la vérité devait sortir au grand jour. Or il *est* arrivé quelque chose à George. Donc, tout le monde attend que cela sorte. Et selon moi, tout le monde pense que ça peut sortir de la roulotte.

Les moutons se rassemblèrent à la porte de la bergerie et, perplexes, regardèrent la roulotte qui dormait dans l'obscurité comme une grosse pierre noire. Elle leur avait toujours paru inoffensive. Le seul qui en soit jamais sorti, c'était George.

— Je ne sais pas..., laissa tomber Cordelia.

— Je ne vois pas comment quelque chose pourrait en sortir, dit Lane. On ne peut pas ouvrir la porte. Ils ont tous essayé : Gabriel, Eddie, Josh, Harry, Tom O'Malley et l'homme à la voiture silencieuse. Personne n'y est arrivé.

— Et pourquoi veulent-ils tous ouvrir la porte s'ils ne veulent pas que ça sorte ? bêla Heidi.

La question n'était pas stupide. Miss Maple remua les oreilles d'un air songeur.

— S'ils ne réussissent pas à ouvrir la porte, ils auront toujours peur qu'un autre y parvienne à leur place et que la vérité sorte au grand jour. Si c'est eux qui entrent dans la roulotte en premier, ils pourront l'attraper et la faire disparaître à jamais.

Pendant quelques instants, ils restèrent silencieux, à méditer, réfléchir ou simplement ruminer. Pile au moment où l'on aurait pu croire que cette réflexion allait déboucher sur un agréable sommeil, Miss Maple les fit à nouveau sursauter.

— Si l'un d'entre eux a tué George, qui cela peut-il être ?

Pris au dépourvu, les moutons bêlèrent dans la plus parfaite confusion. Leurs favoris étaient pourtant Gabriel et le boucher.

— Hum..., fit Miss Maple. Vous ne remarquez rien ? Avant, aucun de nous n'aurait cité Gabriel parce que nous l'aimions tous. Maintenant, nous le jugeons suspect parce que nous ne l'aimons plus. C'est peut-être une erreur. L'assassin pourrait très bien faire partie des gens que nous aimons.

— S'il était l'assassin, nous ne l'aimerions plus, trancha Heidi d'un ton catégorique.

— Mais nous l'aimons peut-être *encore*, s'obstina Miss Maple.

— Tu veux dire Rebecca ? demanda Cloud avec effroi.

— Que savons-vous d'elle, mis à part qu'elle sent bon ? répondit Miss Maple. Elle surgit comme si de rien n'était après la mort de George et fait semblant de

s'intéresser au tourisme alors que c'est faux : en réalité, elle essaie d'obtenir des informations sur George.

— Elle aussi veut trouver l'assassin, suggéra Othello.

— Ou empêcher qu'on le trouve ! Elle a demandé s'il y avait des suspects. Peut-être veut-elle seulement savoir si elle est sur la liste ?

Ce n'était pas exclu. Dans les romans sur Pamela, les belles jeunes femmes causaient souvent la mort de leur père. Cependant, cette hypothèse ne convainquit pas vraiment le troupeau.

— Elle m'a offert sa dernière tomate, remarqua Othello.

Des regards de défi se tournèrent vers Miss Maple : quelqu'un capable d'un tel geste peut-il être un assassin ? Mais Miss Maple n'en démordait pas :

— Elle n'est pas d'ici. Donc, elle n'a pas peur que la vérité sorte. Vous vous souvenez de ce que Beth a dit au sujet de la bêche, du cadavre et des chiens du diable ?

— « Vous imaginez, récita Mopple, l'effroi que ce malheureux a dû ressentir près du cadavre, avec sa bêche ? »

— Parfaitement !

Miss Maple jeta un coup d'œil reconnaissant à Mopple la Baleine.

— Comme elle n'est pas d'ici, elle ne sait rien des chiens du diable. Elle n'a donc pas de raison d'éprouver de l'effroi.

— Elle est courageuse, et alors ? la défendit Othello. Cela ne prouve absolument rien.

— En effet, soupira Miss Maple. Cela ne prouve absolument rien.

Les autres voyaient combien elle était fatiguée.

Perdue dans ses pensées, elle se mit à arpenter l'étroite bergerie, bousculant au passage des moutons qui se mirent à bêler sans qu'elle les entende.

— Les petites énigmes se résolvent, murmurait-elle. L'une après l'autre. Comme des bourgeons qui éclatent au printemps. Nous savons maintenant pourquoi le boucher et Josh sont venus sur la pâture en plein brouillard : à cause de cette chose. Nous savons qui s'est penché et a déposé la chose : Josh. Nous savons qui est l'esprit de loup et qui est le grand chasseur. Mais qu'en est-il de la grande énigme ? Qu'en est-il du crime ? Pourquoi les pièces ne s'assemblent-elles pas ?

Elle fonçait sur Sara, qui réussit à l'éviter de justesse.

— Tout ne s'assemble pas forcément. Peut-être qu'on a tort de croire que tout doit s'emboîter. Dans le roman policier, tout devait se recouper, sauf que la machine s'est enrayée et que George a jeté le livre. Peut-être que la solution est là : que certains éléments ne se correspondent pas. Des éléments que nous voulons mettre en relation les uns avec les autres alors qu'en réalité ils ne le sont pas.

Elle s'était immobilisée.

— Nous devons nous concentrer sur la grande énigme, conclut-elle. Je veux dire… sur la bêche.

Elle se tut. Au début, on aurait dit qu'elle réfléchissait intensément. Mais bientôt, sa respiration profonde et régulière révéla que le mouton le plus intelligent de Glennkill s'était endormi.

On entendait la mer mugir au-dehors, et une lumière jaunâtre faisait luire les lucarnes du toit comme des prunelles de chat dans l'obscurité. Pourtant, les oiseaux gazouillaient déjà avec insouciance. Au bout d'un moment, un chant dissonnant, d'abord lointain, puis de plus en plus proche, vint se joindre à leur chœur.

Les moutons jetèrent un œil à l'extérieur et virent de nouveau Gabriel s'asseoir sur les marches de la roulotte. Il sifflait. À travers le doux voile de brume matinale, les moutons lancèrent des regards méchants à leur nouveau berger.

— Il doit s'en aller ! s'exclama Heidi.

Personne ne la contredit.

— Oui, mais comment ? l'interrogea Lane.

Ils l'observaient, immobile comme un pin enraciné dans la roche, enveloppé dans le nuage de fumée qui sortait de sa pipe. Comment un mouton – ou même un troupeau entier – aurait-il pu entreprendre quoi que ce soit contre lui ?

— La peur ! suggéra Zora. Il faut qu'on lui fasse peur.

Ils se demandèrent ce qui leur faisait peur, à *eux* : les grands chiens, les autos bruyantes, la pommade qui pique, les esprits de loup, l'odeur des carnassiers. Rien dans cette liste ne semblait susceptible de faire fuir Gabriel. Ils échangèrent des regards déconcertés.

— L'attention, grommela soudain Melmoth. Si vous aviez fait attention, vous sauriez depuis longtemps de quoi il a peur – ou plutôt *pour* quoi. Que font les hommes, quand ils ont peur ?

Stupéfaite, Miss Maple répondit :

— Ils construisent des barrières !

Toutes les têtes se tournèrent vers les étrangers, qui regardaient à nouveau à travers le grillage avec des mines affamées.

— Que voulez-vous qu'il leur arrive, derrière leur fil de fer, s'emporta amèrement Heidi, avec tout ce que Gabriel leur donne à manger tous les jours ?

— Ils peuvent tomber malades, expliqua Melmoth.

— Il ne faut pas qu'ils tombent malades ! intervint Zora. Leur vie est déjà assez dure.

— Et ils pourraient nous refiler leur maladie, s'inquiéta Mopple.

Melmoth cligna alors des yeux et chuchota sur un ton de conspirateur :

— Et si, *nous*, nous tombions malades ?

Tout à coup, la tête de Cordelia déborda de mots. Tous ces noms inquiétants qu'elle tenait de George galopaient en liberté à travers ses pensées : prophylaxie, piétin, méningite, Creutzfeldt-Jacob… Le livre sur les maladies ovines regorgeait de mots bizarres. Et qui tous avaient un sens.

Quelques instants plus tard, les moutons avaient un plan.

Ils disparurent dans la bergerie le temps de s'entraîner. Quand ils en ressortirent, un bon moment après, ils étaient un peu sonnés de toutes les frayeurs qu'ils s'étaient faites dans la pénombre. À présent, ils allaient apprendre à Gabriel ce que c'était que d'avoir peur. Seulement, il avait quitté les marches de la roulotte.

Le berger broutait de nouveau. Le chant métallique de la faux flottait au-dessus de la prairie, et l'herbe se couchait à ses pieds Les moutons furent pris d'un frisson. Ils décidèrent d'attendre qu'il ait fini son horrible ravage.

Tout à coup, le vent ne transporta plus seulement le bruit de la faux et l'odeur d'herbe morte, mais quelque chose de bien pire, qui planait dans l'air en provenance du village. Ils s'élancèrent sur la colline et, de là, observèrent le boucher qui gravissait le chemin cahin-caha, puis fonça droit sur Gabriel.

Le chant de la faux était fort ; dans l'herbe, les roues du boucher, au contraire, ne produisaient presque aucun bruit. Possible que Gabriel n'ait vraiment rien remarqué. En tout cas, il ne leva pas les yeux.

Le boucher était en nage. Pendant un bon moment, il regarda les brins d'herbe s'abattre dans la poussière. Puis il déclara :

— « Car toute chair est comme l'herbe. »

La faux s'arrêta en plein mouvement. Gabriel se retourna et adressa au boucher un sourire sympathique.

— C'est l'inverse, dit-il. Toute herbe est comme la chair. Surtout une fois que je l'ai donnée à manger aux bestiaux.

Les moutons échangèrent des regards entendus. Le boucher, comme s'il l'avait senti, se tourna brusquement vers la colline et plissa les yeux dans leur direction. Gabriel attendait.

— Qu'est-ce qui t'amène, Ham ? risqua-t-il enfin.

Épuisé par le trajet dans l'herbe, le boucher était trempé de sueur, et ses cheveux, qui avaient paru si beaux et si dorés dans la maison de Dieu, collaient maintenant sur son front. Il était mal à l'aise.

— Tu viens à la lecture du testament, aujourd'hui ? demanda-t-il soudain à Gabriel. Elle a lieu à midi pile, sous le tilleul. Je n'étais pas sûr que tu sois au courant.

Ham s'avança aux pieds du berger et le dévisagea par en dessous. L'autre secoua la tête.

— Depuis presque une semaine, on ne parle que de ça, Ham. Tout le monde est au courant. Et tout le monde va venir – du moins ceux qui peuvent se déplacer…

Il baissa le regard vers le fauteuil roulant.

— … ceux qui ne sont pas encore morts. Mis à part le père Will, bien sûr, qui va en profiter pour nous montrer une fois de plus que les choses d'ici-bas ne l'intéressent pas. Excuse-moi, mais tu n'es pas venu pour me parler de la lecture du testament, tu le sais aussi bien que moi. Alors, qu'est-ce que tu veux ?

Embarrassé, Ham caressait de ses doigts boudinés les roues de son fauteuil roulant.

— Je voulais te mettre en garde, dit-il à voix basse.

— Me mettre en garde ?

Gabriel plissa les yeux.

— Me mettre en garde contre quoi, Ham ?

— Contre *eux* !

Il se tourna vers la colline et parcourut des yeux le troupeau jusqu'à ce qu'il ait repéré Mopple, qui bêla, mal à l'aise. Il avait beau faire attention, ça ne marchait pas aussi bien quand le boucher n'était pas de l'autre côté d'une vitre.

— Contre les moutons ?

Gabriel posa la faux par terre.

— Allez, Ham ! Nous sommes entre nous. Laisse tomber les allusions. Si c'est une menace, sois plus clair.

— Une menace ? Pourquoi te menacerais-je, toi ? T'es au courant de rien ! T'es un des seuls à être réglo, ici. Non, je viens vraiment te mettre en garde.

— Contre les moutons ? répéta Gabriel, incrédule.

— Contre les moutons. Tu penses que je suis fou. Moi aussi, ça m'arrive de le penser. Je me dis que je n'ai plus toute ma tête depuis que je suis tombé. Mais non ! Puisque ça s'est produit *avant* ! Le bélier est arrivé *avant* que je tombe ! Tu comprends ? Avant ! C'est sa faute !

Ham tendit un doigt épais vers la colline.

— Tu t'imagines qu'il s'agit de bêtes inoffensives

dont tu fais ce que tu veux ? Moi aussi, je le croyais ! Mais…

Il lança un rire amer.

— Et alors ? l'interrogea Gabriel, troublé.

— Erreur ! cria le boucher. Ils savent parfaitement ce qui se passe ici. Demande au père William. Hier, ils nous ont poursuivis ! Surtout le gros-là, c'est le diable !

— Le gros qui essaye de se cacher derrière le gris ?

— Exactement !

De son mouchoir, Ham s'épongea le front. Gabriel, qui regardait jusque-là dans la direction suggérée par l'index, sembla tout à coup avoir une illumination. Il plissa de nouveau les yeux.

— Tu as parlé au père Will, *toi* ? À *Will* ? Ça doit être un signe de la Providence !

Ham hocha la tête.

— Un signe, oui. Mais signe de quoi ? En tout cas, je ne me laisserai pas faire. Regarde-les. Hier, ils étaient à trois. Je te le dis, c'est pas des moutons normaux. Regarde comme ils rentrent leurs têtes ! Ils se demandent en permanence comment ils pourront se débarrasser de toi.

Les moutons se regardèrent avec effroi. Le boucher les avait percés à jour.

Gabriel mit sa main en visière et les observa de nouveau.

— Je crois que tu as raison, Ham, conclut-il.

Un soupir de déception traversa le troupeau. Maintenant, le berger était au courant. Il ne partirait plus. C'est *eux* qui partiraient. Car toute chair est comme l'herbe, et cela pour la bonne raison que toute herbe est comme la chair. Il l'avait lui-même reconnu.

Ham leva vers lui un regard surpris.

— Vraiment ? demanda-t-il. Tu me crois ?

Gabriel acquiesça de manière nonchalante.

Sur la colline, les têtes s'inclinèrent vers l'herbe, avec résignation. Seule Maude s'obstinait à fixer les deux hommes.

— Nous allons quand même essayer, bêla-t-elle.

— Ils ne sont vraiment pas banals, commentait Gabriel. Absolument pas rentables. Une ancienne race. Ils grossissent mal et ils se reproduisent peu. Je me demande sincèrement ce que George avait l'intention d'en faire.

Ham tripotait le bouton de son gilet d'un air gêné.

— Peut-être que tu pourrais m'en vendre un ? Le bélier, là, derrière.

— Le grand méchant mouton ?

Mopple était pétrifié. Mais le boucher baissa les yeux.

— Tu ne me crois pas, dit-il d'un ton résigné.

On aurait dit qu'il n'avait plus envie de s'entretenir avec Gabriel. Il fit demi-tour avec son fauteuil et s'éloigna.

Gabriel le regarda longuement se frayer avec bien du mal un chemin dans l'herbe. Puis il mit ses mains en cornet devant sa bouche et hurla :

— Eh ! Ham ! Tu viens après-demain, au concours du mouton le plus intelligent ?

Mais le boucher ne se retourna pas. Il accéléra, suant et soufflant très fort, jusqu'à ce qu'il ait atteint le sentier.

Dès qu'il eut disparu au tournant du chemin, Gabriel se mit à rigoler. Le pauvre malheureux avait définitivement disjoncté. Il était complètement allumé. Le berger ramassa la faux en remuant la tête. Puis quelque chose attira son attention. L'un des moutons de George avait trébuché et culbutait dans l'herbe. Un

tête noire. Gabriel rigola encore plus. Une ancienne race d'animaux domestiques ! Au pied sûr ! Tu parles ! Le mouton se remit tant bien que mal sur ses pattes. Quelques pas plus loin, il tomba à nouveau à la renverse.

Derrière lui, un deuxième mouton trébucha. Plus loin, un gros bélier se frappait la tête contre le mur de la bergerie, sans raison apparente. Le rire se figea sur les lèvres de Gabriel. Soudain, le bleu de ses yeux n'évoquait plus la glace, mais la neige fondue, instable et sale. La faux tomba dans l'herbe.

— *Shit !* hurla-t-il. La tremblante ! *Shit ! Shit ! Shit !*

Les moutons continuèrent de flageoler en levant les pattes de façon anormale bien après que Gabriel eut cessé de les regarder. Ils y prenaient un plaisir fou.

Le berger avait appelé ses chiens et entrepris de démolir le grillage qu'il avait eu tant de mal à installer quelques jours auparavant. Les moutons de George assistèrent alors à un chef-d'œuvre d'art pastoral. En moins de temps qu'il ne faut pour le dire, les chiens firent sortir les moutons nerveux de l'enclos, dans un ordre impeccable, sans qu'aucun d'eux soit pris de panique. Peu après, on ne voyait plus qu'un nuage de poussière sur le chemin et seul le parc vide rappelait encore la présence de Gabriel.

— On n'est pas près de le revoir ! se réjouit Heidi.

— Si, la contredit Miss Maple. On va le revoir à midi. À l'heure où les ombres sont courtes. Sous le vieux tilleul. Peut-être que, là, la vérité va sortir.

18

Un agneau pousse un cri

— Testament de George Glenn, commença le notaire. Rédigé et signé le 30 avril 1999 en présence de trois témoins, dont un notaire assermenté : moi-même.

Il jeta un coup d'œil à la ronde. Deux yeux curieux brillaient derrière les verres de ses lunettes. Les habitants de Glennkill n'étaient pas les seuls impatients. Lui aussi avait hâte de voir ce qui allait se passer. Sous le tilleul, il régnait une atmosphère aussi lourde qu'avant un orage : une attente mauvaise, une tension angoissée, une chaleur muette et oppressante. Un orage dans leurs têtes.

— À lire le dimanche après ma mort ou encore celui d'après, à midi, sous le vieux tilleul du village de Glennkill.

Le notaire leva les yeux vers la frondaison. Une feuille qui tombait se posa sur l'épaule de son costume à la coupe impeccable. Il la prit entre deux doigts et la tourna plusieurs fois sous ses yeux.

— Un tilleul. Indiscutablement. Mais est-ce le tilleul du village ?

— Ouais ! répondit Josh qui s'énervait. C'est le tilleul du village. Allez-y !

— Non.

— Comment non ? protesta Lilly. Vous nous avez fait venir ici, et maintenant vous ne voulez pas lire ?

— Non, répéta le notaire.

— Et pourquoi ? s'inquiéta Eddie.

Le notaire soupira. Soudain, on vit une montre briller à son poignet. Une montre raffinée, comme celle que portait George pour travailler dans le potager.

— Il est exactement 11 h 56. Vous pouvez me croire.

Cette dernière remarque s'adressait à ceux qui avaient eux-mêmes plié le coude.

— Avant midi, je ne peux malheureusement rien faire pour vous.

Les gens commencèrent à marmonner. De la colère, de l'indignation, de la nervosité et même un peu de soulagement perçaient dans leurs voix d'insecte.

Othello en tête, les moutons se risquèrent plus près. À l'heure des ombres courtes, ils s'étaient mis en route ensemble pour aller voir si quelque chose de décisif sortirait du testament, sinon le nom de l'assassin, du moins un indice sérieux. Personne ne faisait attention aux bêtes. Othello les avait exhortées à s'approcher en silence, mine de rien, comme des chiens. Mais quand bien même ils seraient arrivés sous le tilleul au galop, en bêlant à tue-tête, les hommes ne les auraient sans doute pas remarqués. Ils étaient bien trop occupés à contempler leurs montres.

La cloche de l'église sonna douze coups.

— Ça y est ! murmura la foule sous le tilleul.

Mais le notaire secoua la tête :

— Non, elle avance. Il faudrait la régler, à l'occasion.

Nouveaux marmonnements rageurs. Puis les hommes se turent les uns après les autres. Pour la deuxième fois,

Mopple vit la peur se promener parmi eux, la crinière au vent, tourner comme un chat autour des jambes de Josh, souffler de l'air froid dans le dos d'Eddie et renifler la robe noire de Kate en ricanant.

Le murmure reprit quand Rebecca survint. Sa robe formait comme une goutte de sang dans le pelage noir des uniformes d'enterrement que portaient la majorité des villageois. Des regards se fixèrent sur elle, œil après œil. Othello comprit bien de quoi il retournait : Rebecca était une prairie pour les yeux dont les mâles se repaissaient.

La montre du notaire glissa sous la manchette blanche et un raclement de gorge signala à l'assistance que l'heure était venue. Les moutons étaient tout excités. Cela faisait longtemps qu'on ne leur avait plus fait la lecture. Et cette fois, en plus, le texte était de George.

— À ma femme Kate, je lègue – outre ma bibliothèque comprenant, entre autres, soixante-treize romans de gare, un polar, un recueil de contes irlandais et un livre sur les maladies ovines – tout ce que la loi prévoit.

Le notaire leva les yeux et expliqua :

— Cela veut dire que vous gardez la maison et que vous avez droit à une petite rente.

Kate fit un signe de tête sans desserrer les dents.

— À ma fille Rebecca Flock…

Un grondement parcourut l'assemblée. George ? Une fille ? Infidèle ? Adultère ?

— … je lègue mes biens-fonds, se constituant de pâturages sur les territoires de Glennkill, Golagh et Tullykinree.

Dans sa robe écarlate, Rebecca détonait comme un coquelicot au milieu d'un champ obscur. Elle avait pâli

et se pinçait les lèvres. Personne ne faisait attention à elle. Kate sanglotait sous les regards bouleversés de Ham.

— Bon, eh bien, voilà, dit quelqu'un.

— Non, ce n'est pas tout, répliqua le notaire.

Mopple vit littéralement des muscles se crisper en dessous des vêtements noirs. Est-ce-que ça allait sortir maintenant ? Et qu'est-ce que ça serait ? Il se mit en position de fuite.

— À Beth Jameson, je lègue ma Bible.

Au troisième rang, le visage enfoui dans une main, la charitable Beth commença à pleurer sans retenue.

— À Abraham Rackham, je lègue mon Smith & Wesson avec l'ensemble des sourdines, convaincu qu'il peut en avoir besoin.

Assis dans son fauteuil roulant, les yeux humides, Ham hochait démonstrativement la tête.

— Je sais ce que vous pensez, continua le notaire. Pas tous, mais bon nombre d'entre vous.

— Comment pouvez-vous le savoir ? s'étonna Lilly.

— Je cite, expliqua-t-il.

Il vit des regards remplis d'incompréhension et soupira de nouveau. Comme les moutons partageaient son avis ! Même eux savaient ce que cela voulait dire, « citer ». Du moins, en gros. À peu près la même chose que « lire à haute voix ».

— J'y ai longtemps réfléchi, reprit le notaire, mais je ne le ferai pas. Continuez de vivre votre petite existence étriquée.

Il leva les yeux et ajouta :

— Cela vous parle sans doute plus qu'à moi…

— C'est tout ? demanda Josh d'une voix clairement soulagée.

Le notaire secoua la tête, s'éclaircit la gorge et feuilleta ses papiers.

— Le reste de ma fortune, qui se monte actuellement (il prononça un chiffre que les moutons n'avaient jamais entendu), revient à…

Il prit son temps. Derrière ses verres de lunettes, les paupières mi-closes, ses yeux brillants d'intelligence guettaient les gens de Glennkill. Les humains étaient maintenant très silencieux. Et au milieu de ce silence retentit le rire hystérique de Kate.

— … à mes moutons pour qu'ils puissent, comme promis, partir en Europe.

Le rire de Kate brisa le silence, un rire affreux qui traversa la toison des moutons comme une pluie froide. Ham cligna fortement des yeux. On aurait dit que la pluie l'avait trempé lui aussi.

— C'est une blague ? demanda Harry le grand pécheur devant l'Éternel.

— Non, répondit le notaire, le texte est tout à fait légal. Et je suis chargé de gérer la fortune de George. Bien entendu, les moutons ont besoin d'un fondé de pouvoir, qui les accompagnera en Europe en tant que berger et dont les droits et devoirs sont très précisément définis dans le testament.

— Qui ? demanda Tom O'Malley avec un intérêt non dissimulé.

— Le nom n'est pas encore fixé. C'est à moi de décider. De préférence tout de suite. Y a-t-il un volontaire ?

Silence. Le notaire hocha la tête.

— Vous devez, bien sûr, savoir à quoi vous vous engagez. J'ai préparé une liste.

Il distribua une feuille aux villageois.

— Faire la lecture aux moutons au moins une demi-

heure par jour ? s'exclama Lilly en rigolant. Qui va faire ça ?

— Le ou la fondée de pouvoir, répondit le notaire. Toutes les tâches seront bien entendu contrôlées par une tierce personne – c'est-à-dire par moi.

— Pas le droit de vendre aucune bête, pas le droit d'abattre aucun mouton, veiller à la qualité de la laine en cas d'élevage, lut Eddie. Pas très rentable, tout ça.

— Ce n'est pas le but, expliqua le notaire. Tout en bas de la page, vous trouverez le montant du salaire, qui diminue chaque fois qu'une bête meurt. Il reste néanmoins tout à fait correct, me semble-t-il.

— Et quand ils seront tous morts ? s'enquit Gabriel. S'ils meurent d'une épidémie, par exemple ?

— Dans ce cas, une petite prime de fin de contrat sera accordée et les autres versements interrompus.

Gabriel s'avança et dit :

— Je suis d'accord.

— Très bien, répondit le notaire. Y a-t-il quelqu'un d'autre ?

Les habitants de Glennkill se jetèrent des coups d'œil nerveux, puis examinèrent leur papier, puis à nouveau Gabriel et le notaire. Certains semblaient réfléchir fiévreusement. Une lueur étrange brillait dans leurs yeux, et une légère odeur de sueur se répandit soudain dans l'air. Ils étaient impatients et affamés, mais observaient en silence Gabriel, qui se tenait près du notaire, les mains dans les poches. Comme un chef de troupeau, pensèrent les moutons. Quand un chef de troupeau prend les choses en main, il ne viendrait à l'esprit d'aucun mouton de discuter sa décision. Mais là, l'idée vint à l'esprit d'une brebis.

— Pas d'autre candidat ? insistait le notaire d'un

ton neutre où perçait néanmoins une pointe de déception.

— Si, moi, lança une voix chaude.

Une voix à lire des histoires.

— Parfait ! se réjouit le notaire qui adressa un regard presque un peu reconnaissant à Rebecca

La fille de George se tenait près de Beth, pâle et rayonnante. Les moutons furent soulagés. Avec Gabriel, même l'Europe ne leur aurait pas plu.

— Et qui décide, maintenant ? s'informa Lilly. Vous ?

— Les héritiers, naturellement ! annonça le notaire.

— Les moutons ? s'étrangla Ham.

— Oui, les moutons.

— Mais alors, on doit monter dans la prairie ? dit Gabriel.

Ses yeux bleus jetèrent un regard moqueur à Rebecca.

— Je ne crois pas que ce soit nécessaire, répondit le notaire. Les héritiers sont présents, si je ne me trompe. Un bélier noir des Hébrides à quatre cornes, un *mountain-black-face*, un mérinos et, pour le reste, des cladoirs croisés de têtes noires – le dernier troupeau de cladoirs de toute l'Irlande. Une vieille race locale qu'on n'élève plus nulle part. Une honte, d'ailleurs.

Les humains se retournèrent, tout d'abord l'air surpris. Puis très vite, ils jetèrent sur le troupeau de George des regards remplis d'une animosité sans fard. Gabriel examinait les bêtes d'un œil critique, en plissant le front.

— Des moutons ? bougonnait Ham. *Ses* moutons ?

Mais personne ne se souciait de lui.

Le troupeau humain et le troupeau ovin se faisaient face. Les regards des villageois couraient sur la laine des moutons comme des poux sur la peau. Ils observaient avec une certaine gêne Othello, Ritchfield et Melmoth qui avaient prudemment fait un pas en arrière, mais ne songeaient pas un instant à prendre la fuite.

— Bien, dit l'avocat. Alors, nous allons voir.

— Qu'est-ce qu'on va voir ? ironisa Lilly.

— Pour tout dire, je ne sais pas encore bien, avoua le notaire. Comme mes clients ne peuvent pas parler, nous devons trouver une autre solution. Pourriez-vous (il s'adressait à Rebecca) vous mettre ici ? Et vous (dit-il à Gabriel), là ? Merci !

Puis il se tourna vers le troupeau.

— Moutons de George Glenn ! déclara le notaire, visiblement amusé par toute cette histoire. Qui choisissez-vous pour vous accompagner en Europe ? Mr ?

— Gabriel O'Rourke, répondit l'interpellé sans desserrer les dents.

— Ou Mrs… ?

— Rebecca Flock.

— Mr Gabriel O'Rourke ou Mrs Rebecca Flock ? répéta le notaire.

Le regard des moutons oscillait en silence entre la femme en rouge et lui. Ils voulaient Rebecca, bien sûr. Cela ne faisait aucun doute. Mais comment le faire savoir à l'exécuteur testamentaire ?

— Rebecca ! bêla Maude.

— Rebecca ! bêlèrent en chœur Lane, Cordelia et Mopple.

Mais le notaire ne semblait pas les comprendre. Troublés, les moutons se turent.

— Ça ne va jamais marcher, déclara quelqu'un. Donnez-les à Gabriel. Lui au moins, il saura comment s'y prendre.

Très vite remis de leur surprise, les villageois éprouvaient maintenant une haine déclarée envers l'étrangère.

— Elle ne sait même pas faire la différence entre un mouton et une houppette à poudre ! grommela une voix.

— Salope ! lança une femme.

Les hommes aussi marmonnèrent quelque chose. Mais derrière le murmure, on percevait une mélodie simple, enjôleuse : Gabriel s'était mis à susurrer en gaélique. En d'autres temps, les moutons auraient été ravis.

Othello fit un pas en avant, imité par le troupeau. Il regarda un instant Gabriel de ses yeux étincelants, puis se détourna avec nonchalance et trottina vers Rebecca. Le berger avait beau roucouler comme un pigeon qui débloque, cela revenait au même. L'un après l'autre, les moutons s'approchèrent de la jeune femme. Maude se remit à bêler.

— Rebecca ! s'exclama-t-elle.

— Rebecca ! entonna le troupeau.

— Bien, conclut le notaire. C'est ce que j'appelle un résultat univoque.

Il ferma sa mallette et s'adressa au troupeau.

— Moutons de George Glenn, déclara-t-il sur un ton courtois, je vous souhaite bon voyage en Europe.

Les moutons revinrent sur leur pâture en trottinant silencieusement, comme dans un rêve. Ils n'avaient pas tout compris au testament et aux propos du notaire, mais une chose était claire : l'Europe. Une immense prairie remplie de pommiers les attendait.

— On part en Europe ! s'exclama Zora, grisée.

— Avec la roulotte et Rebecca, ajouta Cordelia.

— C'est…

Cloud respira profondément. Elle aurait voulu dire « merveilleux » ou « étrange » ou tout simplement « beau ». Mais tout à coup les mots lui manquaient. Elle avait un peu peur.

— C'est comme si George nous avait donné des betteraves et du pain en même temps, compléta Mopple avec un air de sage. Et des pommes, et des poires, et des aliments concentrés.

— Et des comprimés de calcium, compléta Lane.

La joie montait, lente mais irrépressible. Zora se retira sur son piton pour réfléchir à ce moment particulier. Heidi exécuta une série de cabrioles. Les agneaux chantèrent en chœur : « Nous partons en Europe ! » Celui qui broutait assez près de Ritchfield pouvait l'entendre chantonner tout bas avec eux. La plupart des moutons, néanmoins, se réjouissaient en silence, en paissant, et ce n'est qu'au deuxième coup d'œil qu'on pouvait percevoir une lueur dans leur regard.

Le plus heureux était Othello. Il allait enfin pouvoir mettre en pratique ce que George lui avait appris, le soir, derrière la roulotte : mener un troupeau, garder son sang-froid au cours d'un périple, contourner ou dépasser les obstacles avec entrain et prudence. « C'est toi que j'attendais, lui disait-il chaque fois qu'il avait réussi tous les exercices. Avec toi, l'Europe, ça va être du gâteau. » Et le moment était enfin venu. Pas avec George, malheureusement, mais avec sa fille. Rebecca n'était pas mal non plus.

— Justice ! exultait Othello. Justice !

Puis il se tut. Un détail le dérangeait. L'Europe, c'était merveilleux, et pourtant… pourtant… Soudain, le Noir releva la tête.

— Ce n'est pas sorti ! lâcha-t-il dans un souffle.

Les autres s'arrêtèrent de brouter, coupés dans leur élan. Il avait raison. Le testament regorgeait de mots magnifiques, mais ils ne savaient toujours pas qui avait tué leur berger.

— Peu importe ! cria joyeusement Heidi. On part en Europe, et l'assassin reste ici. Il n'y a plus de danger.

— Il faut quand même que ça sorte, rétorqua Mopple avec courage.

Cordelia approuva de la tête :

— Il nous lisait des histoires. Il a fait un testament pour que nous puissions aller en Europe. En vérité, c'est *lui* qui aurait dû venir nous accompagner.

— Nous ne pouvons pas rester dans l'ignorance, ajouta Zora, revenue parmi eux. Il était notre berger. Personne n'avait le droit de nous le tuer. Nous devons trouver l'assassin avant de partir en Europe. Justice !

Tous relevèrent fièrement la tête.

— Justice ! bêlèrent en chœur les moutons de George. Justice !

Parmi eux, Miss Maple avait les yeux étincelants de curiosité.

Vers le soir, Rebecca arriva du village. La fille de George. Désormais leur bergère. Elle vint à pied, sa petite valise à la main. Son visage était plus pâle que les parois de la roulotte passées à la chaux. Elle posa son bagage dans l'herbe et gravit les quelques marches qui menaient à la porte.

— Je vais habiter ici jusqu'à ce que nous partions en Europe, expliqua-t-elle aux bêtes. Pas question de rester dans ce village une nuit de plus !

Elle secoua la porte pendant un bon moment, essaya de relever les fenêtres, trifouilla dans la serrure avec une épingle à cheveux. Puis elle s'assit sur la dernière marche et mit la tête dans ses mains.

George aussi se tenait parfois de cette manière, raide et solitaire comme un vieil arbre. Les moutons se sentaient mal à l'aise. Ils comprenaient qu'elle était triste. Melmoth commença à fredonner tout bas, dans le vent. Rebecca releva la tête, comme si elle l'avait entendu. Elle se mit à siffler une chanson qui tremblotait bravement, qui hésitait comme un papillon prenant son envol pour la première fois.

À son insu, une silhouette noire avait surgi au bord de la pâture. Les moutons agitèrent nerveusement les oreilles. Puis le vent tourna et leur apprit que c'était Beth. Beth et ses bonnes œuvres. Elle s'avança vers Rebecca, aussi discrète qu'un esprit.

Si la bergère l'avait aperçue, elle se gardait bien de le montrer. Toujours assise sur les marches, elle sifflotait et ne tourna même pas la tête.

— Je suis désolée, dit Beth. Quels mécréants !

Rebecca continuait de siffler.

— Vous n'y arriverez pas, continua la Charitable. Eddie raconte que c'est une serrure sécurisée et que vous ne pourrez pas l'ouvrir.

Rebecca sifflait toujours, comme si Beth n'était pas là.

— Venez, dit-elle. Vous pouvez dormir chez moi.

— Je ne remettrai jamais un pied dans ce bled, dit Rebecca d'une voix calme.

Elles se turent pendant un moment, puis Rebecca demanda :

— Qui était Wesley McCarthy ?

— Pardon ?

La question avait arraché Beth à ses pensées.

— Wesley McCarthy, répéta Rebecca. Vous savez,

j'ai consulté les archives du journal. Il y a sept ans, pendant que vous étiez en Afrique, on a retrouvé Wesley McCarthy assassiné dans la carrière. À la suite d'un coup de fil anonyme. Pas de suspect, pas d'arrestation, rien. Très vite, on n'en a plus parlé. Je pense que c'est cela qui vous intriguait.

— Wesley McCarthy…, réfléchit Beth en prenant entre les doigts la babiole qui scintillait à son cou. W.-C. McCarthy, comme ils l'appelaient.

Rebecca fronça les sourcils.

— On racontait beaucoup de choses à son sujet, de son vivant, continua Beth. Personne ne savait d'où il venait ni ce qui pouvait bien l'intéresser à Glennkill. De l'argent, il en avait. Il a acheté Whitepark et l'a retapé. Pendant un moment, il a vécu là sans faire de bruit. Enfin, c'est ce qu'on pensait. On l'aimait bien, en ce temps-là. Après, bien sûr, tout le monde a prétendu avoir eu d'emblée un mauvais pressentiment.

— Qu'est-ce qui s'est passé ? demanda la bergère.

— Au départ, répondit l'autre, tout allait pour le mieux. Au Mad Boar, ils étaient tous pendus à ses lèvres quand il expliquait comment il avait fait fortune. Il prétendait être un petit paysan qui… (elle émit un rire moqueur). Très vite, ils l'obligèrent carrément à prendre leurs sous. Pour l'investir à l'étranger. Les premiers ont même touché quelque chose. Mais bon… (elle haussa les épaules), vous imaginez la suite.

Rebecca hocha la tête.

— C'est alors qu'il est vraiment passé à l'action, continua Beth. Il a acheté des terres, petit à petit. Bientôt, son domaine s'est étendu depuis les limites de cette prairie presque jusqu'au village. Tout ça lui appartenait, à l'époque. Il payait bien, et en fait, les gens n'avaient pas le choix. Ils n'avaient plus de sous.

Personne ne lui a demandé ce qu'il allait faire de ce terrain. En tout cas, pas au début. Après, c'était trop tard.

— Trop tard pour quoi ? voulut savoir Rebecca.

— Il voulait construire un abattoir industriel. Le plus grand d'Irlande. Quand je suis partie en Afrique, ils cherchaient désespérément un moyen de l'en empêcher. Comités d'action, pétitions, etc. Quand je suis revenue, plus rien. Et Whitepark était vide. Mais c'est la première fois que j'entends dire qu'il a été assassiné.

— Qu'est-ce que ça a de si terrible, un abattoir ? demanda Rebecca.

Beth émit un rire triste.

— Vous n'en avez jamais vu ? La puanteur ! Le transport ! C'est l'enfer. Ils auraient été définitivement ruinés, tous autant qu'ils sont. Pas seulement le tourisme, les bed and breakfasts, le Mad Boar, mais aussi tous les paysans qui seraient restés avec leurs bêtes sur les bras. Vous savez, les gens sont comme ça, ici : ils avaient beau pester contre McCarthy l'étranger, ils auraient quand même acheté leur viande là où elle était la moins chère.

— C'est donc ça, dit Rebecca. Je crois que je préfère ne pas connaître les détails. Plus maintenant.

Elle leva les yeux vers l'épouvantail noir qui se dressait devant elle.

— Je suis venue ici, expliqua-t-elle, parce que je voulais tout savoir sur lui. Et surtout comprendre pourquoi il a été assassiné, si peu de temps avant de…

Elle s'interrompit et passa l'index sur l'arête de son nez et sur son front. George aussi faisait ce geste.

— Il m'a écrit une lettre, confia alors Rebecca. Moi, j'ai pris mon temps pour lui répondre. Laisse-le poireauter, me suis-je dit.

Elle ravala sa salive.

— Nous nous serions sans doute réconciliés.

— Je le crois aussi, dit Beth.

— Vraiment ?

— Oui, je le crois vraiment.

— Maintenant, conclut Rebecca, je sais un peu comment il a vécu, en marge de ce… de ce village. Et je l'admire, pour la première fois.

Elles se turent. Puis, comme si elles avaient entendu un bruit, elles tournèrent toutes deux la tête vers la mer, où avait lieu un splendide coucher de soleil. Par précaution, les moutons suivirent leurs regards, mais sans rien remarquer de particulier.

— Qu'allez-vous faire ? l'interrogea Beth au bout d'un moment.

Rebecca haussa les épaules.

— Compter les moutons. Et vous ?

— Prier, répondit Beth. Je vais prier pour vous.

Pourtant, elle ne fit rien du tout. Elle se tenait là, les paupières closes, projetant une longue ombre droite dans le crépuscule. Des grillons se réveillèrent. Un chat blanc qui longeait le muret passa devant la barrière, la queue dressée. Les premiers oiseaux de nuit se mirent à chanter. Les moutons broutaient l'herbe odorante du soir. Tous, à l'exception de Melmoth qui fredonnait toujours. Qui fredonna jusqu'à ce qu'une pie quitte l'arbre aux corneilles et se pose sur son dos.

Mais elle n'y resta pas. Bientôt, elle s'envola vers le toit de Ja roulotte. Elle portait dans son bec quelque chose qui brillait comme du feu dans la lumière du soleil couchant. Alors, cette chose tomba et atterrit sur la dernière marche dans un bruit de métal.

Rebecca s'empara de l'objet de feu et se leva aussitôt.

La porte grinça. Beth ouvrit les yeux. Rebecca poussa un rire presque exubérant.

— Si j'avais su que ça marchait aussi bien ! s'exclama-t-elle. Apportez-moi quelques-unes de vos brochures, à l'occasion.

Beth serra dans sa main le petit objet scintillant qui pendait sur sa poitrine. Les nœuds de ses doigts blanchirent.

— Entrez donc ! l'invita Rebecca du fond de la roulotte.

Toutefois, elle resta plantée devant la porte en secouant vivement la tête. Les moutons aussi étaient nerveux. Allait-il sortir quelque chose ? Et si oui, quoi ? Mais la vérité ne sortit guère plus de la roulotte que du testament.

— Je dois rentrer, expliqua Beth. C'est mieux ainsi. Mais si je peux vous donner un conseil : n'allumez pas la lumière ce soir. Je dirai que vous êtes partie.

Elle se retourna brusquement et partit d'un bon pas vers le village, mince et raide, comme elle l'avait déjà fait tant de fois.

Rebecca rentra sa valise dans la roulotte et resta à l'intérieur. Les moutons entendirent la clé tourner dans la serrure. Ils se mirent à papoter.

— Elle dort ? demanda Cordelia.

— Elle sentait la fatigue, remarqua Maude.

— Elle n'a pas le droit de dormir, protesta Heidi, boudeuse. C'est écrit dans le testament : elle doit nous faire la lecture. Quelle mauvaise bergère !

— La lecture ! La lecture ! entonnèrent les autres.

Puis ils se turent. Melmoth s'était joint à eux, toujours aussi hirsute et mystérieux.

— Ne soyez pas stupides, déclara-t-il. Vous ne

comprenez donc pas ? L'histoire, c'est ici. L'histoire, c'est nous. La gamine a besoin de la clé.

— Mais elle l'a déjà ! répliqua Heidi.

Il secoua de la tête.

— L'agneau rouge de George a besoin de *toutes* les clés, insista-t-il.

— Tu veux parler de la clé de la caisse qui se trouve sous le dolmen ? demanda Cloud.

— Oui, de la caisse sous le dolmen. Qui a la clé ?

— Moi ! répondit fièrement une voix.

— Ah ! Zora la Profonde, commenta Melmoth, avec un certain respect. Quelqu'un d'autre ?

Pas de réponse. Melmoth hocha la tête.

— Enlevée, emportée dans les airs avec une joie malicieuse, brillamment gardée jusqu'à l'arrivée du chat humain. Nous devrions nous presser.

— Je dois te la *rendre* ?

Zora regardait le vieux bélier d'un air scandalisé.

— Oui, pour la bergère. Comme tu l'aurais fait pour George le berger.

— À George non plus, je ne la donnais pas si facilement, résista-t-elle. Il attendait au bord du vide que je la lui rapporte.

— George savait. Elle, elle est un agneau ignorant. Comme pour un agneau, on doit lui mettre le pis dans la bouche.

Zora fit la moue.

Quand Rebecca sortit de la roulotte, peu de temps après, un agneau bêla. Elle en fut tout émue. En posant le pied sur la première marche, elle y aperçut quelque chose qui brillait. Pas comme du feu – le soleil était déjà trop bas –, mais plutôt comme du sang versé. Elle se pencha. C'était une clé accrochée à une ficelle.

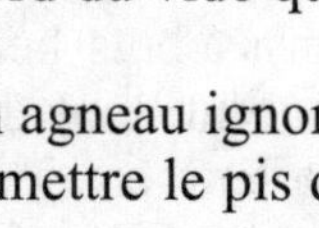

Elle la mit dans sa poche en haussant les épaules : après une pareille journée, plus rien ne l'étonnait.

L'agneau bêlait toujours. Elle suivit l'appel jusqu'au dolmen. Le troupeau la regarda découvrir la caisse avec une attention soutenue. Pour lui faciliter la tâche, Othello avait gratté la terre à cet endroit. Elle comprit tout de suite. Elle rit, sortit la clé de sa poche et ouvrit le couvercle. Quand elle s'agenouilla pour prendre un des sachets, une odeur agréable monta dans la nuit. Elle coupa un fil avec ses dents, le plastique bruissa, et quelque chose de sec lui coula entre les doigts.

Elle renifla. Les moutons aussi. Ça sentait… bizarre. Appétissant. Mopple sut tout de suite que ça se mangeait.

— De l'herbe ! s'écria-t-elle. Toute une cargaison !

Les moutons se regardèrent. C'était donc ça, l'herbe qui rendait les hommes fous ? Tous avaient déjà eu de petits sachets comme celui-ci attachés sous le ventre, bien enfouis dans le pelage, quand George les emmenait passer plusieurs semaines sur l'autre pâture. Chaque fois, il leur disait : « C'est reparti. Opération Polyphème. » S'ils avaient su, à l'époque, que les petits sachets hermétiques contenaient de l'herbe… À présent, tout dépendait de Rebecca. Est-ce qu'elle allait leur en donner un peu ? Elle ne semblait pas disposée. Elle releva le bas de sa robe rouge et y mit tout ce qu'elle trouvait sous le dolmen : un nombre incroyable de sachets, un paquet rectangulaire un peu plus grand et du papier. Une mallette pleine de papier.

Elle porta prudemment son chargement à l'intérieur de la roulotte. Elle disparut un instant, puis revint s'asseoir sur les marches, un point incandescent devant la bouche. Une odeur lourde et sucrée qui donnait envie de dormir aux moutons se répandit sur la prairie.

Rebecca, au contraire, éprouva tout à coup un besoin fou de parler.

— Donc, il faut que je vous fasse la lecture, commença-t-elle. Je vais vous lire une histoire comme personne avant moi. Je sais déjà quoi. On verra si ça vous plaît…

Elle rentra dans la roulotte d'un pas chancelant et ressortit, un livre à la main. Elle l'ouvrit au milieu. Les moutons savaient qu'elle se trompait. Il fallait commencer par le devant, puis le papier passerait d'un côté à l'autre au fur et à mesure de la lecture. Certains protestèrent, mais la plupart d'entre eux étaient trop fatigués pour s'insurger contre cette entorse au règlement. Du moment qu'on leur racontait une histoire… Une bergère débutante ne pouvait tout réussir du premier coup.

Rebecca se mit à lire :

— « Catherine Earnshaw ! Dieu fasse que tu ne trouves pas la paix tant que je serai en vie ! Tu as dit que je t'ai tuée – eh bien, poursuis-moi ! D'habitude, les victimes poursuivent leurs assassins. Je crois, non ! je *sais* que des esprits ont erré sur terre. Reste toujours près de moi, sous quelque forme que ce soit. Rends-moi fou, mais ne me laisse pas dans cet abîme où je ne peux te trouver ! Ô Dieu ! Quelle souffrance indicible ! Je ne peux vivre sans ma vie. Je ne peux vivre sans mon âme. »

La lune disparut derrière un nuage sombre. Seul le point incandescent qui brillait entre les lèvres de Rebecca éclairait désormais les pages. Le troupeau fasciné encerclait la roulotte. Dans la lueur rouge, la bergère rappelait le pirate siamois de *Pamela et le flibustier jaune* tel que les moutons se l'étaient imaginé, les yeux étroits, l'air mélancolique. Elle ferma le livre.

— Il fait trop noir, décréta-t-elle. Et c'est trop triste. Je n'ai pas besoin de livre pour vous raconter des histoires tristes.

Elle se tut un moment et expira de la fumée sucrée au-dessus de la prairie. Puis elle se remit à parler de sa voix à lire des histoires, mais cette fois sans livre.

— Il était une fois une petite fille qui n'avait pas un papa, mais deux. Un papa normal et un papa secret. Elle n'avait pas le droit de voir son papa secret, mais bien sûr elle le voyait quand même, et ils s'aimaient beaucoup. La mère de la petite fille, la belle reine, n'était pas d'accord, mais elle ne pouvait rien y faire. Personne ne pouvait rien y faire. Pourtant, un jour, la petite fille et son papa secret se disputèrent terriblement, pour une bêtise. Alors, la petite fille fit tout pour le fâcher, même des choses qui la blessaient elle-même. Et ils ne se sont plus parlé pendant longtemps, plus une seule parole. Jusqu'au jour où elle reçut une lettre dans laquelle le papa secret expliquait qu'il projetait de voyager sur le continent et désirait la voir avant son départ. La petite fille cacha bien sa joie et le laissa attendre. Lui s'ennuyait d'elle à mourir…

Ce n'était pas mal, même si l'histoire qu'elle avait commencé à lire précédemment était nettement meilleure. De toute façon, les moutons s'en moquaient. Tout à coup, ils se sentirent si fatigués qu'ils n'arrivaient presque plus à écouter. Tous sauf un.

Mopple la Baleine n'était pas fatigué. Depuis que Rebecca avait découvert l'herbe sous le dolmen, il était obsédé par l'idée d'y goûter. Le moment semblait propice. Assise dans l'obscurité, Rebecca chantonnait, les yeux mi-clos. Un sachet était posé près d'elle, sans surveillance. Le bélier s'approcha à la vitesse de l'éclair, plongea le nez dedans et en ingurgita le contenu d'un coup. Lorsqu'elle le remarqua, il léchait les derniers restes tombés sur les marches. Elle fut prise de fou rire.

— Junkie !

Mopple mâchonnait d'un air coupable. Il était un peu déçu. L'odeur valait mieux que la saveur. Cette herbe était moins bonne que celle de leur prairie, et même moins bonne que la paille. Les hommes avaient décidément très mauvais goût. Il baissa le museau et prit une nouvelle fois la résolution de ne plus manger ce qu'il ne connaissait pas.

Le ver luisant devant le visage de la jeune femme s'éteignit.

— Il est temps d'aller au lit, dit-elle aux moutons.

Elle se releva, fit une petite révérence et rentra dans la roulotte. Cette fois, ils n'entendirent pas le bruit de la clé dans la serrure. Le vent frais de la nuit emporta la fumée, et les moutons retrouvèrent leur entrain.

— Elle est polie, constata Cloud sur un ton louangeur.

Les autres approuvèrent, sauf Mopple qui s'était endormi au beau milieu de la pâture. Aucun d'eux n'avait envie d'aller se coucher. Avec tout ce qu'ils avaient vécu ce jour-là, ils n'avaient pas mangé à leur faim. Ils décidèrent donc de rester encore un peu dehors pour s'acquitter de leur corvée quotidienne de broutage et en même temps pour tenir compagnie au gros bélier qui dormait comme un loir et qu'ils n'arrivaient pas à réveiller.

Il faisait nuit. Les étoiles brillaient. Ici, une chevêche criait comme si on l'écorchait. Là, un crapaud solitaire coassait. Ailleurs, deux chats interprétaient un duo. Plus loin, le moteur d'une grosse voiture ronronnait. Lane redressa la tête.

Arrivé à la barrière, le véhicule s'arrêta au bord du

chemin. Tous phares éteints. Un homme en descendit et traversa la prairie d'un pas tranquille. À quelques pas de la roulotte, il s'immobilisa et renifla bruyamment. Puis il monta les marches et frappa à la porte. Une fois, deux fois, puis encore une fois.

19

Miss Maple fait un rêve

Dans la roulotte, rien ne bougea. L'homme posa la main sur la poignée et l'abaissa. Comme il la maintenait dans cette position, il parvint à ouvrir sans le moindre bruit la porte grinçante. Et à la refermer derrière lui.

Peu après, une lumière pâle et vacillante s'alluma derrière les fenêtres.

— Vous avez senti ? demanda Maude. Le métal ? Il a un pistolet ! Comme George.

Elle fut prise d'un léger frisson.

— Mais il n'a pas de cible ! s'exclama Ramsès.

Les moutons furent rassurés. Sans cible, l'homme ne pourrait pas faire grand-chose de son arme.

— Peut-être qu'il veut la cible de George ? suggéra Lane, pensive. Peut-être qu'il va l'emporter ?

Othello jeta un regard inquiet vers la roulotte.

— On devrait chercher à savoir ce qui se passe là-dedans.

Le troupeau s'approcha. Miss Maple et Othello entreprirent de brouter sous la seule fenêtre ouverte.

— Pourquoi devrais-je vous le dire ? demanda l'homme d'une voix aride, si bas qu'on ne distinguait aucune intonation.

Rebecca ne disait rien, mais les moutons pouvaient entendre sa respiration rapide et irrégulière. Puis un autre bruit. Un objet lourd tomba par terre.

— Vous l'avez donc trouvée, dit l'homme. Félicitations !… Et où ? ajouta-t-il au bout d'un moment.

Rebecca rit tout bas.

— Vous ne me croirez jamais.

— Oh, si ! répliqua l'homme. George était un de nos meilleurs passeurs. Un spécialiste du transport entre l'Irlande et l'Irlande du Nord. Toujours plein d'astuces. Et jamais le moindre incident.

Elle émit de nouveau un rire, un peu plus fort, quoique étouffé.

— Et tout ça pour… de l'herbe ? demanda-t-elle d'une voix rauque et sans nuance, pas du tout sa voix à lire des histoires.

Othello leva un regard inquiet vers la fenêtre.

— Principalement de l'herbe. Parfois aussi des clopes et d'autres trucs. Selon ce qui se vendait.

— Vous me le dites parce que vous pensez que, de toute façon, ça ne change plus rien, n'est-ce pas ?

— Je crains que oui, répondit-il. Vous avez même la mallette. Vous pouvez faire de sacrés dégâts avec toutes ces informations. Ce serait un coup dur pour notre société.

— Mais je ne vais rien faire.

— Je veux bien le croire.

Elle se tut.

— En fait, je vous crois, reprit l'homme au bout d'un moment. Mais cela ne suffit malheureusement pas.

Il hésita.

— Je suis désolé.

— Cela vous gênerait d'éteindre votre lampe ? Elle m'éblouit.

— Oui, dit-il.

Pourtant, de l'autre côté de la fenêtre, la lumière pâle s'éteignit. Miss Maple huma l'air avec prudence. Il faisait un drôle de temps à l'intérieur de la roulotte : lourd, oppressant, orageux. Un temps à chasser au galop les moutons-nuages dans le ciel. À y bien flairer, on pouvait même sentir un peu de pluie.

— Vous ne trouvez pas que cela manque de professionnalisme ? l'interrogea Rebecca au bout d'un moment. Maintenant, j'ai un vrai boulot, bergère, bien payé. La seule contrainte est d'aller vadrouiller en Europe. Je n'ai rien contre la came. Je n'ai rien contre vous. Et en ce moment, je me passerais bien de nouvelles difficultés. Je ne dirai rien. Jamais. À personne.

— Le professionnalisme consiste à éviter le moindre risque, répliqua l'homme.

— Un cadavre de plus sur cette prairie représente aussi un sacré risque.

— Ce n'est pas un vrai problème. Nous connaissons bien l'inspecteur du coin. Un nul. Très coopératif, en plus. Que diriez-vous de : « Enfant illégitime au passé douteux entre par effraction dans une roulotte, y trouve un pistolet, joue avec l'arme et se tue par inadvertance » ? Ou bien : « Désespérée par la mort de son père » ? Les gens adorent. « Rongée par la culpabilité… »

— En chemise de nuit ?

— Pardon ?

— Eh bien, oui ! Au cas où vous ne l'auriez pas encore remarqué, je n'ai pas franchement la tenue idéale pour un cambriolage.

— Hum.

— En plus, ce n'est pas le pistolet de George. Si

vous voulez que quelqu'un croie à votre histoire, vous devriez plutôt prendre celui-ci.

Les moutons entendirent la respiration de l'homme s'amplifier sous l'effet de la peur.

— Attention ! Posez ça tout de suite. Ce n'est pas un joujou pour les dames, Miss.

— Je ne suis pas une dame, murmura-t-elle. Dégagez !

Un coup de tonnerre retentit contre la paroi. Rebecca poussa un petit cri. L'homme jura. Puis le calme revint. Un calme absolu.

— Merde ! lâcha enfin Rebecca.

— Pas grave, la consola-t-il. Ça valait le coup d'essayer.

Un pied commença à battre la mesure sur le plancher.

— Vous m'auriez vraiment tiré dessus ? demanda-t-il, une note de respect dans la voix.

— Pourquoi pas ? Après ce que vous avez fait à George…

— On n'a rien à voir avec ça. Vous pouvez me croire. C'était un gars fiable, correct. Une grosse perte, pour notre boîte.

Rebecca expira longuement.

— Vous savez qui c'était ?

— Non, dit l'homme. En tout cas, pas quelqu'un du milieu. Une telle mise en scène. Presque un meurtre rituel ! On ne bosse pas comme ça, nous, excusez-moi. On n'a pas besoin de ce genre d'intimidation.

— Ah, non ?

— Non.

Silence. Pendant un long moment. Le pied qui battait la mesure avait accéléré le rythme.

— Je peux encore faire quelque chose pour vous ? demanda l’homme. Vous avez une dernière volonté ?

— Une dernière volonté ?

— Eh bien, oui. Un verre d’eau… Une cigarette…

De nouveau, le rire de Rebecca était étrangement crispé.

— Où voulez-vous trouver un verre d’eau, ici ? C’est la première fois, n’est-ce pas ?

— Oui. Enfin non. Mais ne vous faites pas de souci pour moi.

Rebecca soupira. Et ce soupir fit frissonner Othello jusque dans la pointe de ses quatre cornes. Melmoth était apparu à ses côtés. Ils regardaient tous deux avec anxiété par la fenêtre entrouverte.

— Bon sang ! lâcha Rebecca. Pourquoi maintenant ? Pourquoi justement maintenant ? Je n’arrive pas à y croire. Il doit bien y avoir quelque chose que je peux faire pour vous prouver que je ne représente aucun danger !

— Vous me donnez des idées… La proposition est assez tentante, mais je ne manque pas à ce point de professionnalisme.

— Quoi ? s’étonna-t-elle. Vous croyez que je pensais à ça ? Arrêtez de rêver. Pour qui vous vous prenez ? Vous débarquez sans crier gare et… vous croyez peut-être que je suis prête à tout parce que vous avez ce flingue ?

— Non, répliqua-t-il surpris. C’est *vous* qui… Je n’y ai absolument pas pensé !

— Ah, oui ? C’est vrai ?

— Si vous pensez que j’ai besoin de *ça* !

Il semblait maintenant très fâché. Pendant un long moment, le silence régna. Puis soudain, ils rirent tous les deux en même temps. À nouveau le silence.

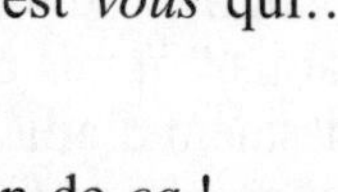

— OK ! dit Rebecca en riant. Dans ce cas, il faudra essayer autre chose. Asseyez-vous.

— Hum, toussota-t-il.

— Je pourrais vous raconter des histoires. Comme Schéhérazade dans *Les Mille et Une Nuits*.

— Je n'ai pas l'intention de rester aussi longtemps… D'un autre côté…

Le silence passa par la fenêtre de la roulotte, lourd et épais comme une haleine chaude. Les moutons se regardèrent. Peut-être que ça allait finir par devenir intéressant. Devaient-ils bêler un petit coup pour les encourager ?

— Des histoires ! Des histoires ! lancèrent en chœur Maude et Heidi.

— Comment voulez-vous entendre leurs histoires si vous faites un boucan pareil ? s'énerva Miss Maple à qui il fallut un moment pour rétablir l'ordre.

Même sans boucan, ils n'entendirent pas d'histoires. Dans la roulotte, plus personne ne parlait. Les moutons n'étaient pas vraiment surpris, car ils connaissaient cette situation depuis les romans sur Pamela. Dès que l'étranger mystérieux – et cet étranger-là était particulièrement mystérieux – se trouvait seul avec une femme, on pouvait être sûr que l'histoire s'enlisait. Au bout d'un moment, les deux personnages s'arrêtaient de parler, et le chapitre se terminait. On n'apprenait jamais ce qui se passait. C'était à n'y rien comprendre. Il devait bien se passer quelque chose ! Les hommes ne disparaissent pas comme ça ! Le plus souvent, ils ressurgissaient d'ailleurs dès le chapitre suivant, en bonne santé, en pleine forme, d'humeur joyeuse. Malgré ces trous bizarres dans leur biographie.

Les moutons firent comme ils avaient l'habitude de faire du temps de George en de telles occasions :

ils broutèrent patiemment jusqu'à ce que l'histoire reprenne. Seule Miss Maple leva encore une fois la tête pour flairer par précaution le temps qu'il faisait dans la roulotte. Orageux, mais sans nuage. Une pluie parfumée tombait goutte à goutte sur les feuilles. Rassurée, elle enfouit son nez dans l'herbe.

Beaucoup plus tard, alors que Miss Maple elle-même en avait eu assez de rester aux aguets, la porte de la roulotte s'ouvrit lentement. L'homme en sortit et regarda un instant la lune qui brillait.

— Quelle belle nuit ! se réjouit-il.

Rebecca apparut à ses côtés en haut des marches. Elle avait à nouveau bricolé un sac avec le bas de sa robe qui, dans l'obscurité, semblait noire comme celle de Beth. Une bretelle avait glissé et laissait voir une épaule bleue dans le reflet de la lune. La bergère chantonnait. Puis les deux humains se regardèrent, et elle cessa de chantonner.

— J'ai fumé un joint, dit-elle pour s'excuser.

Il fit un geste indifférent de la main. Elle rigola.

— Et tout un sachet a disparu. Un mouton l'a mangé. Le gros, là.

— Un bélier, sans doute, commenta l'homme. Il nous coûte cher, mais on ne va pas en mourir.

Il commença à prendre les sachets dans la robe de Rebecca et à les fourrer dans les poches de son manteau.

— ... vingt et un, vingt-deux, vingt-trois. Avec le sachet d'aliments pour animaux, le compte y est. La mallette aussi est intacte. Et ça, qu'est-ce que c'est ?

Il tenait un paquet rectangulaire dans la main.

— Je dirais que c'est une vidéocassette, répondit Rebecca. Vous ne l'avez jamais vue ?

— Non, jamais, dit-il en glissant le paquet dans la poche de son manteau.

Avec beaucoup de délicatesse, il prit la main de Rebecca entre le pouce et l'index, leva lentement son bras comme s'il s'agissait de quelque chose de très lourd et de fragile, puis embrassa ses phalanges sans faire de bruit. Ensuite, il se retourna et repartit vers son auto sans dire au revoir. Peu après, le moteur s'éloigna en vrombissant.

Les moutons ne se détendirent qu'une fois le silence revenu. Sans qu'ils sachent trop pourquoi, l'homme discret les avait inquiétés. Maintenant, tout était rentré dans l'ordre – comme il y avait longtemps que ce n'avait pas été le cas. La fille de George était dans la roulotte. Gabriel et son troupeau avaient disparu. Et l'Europe les attendait.

Par malheur, le calme ne dura guère. C'était une de ces nuits où le monde entier se ramenait sur leur prairie. Cette fois, une petite silhouette balourde tournait autour de la roulotte en faisant beaucoup de bruit. Lilly poussa un petit cri.

— Qu'est-ce que ça signifie ? demanda Rebecca d'une voix lasse. Qu'est-ce vous faites ici, vous ?

— Je voulais juste… Je pensais que…

Lilly fixait le pistolet, comme hypnotisée.

— Je voulais penser un peu à George.

Rebecca secoua la tête.

— Je ne vous crois pas. Vous vouliez rentrer là-dedans.

L'arme se tourna un instant vers la roulotte, puis revint vers Lilly.

— Je veux savoir pourquoi. Et ensuite, j'aimerais qu'on me laisse dormir.

Pendant un moment, Lilly lutta contre sa peur. Puis elle capitula.

— Je cherche le reçu. Pour qu'ils n'aient rien en main contre moi. Juste le reçu.

Elle se tut quelques secondes. Comme Rebecca agitait le pistolet pour la motiver, elle reprit très vite :

— Il m'arrive de travailler au Lonely Heart Inn. Pas souvent. Mais quand…

Elle se tut. Rebecca lui jeta un regard troublé, puis hocha la tête.

— C'est bon. Qu'est-ce qu'il se passe, au Lonely Heart ?

— Eh bien, les clients, ils ne viennent pas que pour…

Elle se passa la main dans les cheveux, l'air gêné.

— Ils veulent aussi de quoi fumer. Vu que je connaissais George, qui était une bonne adresse… je venais m'approvisionner. Sauf que la gérante… Elle est si méfiante. Et si avare. Elle voulait un reçu. À mon nom. Mais au cours de cette fameuse nuit, je l'ai oublié. Et après, George était mort. S'ils le trouvent, ils auront quelque chose en main contre moi. Ils n'attendent que ça, ici.

Rebecca baissa son arme, et Lilly se calma un peu.

— Vous étiez là ? remarqua Rebecca. La nuit où George a été assassiné ?

Elle poussa un petit sifflement. Exactement comme son père quand il était intéressé.

— Si jamais ça se sait et que vous traînez encore dans les parages, vous risquez d'avoir sacrément plus de problèmes qu'à cause d'un peu d'herbe.

Lilly fit une grimace.

— C'est ce que dit Ham également. Il pense qu'ils

vont me faire porter le chapeau si je ne fais pas attention. Mais j'en ai besoin, moi, de ce reçu !

— Vous voulez dire Rackham ? Le boucher ?

Lilly hocha la tête.

— Il a dû me voir revenir de chez George. Mais il dit que je ne dois pas avoir peur. Il sait que je n'y suis pour rien. Il dit qu'il a des preuves. Pourtant, il me déteste, en réalité. À cause de Kate.

— Ham est le seul à vous avoir aperçue, et, après ça, il est tombé du haut de la falaise ? Vous devez avoir des nerfs d'acier pour ne penser qu'à votre reçu.

— Mais j'en ai besoin ! répéta-t-elle avec obstination.

— Vous l'aurez si vous me racontez dans le détail ce qui s'est passé ce soir-là avec George, promit Rebecca.

Lilly la regarda, outrée.

— Mais rien ! Absolument rien ! Tout le monde pense ça ! De toute façon, ils racontent n'importe quoi sur moi. George était un brave gars. On était encore entre êtres humains, avec lui. Je venais chercher l'herbe, et on faisait un peu conversation. Un point, c'est tout. Il n'y avait rien de plus.

Rebecca soupira.

— Et de quoi avez-vous parlé ?

Lilly réfléchit.

— De la pluie et du beau temps. Il a fait si beau, ces dernières semaines. Il a dit que c'était un temps à partir. Il était de bonne humeur, vraiment très gai. Je ne l'avais encore jamais vu aussi joyeux. Il m'a dit que je devrais aller m'approvisionner ailleurs et donné un numéro de téléphone. Et puis soudain, il a… comment dire ?… presque pleuré, je crois.

Les moutons virent sur son visage qu'une idée désagréable venait de pénétrer dans son cerveau.

— Oh *shit* ! s'écria-t-elle. J'ai également oublié le numéro de téléphone.

— Je vous le donnerai aussi.

— C'est vrai ?

— George vous a-t-il dit ce qu'il avait l'intention de faire ce soir-là ?

Lilly fronça les sourcils.

— Il voulait aller boire une Guinness au Mad Boar. Je me suis étonnée parce qu'il n'y allait jamais, d'habitude. Absolument jamais ! Il a dit qu'il voulait voir une dernière fois la racaille du coin. Et après, prendre congé de quelqu'un.

— De qui ?

— Je ne sais pas. Il ne l'a pas précisé. Une vieille connaissance, m'a-t-il dit en souriant.

— Bien.

Rebecca fit demi-tour, disparut et ressortit au bout d'un moment, un papier à la main.

— « Reçu de Lilly Thompson 300 euros pour des vêtements en laine. » Très compromettant ! Le numéro aussi est écrit dessus.

Tout heureuse, Lilly glissa aussitôt la feuille dans son décolleté. Elle regardait Rebecca avec reconnaissance.

— Et maintenant, dégagez ! Si vous rencontrez quelqu'un en chemin, dites-lui de faire demi-tour. Le prochain qui me réveille, je le flingue sans sommation.

Lilly secoua la tête, l'air effrayé, et courut vers la barrière. Quand elle fut au milieu de la prairie, les moutons entendirent une dernière fois un de ses petits cris perçants. Elle avait marché dans un tas de crottin.

Le troupeau jugea prudent de se retirer dans la bergerie. Qui pouvait savoir ce qui l'empêchait de dormir ?

— Et Mopple ? demanda Zora. On ne peut quand même pas le laisser tout seul au milieu de la pâture.

Ils ne réussirent toujours pas à le réveiller. En revanche, ils découvrirent qu'il arrivait à marcher en dormant. Il suffisait qu'Othello et Ritchfield lui donnent de petits coups de corne par-derrière tandis que, par-devant, le reste du troupeau poussait d'irrésistibles « bêlements de nourriture ».

Avant de s'endormir, ils pensèrent encore un peu à l'Europe.

— Ça va être très beau, affirma Maude. Des pommiers partout, et un sol entièrement couvert d'herbe à souris.

— N'importe quoi ! répliqua Zora. L'Europe se trouve au bord d'un précipice, et tout le monde sait bien qu'il n'y a pas d'herbe à souris au bord du vide.

— C'est grand comment ? demanda Cordelia d'une voix rêveuse.

— Grand, répondit Lane avec conviction. En filant aussi vite que le vent, un mouton met une journée et une nuit pour la traverser.

— Et il y a des pommiers partout ? s'étonna Maisie.

— Oui, partout, assura Cloud. Avec de vraies pommes dessus, des pommes rouges, jaunes et sucrées, pas comme les nôtres.

Elle en salivait d'avance. Les autres bêlèrent d'impatience. Mais Othello leur gâcha le plaisir.

— Du calme ! grogna-t-il. Des fruits pareils, ça n'existe pas. Même là-bas. Le continent est sans doute très beau, sinon George n'aurait pas eu envie d'y aller. Mais il est également étranger et dangereux.

En Europe, un mouton doit être autant sur ses gardes que partout ailleurs. Voire plus.

Ritchfield lui donna raison.

— Nulle part au monde, il n'y a que des pommiers. Il y a toujours aussi des ajoncs, de l'oseille, des plantes épineuses et du crachard. Du vent froid dans la toison et des cailloux pointus dans les sabots.

Ritchfield avait pris son air sévère de chef de troupeau. Les autres baissèrent la tête. Sans doute les béliers expérimentés avaient-ils une fois de plus raison. Pas de pommes sans oseille. Pas de terre sans danger. En voyant toutes ces mines déçues, Ritchfield considéra comme de son devoir de terminer par quelque chose de réconfortant.

— Pourtant, déclara-t-il, nous avons raison de nous réjouir. Même si l'Europe n'est pas un paradis d'herbe grasse, mais ressemble à une… une…

Il ne trouvait pas d'exemple.

— Une tonte ? demanda Cordelia. Ça pince, ça tire, ça fait tourner la tête, mais après, on se sent frais et léger ?

Sir Ritchfield la regarda avec gratitude.

— Exactement ! Une tonte.

Sur cette idée de tonte estivale qui faisait frais dans la laine, les moutons s'endormirent les uns après les autres.

Pour la première fois de sa vie, Mopple ronchonna en dormant et ronfla. Peu à peu, ces bruits devinrent plus rythmés, plus métalliques. De temps à autre, on pouvait entendre un petit claquement.

Avec bien du mal, Miss Maple ouvrit les yeux. Une lumière grise tombait par les lucarnes de la bergerie. Il devait être très tôt. Soudain, le ronflement se changea en pétarade. Du gravier fut projeté dans les airs.

Elle connaissait étrangement bien ces bruits : elle les entendait quasi tous les matins depuis le jour de sa naissance. L'antéchrist avait quitté la route asphaltée et pris le chemin à travers champs.

Quand elle eut réussi à passer la porte, elle vit George assis sur les marches de la roulotte. Curieuse, elle s'approcha. L'ayant remarquée, le berger leva la tête et dit en rigolant :

— Au travail, feignasse !

Obéissante, Miss Maple baissa la tête. Puisque George était revenu parmi eux, contre toute attente, elle pouvait bien lui accorder ce petit plaisir. Mais lui ne semblait pas satisfait.

— Au travail, j'ai dit ! répéta-t-il.

Cette fois, ça paraissait plus sérieux. Elle comprit qu'il ne s'agissait pas de brouter. Déconcertée, elle remua les oreilles. George comprit qu'elle ne s'en sortirait pas toute seule et poussa le long sifflement qui signifiait : « Mettre de l'ordre dans le troupeau. » Mais au lieu de Tess, c'est la bêche qui apparut au coin de la roulotte. Pour une bêche, elle se débrouillait bien. Elle fonça sur Miss Maple, s'arrêta à quelques pas de distance, puis mis son nez au ras de l'herbe. Les deux clous qui fixaient le métal au manche ressemblèrent soudain à deux yeux vifs et attentifs. Inquiète, la brebis bêla. Mais la bêche ne la lâchait pas. Elle s'approchait en rampant, ses yeux métalliques rivés sur Miss Maple.

La bêche sans naseau flairait l'air de façon effroyable. Son étroite échine de bois se courba comme pour prendre son élan. Tout à coup, Miss Maple fut saisie de terreur. Elle courut se réfugier près de George, mais il était froid comme la terre gelée.

— Pourquoi es-tu mort, George ? demanda-t-elle.

Ses paroles retentirent dans la prairie, fortes et

sonores comme celles des hommes. George les comprenait toutes. La brebis se réjouit qu'un être humain la suive à ce point.

— Je ne peux pas vivre sans mon âme, dit-il.

Cette réponse n'était guère satisfaisante, mais il n'en donnerait jamais d'autre. Tout en parlant, il se métamorphosa sans qu'elle puisse vraiment constater de changement. Néanmoins, un mouton sent les choses. Dès que le dernier mot eut roulé sur ses lèvres, se traînant comme une vague paresseuse, il ne resta plus qu'une enveloppe vide sur les marches de la roulotte.

Au même moment, la bêche bondit, un unique bond, parfait, sa gueule métallique pointée vers la brebis…

Soudain, Miss Maple fut complètement éveillée.

— Je sais, bêla-t-elle à l'oreille de Cloud qui s'était blottie contre elle en dormant.

— Quoi ? lui demanda celle-ci d'une voix pâteuse.

— Tout ! répondit-elle. Je sais tout sur le meurtre de George !

20

Ce que sait Maisie

Peu après, tous les moutons à l'exception de Mopple étaient sur leurs pattes, encore endormis, mais d'excellente humeur. Miss Maple, le mouton le plus intelligent de Glennkill, savait tout ! Tout sur le meurtre de George ! Ils auraient volontiers appris sans plus tarder le nom de l'assassin, mais on aurait dit que la vieille brebis ne savait pas par où commencer.

— Je n'y aurais jamais songé si ça n'avait pas été écrit dans le livre, dit-elle. Heureusement que George a exigé qu'elle nous fasse la lecture !

Les autres ne comprenaient pas un mot. Ils se faisaient du souci : elle avait l'air vraiment tout excitée.

— Elle va nous refaire la lecture, promit Cordelia pour l'apaiser. Elle est obligée. C'est dans le testament.

— Ce qu'elle a lu suffit, poursuivit Miss Maple. Elle a lu exactement ce qu'il fallait. Vous vous rappelez le passage ? Je veux dire : avec exactitude ?

Le troupeau se tourna vers Mopple la Baleine dans l'espoir qu'il puisse l'aider. Mais lui dormait comme une masse. Il ne remua même pas les oreilles quand Zora lui pinça les fesses sans ménagement. Miss Maple attendit de manière impassible que toutes les tentatives de réveil se soient conclues par un bêlement de déception.

— Réfléchissez ! ordonna-t-elle alors.

Ils s'exécutèrent avec docilité.

— Trouver la paix, se souvint Maud. C'est ça qu'elle a lu.

— Il était aussi question d'abîme, remarqua Zora.

— D'habitude, les victimes poursuivent leurs assassins, ajouta Cordelia en frissonnant.

— Parfaitement ! s'exclama Miss Maple. C'est comme une trace dans l'herbe, vous comprenez ? Pourquoi la bêche, nous sommes-nous demandé, si George était déjà mort ? Pourquoi ?

Elle les laissa réfléchir un instant, puis perdit patience et résolut elle-même l'énigme.

— L'assassin avait peur d'être poursuivi. La bêche était censée le protéger : comment George aurait-il pu le poursuivre alors qu'il était cloué au sol ? Voilà ce que l'assassin a dû se dire. Mais… (là, elle fit une pause théâtrale) il s'est trompé.

Cela devenait passionnant. Les moutons se serraient toujours plus fort les uns contre les autres.

— Car la victime peut poursuivre son assassin sous quelque forme que ce soit. Ça aussi, c'est écrit dans le livre. Mais l'assassin n'y a pas pensé. George n'avait pas besoin de son propre corps. Il pouvait prendre l'apparence de son choix. Et nous savons tous ce qu'il aimait.

— Nous ! s'exclama Heidi avec fierté. Il nous aimait plus que les hommes.

— Exact. Cela veut dire que George poursuit son assassin sous la forme de moutons. Il suffit donc de trouver qui est poursuivi par des moutons.

C'était simple.

— Dieu ! bêlèrent à l'unisson Lane, Cordelia et Cloud.

— Exact ! répéta Miss Maple.

— Mais, objecta Zora, sceptique, n'était-ce pas Othello ?

Miss Maple lui donna raison d'un signe de la tête.

— La première fois, au cimetière, oui. Mais Dieu a aussi parlé d'un bélier gris. Imaginez George en mouton. Il pourrait aisément ressembler à un bélier gris.

— J'aimerais bien le voir ainsi, dit Cordelia.

Miss Maple secoua la tête.

— Je ne crois pas que ce soit possible. Sans doute que seul l'assassin peut le voir.

Les moutons soupirèrent. Ils auraient accepté George avec plaisir dans leur troupeau.

— Mais pourquoi ? gémit Heidi.

— C'est comme ça, lâcha Cloud sur un ton apaisant.

— Non, protesta Heidi en remuant obstinément la tête. Je veux dire : pourquoi Long-Nez a-t-il tué George ?

Tous les yeux se tournèrent vers Miss Maple : c'est vrai, ça. Pourquoi ?

— La réponse figure aussi dans le livre, expliqua-t-elle. « Je ne peux vivre sans mon âme. »

Elle considéra le troupeau avec des étincelles dans les yeux.

— Et alors ? l'interrogea Heidi.

— Cela m'a rappelé que la mort a quelque chose à voir avec l'âme, expliqua Miss Maple, bien trop concentrée pour prendre ombrage du bêlement impertinent de Heidi. Quand on est mort, l'âme doit quitter le corps. Parce que le corps se met à sentir la mort et que l'odorat développé de l'âme ne peut supporter une telle puanteur. En effet, l'âme est vulnérable. Nous avons déjà entendu parler des chiens du diable. Quelqu'un voulait avoir l'âme de George. Quelqu'un voulait la lui arracher avant que les chiens du diable ne la dévorent. L'assassin voulait garder l'âme de George pour lui seul.

Miss Maple reprit profondément sa respiration. On pouvait presque voir ses pensées galoper à travers la bergerie, dans la prairie, jusqu'au dolmen, jusqu'au bord de la falaise, puis revenir, et repartir, à une vitesse fulgurante, en traçant des figures mystérieuses.

— Nous avons entendu Dieu avouer qu'il avait peur pour son âme. Une peur terrible. Il était donc logique qu'il essaie de trouver un ersatz…

Les moutons penchèrent la tête d'un air songeur. Ils n'avaient encore jamais considéré les choses sous cet angle. Sûre de sa victoire, Miss Maple remua les oreilles et continua :

— La bêche elle-même est révélatrice. À quoi pensez-vous quand vous pensez à une bêche ?

— À une bêche bien sûr ! répondit Cloud.

Elle en avait de ces questions, parfois.

Miss Maple soupira.

— Et à quoi d'autre ?

— À de l'herbe à souris ! ajouta aussitôt Maud.

Surpris, les autres se tournèrent vers elle.

— Pourquoi ? l'interrogea Zora.

— Et pourquoi pas ? répliqua Maud. Je pense souvent à de l'herbe à souris.

— Mais il n'y a aucun rapport ! objecta Heidi.

— Elle n'a pas dit qu'il devait y avoir un rapport ! répliqua l'autre, vexée. Je peux bien penser à de l'herbe à souris aussi souvent que je veux.

— Cela ne veut rien dire ! insista Heidi.

— Si, cela veut dire beaucoup de choses !

Maud considérait le troupeau, les yeux brillants de colère.

— Je vais même penser toute la nuit à de l'herbe à souris. Rien que pour vous embêter.

Elle ferma les yeux et pensa très fort à sa plante préférée. Les autres continuèrent de réfléchir. Qu'est-ce que la bêche pouvait bien signifier ?

— Le potager ! bêla Zora.

Bien sûr ! Avec la bêche, George cultivait son carré de terre. Il enlevait les mauvaises herbes et dessinait des lignes droites dans la terre. Avec le manche, il traçait d'étroits sillons dans lesquels il déposait des graines. La bêche avait à voir avec le potager.

— Parfaitement, approuva Miss Maple, satisfaite. Je suis sûre que la bêche a un sens. Le jardin des morts – vous vous souvenez ? Quel indice ! Un potager où on plante des morts. Avec une bêche. Tout se fait à la bêche. Long-Nez creuse des trous dans la terre et attrape les âmes. Notez qu'il ne se contente pas d'une seule. Il en voulait tout un stock.

Le troupeau était stupéfait. Soudain, tout s'emboîtait de manière claire, admirable, simple, parfaite, comme une châtaigne dans sa bogue. Miss Maple était vraiment le mouton le plus intelligent de tout Glennkill.

— Mais…, bêla au dernier rang une petite voix timide.

Ils tournèrent tous la tête. C'était Maisie ! Oui, Maisie ! Intrigués, un peu sadiques, les moutons ouvrirent grandes les oreilles pour entendre ce qu'elle avait à dire.

— Ça ne peut pas être Dieu ! s'exclama-t-elle avec fièvre. Il a dit que George était une âme perdue. Or s'il pensait que George l'avait déjà perdue, pourquoi aurait-il voulu lui dérober son âme ?

Mal à l'aise, elle remua les oreilles. Les autres la regardaient d'un air mauvais.

Miss Maple, elle, n'était pas vexée. Au bout du compte, elle ne cherchait qu'à établir la vérité, et non à démontrer son intelligence, dont elle était certaine depuis longtemps. Manifestement, elle n'avait pas encore tout compris.

— Pourtant, je suis sûre que c'est une question d'âme, reprit-elle. Il doit y avoir une autre façon de combiner les choses.

— Beth n'a pas d'âme, remarqua tout à coup Maude qui en avait vite eu assez de penser à de l'herbe à souris.

Les moutons n'y avaient encore jamais songé, mais furent aussitôt convaincus. Quelqu'un qui sentait la mort autant que Beth ne pouvait pas avoir d'odorat. Quand on en avait, on ne pouvait pas endurer une telle puanteur.

Pendant un bon moment, Miss Maple resta silencieuse. Elle ne remuait même pas la pointe des oreilles. Elle se tenait immobile comme les très vieux béliers, plongée dans ses pensées, absolument inerte.

— Or Beth voulait une âme, finit-elle par conclure. À tout prix. Parce qu'on ne peut pas vraiment vivre sans âme. C'est écrit dans le livre.

Othello releva la tête. À ses yeux, on remarquait qu'il avait compris quelque chose.

— Année après année, elle venait ici rendre visite à George, poursuivit Miss Maple. Elle lui apportait des brochures parce qu'elle savait qu'il aimait lire. Elle espérait qu'il commencerait à l'aimer, elle, et qu'à la fin il l'aimerait tellement qu'il lui donnerait même son âme.

— Et George n'en a rien fait ! s'écria Ramsès. George brûlait ses brochures.

— Exactement ! approuva Miss Maple. Et il avait bien raison. Après, elle a commencé à lui parler de bonnes œuvres, à lui expliquer que son âme était en danger. Elle voulait la prendre, la mettre en lieu sûr, l'emporter quelque part où son âme pourrait accomplir de bonnes œuvres.

— Chez Dieu ! glissa Othello sur un ton méprisant.

— Bien entendu, elle mentait, continua Miss Maple. En vérité, l'âme ne serait jamais arrivée chez Dieu ni dans aucun lieu sûr. Beth l'aurait conservée, et George ne l'aurait jamais revue.

— Or il ne s'est pas laissé faire, se réjouit Lane, soulagée. Chaque fois, il allait travailler dans le potager. Avec la bêche.

— Là aussi, il avait bien raison, observa Miss Maple. Car, de cette manière, il faisait lui-même de bonnes œuvres, et Beth n'avait plus de prétexte pour s'emparer de son âme.

Les moutons se souvenaient. Beth avait si souvent surgi devant les marches de la roulotte et s'était si souvent souciée du salut de son âme ! Eux, dans leur grande naïveté, s'étaient toujours laissé prendre. Maintenant, ils comprenaient enfin ses intentions.

— Elle est comme un renard, conclut Cordelia. Un renard qui trouve un agneau blessé et trace sournoisement autour de lui des cercles toujours plus petits, jusqu'à ce qu'il soit trop faible pour se défendre.

— Sauf que George n'était pas faible, la contredit Othello, fier de son berger. Il s'est toujours défendu.

Miss Maple approuva.

— Et Beth attendait sans désespérer. Un jour, pensait-elle, un jour viendra… Et puis… vous souvenez-vous de ce que je vous ai dit ? Tout a à voir avec la bêche. L'idée reste vraie, même si au départ, j'ai mal interprété le rapport. La bêche signifie : potager. Elle signifie que George s'est défendu. Que Beth ne pouvait pas s'emparer de son âme.

Elle fit une pause.

— Mais alors, continua-t-elle, elle a appris que George voulait s'en aller. En Europe. Avec son âme. Cela faisait des années qu'elle attendait comme une araignée sur sa toile. Il fallait qu'elle entreprenne quelque chose si elle ne voulait pas avoir attendu pour rien.

Impressionnés, les moutons se taisaient. Sauf Zora.

— Mais qu'en est-il des victimes qui poursuivent leurs assassins ? Beth n'a pas été poursuivie par un mouton !

Miss Maple réfléchit.

— En apparence, non, concéda-t-elle au bout d'un moment. Mais en réalité, si. Nous-mêmes, nous l'avons vue deux fois être poursuivie.

Les moutons réfléchirent, mais avec la meilleure volonté du monde, ils n'arrivaient pas à se souvenir. Et Mopple, le mouton mémoire, continuait de ronfler gaiement.

— Vous devez songer que nous ne pouvons sans doute pas voir le mouton fantôme, reprit la brebis la plus intelligente de Glennkill. Seul l'assassin le peut. Or nous l'avons surprise deux fois en pleine vision. La première, c'était pendant le pique-nique. Vous vous rappelez ? Elle a regardé l'endroit où George est mort et avait tellement peur qu'elle ne pouvait rien manger.

Maintenant, ils se souvenaient. Son manque d'appétit, alors qu'il y avait tant de bonnes choses sur le plaid multicolore, était le signe irréfutable d'une peur terrible.

— La deuxième fois, c'était quand Rebecca a ouvert la roulotte. Nous avons tous attendu que la vérité en sorte. Seule Beth a *vu* sortir quelque chose.

Ils repensèrent à la façon dont elle avait fixé la porte, les yeux écarquillés, pétrifiée d'angoisse.

— Tu crois ? demanda Cloud.

Miss Maple hocha la tête.

— Elle a vu l'esprit de George. Une fois, elle s'est même trahie. Elle a dit qu'elle ne pourrait revivre que lorsque le mouton noir aurait quitté le troupeau. Que pourrait-elle bien avoir contre Othello ? Elle devait parler de l'esprit de George !

Cette fois, le doute n'était plus permis. Miss Maple avait résolu l'affaire. Impressionnés, les autres se taisaient.

— Je me demande si elle l'a eue ? reprit Cordelia au bout d'un moment.

— Quoi ? demanda Zora.

— L'âme de George. Je me demande si elle a eu l'âme de George.

— Si elle l'a eue, elle doit la rendre ! décréta Sir Ritchfield d'un ton sans appel.

L'âme était l'inverse d'une chose. Avec une âme, on pouvait découvrir le monde. Il s'agissait d'un bien très précieux et très important, même si, dans le cas des hommes, elle était toute petite.

Miss Maple secoua la tête.

— Elle ne l'a pas. Regardez-la ! On dirait qu'elle a perdu à jamais quelque chose d'important.

La vieille brebis avait raison. Les moutons respiraient parce que l'âme de George avait échappé à Beth. Mais pour autant, pouvait-on parler de justice ?

— Justice ! bêla tout à coup l'agneau d'hiver.

— Justice ! entonna Othello.

— Justice ! reprirent les autres en chœur.

— Oui, mais comment ? demanda Lane.

— Elle est responsable de la mort de George, observa Cloud. Il serait juste qu'elle meure elle aussi.

L'argument paraissait convaincant.

— Ce n'est pas difficile, continua Othello. Nous ne pouvons sans doute pas utiliser du poison et une bêche, comme elle, mais nous pouvons par exemple la pousser du haut des falaises.

— Non, pas la falaise ! protesta Zora.

— Même autrement, ce n'est pas dur, insista le bélier.

— Elle a dit qu'elle n'avait pas peur de la mort ! s'exclama Heidi. Vous vous souvenez ? Elle le répétait sans cesse. Eh bien, elle va voir…

Des bêlements exaltés lui répondirent. Elle allait connaître la peur ! Ça, c'était juste. Après tout, ils avaient bien eu peur, eux, avec tous les événements qui s'étaient déroulés sur leur prairie au cours des derniers jours.

— On pourrait refaire le coup de la maladie ? proposa Cordelia. Il a bien marché, avec Gabriel.

Toutefois, les autres avaient vaguement conscience qu'avec Beth il ne fonctionnerait pas. Miss Maple faisait les cent pas dans l'obscurité.

— Il faut que la vérité sorte, dit-elle enfin. Ils en ont tous peur. Nous devons nous arranger pour qu'elle sorte ! Pas de la roulotte, mais de nos têtes. Et tous les hommes doivent l'apprendre. C'est ça, la justice.

— Mais ils ne nous comprennent pas ! objecta Cloud.

— Ce sera difficile, concéda Miss Maple. Pourtant, je crois que nous pourrions les amener à comprendre quelque chose si seulement ils faisaient attention à nous. Le problème est qu'ils ne pensent pas à nous. Ils ne pensent qu'à la roulotte.

— Sauf le boucher ! objecta Sara. Le boucher s'intéresse beaucoup aux moutons, maintenant.

Seulement, personne dans le troupeau n'avait envie de parler avec lui. De nouveau, Miss Maple fit les cent pas, absorbée dans ses pensées. Pendant un long moment.

Soudain, elle s'immobilisa et dit :

— Il y a une circonstance particulière dans laquelle les hommes font attention aux moutons !

Rayonnante, elle chercha à capter le regard des autres. Mais le seul mouton qui semblait se réjouir de cette inspiration géniale était elle-même. Pendant qu'elle réfléchissait, ses congénères s'étaient endormis les uns après les autres.

— Ça peut marcher, conclut Miss Maple.

Ils s'étaient réveillés de bonne heure, mais étaient restés dans la bergerie pour tenir compagnie à Mopple, toujours en hibernation. La lumière du soleil qui passait par les trous et les fentes dessinait sur leur toison des signes dorés et étincelants. Ils étaient de bonne humeur.

— Pour trouver le mouton le plus intelligent, ils doivent bien observer les bêtes avec une très grande attention.

L'idée leur plaisait. Dans leur for intérieur, ils avaient toujours été attirés par le Concours du mouton le plus malin de Glennkill. Le bruit courait qu'on y nourrissait les bêtes avec du trèfle et des pommes et que tous les hommes les admiraient. Cependant, George ne les avait jamais laissés y prendre part. « Il ne manquerait plus que ça ! avait-il tonné un jour que la conversation était tombée sur le sujet. Mes moutons intelligents jugés par ce ramassis d'alcoolos ! » Maintenant qu'il était mort, il ne pouvait plus les régenter. Alcoolos ou pas : en prenant part à la compétition, ils pourraient peut-être faire avancer la justice.

— Nous allons nous inscrire ! décida Sir Ritchfield.

L'affaire était donc entendue. Ses yeux brillaient d'audace.

— Oui, mais comment ? demanda Cloud.

Ils rassemblèrent leurs connaissances sur le concours.

— Un truc débile ! s'indigna Maude.

— Un attrape-touriste, renchérit Heidi, quand on n'a rien d'autre à proposer

— Le concours se passe au Mad Boar, dit Sara.

Cette information-là ne manquait pas d'intérêt. Les moutons connaissaient le pub pour être passés devant chaque fois qu'ils partaient vers l'autre prairie. Le Mad Boar n'était pas n'importe quel endroit, non seulement à cause de l'odeur de whisky et de bière, mais aussi à cause des yeux qui apparaissaient inévitablement aux fenêtres pour observer George jusqu'à ce que son troupeau et lui aient disparu au coin de la rue principale.

— On n'a qu'à y aller, suggéra Zora, pleine de témérité. Les autres le font bien !

Les autres ! Les autres moutons ! Il y aurait des moutons partout ! Des moutons particulièrement intelligents qui allaient leur apprendre une foule de choses. Peut-être qu'après on se regrouperait pour former un immense troupeau. Sara en remua les oreilles de joie.

Zora inspira l'air frais du matin à grands traits profonds et jouissifs. Cloud s'allongea dans la paille avec un soupir de satisfaction.

— C'est quand ? s'inquiéta Lane.

Ils savaient que le concours n'avait lieu qu'une fois par an. Mais une année, c'est long, d'un hiver à l'autre.

— Après-demain ! dit Mopple.

Ils se retournèrent. Enfin sorti de sa léthargie, le gros bélier les regardait d'un air frais et dispos.

— Comment peux-tu le savoir ? demanda Heidi. Pourquoi justement après-demain ?

— Parce que Gabriel l'a dit, précisa Mopple. Quand le boucher est venu le mettre en garde contre nous.

Après-demain ! Il fallait dormir deux fois, et on y serait. Cela ne laissait pas beaucoup de temps pour se préparer. D'un autre côté, pas beaucoup de temps non plus pour avoir peur et s'énerver.

Seule Miss Maple restait sceptique.

— On a déjà dormi une fois, depuis. Donc, ce n'est pas après-demain, mais demain.

— Non, après-demain, répéta Mopple avec entêtement.

— La date a changé, expliqua-t-elle. Pendant qu'on dormait. Maintenant, le concours a lieu demain.

— Mais j'ai enregistré ses paroles ! protesta-t-il. Et quand j'ai retenu quelque chose, c'est pour toujours. Ça ne peut pas changer, même pendant qu'on dort. Ça ne peut plus jamais changer.

— Si, dit-elle. Ça, ça peut changer.

Vexé, Mopple la Baleine se retira pour bouder dans un coin en mâchouillant un brin de paille. Les autres ne le laissèrent pas gâcher leur envie matinale d'agir. Donc, c'était demain !

— Il ne nous manque plus qu'un numéro, annonça Heidi avec enthousiasme.

Tout participant au Concours du mouton le plus malin de Glennkill devait en effet exécuter un numéro.

— Qu'est-ce que c'est, un numéro ? s'enquit un agneau.

Un silence s'abattit sur la bergerie et se répandit autour de leurs sabots comme de la neige en hiver. Quelque part, très loin, une vache beuglait. Une auto vrombissait sur la route, à peine plus fort qu'un insecte. Une petite souris courut dans le grenier, ses pas sur le plancher en bois sec et brut faisaient penser à des gouttes de pluie. Une grande araignée marron se faufila sans bruit dans une forêt de pattes de mouton.

— Peut-être qu'il y a un numéro dans la remise ? suggéra Cordelia au bout d'un moment.

George y conservait en effet une foule d'objets utiles.

— Et quand bien même, objecta Zora, comment le reconnaîtrait-on ?

— On pourrait emporter tout ce qu'on ne connaît pas, suggéra Heidi qui voulait à tout prix participer au concours.

Poussés par la curiosité, ils se dirigèrent tous ensemble vers la remise, et Lane, de son museau habile, souleva le pêne. La porte s'ouvrit et un air vicié en sortit. Ça sentait l'huile, le métal, le plastique et plein d'autres choses désagréables. Ils jetèrent un regard rempli d'espoir à l'intérieur. L'espace minuscule, si petit qu'un mouton n'aurait même pas pu y entrer, était bourré d'objets. Bien possible que parmi eux se cache un numéro.

La faux. Le bâton de berger. La tondeuse. Un petit bidon d'huile. La caisse à outils. Les pièges à rats.

Les graines pour le potager – qui ne sentaient pas si mauvais que le reste. Un bocal rempli de vis. Un petit râteau. Un collier antipuces pour Tess. Une boîte de mort-aux-rats que George avait achetée sous le coup de la colère et qu'il n'avait jamais utilisée. Le chiffon rouge et blanc. Et la peau de chamois. Rien que des objets qu'ils connaissaient. Ils savaient parfaitement à quoi ils servaient. En tout cas, ce n'étaient pas des numéros.

Lane, au premier rang, se retourna vers les autres :

— Rien !

Tout à coup, ils entendirent un ricanement dans leurs dos. Melmoth. Ils se retournèrent vers lui et furent pris de peur. Il était comme métamorphosé. Dressé sur ses pattes arrière, il marchait en long et en large à la manière d'un bipède. Ses mouvements étaient maladroits et un peu ridicules. Étranges, absurdes et dans une certaine mesure inversés. Les moutons frissonnèrent.

— Mais qu'est-ce qu'il fait ? s'étonna Cordelia.

— Ça, répondit Othello également dressé sur ses pattes arrière, c'est un numéro.

Le soleil était déjà haut dans le ciel quand Rebecca sortit de la roulotte, les pieds nus, en s'étirant comme un chat. Les moutons discutaient toujours. Rien de ce qu'ils savaient faire ne semblait être un numéro. Ni brouter ni courir ni s'asseoir sur un piton rocheux ni sauter ni penser ni être capable de tout retenir ni surtout manger du pain.

— Et savoir écouter ? demanda Heidi.

Othello secoua la tête avec agacement.

— Un numéro doit être complètement dénué de sens, expliqua-t-il pour la centième fois, à la fois absurde et frappant. Comme marcher sur les pattes arrière. Ou bien faire signe avec un tissu qu'on tient dans les dents. Ou faire rouler une balle.

— Pourquoi un mouton devrait-il faire rouler une balle ? l'interrogea Maude.

— Pour rien, justement !

— Ils trouvent les moutons intelligents quand ils se comportent bêtement ?

Cloud n'arrivait pas à croire ce qu'elle entendait et remuait les oreilles.

Othello souffla bruyamment.

— On ne peut pas comprendre, mais c'est comme ça.

— En plus, on n'a pas de balle, ajouta Lane, un mouton très pragmatique.

— Je crois que nous ne savons pas faire de numéro, conclut Zora sans s'émouvoir. Tant mieux !

Quelques moutons firent un long nez. Mais Miss Maple ne se laissa pas décourager si facilement.

— Aucune importance, intervint-elle. Nous voulons juste que les hommes fassent attention à nous. Nous n'y allons pas pour gagner.

— Moi, si ! répliqua Heidi.

Miss Maple feignit de ne pas l'avoir entendue.

— Si nous parvenons à entrer, ils feront attention à nous. Et alors, nous pourrons peut-être les amener à comprendre.

— Comprendre quoi ? demanda Maude.

— Que Beth a tué George avec du poison, expliqua Ramsès avec zèle, mais que ça ne lui a pas suffi parce qu'elle voulait son âme. Et qu'elle a planté la bêche dans son ventre pour ne pas être poursuivie par son esprit.

— Ils ne vont jamais comprendre, soupira Mopple.

— Il faut faire plus simple ! s'exclama Miss Maple.

— Beth est l'assassin de George, dit Heidi. D'abord avec du poison. Ensuite avec la bêche.

— Encore plus simple ! insista Miss Maple.

— Beth – assassin – George, résuma Zora d'un ton exaspéré.

— Très bien ! estima Miss Maple. Avec un peu de chance, ça, ils peuvent comprendre.

Les moutons se regardèrent mutuellement. Trois mots si simples – et qui seraient pourtant si difficiles à faire comprendre aux hommes. Pour se rassurer, ils cherchèrent Miss Maple du regard. Mais la brebis intelligente avait disparu. Ils entendaient seulement de drôles de grattements dans un coin de la bergerie. Au bout d'un moment, elle revint parmi eux, le nez sale et la chose du boucher entre les dents. Elle avait un plan.

21

Fosco s'y connaît

L'inspecteur Holmes fixait sa Guinness avec un sentiment de frustration. En toute autre occasion, la vue d'une bonne bière le réjouissait, mais là, non. Il s'agissait pour ainsi dire d'une Guinness de service, ce qui lui gâtait le plaisir. Il n'y avait que lui pour se retrouver ici, dans ce trou paumé, précisément pendant cette connerie de concours de moutons, coincé entre les touristes et les autochtones, tous bien entendu d'humeur festive. L'atmosphère le dégoûtait. C'est bien beau d'être joyeux, mais ces gens-là l'étaient franchement trop. Ou bien c'était une impression parce qu'il ne prenait lui-même aucun plaisir à cette histoire.

Il n'aurait jamais dû s'engager dans la police. Pas avec ce nom-là ! À Galway aussi, ils avaient un Watson et ne lui faisaient pas de cadeau. Mais alors, lui ! Leurs blagues débiles, passe encore. Le pire était que toutes les affaires insolubles atterrissaient sur son bureau – *avec* des blagues débiles. Il n'y pouvait rien s'il avait le plus mauvais rendement de tout le comté. Et ce n'était pas près de changer. Pas avec des affaires comme celle-ci. George Glenn. Il l'avait su d'emblée : si c'est pas la famille, je trouverai jamais. Or la famille se composait en tout et pour tout d'une petite rousse

rondouillarde. Qui avait bien sûr un alibi. Ensuite, cette histoire de testament était sortie. Il avait projeté d'arrêter les héritiers. Ce serait toujours mieux que rien, s'était-il dit. On pourrait toujours les relâcher par la suite. Mais voilà… Il n'allait quand même pas arrêter un troupeau de moutons ! Pour être sincère, il ne pouvait plus les voir en peinture, les moutons. Autant dire qu'au Concours du mouton le plus malin de Glennkill, il était servi.

Ils avaient installé une estrade en bois au milieu de la salle du Mad Boar. On y accédait non par des marches, mais par une rampe. Tout ça pour le bétail. Derrière, les bergers attendaient avec leurs champions. Difficile de dire qui, des hommes ou des animaux, répandait la plus atroce puanteur sous l'effet de l'excitation. Peut-être était-ce aussi la faute des touristes. Certains étaient venus à vélo malgré la chaleur estivale. Ça se sentait, bien sûr.

Qu'est-ce qu'il faisait là, en fait ? Il attendait que l'assassin ivre-mort se livre de son plein gré ? Que les moutons lui fournissent l'indice décisif ? En réalité, il n'avait surtout aucune envie de rentrer au bureau classer une nouvelle affaire non résolue. Voilà le fond de l'histoire. Il préférait encore continuer à enquêter un peu.

Le silence se fit. Ou du moins, il essaya. Car, bien entendu, les moutons bêlaient toujours gaiement – ce qui n'était pas très malin de leur part. Un homme maigre monta sur l'estrade. Si c'était lui le patron, on pouvait craindre le pire, question bouffe. Holmes aurait préféré le gros en chaise roulante. Ils ne faisaient pas partie de ceux qui avaient trouvé le cadavre, ces deux-là ? Ah, si ! Baxter et Rackham. Un gars discret, ce Baxter, s'était-il dit après l'interrogatoire. Et voilà qu'il parlait à la foule depuis plusieurs minutes. Saint Patrick déjà… Et puis Swift et Yeats… La tradition… La tradition… Glennkill fière de ses moutons… À vomir ! Et sa Guinness qui était déjà finie. Le maigre patron avait enfin terminé lui aussi. Maintenant, le silence se faisait vraiment. Un silence plein d'espoir. Même les moutons avaient cessé de bêler.

Et alors, au milieu de ce silence, on frappa à la porte. Une minute plus tôt, personne ne s'en serait soucié. Mais à présent, tous les yeux pointèrent dans cette direction. C'était un peu bizarre, de frapper à la porte d'un pub. Sans doute que ça faisait partie de ce rituel débile. Pourtant, dans la salle, personne ne bougea. On frappa de nouveau. En fait, on aurait plutôt dit que quelqu'un cognait de toutes ses forces contre la porte avec un objet dur. Toujours pas de réaction. Ce n'est qu'au troisième coup que quelqu'un eut pitié. Celui au long nez. Il lui avait également parlé. Père… Père quelque chose. Le curé, quoi.

Le révérend père se dirigea vers la porte et l'ouvrit en souriant. Mais le sourire béat se troubla, se figea, se fit béant. La face de curé regardait avec épouvante ce qui l'attendait au-dehors.

Quand la porte s'était enfin ouverte, ils avaient été pris d'une envie de fuir. Jamais ils n'avaient imaginé qu'il puisse y avoir tant d'humains sur terre. Il y en avait ici encore plus que sur leur prairie après le meurtre. Et même plus que sous le vieux tilleul. Et quelle puanteur ! Les odeurs de chacun d'entre eux s'étaient fusionnées pour former une énorme exhalaison collective, mélange de graisse et de fumée, aigre, rance et terriblement étranger. Se déposant comme une pellicule d'huile sur les parois de leurs naseaux, cette affreuse puanteur les empêchait de flairer quoi que ce soit. En plus, une épaisse fumée de cigarette entourait comme un brouillard la tête des hommes au-dessus d'eux. Elle leur piquait la face et les faisait pleurer. Même leurs oreilles ne leur étaient pas d'un grand secours : on aurait dit qu'un drôle de voile les recouvrait. De la musique sortait de quelque part, comme filtrée par le feuillage d'une haie, et des pieds remuaient sous les bancs. Sinon, ils n'entendaient rien.

La foule humaine les fixait en silence. Après avoir ouvert la porte, Dieu, bouche bée, avait reculé de quelques pas, était tombé sur une chaise et avait porté les mains à sa poitrine. Othello s'engagea dans l'étroit passage ménagé entre les rangées de tables. Les autres lui emboîtèrent le pas. Non par conviction – ils auraient mille fois préféré prendre leurs jambes à leur cou –, mais parce qu'ils ne savaient pas quoi faire d'autre.

Au début, le troupeau tout entier avait souhaité participer au Concours du mouton le plus malin de Glennkill, et une moitié des moutons s'étaient vexés qu'on ne retienne finalement que quatre d'entre eux : Miss Maple, Mopple la Baleine, Zora et Othello. Toute la fierté et la joie que Mopple et Zora, et même un peu Miss Mapple, avaient éprouvées au départ avaient désormais cédé la place à la peur. Othello était le chef de leur petit troupeau. Ils ne pouvaient plus que le suivre.

Certes, il les menait avec panache. La tête haute, il marchait entre les rangées de tables sans laisser voir le moindre signe d'angoisse. Zora venait juste derrière lui, puis Miss Maple et enfin Mopple la Baleine, rond et nerveux, qui tenait fermement entre ses dents le chiffon puant, leur principal accessoire.

Lorsqu'ils furent arrivés à peu près au milieu de la salle, l'un des humains cria quelque chose et, aussitôt, un vacarme infernal retentit. Les gens frappaient en rythme dans leurs mains, braillaient et criaient. Les moutons se serrèrent les uns contre les autres, poussés par Mopple la Baleine, pris de panique. La tête du gros bélier reposait à présent sur le postérieur de Miss Maple, celle de Miss Maple sur celui de Zora, et celle de Zora butait contre celui d'Othello.

— Qu'est-ce que c'est que ça ? l'interrogea-t-elle avec angoisse.

— Des applaudissements, la rassura-t-il. Ça veut dire que ça leur plaît.

— Ce boucan ?

Le premier bélier continuait d'avancer tandis que le dernier continuait de pousser. Loin de cesser, les applaudissements et les cris poursuivirent les quatre moutons à travers toute la salle. Quand ils eurent enfin atteint l'estrade, le bruit devint insupportable. Le bélier noir s'arrêta et se retourna vers les hommes. Sur le podium carré, ils avaient un peu plus d'espace, mais étaient soudain aveuglés par la lumière. Mopple, Miss Maple et Zora en profitèrent pour pousser leur chef entre les hommes et eux : ils firent le tour d'Othello et se glissèrent en bloc derrière lui, épaule contre épaule contre épaule. Le bruit se fit à nouveau plus fort.

— Il faut qu'ils arrêtent ! gémit Mopple de manière indistincte à cause du chiffon qu'il serrait entre les dents. Débrouille-toi pour qu'ils arrêtent !

Mais Othello ne fit rien du tout. Il était là, à regarder calmement la marée humaine. Les autres, au contraire, jetaient des coups d'œil nerveux de tous les côtés. À l'arrière de l'estrade se trouvait une deuxième rampe, qui menait vers le coin où les moutons étaient parqués

sous la surveillance de leurs bergers. Comparé à la salle, l'endroit paraissait paisible, sombre et sûr. Ils mouraient d'envie d'y aller. Mais Othello ne faisait pas mine de bouger. Il attendait quelque chose. Peu à peu, le bruit diminua et, enfin, cessa.

Alors, Othello se dressa sur ses pattes arrière. Aussitôt, le tapage reprit, plus fort que jamais. Les humains criaient à tue-tête.

— Vous voyez, dit le bélier noir. C'est tout simple. Quand on fait quelque chose, ils s'énervent. Quand on ne fait rien, ils se calment.

— Eh bien, on n'a qu'à ne rien faire, proposa Mopple.

— Il n'y a aucun danger, expliqua Othello qui s'était remis sur ses quatre pattes. Ce ne sont que des spectateurs.

Là-dessus, il se retourna et entraîna son petit troupeau sur la deuxième rampe. Le coin dans le fond était entouré d'une clôture basse, munie d'une petite porte qu'Othello ouvrit avec le sabot et referma avec le museau quand ses moutons furent passés. Alors, ils regardèrent autour d'eux. Les autres étaient attachés à la barrière. Les bergers étaient assis à une table au milieu de l'enclos et les fixaient, bouche bée.

— Tu avais raison, murmura Zora à Miss Maple. Ici, on accorde un paquet d'attention aux moutons.

En compagnie des bêtes, ils se sentaient un peu mieux. Othello leur trouva une petite place tranquille entre un gros bélier gris et une brebis marron. Une fois installés, ils attendirent de voir ce qui allait se passer.

Les applaudissements s'étaient peu à peu transformés en un brouhaha rempli d'excitation. Par comparaison au vacarme initial, c'était presque reposant. Un inconnu à lunettes se fraya un passage à travers la foule et s'approcha de leur enclos d'un air intéressé. À peine les bergers l'eurent-ils aperçu qu'ils se jetèrent sur lui.

— Ça va à l'encontre du règlement ! hurla l'un d'eux.

— Pourquoi personne ne nous prévient ? Pourquoi c'est pas dans le programme ?

— Virez-les sur-le-champ !

— Qu'est-ce que ça veut dire ? Vous nous interdisez d'inscrire plus d'un mouton ! J'aurais pu emmener Peggy, et Molly, et Sue ! Là, ça aurait été quelque chose !

— Mais ils ne sont pas inscrits, expliqua l'homme à lunettes en souriant d'un air embarrassé. Je ne sais strictement pas d'où ils sortent. Ni où est leur berger.

Les humains se regardèrent en silence.

— Leur berger ne risque pas de venir, finit par dire l'un d'eux.

— Comment pouvez-vous en être si sûr ?

— Parce qu'il est mort, répondit l'homme. C'est les bêtes à George Glenn.

— Ah…

L'homme à lunettes avait l'air troublé.

— Ils ont rien à faire ici ! hurla un berger obèse au visage écarlate. Virez-les !

Les moutons prirent peur. Autant d'efforts pour être dégagés si près du but ?

— Ce n'est pas si simple, expliqua l'homme à lunettes. Vous entendez les gens ? Les touristes ? Ils sont *enthousiastes*. Que va-t-il se passer si on les fait sortir ? Qu'est-ce que vous croyez qu'il va se passer ?

— Je m'en fous, dit un berger. Les règles, c'est les règles.

— Non, répliqua l'homme à lunettes. Pourquoi priver les spectateurs d'un peu de plaisir ?

— De plaisir ? vociféra le visage écarlate hors de lui.

— Mais oui ! le rassura l'homme à lunettes. Ils ne participent pas au concours, mais on les garde pour la fin, quand plus personne ne fera attention.

Les bergers se rassirent à leur table de mauvaise grâce et jetèrent des regards furieux aux moutons de George.

Mopple, Miss Maple et Zora observaient les choses inconnues qui les entouraient en ouvrant de grands yeux. Des mains d'enfant passaient à travers la barrière pour leur tendre du pain, des sucreries, des morceaux de tarte, voire des glaces. Cependant, Mopple lui-même n'aurait pour rien au monde touché à cette nourriture. Pour la première fois de sa vie, il n'avait pas d'appétit. Peut-être à cause du chiffon malodorant qu'il avait posé près de lui dans la paille ?

Alors, une musique assourdissante retentit. Elle ne provenait plus d'une petite radio grise, mais d'un troupeau d'hommes qui étaient montés sur l'estrade et manipulaient des engins bizarres. Une belle musique, qui lançait le cœur au galop. Les gens qui se tenaient de l'autre côté de la barrière avaient sorti de petits appareils et jetaient des éclairs sur les bêtes. Miss Maple clignait des yeux. Elle était certes le mouton le plus intelligent de tout Glennkill, mais, à ce moment-là, elle décida que personne ne devait jamais l'apprendre.

Miss Maple, Zora et Mopple cherchaient du regard un soutien auprès des autres. La brebis marron à leur droite mordillait nerveusement un fétu de paille. Miss Maple allait lui poser une question lorsqu'elle remarqua que le gros bélier à la toison gris velouté l'examinait avec curiosité.

— Vous n'êtes pas malins non plus, remarqua-t-il.

Débarquer ici comme dans un pâturage d'été et prendre part à ce concours, ce n'est pas très futé.

Il leur adressa un clin d'œil espiègle.

— Les autres aussi y prennent part, se défendit Mopple la Baleine.

— Oui, mais justement. Ils ne sont pas particulièrement intelligents, répondit l'inconnu.

Les deux béliers se toisèrent. Mopple n'avait encore jamais rencontré un mouton plus gros que lui. Il en éprouva aussitôt du respect.

— Toi aussi, tu y prends part, objecta Miss Maple, un peu vexée car c'était elle, finalement, qui avait eu l'idée du Concours du mouton le plus malin de Glennkill. Donc toi non plus, tu ne dois pas être très malin.

— Faux ! s'exclama le gros gris. Car je suis Fosco. Tous les autres sont là pour la première fois. Ils ne savent pas ce qui les attend. Sauf le taché, là derrière : lui, il est venu aussi souvent que moi, mais il ne sait quand même rien. Chaque fois, il a oublié ce qui s'est passé l'année d'avant. Faut dire, il faudrait être fou sinon pour revenir.

— Tu es donc fou ? déduisit Miss Maple.

— Faux ! répéta-t-il. Car je suis Fosco. Je ne suis pas fou. Je gagne.

Miss Maple allait poser une nouvelle question quand la musique cessa. L'homme à lunettes était monté sur l'estrade.

— Mesdames et messieurs ! Le moment est enfin arrivé ! Dans quelques instants, le traditionnel Concours du mouton le plus malin de Glennkill sera ouvert. L'un après l'autre, les moutons les plus intelligents de Glennkill vont exécuter pour vous leurs numéros. À la fin, c'est vous qui désignerez le vainqueur grâce à votre bulletin de vote. Et bien entendu,

il y a quelque chose à gagner : pour vous, la semaine gastronomique de l'agneau au Mad Boar. Et pour les moutons… pareil !

Les hommes s'esclaffèrent.

— Excusez cette petite blague, reprit l'homme à lunettes. Bien entendu, on n'abat pas le mouton le plus intelligent de Glennkill. Le vainqueur a droit à une pinte de Guinness et à une couronne de trèfle. Ensuite, on l'emmène en tournée dans les pubs de Ballyshannon, Bundoran et Ballintra pour montrer de quoi il est capable.

Le numéro de l'homme à lunettes n'était pas spectaculaire, mais on l'applaudit quand même.

— Le berger du vainqueur reçoit une petite récompense d'une valeur de 200 euros. Je vous demande d'applaudir très fort. Et je déclare maintenant ouvert le Concours du mouton le plus malin de Glennkill !

La foule fit un boucan d'enfer. Othello jeta un regard haineux à l'homme à lunettes. Zora remua les oreilles. Mopple ravala sa salive. La plaisanterie sur la gastronomie laissait un arrière-goût désagréable. Fosco leur adressa un nouveau clin d'œil :

— Il dit cela chaque fois. Regardez-moi : est-ce que j'ai l'air d'un gigot d'agneau ?

— Et pour commencer, reprit l'homme à lunettes, veuillez applaudir Jim O'Connor et Smartie !

— Oh, non ! rigola Fosco. On commence par lui ! Maintenant, faites bien attention.

Les moutons tendirent le cou. Le paysan au visage écarlate s'était levé et menait en laisse le bélier pie vers l'estrade. Peu à peu, les gens dans la salle firent le silence. Le berger s'inclina et annonça :

— Smartie, le seul mouton au monde à savoir jouer au football.

Il posa devant lui un ballon noir et blanc. Fosco se tourna vers les moutons de George :

— Il s'agit de donner des coups de sabot dans le ballon. Je vous le dis parce qu'on ne peut pas le deviner en voyant le numéro.

Smartie renifla consciencieusement le ballon de tous les côtés. Ensuite, il frotta sa tête contre l'une de ses pattes avant sous le regard de son berger absolument sûr de remporter la victoire. Enfin, il balança la patte d'avant en arrière. Puis il fixa de nouveau la balle comme s'il la voyait pour la première fois de sa vie. Il prenait son temps. Le public fit entendre quelques sifflements isolés. Le paysan commençait à perdre patience. Il s'avança vers Smartie et poussa lui-même la balle du pied. Le coup fut un peu plus fort que prévu, et le ballon se mit à rouler sur l'estrade. Le mouton trottinait derrière en essayant de le prendre entre ses dents, ce qui entretenait le mouvement. Arriva ce qui devait arriver : le ballon tomba de la scène, et, sans l'ombre d'une hésitation, Smartie s'élança à sa poursuite, atterrissant sur la première table dans un bruit de verres cassés. Les humains qui y étaient assis bêlèrent tout ce qu'ils pouvaient.

Les moutons, eux, levèrent les yeux au ciel devant tant de sottise.

— Regardez-moi ça, rigola Fosco. Voilà des années qu'il fait exactement les mêmes conneries. C'est le seul de son troupeau qui soit encore plus bête que son berger.

Smartie, le mouton footballeur, récolta des applaudissements très modérés. De retour sur l'estrade, l'homme aux lunettes sourit pour l'excuser.

— Et maintenant, annonça-t-il, Simon Forster et Einstein – le tenant du titre.

— C'est moi, précisa Fosco. Ils pensent que je m'appelle Einstein.

Ses petits yeux clignèrent d'un air complice, comme si le coup du pseudonyme était particulièrement réussi. Son berger était grand, fort et encore plus gros que le bélier lui-même. Il avait une chope dans une main et une main dans une poche. L'animal et l'homme montèrent tranquillement sur l'estrade. Fosco se déplaçait avec une légèreté étonnante pour son volume.

Le berger ne lui adressa pas un mot. Il prit une bouteille de Guinness et remplit la chope. Puis il posa le verre devant le bélier, qui le saisit entre ses dents, le souleva, ramena la tête en arrière et but à grands traits. Applaudissements. Fosco reposa la chope sur le sol sans une hésitation. Le paysan prit une deuxième bouteille. Il n'avait toujours pas sorti l'autre main de sa poche. Sans doute voulait-il faire une démonstration de sa propre habileté. Une troisième bouteille suivit. Les humains hurlaient. À la quatrième, certains se levèrent pour crier en chœur : « Einstein ! Einstein ! » La cinquième bouteille fut pour le berger – toujours manchot. Il sortit enfin la main de sa poche et leva les deux bras en l'air. Le mouton et son berger quittèrent l'estrade sous un tonnerre d'applaudissements. Les autres les regardaient, jaloux. L'homme rattacha Fosco près des moutons de George et se rassit.

— Et c'est avec ça que tu gagnes ? s'enquit Miss Maple. En buvant ?

— Faux ! expliqua-t-il. En buvant de la *Guinness* ! Dans un *verre* ! Ici, ils font tous ça. Par conséquent, ils sont convaincus qu'il s'agit de l'activité la plus intelligente qui soit. Voilà pourquoi je gagne. Chaque fois.

— Mais ce n'est pas difficile, remarqua Zora.

L'objection le laissa de marbre.

— Ce qui prouve que je suis encore plus intelligent qu'on croit. Pourquoi faire quelque chose de difficile si ça marche avec quelque chose de facile ?

— Mais pourquoi veux-tu gagner ? demanda Mopple, désormais convaincu qu'il y avait beaucoup à apprendre de ce bélier.

— À cause de la Guinness bien sûr ! répondit Fosco. Vous n'avez pas entendu qu'on gagnait une Guinness ? Et dans les autres pubs, c'est le même numéro. Avec une nouvelle bière à la clé. Sans compter les semaines d'entraînement.

Ses yeux pétillaient.

C'était maintenant au tour de Jeremy Tipp et de Wild Rose. Curieux de voir leur numéro, les moutons de George tendirent le cou, mais Fosco secoua la tête.

— Sans intérêt. Cette fois, tous les bons numéros étaient au début. Ce n'est même plus la peine de regarder.

Mais ils regardèrent quand même. Wild Rose tournait en rond et changeait de direction quand son berger sifflait. Un autre concurrent sautait maladroitement de petits obstacles. Un bélier particulièrement gauche ne remuait la tête que sur un certain signe de son berger. Quand celui-ci faisait un autre signe, il bêlait. Le paysan n'arrêtait pas de lui parler. Bizarrement, ce numéro fut très applaudi, quoique moins que celui de Fosco.

La démonstration la plus pitoyable fut celle de la brebis marron. Elle n'avait même pas de nom. Elle était si effrayée qu'elle se perdit sur la scène et fut incapable de finir la petite course d'obstacles que son berger lui avait préparée. Désorientée, elle s'immobilisa au milieu de l'estrade. Son berger la frappa avec un bâton. Prise de panique, elle s'enfuit à toute vitesse et tomba du podium. Même là, quelques humains applaudirent. Fosco gardait un silence désapprobateur.

L'homme à lunettes revint sur l'estrade :

— Et maintenant, mesdames et messieurs, nos invités-surprise : Peggy, Polly, Samson et le noir Satan.

— Il nous a inventé des noms ! bêla Zora, scandalisée.

Même Othello paraissait troublé :

— Est-ce que j'ai l'air d'un âne, moi ?

— Aucune importance ! s'exclama Miss Maple. C'est là que tout se joue. Faites comme on a dit et n'oubliez pas ce que Melmoth nous a appris.

Déjà, les moutons de George Glenn s'étaient engagés sur l'estrade, dans la lumière éblouissante, pour que la justice sorte enfin.

Les gens dans la salle les contemplaient avec impatience. Le brouhaha se transforma peu à peu en un murmure discret qui rappelait le bourdonnement familier des insectes. Enfin, un tel silence se fit que les bêtes pouvaient entendre leur propre souffle. C'était une sensation apaisante.

Puis, soudain, un bruit terrible. Une chaise était tombée par terre. L'instant d'après, une porte claqua. Les hommes se retournèrent, surpris.

— Qu'est-ce que c'était ? chuchotait-on.

— Le père William ! répondit quelqu'un. Aucune idée de ce qui lui a pris. On dirait qu'il a vu le diable.

Sans que les autres s'en aperçoivent, une vague appréhension s'était insinuée entre les cornes d'Othello. À cause du public ? Leurs regards lui piquaient la peau comme des tiques. Exactement comme le jour où

Lucifer Smithley l'avait emmené pour la première fois sur la piste. Il attendait que la voix se fasse entendre. Qu'elle le rassure, ou le provoque, ou l'interroge. La voix saurait dissiper le malaise. Mais il n'entendait rien. Il avait beau écouter dans sa corne avant droite. Dans l'avant gauche. Dans l'arrière gauche, et enfin dans l'arrière droite. Rien. Absolument rien. Un silence total. Il était pétrifié de surprise. La voix avait disparu ! Pour la première fois depuis bien longtemps, il était seul. Un frisson lui parcourut la toison. Quelque part dans la foule, la panique le guettait. Mais au moment précis où elle allait lui sauter dessus, il sentit un petit coup dans les fesses. C'était le doux museau de Zora qui le poussait à continuer. Il se ressaisit. Après tout, il avait vaincu le chien. Beaucoup de chiens. Il était le chef. Et aujourd'hui, un jour particulier, il était la mort.

Parfois, il vaut mieux être seul, pensa-t-il. Alors, il posa résolument ses sabots noirs sur l'estrade. Zora était soulagée. Après un instant d'hésitation, Othello s'était remis en marche. Enfin ! Cette brève attente lui avait permis de réfléchir. Or aujourd'hui, exceptionnellement, sur la scène du Concours du mouton le plus malin de Glennkill, elle préférait réfléchir aussi peu que possible. Mais il était trop tard. Elle pensa à ce que l'homme à lunettes avait dit. La semaine gastronomique de l'agneau. Elle pensa au bélier de Gabriel. Car toute chair est comme l'herbe. Les humains la broutaient comme de l'herbe. Voilà pourquoi ils avaient ri. Pourquoi il y avait le boucher. Zora dévisagea ces êtres qui voulaient gagner des semaines gastronomiques. Elle découvrit à ses pieds un abîme qui avait toujours existé, mais dont elle n'avait jamais soupçonné l'existence. Les mouettes se turent. Pour la première fois de sa vie, Zora fut prise de vertige.

Troublée, elle regardait dans toutes les directions. Alors, tout à coup, un petit mouton-nuage sans défaut passa à quelques pas d'elle. Il provenait de la pipe d'un jeune homme assis au deuxième rang. Ce n'était pas un vrai mouton-nuage, bien sûr. Mais il lui rappela à quoi servait le vide : il était là pour être vaincu. D'un pas sûr, elle suivit Othello sur l'estrade. Aujourd'hui, elle était le berger.

Miss Maple trottait derrière eux, de bonne humeur, mais tendue jusque dans la pointe de ses moindres poils. C'était son idée. Allait-elle marcher ? Les hommes comprendraient-ils ce qu'ils voulaient leur montrer ? Le troupeau entier avait compris. Lors de la répétition, quelques moutons s'étaient même enfuis au galop sur la colline tant la scène qu'elle avait imaginée était frappante de réalisme. Optimiste, Miss Maple pensait que, dans leurs bons jours, les hommes n'étaient pas beaucoup plus bêtes que des moutons, du moins des moutons bêtes. Mais les croiraient-ils ? Et que se passerait-il ensuite ? Elle était impatiente de voir à quoi ressemblait la justice. Dévorée par la curiosité, elle monta sur les planches et jeta un regard intrépide sur l'assemblée. Aujourd'hui, elle était le loup.

Mopple la Baleine arrivait en dernier, le souffle court, le chiffon entre les dents. La puanteur abominable l'obligeait à respirer par petits coups rapides. Pour le reste, il allait étonnamment bien. Il savait ce qu'il avait à faire. Il avait tout retenu. Et aujourd'hui, il était important. Lors des répétitions, même les moutons les plus bornés avaient compris qui il représentait : il était l'assassin.

Les cornes dressées sous l'effet de la confiance en soi, il posa prudemment les sabots sur l'estrade et se figea. Car au premier rang, à quelques pas de lui, les mains crispées sur les accoudoirs de son fauteuil roulant, le boucher l'observait.

22

Mopple est important

Tom O'Malley observait sa Guinness. Ces derniers jours n'avaient pas été si mauvais que ça. Les gens avaient pris plaisir à discuter avec lui. Parce qu'il avait des choses à raconter. Quelle différence, quand les gens vous écoutent ! Et ces couleurs magnifiques… Si on lui avait demandé ce qu'il préférait dans la Guinness, il aurait répondu la couleur. Une couleur sombre qui tendait parfois au grenat, parfois au brun. Un jour, il avait vu un cheval de cette couleur. Brun Guinness. Et au-dessus, il y avait ce blanc crémeux, comme de la chantilly. Irrésistible. Même s'il n'avait pas bu tant que ça, ces derniers jours. Tout à coup, tout le monde avait voulu lui parler. Alors qu'il se souvenait à peine. Sinon de quelque chose de mou contre son pied et d'une frayeur terrible. Bizarre qu'il recommence à se souvenir justement maintenant, alors qu'on ne l'interrogeait plus que rarement. Quel temps il avait mis à comprendre que la bêche lui passait bel et bien en travers du corps. *En travers du corps !* Pas étonnant qu'il soit à nouveau au Mad Boar à se soûler la gueule. Au moins, je n'ai pas vu les yeux, pensait-il. Tant qu'on ne voit pas les yeux, ça va encore.

Pour la troisième fois de sa vie, Mopple fixait les yeux du boucher tout proche. Le boucher lui renvoyait un regard menaçant. Cette fois, il n'y avait pas de brouillard, pas de vitre – juste un peu de fumée. Trois fois, c'était vraiment trop. Le bélier fit demi-tour et repartit vers la rampe. La justice, d'accord, mais le boucher restait le boucher.

Othello lui barra le chemin sans un mot.

— Le boucher, gémit Mopple. Il va tous nous tuer. Et moi en premier !

Othello secoua la tête.

— Lui aussi, c'est un spectateur. Les spectateurs ne font pas de mal. Jamais !

Mopple baissa timidement le regard vers le public. Othello avait raison, semblait-il. Le boucher ne bougeait pas. Seules ses grandes paluches s'ouvraient et se refermaient autour de l'accoudoir. Le cœur battant, Mopple revint donc au bord de l'estrade, où Miss Maple et Othello attendaient de faire leur entrée.

Zora s'était déjà avancée au centre. Elle devait tout d'abord faire comprendre aux gens de quoi il s'agissait : de George. Elle commença par le principal : elle s'allongea sur le côté et raidit les jambes. Quelques spectateurs applaudirent. Personne n'était vraiment saisi.

Miss Maple secoua la tête de manière imperceptible. Ils n'avaient pas encore compris. Zora se releva et fit une nouvelle tentative, cette fois en interprétant une mort beaucoup plus spectaculaire. Pendant qu'elle pliait lentement les pattes en poussant des bêlements déchirants, Mopple observait les gens avec curiosité. C'était donc ça, des spectateurs ? En effet, ils ne faisaient rien du tout. Et ce qui se trouvait sur leurs tables ne manquait pas d'intérêt. Il y avait une foule de verres de bière, de petites jattes remplies d'aliments pour hommes et d'étranges coupes pleines de cendres. Par réflexe, il flaira la nourriture. Pour l'essentiel, elle sentait déjà l'immangeable, sauf au milieu de la première table, d'où un fumet prometteur montait à travers l'odeur de tabac. Il se tourna vers Zora qui était maintenant allongée sur le côté, les jambes tremblantes. Il restait encore un bon moment avant son entrée en scène.

Il fit donc avec prudence un pas vers la rampe de devant. C'étaient des spectateurs. Si même le boucher ne faisait rien, les autres devaient être franchement inoffensifs. Tandis qu'ils accordaient toute leur attention à Zora, qui expirait ses derniers souffles, Mopple déposa son chiffon au bord de l'estrade et descendit la rampe qui débouchait sur la première table, celle avec la bonne odeur.

Sur la scène, Zora se releva. Cette fois, ils devaient avoir compris. À présent, ils allaient jouer le meurtre lui-même. Elle s'avança fièrement en faisant de grands pas bien droits comme George quand il traversait la prairie, avec une expression d'Au-Boulot-Fainéants dans les yeux. Ensuite, elle dressa les oreilles : idée ! George quitta les marches de la roulotte pour aller rendre visite à Beth. De l'autre côté de l'estrade, Miss Maple attendait, calme comme un loup.

Elles se saluèrent. Miss Maple prit un air de sainte-nitouche. Du bout de son museau, elle donna un petit coup à Zora : Beth voulait pousser George à faire quelque chose. Mais George ne voulait pas. Il secoua la tête avec agacement. Zora clignait des yeux, amusée, comme George le faisait si souvent. Dans l'intervalle, une pensée avait traversé l'esprit de Beth. Miss Maple bêla gentiment pour inviter Zora à prendre un rafraîchissement. Ne se doutant de rien, Zora plongea le nez dans une mare invisible aux eaux troubles et but tout son soûl.

En même temps, elle jetait des coups d'œil discrets sur les spectateurs. Les humains étaient là, le visage impassible. Seul Ham laissait voir son excitation. Avaient-ils deviné le projet de Beth ? Lors des répétitions, quelques moutons avaient bêlé à ce moment-là un « George, ne fais pas ça ! ». Mais il était trop tard. George avait déjà bu l'eau empoisonnée. Pour la troisième fois ce jour-là, Zora mourut sur scène d'une mort dramatique.

Voilà d'où ça venait ! Une petite part de tarte dans laquelle était plantée une fourchette. Mopple avait de bons souvenirs de tartes, mais pas de fourchettes. Il hésita. Erreur. L'humain, de l'autre côté de la tarte, l'avait vu.

— Hé ! cria-t-il. Psst ! Psst !

En plus, il fit des mouvements de la main qui, en temps normal, auraient effrayé Mopple. Mais là, le bélier pensa : « Tu es un spectateur ! » et il tendit le cou. D'un geste d'une incroyable rapidité, l'humain attrapa la part de tarte sous le nez de Mopple la Baleine et la tint au-dessus de sa tête, hors de portée de l'animal.

Au même instant, les jambes de Zora tressaillirent une dernière fois en l'air, puis la brebis ne bougea plus.

Au même instant aussi, Tom O'Malley leva les yeux de sa Guinness, pour la première fois depuis un bon moment. De loin, il vit une ombre assez longue dans laquelle était plantée une fourche et, derrière elle, un mouton qui semblait mort. N'était-ce pas la brebis à tête noire qu'il avait aperçue au bord de la falaise ? À côté d'elle se dressait un bélier noir à quatre cornes. Les moutons de George ! Son pied buta contre quelque chose de mou…

— George ! hurla-t-il.

Sous la table, un chien hurla lui aussi. C'était Cuchulainn, le vieux berger de Josh, auquel Tom avait donné un coup de pied sans le vouloir.

Le nom de George résonnait encore que tous les autres bruits s'étaient tus. L'atmosphère dans la salle changea. Comme si le vent avait poussé de l'air froid dans le Mad Boar et ainsi éteint quelques lumières.

— Assieds-toi, Tom ! ordonna Josh d'un ton sévère dans le silence général. Tu es bourré. Rassieds-toi, maintenant.

Mais Tom n'avait absolument pas l'intention de s'asseoir. Il montrait la scène du doigt.

— Les… moutons ! Ils… Ils veulent nous dire quelque chose sur le meurtre !

— Ce n'est pas drôle, gronda une autre voix.

— Assieds-toi ! répéta Josh.

Le visage blême et le nez écarlate, Tom regardait autour de lui.

— Assieds-toi, répéta encore une fois Josh de sa voix sévère. T'es bourré.

C'était vrai. Tom était complètement soûl. Il s'affala sur son banc et caressa la tête de Cuchulainn pour le consoler. Une fois de plus bourré… La salle autour de lui se brouilla. Pourtant, une seconde auparavant, tout était encore parfaitement clair. Les moutons… ça voulait dire quelque chose. Sans doute que ça voulait seulement dire qu'il était ivre. Une fois de plus. Sans espoir.

Entre-temps, sur l'estrade, la mort en personne était apparue sous les traits d'un bélier noir. En fait, l'entrée en scène d'Othello n'était pas vraiment nécessaire. Personne, parmi ceux qui avaient vu mourir Zora, ne pouvait douter qu'elle fût morte. Mais Mopple, Miss Maple et Zora avaient insisté pour qu'il les accompagne au Mad Boar : Othello connaissait le monde et le zoo. Sans lui, ils n'auraient pas osé.

La mort et Beth se tenaient donc toutes deux auprès du cadavre, toutes deux avides d'obtenir la petite âme humaine de George. Au bout d'un moment, Beth en eut assez. Miss Maple fit rouler Zora vers la prairie, de l'autre côté de l'estrade. C'était la seule partie de son rôle peu vraisemblable, car, pour que Beth parvienne à déplacer le cadavre, Zora était obligée de l'aider en poussant sur ses jambes (à ce moment-là, des cris d'excitation avaient interrompu les répétitions : « Il vit ! Il vit ! »).

Mais quand les moutons abordèrent le dénouement, George Glenn était bel et bien mort. Dans sa prairie imaginaire, Zora restait sur le dos sans bouger. Faute de bêche, Miss Maple posa un de ses sabots avant sur la poitrine de la victime. Cet effet saisissant avait déjà valu à Zora quelques ecchymoses. La mort, sous les traits d'un bélier noir, rôdait autour du cadavre, une étincelle démoniaque dans les yeux.

En bas, parmi les spectateurs, Mopple la Baleine dut renoncer à sa part de tarte pour revenir à toute vitesse sur la scène. Tout à coup, il fut content de n'y avoir pas touché, car il avait une drôle de sensation à l'estomac, il était barbouillé et ballonné. Mopple était important !

Voilà que commençait le troisième acte du drame, le plus difficile : « Beth ». Le gros bélier reprit consciencieusement entre ses dents le chiffon puant et se plaça juste à temps auprès de Miss Maple. Ils s'étaient longtemps demandé quelle était la meilleure façon de représenter l'assassin, et Mopple avait fini par avoir l'idée de la puanteur. Bien entendu, cela avait déclenché des discussions, surtout entre Mopple et Maud, sur la taille des âmes, sur les choses et l'odorat des humains. Pourtant, il avait réussi à faire prévaloir son point de vue : « Les hommes ont quand même un nez, avait-il fait remarquer. Grand et au milieu du visage. Ils doivent bien sentir quelque chose ! Surtout Beth – tout le monde doit la sentir. Tous ceux qui ont un nez ! »

De ce fait, ils s'étaient mis au boulot. Maud avait détecté dans le chiffon de la remise une odeur acide qui n'était pas sans rappeler celle de Beth. Pour l'accentuer, ils avaient laissé le chiffon toute la nuit dans de la terre putride, l'avait recouvert le lendemain d'oseille mâchée (Sir Ritchfield, en sa qualité de chef du troupeau, avait assumé la lourde tâche du broyage d'oseille), et ensuite, ils y avaient même enveloppé une musaraigne morte depuis peu, découverte par Heidi. Le résultat était à couper le souffle. Bien sûr, ça ne sentait pas exactement comme Beth, mais la ressemblance était suffisante pour que les moutons sachent tout de suite de qui il s'agissait. Quoique approximatif, le nez des humains devait donc sans doute y parvenir également.

Mopple agitait le chiffon de manière théâtrale. L'odeur aigre et putride de l'assassin se répandit par nuages dans la salle. Son rôle était le plus difficile. Il y avait l'odeur, et il y avait la chose : une chaîne avec un pendentif qui scintillait, semblable à celui de Beth. Pour faire plus vrai, Miss Maple aurait dû la porter au cou. Ils avaient bien essayé, mais, chaque fois, la chaîne disparaissait dans la laine épaisse, et on ne voyait plus rien. Aussi tenait-elle entre ses dents l'objet qu'elle avait jusque-là caché dans sa bouche. Elle s'avança au bord de l'estrade tandis que Mopple agitait son chiffon puant.

En bas, dans le public, il y eut un mouvement. On entendit un juron, un bruit métallique et un verre renversé. Puis le boucher surgit sur la rampe comme un boulet de canon. Les roues de son fauteuil lançaient des éclairs dans la lumière des projecteurs.

Une fois sur l'estrade, il hésita un moment. Ses yeux passaient de Mopple à la chose que Miss Maple tenait dans la bouche. Puis il s'élança vers la Baleine, qui fit demi-tour sans perdre une seconde et s'enfuit à toutes jambes sur la rampe de derrière, serrant toujours fermement le chiffon entre ses dents. Le boucher roulait sur ses talons. Il était étonnant de voir à quelle vitesse il pouvait se déplacer dans son fauteuil. Du haut de l'estrade, les autres moutons observaient le boucher qui poursuivait le bélier à travers la salle, remontant la première allée et revenant par la deuxième. Aucun d'eux n'aurait pu dire si c'était un coup de génie ou un geste de désespoir qui poussa Mopple à se glisser entre deux rangées de tables. Bien entendu, le boucher lui colla au train. Il s'avéra ainsi que Mopple la Baleine était certes un très gros mouton, mais qu'il était quand même considérablement plus mince que le boucher dans son fauteuil roulant. Tandis qu'il s'engouffrait sans peine dans la ruelle, le poursuivant fut bloqué au bout de quelques longueurs de mouton. Les bêtes s'apprêtaient à entendre une série de jurons déchirants, mais Ham suivit seulement Mopple de ses yeux surpris et porta en silence les mains à sa poitrine.

Les genoux tremblants, la Baleine revint sur l'estrade. Au milieu des autres, il se sentait plus en

sécurité, mais il avait perdu son chiffon pendant la course. Il jeta alors un coup d'œil méchant à Othello :

— Des spectateurs ! pesta-t-il. Ils ne vont rien te faire !

Othello avait l'air gêné.

Alors, ils se regardèrent en silence, les humains de Glennkill et les moutons de George Glenn. Personne n'applaudit. Mopple, qui retrouvait peu à peu son courage, était déçu. En secret, il s'était attendu à des applaudissements. Voire plus. Pendant la représentation, sous les regards attentifs des spectateurs, il s'était pris à se demander quel goût avait une Guinness.

Les moutons clignaient des yeux dans la fumée de cigarette. Le silence devint inquiétant. Anxieuse, Zora lançait des regards dans toutes les directions. La fumée emplissait l'espace comme un brouillard particulièrement méchant. Quelque part dans ce brouillard, un carnassier s'apprêtait à bondir.

Or rien ne bondit. Peu à peu, le silence s'effritait. On entendit tout d'abord des voix éparses aux derniers rangs, où se trouvaient les touristes. Des questions et un petit rire. Quelqu'un se leva et ramena Ham à sa place. Puis bientôt, toute la salle bourdonna comme une ruche. Le moment d'attention accordé aux moutons était passé, et la justice n'était pas sortie de son trou.

L'homme à lunettes qui avait baptisé Othello « Satan » revint sur l'estrade. Les moutons s'enfuirent par la rampe de derrière et se regroupèrent pour voir s'il se passait quelque chose de décisif.

— Je vous demande d'applaudir Peggy, Polly, Samson et le noir Satan, qui nous ont aujourd'hui démontré que les moutons eux aussi comprennent quelque chose au théâtre moderne !

Les applaudissements, pour autant qu'il y en eût, furent mitigés, mais les moutons eurent le sentiment que cela tenait à l'homme à lunettes plus qu'à eux.

— Mesdames et messieurs, vous avez vu comme les moutons les plus doués et les plus spirituels de Glennkill ont rivalisé pour obtenir vos suffrages. Maintenant, c'est à vous de…

Soudain, quelque chose bougea à l'autre bout de la salle. Beth remontait lentement l'allée principale. Douce comme une brebis, elle tenait dans les mains le chiffon que Mopple avait perdu. Elle l'avait déplié, et même à travers la saleté, les moutons pouvaient apercevoir deux signes rouges sur le fond blanc.

Beth se dirigeait vers l'estrade sans se laisser troubler, comme si elle suivait une piste connue d'elle seule. Elle marchait si tranquille et si droite que cela faisait plaisir de la regarder. Arrivée devant la scène, elle s'arrêta. L'homme à lunettes la dévisagea, perplexe.

— Excusez-moi, le pria-t-elle. Je voudrais dire quelque chose.

— Ça ne peut pas attendre ? demanda-t-il à voix basse.

— Non.

L'homme à lunettes haussa les épaules.

— Mesdames et messieurs, reprit-il à voix haute, nous interrompons ce programme pour un message de la *Charity*.

Il fit un geste de la main pour inviter Beth à monter, mais elle resta en bas. Elle s'assit seulement au bord de l'estrade et lissa de la main sa jupe et le chiffon.

— George, commença-t-elle. Je vais vous parler de George.

À partir de ce moment-là, un silence de mort régna dans la salle. Avec Beth, le truc de l'attention, que l'homme à lunettes et les moutons n'avaient pas vraiment réussi, marcha tout de suite. Pourtant, elle n'exécutait aucun numéro. Elle était seulement assise au bord de l'estrade et se mit à parler avec calme. Parfois, elle balançait les jambes ou caressait le chiffon avec précaution. Malgré la puanteur, elle y attachait apparemment un grand prix. Au début, elle ne parla pas de George, mais du bout de tissu.

— C'est moi qui le lui ai offert. Il y a une éternité de cela. Une éternité… Il m'a fallu une nuit entière pour le broder. Je savais d'avance à quoi il ressemblerait. Et au matin, j'ai eu l'impression de planer, de pouvoir tout faire, tout dire. C'était…

Elle hésita un instant, peut-être pour raffermir sa voix, qui menaçait de se dissoudre complètement.

— Bien.

Quelques personnes commencèrent à chuchoter.

— Puis le moment est venu. Je ne lui ai rien dit. Je lui ai juste posé le mouchoir dans la main. Il m'a regardée sans comprendre, mais je ne pouvais rien dire ni rien faire. Et je ne le pourrai plus jamais. Il a fallu que je revoie la scène, tout à l'heure, pour prendre conscience que la grande erreur de ma vie était celle-là – et non l'autre.

Les moutons purent voir un frisson partir de sa nuque et descendre jusque dans ses membres par sa colonne vertébrale. La lumière des projecteurs, autour d'elle, parut tout à coup glaciale.

— Dimanche, il y a deux semaines, on a frappé

à ma porte, très tard. Je ne dormais pas. Donc, j'ai ouvert. C'était George. J'ai commencé à lui parler de la Bonne Nouvelle, comme à chacune de nos rencontres. Je lui parlais toujours de l'Évangile.

Elle secouait tristement la tête.

— Mais cette fois c'était différent. « Beth, m'a-t-il dit doucement, arrête. C'est important. » J'ai senti mes genoux fléchir parce qu'il avait parlé d'une manière si douce. Donc, je me suis tue, et il est entré. C'était un peu comme je me l'étais imaginé, à l'époque. Mais lui, bien entendu, il avait tout autre chose en tête. « Je voulais te dire adieu, m'a-t-il dit. – Bien sûr », ai-je répondu en souriant bravement. J'avais l'impression d'être brave, mais je sais bien maintenant que j'étais lâche. « Bien sûr. L'Europe t'appelle. – Non, a-t-il répondu, pas l'Europe. » J'ai tout de suite compris. C'était presque beau, la rapidité avec laquelle je l'ai compris. Naturellement, j'étais consternée en réalité. Et ensuite, il m'a expliqué pourquoi il était venu me voir. Je ne sais plus exactement ce qui s'est passé après. Je sais juste que je l'ai supplié de ne pas le faire, des milliers de fois. Mais il était buté. Il a toujours été buté.

Les doigts fins de Beth suivaient les lignes de son mouchoir sale.

— « Tu étais tellement content d'aller en Europe, ai-je dit. – Oui, a-t-il avoué, c'est vrai. Je le suis encore, dans un sens. Mais j'ai peur, Beth. Je ne peux pas. Il est si tard. »

Maintenant, Beth tremblait si fort que ses doigts n'arrivaient plus à suivre les lignes sur le chiffon. Ses deux mains se tenaient désespérément, se serraient, se caressaient comme si elles essayaient de se calmer l'une l'autre.

— Je n'ai pas réussi à lui rendre courage. Et ensuite,

j'ai même promis d'agir comme il le voulait. Sinon on ne l'aurait pas enterré…

Sa voix s'était égarée dans une forêt et s'arrêta un instant en tremblant.

— Je l'aurais bien accompagné, mais il n'a pas voulu. « Viens dans une heure, dans la pâture, m'a-t-il ordonné. Je serai prêt. » Et j'y suis allée. Il pleuvait des cordes. Quand je suis arrivée, il était déjà mort. Si je ne fais pas ça pour lui, me suis-je dit, à quoi bon vivre ?

Les yeux humides, Beth souriait, ce qui surprit les moutons. Mais alors, son sourire s'évanouit comme la pluie dans le sable.

— Oh ! soupira-t-elle. Ce fut l'enfer. Et les jours suivants… Une telle erreur, un tel péché, et pourtant… pourtant…

— Pourquoi ? demanda une voix rauque au premier rang, aussi basse qu'un murmure et pourtant claire et distincte dans le silence crispé.

Pour la première fois depuis qu'elle s'était mise à parler, Beth leva les yeux.

— Pourquoi… comme ça ? répéta Ham d'une voix encore plus faible.

Elle le regarda, troublée.

— Je ne sais pas pourquoi. Il voulait absolument une bêche. « Ça leur donnera à réfléchir », a-t-il dit. Pas moyen de l'en dissuader. Le geste fut effroyable.

Ham secouait la tête.

— Je ne parle pas de la bêche. Je veux dire : George.

— Est-ce si dur à comprendre ? répondit Beth.

Tout à coup, elle parut à la fois vulnérable et agressive comme une jeune brebis qui défend son premier agneau.

— À l'époque où je lui ai donné le mouchoir, j'ai connu les mêmes sentiments. Parfois, l'espoir est si grand qu'on a du mal à le supporter. Si grand qu'il accroît encore la peur. Il a attendu trop longtemps d'aller en Europe. Peut-être… Peut-être n'avait-il tout simplement plus le courage de voir s'il y parviendrait.

— Mais…

Beth ne le laissa pas terminer.

— Est-ce si surprenant ? Suis-je la seule ici à avoir remarqué comme il était solitaire, toujours seul, rien qu'avec ses moutons ? Bien sûr qu'il se moquait toujours de moi, mais j'ai quand même vu que, pas à pas, il s'éloignait de tout, qu'il fonçait sur quelque chose de noir…

Peu rassurés, les moutons se tournèrent vers Othello, qui fit une grimace stupéfaite.

Beth soupira.

— Voilà si longtemps que cela dure ! Son état s'est vraiment aggravé il y a sept ans, quand je suis rentrée d'Afrique. Je ne sais pas ce qui s'est passé, à l'époque. Je n'ai pas envie de le savoir, d'ailleurs. Mais depuis lors, il ne s'entendait plus avec personne – et avec Dieu non plus. Au début, j'ai cru que ça pouvait être à cause de moi, de mon absence, mais j'étais… présomptueuse. Que ne lui ai-je pas dit ! Lui ne m'écoutait pas vraiment. Et la seule chose que j'aurais vraiment voulu exprimer, je ne l'ai jamais dite. Maintenant, au contraire, cela m'est très facile.

Apparemment, George et elle avaient parlé ensemble de la mort de George. Mais comment George avait-il pu savoir qu'il allait mourir ? Et pourquoi ne s'était-il pas enfui ?

Le récit de Beth n'avait aucun sens. Pour les moutons, la situation était étrange : ils comprenaient les mots – des mots simples comme « vie », « espoir » ou « seul ». Mais ils ne comprenaient pas ce qu'elle voulait dire. Au bout d'un moment, ils capitulèrent. Il était fatigant de se concentrer sur des mots sans en percevoir le sens. Dès lors, la voix de Beth ne fut plus pour eux qu'une mélodie triste et faible. Déconcertés, ils retournèrent dans le coin sombre où se trouvaient les autres moutons.

— Bon, c'est qui, maintenant, l'assassin de George ? finit par demander Mopple.

Personne ne répondit. Alors, ils entendirent qu'on s'ébrouait. Fosco se tenait derrière eux. Ses yeux avaient un éclat un peu trop vif et son haleine une drôle d'odeur.

— George, déclara-t-il.

Aucun d'eux ne réagit à cet étrange écho. Puis Zora demanda d'une voix lente et prudente :

— George est l'assassin de George ?

— Exact.

— Mais George est mort ! objecta-t-elle. Il a été assassiné.

— Exact.

— George s'est assassiné *lui-même* ?

— Exact, répéta Fosco, qui avait soudain l'air très impressionnant et très gris.

— Beth ment ! protesta Mopple qui avait transporté le chiffon puant jusqu'au Mad Boar pour élucider le meurtre de son berger. Elle ne veut pas avouer qu'elle l'a tué.

Pourtant, les moutons sentaient bien que la charitable Beth ne mentait pas. Pas le moins du monde.

— Est-ce de la folie ? demanda Zora.

— Non, répondit Fosco. Un suicide.

Sui-cide. Un nouveau mot. Un mot que George ne pourrait plus leur expliquer.

— Ils font ça, parfois, les hommes, expliqua Fosco.

Ils regardent le monde et décident qu'ils n'ont plus envie de vivre.

— Mais, protesta Mopple, vivre et vouloir – c'est la même chose.

— Non, répondit Fosco. Chez les hommes, pas toujours.

— Ce n'est pas très intelligent, remarqua Mopple.

— Ah non ? s'étonna Fosco, dont les prunelles ressemblaient maintenant à des vers luisants pris de vertige. Qu'est-ce que tu en sais ? Moi, je viens ici depuis des années. Et si j'ai appris quelque chose, c'est qu'il n'est pas facile de dire ce qui est intelligent et ce qui ne l'est pas.

Personne ne le contredit. Les moutons se turent, le temps de digérer les paroles de Fosco. Dans la salle, derrière l'estrade, Beth avait cessé de parler, et les gens braillaient dans tous les sens.

Zora redressa la tête.

— Et le loup ? demanda-t-elle.

— Le loup est à l'intérieur de chacun, répondit Fosco.

— Comme un abîme ? demanda-t-elle encore. Un abîme à l'intérieur ?

— Mouais, comme un abîme, confirma-t-il.

Elle réfléchit. Tomber dans le vide – elle voyait ce que cela voulait dire. Mais tomber en dedans ? Elle secoua la tête.

— Ce n'est pas pour les moutons.

— Non, dit-il. Ce n'est pas pour les moutons.

Miss Maple se taisait depuis un bon moment, la tête inclinée, pensive. À présent, ses oreilles remuaient frénétiquement.

— La vérité est sortie, dit-elle finalement, rentrons !

Les moutons prirent congé de Fosco, qui arrivait

à comprendre des choses obscures et qui était à juste titre élu tous les ans « Le mouton le plus malin de Glennkill ». Ils trottinèrent vers la porte de derrière qu'il leur avait indiquée. Othello en tête, puis Zora, ensuite Miss Maple, et enfin Mopple la Baleine.

Au moment précis où le gros bélier blanc s'apprêtait à sortir à l'air libre, soulagé, une main charnue se posa sur la poignée et referma doucement le battant. Mopple était prisonnier dans l'auberge puante. À côté de lui, le boucher, blême, plissait ses petits yeux. Les roues de son fauteuil roulant sentaient le caoutchouc. Mopple jeta des regards désespérés à la ronde. Cette fois, il n'y avait aucune issue possible. Terrorisé, il s'assit sur la pierre froide. Il était pris au piège.

— Hé, toi ! l'appela le boucher d'une voix dangereusement basse. Toi !

Mopple la Baleine tremblait comme l'herbe dans le vent. Toute chair est comme l'herbe. La main de Ham traça un geste maladroit dans l'air. Le bélier recula brusquement. Pendant un instant, il craignit que la main ne se détache du bras pour l'attaquer. Mais Ham hochait seulement la tête, presque avec respect.

— Maintenant, je comprends, murmura-t-il. Maintenant, je sais que je l'ai mérité. J'aurais dû remarquer comme il allait mal. Il n'avait pas d'autre ami – et moi non plus.

Mopple écarquillait les yeux. La grosse paluche du boucher s'était refermée sous son nez.

— Mais j'ai rien remarqué ! continua-t-il. J'ai préféré ne pas voir. L'indifférence… ça l'a achevé, George.

Le poing trembla, puis se retira prudemment. Mopple fut pris de vertige. Soudain, la porte se rouvrit. Le boucher se taisait, mais observait le mouton de ses yeux brillants, ses mains molles et sans vie posées sur ses cuisses.

Il fallut un moment à Mopple pour comprendre ce qu'il attendait. L'instant d'après, il était dehors, ivre de liberté. Il faisait sombre. L'air dense et velouté de la nuit, incroyablement doux et pur, s'engouffra dans ses naseaux.

Déconcerté, l'inspecteur Holmes contemplait l'estrade du Concours du mouton le plus malin de Glennkill où son affaire s'était résolue toute seule. Un suicide. Et l'histoire de la bêche, c'était la femme aux cheveux gris. Jamais il n'aurait trouvé, même si, après coup, ça se tenait. Un vieil homme solitaire qui débloque, un mariage raté et une fille disparue. Le scénario classique. Bien qu'on ne comprenne jamais vraiment.

Un toussotement poli l'arracha à ses pensées. Un homme vêtu de couleurs sombres avait surgi à ses côtés. Discret : voilà le mot. Le type même de gars que les témoins, au bout de cinq minutes, n'arrivent plus à décrire.

— « Mon Border Collie s'appelle Murph », murmura-t-il.

— Ah ! répondit Holmes, j'aurais dû m'en douter. Qu'est-ce que vous voulez, une fois de plus ? Je vous ai laissé en paix, comme conclu.

— Impeccable. Nous sommes vraiment impressionnés par votre capacité à ne rien faire.

— Qu'est-ce que vous pensez de ça ? demanda Holmes en indiquant du bout de son menton l'estrade où la femme aux cheveux gris venait d'arrêter de parler.

Le discret haussa les épaules.

— On s'en moque. Et, entre nous, vous aussi, non ? Vous n'auriez pas envie de résoudre un jour une vraie affaire ? Par vous-même ?

Soudain, une vidéocassette atterrit sur la table, juste à côté de la Guinness de Holmes – qui était de nouveau à moitié vide.

— Prenez-la, dit l'homme. Et découvrez la vérité sur ce McCarthy. Ça pourrait être bon pour votre carrière.

Quand l'inspecteur eut enfin réussi à glisser dans sa poche l'encombrante cassette, l'homme avait disparu depuis longtemps. Bah… Il n'aurait de toute façon répondu à aucune question. Holmes fixait la table où un dessous-de-verre promettait succès et célébrité grâce à la Guinness. Il avait une drôle de sensation dans le ventre, qui ne tenait pas qu'à l'affaire Glenn. C'était plutôt en rapport avec son existence. Avec le poste de police et la certitude qu'il n'avait aucune envie d'y retourner. Il partit en laissant sa Guinness à moitié pleine.

23

Heidi avait raison

— Peut-être qu'il voyait la bêche et la panique au village comme un truc ? Peut-être qu'il a eu moins de mal en pensant à la pagaille qu'il allait provoquer ?

Rebecca renifla.

Les moutons s'étaient rassemblés autour de la roulotte, comme par le passé, mais les romans sur Pamela avaient cédé la place à des journaux grand format dont le papier incroyablement fin produisait un petit bruit. Ce qui était épatant avec les journaux, c'était qu'ils contenaient des histoires où il était question de George, de Beth et même de leur numéro au Concours du mouton le plus malin de Glennkill. Ce qu'il y avait d'épatant aussi, c'était que Rebecca en savait parfois plus que les journaux. Parce qu'elle avait parlé avec Beth, qui avait entre-temps quitté le village pour passer le reste de sa vie à œuvrer pour le bien sur une île.

L'histoire qu'ils préféraient s'intitulait : « La vérité découverte par des moutons ». Elle était accompagnée d'une photo, petite, grise et sans odeur, mais où l'on pouvait reconnaître Miss Maple, Mopple, Othello et Zora sur la scène du Mad Boar. Rebecca la leur avait collée sous le nez pour qu'ils puissent bien voir, mais Mopple avait essayé de manger un bout de journal.

Depuis, ils avaient donc seulement le droit de contempler les photos de loin.

Il y en avait une de George, assis dans l'herbe, l'air très jeune et prêt à tout, un agneau inconnu dans les bras. Cloud prétendait que c'était elle, l'agneau sur la photo, mais les autres ne la croyaient pas. À côté de lui, on voyait Beth, jeune elle aussi, dans une robe d'été et les yeux brillants. L'histoire s'appelait : « Romance fatale ». L'histoire « Nécrophile par amour » comprenait une autre photo de Beth, mais vieille, comme les moutons la connaissaient, le col raide, le visage austère.

Rebecca réfléchissait beaucoup à Beth.

— Elle est complètement changée depuis l'autre soir, dit-elle. Je crois que c'est la personne la plus romantique que je connaisse…

« L'autre soir » – ça, les moutons comprenaient –, c'était le soir où ils avaient pris part au Concours du mouton le plus malin de Glennkill. Ils relevèrent fièrement la tête. Ce soir-là, ils avaient fait quelque chose de décisif, même s'ils ne savaient pas exactement quoi.

Cette histoire de suicide restait pour eux une énigme. Ils n'arrivaient pas à comprendre pourquoi George avait agi de manière aussi étrange, lui qui prenait garde, d'habitude, à être compris par ses moutons.

— Sûrement que, jusqu'au bout, il ne savait pas bien lui-même ce qu'il allait faire, dit Rebecca. Parfois, ça me soulage d'imaginer que, jusqu'à la fin, il a pensé qu'il irait vraiment en Europe. Même si, au bout du compte, il est parti pour un autre voyage…

Elle ravala sa salive et passa la main sur ses yeux rougis. Ces derniers temps, elle avait souvent les yeux rouges.

— Pourtant, je sais que ce n'est pas possible. Il

avait rédigé son testament bien avant, pour être sûr que, vous, vous iriez en Europe. C'était un bon berger… Il a déposé Tess au chenil. Et il m'a… écrit une lettre.

Elle essuya une larme égarée sur sa joue. Son regard traversait Mopple, qui se tenait au premier rang dans l'espoir d'attraper un bout du délicieux journal. Les yeux de Rebecca exprimaient l'absence. Le journal retomba sur lui-même. Parfois, on aurait dit qu'elle oubliait qu'elle était en train de lire au beau milieu du texte. On devait alors l'inciter à se remettre au travail. Heidi et Maud bêlèrent de manière forte et stridente, imitées peu après par Ramsès. Rebecca leva les yeux et soupira. Elle rouvrit le journal qui bruissa et se remit à lire « Le berger solitaire et le vaste monde ».

Comme les histoires sur Glennkill dans les journaux devenaient toujours plus courtes et toujours plus ennuyeuses, Rebecca sortit le livre qui avait tant impressionné les moutons, lors de leur première séance de lecture en commun. Maintenant, en plein jour, ils pouvaient admirer la beauté de la couverture, qui représentait une immense étendue verte, un torrent, des montagnes, des arbres et des rochers.

Bien sûr, il y était une fois de plus question d'êtres humains. Les bêtes suivaient non sans inquiétude les aventures d'un petit troupeau vivant sur la lande. L'expérience des journaux leur avait inspiré un grand respect pour l'écrit.

— Si les moutons et les hommes peuvent entrer aussi facilement dans le papier, avait remarqué Lane, il doit pouvoir en sortir plein de choses.

Aussi, dès que Rebecca reposait l'ouvrage sur les marches de la roulotte, Ramsès et Heidi se mettaient à le surveiller avec méfiance. Personne n'avait envie d'être surpris en plein broutage par ce Heathcliff au visage de loup. Mais l'ouvrage restait paisible. Vers la fin, il devint même carrément romantique : les deux fantômes pouvaient hanter la lande en toute liberté, comme ils l'avaient toujours souhaité. Les moutons pensaient à George et espéraient que son âme aussi se promenait maintenant sur quelque vert pâturage, peut-être en compagnie d'un petit troupeau trouvé en chemin.

Un jour, le fauteuil roulant de Ham apparut sur le chemin. Pris de leur habituelle panique, les moutons se réfugièrent sur la colline, d'où ils observèrent les événements. Rebecca et le boucher se saluèrent.

— Espérons qu'elle ne nous vendra pas ! s'écria Mopple.

— Elle n'a pas le droit, bêla Heidi. C'est écrit dans le testament.

Les moutons regardaient néanmoins les humains avec appréhension. Ils n'étaient pas encore si sûrs de leur coup. Et l'affaire était mal engagée. Rebecca et Ham avaient l'air de bien s'entendre. Les bêtes ne quittaient pas le boucher des yeux. Il faisait sérieux, un peu ridé et moins dangereux qu'avant. Par chance, un vent salé qui montait de la mer les empêchait de sentir son odeur.

Heidi prit la décision extraordinairement audacieuse d'aller y voir de plus près. Sidérés, les autres la regardèrent descendre la colline.

— … il y a des connexions, disait-il. Partout, il y a des connexions, la métempsycose et des choses de ce genre. Je lis beaucoup maintenant, vous savez, pour pouvoir comprendre ces connexions.

Il tourna la tête et regarda Heidi droit dans les yeux,

mi-gêné mi-curieux, et avec beaucoup de considération. Peut-être même lui adressa-t-il un petit salut de la tête. Sous le coup de la surprise, Heidi oublia de lui opposer une expression farouche et le considéra avec stupeur.

Rebecca haussa les épaules.

— Pourquoi pas ? Ils ont passé tellement de temps avec lui. Je veux bien croire qu'un petit peu de George se cache dans ses moutons…

Heidi jeta un regard impertinent au boucher, puis revint en trottinant vers son troupeau rempli de respect. Le boucher et Rebecca se serrèrent la main. Puis, au soulagement général, Ham repartit cahin-caha vers la route asphaltée. La vie pouvait continuer.

Et c'est ce qu'elle fit. Comme d'habitude, les moutons se mettaient au travail dès l'aube et broutaient jusque dans l'après-midi. Ensuite, ils se rassemblaient autour de la roulotte pour la lecture. Après, ils paissaient à nouveau jusqu'au moment de rentrer dans la bergerie. Une vie de mouton bien réglée.

Ils aimaient repenser à George et lui étaient reconnaissants du testament qu'il avait rédigé.

— C'était quand même un bon berger, disait Cloud.

George's Place restait sacrée. Personne n'aurait eu l'idée d'en toucher le moindre brin d'herbe. Cependant, le périmètre interdit rétrécissait de manière inexplicable.

— Tout a une fin, expliquait Zora.

Un matin, alors que le troupeau dormait encore, une grosse tache blanche sortit de ses bras protecteurs et s'échappa vers la falaise. Mopple la Baleine resta un bon moment à réfléchir devant le promontoire de Zora. Ensuite, il fit un pas devant lui. Puis un deuxième. Zora y arrivait bien. Un troisième. Melmoth aussi. Quatre. Cinq. Il avait regardé le boucher droit dans les yeux. Six. Et Mopple se trouva enfin sur le rocher de Zora. Il baissa prudemment la tête pour goûter les herbes de l'abîme.

Plus souvent que par le passé, de petits groupes se formaient pendant le broutage pour discuter des événements qu'ils avaient vécus.

— Il y avait un truc, disait Cordelia.

— Un mouton ne doit pas quitter son troupeau, disait Sir Ritchfield, à moins qu'il ne revienne.

— Parfois, il vaut mieux être seul, le taquinait Melmoth.

— C'était une histoire d'amour, concluait Heidi en remuant triomphalement les oreilles.

24

Zora voit un nuage

Rebecca referma le livre en le faisant claquer. C'était nouveau. Les romans sur Pamela étaient en papier fin et souple. Jamais ils n'auraient produit un claquement aussi imposant. Et les journaux encore moins ! Willow, qui dormait au dernier rang, ouvrit grands les yeux et tourna le dos à la roulotte sans rien dire. Les autres regardaient Rebecca avec curiosité.

— C'est fini, expliqua-t-elle. Demain, nous en commencerons un autre.

Les moutons furent déçus. L'histoire commençait juste à devenir intéressante, après toutes ces frayeurs. Qu'est-ce que Heathcliff et Catherine allaient vivre, maintenant qu'ils hantaient la lande ? Pourquoi personne ne racontait-il l'odeur du marais après l'averse ? Il devait bien y avoir une suite ! Pourtant, assise sur la dernière marche de la roulotte, Rebecca ne semblait nullement disposée à continuer la lecture. Sa main caressait la tête de Tess et la chienne remuait très faiblement la queue. On voyait que c'était la première fois depuis longtemps.

Rebecca l'avait ramenée un beau matin à bord d'une auto. Tess avait les yeux étranges et tristes. Elle ne s'était pas élancée comme d'habitude à travers la pâture. Elle n'avait pas non plus sauté autour de la roulotte à la recherche de George. Elle s'était cachée dans l'ombre de la jeune femme et avait suivi partout sa robe rouge, tel un agneau derrière sa mère.

— Il est temps d'aller dormir, décréta la bergère.

Les moutons se regardèrent. Le soleil était encore haut dans le ciel, les ombres n'étaient pas plus longues que deux gambades, et le travail de broutage et de rumination quotidien était loin d'être fini. Rentrer à la bergerie ? À cette heure-ci ? Jamais ! En plus, elle avait lu moins longtemps que d'ordinaire. Ils prirent un air de défi.

— Encore ! bêla Maude.

— Encore ! bêlèrent les trois agneaux.

Rebecca resta intraitable. Elle était bien la fille de son père.

— L'histoire est finie. Terminé pour aujourd'hui.

Maude flaira la résolution qui se dégageait de son front et se tut, mais les trois agneaux continuèrent sans se décourager. Rebecca fronça les sourcils

— Si vous continuez, la prochaine fois, je vous lis *Le Silence des agneaux* !

Puis elle se leva. Le silence des agneaux. Ça sonnait bien. Les brebis, surtout, attendaient beaucoup de cette lecture.

— Allez dormir ! ordonna la bergère. Demain, on part en Europe. De très bonne heure. Je ne veux pas voir de mines endormies.

Là-dessus, elle disparut dans la roulotte, Tess sur les talons.

— Demain ? bêla Heidi.

— En Europe ! murmura Maisie.

— Je suis contente de partir, dit Cordelia d'un air songeur, mais quel dommage qu'il faille partir d'ici.

Les autres approuvèrent d'un signe de la tête.

— Si on pouvait partir en Europe et en même temps rester ici…, laissa tomber Mopple, ce serait vraiment bien. On pourrait brouter à deux endroits en même temps.

Ils réfléchirent un moment aux merveilleux avantages de l'ubiquité. Soudain, Melmoth releva la tête, comme s'il avait entendu un cri. Il avait les yeux humides et brillants. Il commença à gigoter, tout excité.

— Venez avec moi au bord de la falaise. Je veux vous raconter quelque chose sur les adieux.

Les autres obéirent de bon cœur. Quand Melmoth racontait une histoire, c'était comme si un vent étranger leur soufflait à la face, chargé de prémonitions et d'odeurs mystérieuses. Ils suivirent le bélier gris au bord de l'abîme.

Tout à coup, sur l'arbre aux corneilles, on entendit des croassements. De vrais cris de charognards, à vous glacer les sangs. Machinalement, les moutons cherchèrent le cadavre qui devait être à l'origine d'un tel émoi, mais ne virent rien.

Quand ils se retournèrent, Melmoth avait disparu. Comme ça, tout simplement. Bien qu'il fût impossible qu'il ait traversé la prairie en si peu de temps, ils regardèrent sous le dolmen, dans la bergerie et derrière la roulotte, dans les haies et sous l'arbre à ombre. Il devait se cacher quelque part, avec son histoire d'adieux. Mais ils ne le trouvèrent pas.

Alors, Zora bêla de surprise. Elle avait plié la nuque en arrière, fixait le ciel, les yeux brillants. Poussé par des vents tumultueux, un unique nuage d'orage, gris foncé, s'élançait vers le large.

— Il est devenu un mouton-nuage ! bêla Mopple.

— Un mouton-nuage ! bêlèrent les autres, tout excités.

L'un d'entre eux avait réussi.

— Est-ce que les moutons-nuages reviennent ? demanda un agneau au bout d'un moment.

Othello détacha les yeux de la plage et les reporta sur ses compagnons. Mopple, Miss Maple, Zora et Cloud regardaient toujours le nuage gris avec un mélange de vénération et de tristesse. Il se demanda s'il devait le leur dire. Bien entendu, Melmoth n'était pas devenu un mouton-nuage. La réalité était plus mystérieuse encore : il avait tout bonnement emprunté le tunnel abrupt sous le pin et avait déguerpi. *Parfois, il vaut mieux être seul.*

Othello décida de se taire. Les autres n'auraient pas mieux compris, mais encore moins. Tout comme lui. Plus il en savait sur Melmoth, moins il le comprenait. C'était magique. D'autant qu'il gardait le sentiment inquiétant que Melmoth, lui, comprenait parfaitement. Se comprenait lui-même. Le comprenait. Comprenait tous les moutons. Et même les bergers. Peut-être qu'il était simplement fou.

Othello secoua la tête pour chasser sa tristesse. Mais ce geste ne lui fut d'aucune aide. Non plus que de gratter la terre avec les sabots.

Seul le vent l'aida. Car il apporta – qui sait d'où ? – une feuille qu'il déposa avec précaution à ses pieds. Une feuille dorée. Dorée comme l'automne. La saison des hirondelles. Le temps des parfums, des accouplements. À nouveau, Othello tourna la tête vers la pâture où Mopple, Miss Maple, Zora et Cloud portaient aux nues une ombre grise. Mais il ne les voyait pas. Ce qu'il voyait, flairait, sentait avec ses sept sens, plus quelques autres propres à l'automne, c'étaient trois beautés au parfum troublant et à la robe d'une blancheur éclatante. Ainsi qu'un concurrent jeune et puissant, mais sans la moindre expérience.

Othello se réjouit par avance du duel qui s'annonçait et de ce qui surviendrait ensuite. Ses sabots grattèrent le sol d'impatience et son sang coula plus vite dans ses veines.

Alors, le vent tourna et emporta au loin l'odeur de Zora, Cloud, Miss Maple et Mopple. Othello s'apaisa. Il regarda une nouvelle fois la plage. Melmoth s'était métamorphosé en un point gris qui se déplaçait sur le gris plus sombre de l'eau. À cette distance, il pouvait passer pour une petite vague, une crête d'écume, un peu de mousse à la surface de la mer. Mais ce qu'Othello voyait n'était pas une vague grise. C'était un rival puissant qui quittait le troupeau – son troupeau.

Et il s'en réjouit.

Postface

La préhistoire de ce roman se passe en Irlande, où j'ai fait il y a longtemps un voyage avec une amie. Bien entendu, j'ai rencontré dans le sauvage paysage irlandais une foule de moutons, tous dotés d'un fort caractère. Parfois, j'ouvrais la fenêtre de notre petite voiture de location et je bêlais pour leur dire bonjour. Parfois, j'obtenais même une réponse.

Mais la véritable histoire de ce roman se passe à Paris, dans une maison où Rilke a logé il y a un siècle. Pour moi, Paris, c'est la liberté, la culture, l'inspiration et l'aventure, mais aussi des murs à portée de vue. Assez rapidement, en traversant des places pavées et des jardins publics, j'ai éprouvé une nostalgie diffuse de la vie à la campagne, de l'air libre, des nuits étoilées. Et d'une certaine manière aussi, des moutons.

Un soir que je n'avais plus envie de lire (ce qui est rare) et que je n'avais pas non plus de téléviseur, j'ai dit à mon ami : « Je vais commencer un roman. Sur des moutons irlandais. » Alors, je me suis assise à l'ordinateur et j'ai fait exactement ce que j'avais dit. Du moins pendant deux pages. Celles-ci forment toujours le début du roman. George était mort et je n'avais aucune idée de qui l'avait tué. Je ne pouvais pas m'arrêter là. L'enquête commençait.

En même temps, je ne voulais pas seulement déguiser des hommes en moutons, mais je voulais donner vie à de vrais animaux, convaincants en tant que tels – des moutons avec des pensées de mouton, avec des priorités et des besoins complètement différents des nôtres, propres à leur vie de mouton. Tout en écrivant, j'essayais de voir le monde de leur point de vue : qu'est-ce qui les met mal à l'aise ? De quoi se réjouissent-ils ? Où s'arrête leur entendement ? Lors d'un nouveau séjour en Irlande, j'ai essayé d'en apprendre plus sur mes héros. J'ai vraiment vu des corneilles posées sur le dos d'un bélier – comme beaucoup d'autres détails.

En Irlande, j'ai eu aussi la chance de faire la connaissance d'une jeune spécialiste. Elle fut heureuse de rencontrer une autre fan de moutons, et nous avons aussitôt cherché ensemble quelle race convenait le mieux au talent de détective de Miss Maple. À ma plus grande joie, mon experte irlandaise trouva même mes moutons assez réalistes, et sur ses conseils, j'ai essayé de les dépeindre de manière encore plus conforme à la nature.

Avertissement

Les moutons de Glennkill sont des moutons d'exception. Des moutons normaux, qui broutent et font de la laine, ne supportent ni alcool ni drogue. Je prierai par conséquent les lecteurs de ne pas les pousser à la consommation de substances nocives. Si vous voulez faire plaisir à un mouton, prenez plutôt du pain et de la vraie herbe.

Remerciements

Je tiens à remercier, pour leurs suggestions et toute autre forme d'encouragement, M. E. Frensch, ma famille (surtout Hilde et Werner), S. O'Donovan, Florian O., Chloé H., Laura von O., Renate G., Ortwin D., Stefanie W., Sonja T., Stefanie S., K. La Storia et A. Bohnenkamp.

Je remercie tout particulièrement Louise C., Tanja K. et Martin S. pour l'attention qu'ils ont portée au manuscrit, pour leur motivation et leurs précieuses critiques.

En outre, *very special thanks* à Orla O'Toole du *Leenane Sheep & Wool Centre* dans le Connemara (une excellente adresse pour les amis ou amateurs de moutons) pour toutes les informations sur l'élevage ovin et les anecdotes qui m'ont beaucoup inspirée.

Je remercie de tout cœur mon agent Astrid Poppenhusen et la directrice éditoriale Claudia Negele d'avoir cru en ce livre et de m'avoir aidée par leur engagement et leur enthousiasme à le faire publier.

Enfin, je remercie M. D., mon compagnon d'écriture, de lecture et mon compagnon tout court, pour le temps et l'énergie qu'il a investis dans ce roman, pour ses innombrables idées, ses compétences littéraires et ses mots percutants, pour sa patience, sa passion et quelques déductions décisives.

Table des matières

MIXTE
Papier issu de
sources responsables
FSC® C003309

10/18, une marque d'Univers Poche,
est un éditeur qui s'engage pour
la préservation de l'environnement
et qui utilise du papier fabriqué à partir
de bois provenant de forêts gérées
de manière responsable.

Imprimé en France par CPI

N° d'impression : 3036857
X07447/01